W0379328

Cariboo Experiment

Achim Lachner

Copyright © 2018 Achim Lachner/Rechteinhaber.

Alle Rechte vorbehalten.

Umschlaggestaltung, Illustration: Jess Grafik, Bildmaterial unter Lizenz von lowpower225/Shutterstock.com, galacticus/Shutterstock.com und Evgeny Turaev/Shutterstock.com verwendet.

ISBN: 9798624476240

Das Werk, einschließlich seiner Teile, ist urheberrechtlich geschützt. Jede Verwertung ist ohne Zustimmung des Autors unzulässig. Dies gilt insbesondere für die elektronische oder sonstige Vervielfältigung, Reproduktion, Speicherung, Übersetzung, Verbreitung und öffentliche Zugänglichmachung.

Die in diesem Buch dargestellten Figuren und Ereignisse sind fiktiv. Jegliche Ähnlichkeit mit lebenden oder toten realen Personen ist zufällig und nicht vom Autor beabsichtigt.

Das Buch

Eigentlich könnten Marc und Kenai ihre Semesterferien verbringen wie alle Studenten das tun: In den Urlaub fahren, die Familie besuchen oder Geld verdienen. Doch die beiden angehenden Anthropologen entschließen sich zu etwas Außergewöhnlichem. Sie wollen in der kanadischen Wildnis vier Wochen wie die Indianer leben – ausgestattet nur mit Messer, Axt und kurzer Hose. Jeder für sich will herausfinden, ob er als moderner Mensch der Generation Smartphone dazu überhaupt noch in der Lage ist. Schon bald wird vor der grandiosen Kulisse der kanadischen Rocky Mountains aus dem vermeintlich lockeren Abenteuer ein harter Überlebenskampf. Die Launen des Wetters, die tägliche Suche nach Nahrung und der Verzicht auf jeglichen Komfort stellen sie auf eine harte Probe. Zum ersten Mal in ihrem Leben spüren die beiden, dass der Mensch nicht zwangsläufig am Ende der Nahrungskette stehen muss. Das Wissen um die Anwesenheit eines Grizzlys weckt in ihnen Urängste. Als sie Zeuge eines Mordes werden, wendet sich das Blatt, und sie werden endgültig zu Gejagten mit ungleichen Waffen.

Der Autor

Achim Lachner wurde 1969 in Wertheim am Main geboren. Nach dem Studium der Betriebswirtschaft in Würzburg wurde die IT-Branche seine berufliche Heimat. Fortan wurde das »Schwobaländle« sein Lebensmittelpunkt, wo er heute mit seiner Frau und seinen drei Kindern lebt. Immer wieder treibt es ihn in die Welt hinaus – etwa in die großartigen Landschaften Nordamerikas, Afrikas oder Skandinaviens. Mit seinem Roman „Cariboo Experiment“ kombiniert er pures Naturerlebnis mit einem spannungsgeladenen Thriller.

All denen, die den Menschen als Teil der Natur verstehen.

Ein besonderer Dank gilt meiner Familie.

INHALT

Pfeil und Bogen

Der Pfeil traf das Kaninchen mittig und hatte so viel Energie, dass er den Körper des Nagers glatt durchschlug und sich in den hölzernen Pfeilfang bohrte, an dem das Tier kopfüber festgebunden war. Wenige Sekunden später lief ein feiner dunkelroter Blutstrom das helle Holz hinunter, sammelte sich für ein paar Sekunden an der Unterkante des Bretts und tropfte dann auf den steinigen Untergrund des Schießstandgeländes.

Dass das Kaninchen überhaupt blutete, war erstaunlich, denn es war ein Straßenopfer vom Vortag und somit nicht mehr ganz frisch. Aber die Fakultät war schon froh, dass sie für wissenschaftliche Untersuchungen überhaupt auf das eine oder andere tote Tier zurückgreifen konnte. Die Diskussionen über Tierversuche waren nicht spurlos an der Universität von British Columbia vorbeigegangen. Das betraf sicherlich weniger die Studiengänge Biologie und Medizin, dafür aber umso mehr die anderen Studienfächer. Und so war es zumindest für die Studenten der Anthropologie etwas Außergewöhnliches, Versuche an Tieren vornehmen zu können, auch wenn diese schon tot angeliefert wurden.

»Sehr guter Schuss! Ging glatt durch!«, hörte Marc seinen Professor sagen, der als Erster vor dem Kaninchen stand und von dem Blut keinerlei Notiz nahm. In der warmen Luft lag der intensive Geruch von Wild, der sich nun mit dem leicht süßlichen Geruch des Blutes mischte und bei Marc ein leichtes Magengrummeln auslöste.

Er hatte in den letzten Wochen viel geübt. Die unterschiedlichsten Pfeile ausprobiert und sich mit dem von ihm selbst hergestellten Bogen und seinen Eigenheiten vertraut gemacht. Die Pfeile, die er heute benutzte, waren so ziemlich das Beste, was er in den letzten Wochen gefertigt hatte. Und so war es auch kein Zufall mehr, dass er das Kaninchen aus zehn Metern Entfernung mit dem ersten Schuss getroffen hatte.

Viel schwerer wog der Gedanke, dass er zum ersten Mal in seinem Leben auf ein Lebewesen geschossen hatte. Zugegeben, das Kaninchen war bereits tot, bevor er es mit Pfeil und Bogen anvisierte. Aber es war doch ein gehöriger Unterschied, auf ein Lebewesen zu schießen, anstatt auf eine Zielscheibe aus Stroh oder Polyethylen.

Nachdem ihm die eine Hälfte seiner Kommilitonen aus der Arbeitsgruppe zu seinem guten Schuss gratuliert hatte, wenn auch etwas zögerlich, machte sich die andere Hälfte schon Gedanken darüber, wer den Weißwedelhirsch beschießen sollte, der heute Morgen zeitgleich mit dem Kaninchen angeliefert worden war. Im Gegensatz zu dem Kaninchen sah man dem Hirsch jedoch an, dass er ein Verkehrsopfer war. Aufgrund der Schwere der Verletzungen musste er augenblicklich tot gewesen sein. Die Augen waren noch weit geöffnet und die offenen Verletzungen hatten das hellbraune Fell an etlichen Stellen blutrot gefärbt und verklebt. Mücken wurden magisch von den Wunden und dem getrockneten Blut angezogen. Allein die Größe des Tieres mit seinen Verletzungen verursachte bei einem Großteil der achtköpfigen Studiengruppe offensichtliches Unwohlsein. Dem einen oder anderen Studenten war das mehr als deutlich anzusehen.

Letztlich musste Professor Kingston mit anfassen, als es darum ging, die beiden Vorderläufe und die beiden Hinterläufe des Hirsches jeweils mit einer Schlinge zu umlegen. Zu viert hievten sie das Tier auf den hölzernen Kugel- und Pfeilfang und hängten es an den Schlingen in die dafür vorgesehenen Haken ein. Die Beine zeigten in den Himmel, der Kopf baumelte erschreckend locker nach unten. Über die Zunge, die schräg aus dem Äser hing, tropfte Blut. Allein daran, wie der Rücken des Tieres nach unten durchhing, war zu erkennen, dass das Tier etliche Knochenbrüche aufwies – insbesondere am Rückgrat. Die Geweihstangen waren nur noch als Stümpfe vorhanden. Der Lastwagen hatte beim Überrollen ganze Arbeit geleistet. Direkt neben dem Hirsch hing nach wie vor das Kaninchen. Der dünne Blutstrom, ausgelöst durch den Pfeilbeschuss, war mittlerweile versiegt.

Dieses Mal war es nicht Marc, der aus fünfzehn Metern Entfernung den ersten Pfeil abschoss. Kenai hatte nicht nur dabei geholfen, den Hirsch auf den Kugelfang zu hängen, sondern war auch einer der wenigen Freiwilligen, der das Tier beschießen wollte. Obwohl der Hirsch sehr viel größer war als das Kaninchen, verfehlte der erste Schuss das Ziel deutlich. Der Pfeil traf immerhin den Pfeilfang. Allerdings gut einen halben Meter oberhalb des hochgebundenen Tieres. Der zweite Schuss saß! Der Pfeil bohrte sich in den Hinterlauf, durchschlug diesen aber nicht. Beim Eindringen war ein Knacken zu hören. Vermutlich ein Knochen, der getroffen worden war.

Auch dieses Mal war Professor Kingston der Erste, der nach dem Schussversuch vor dem Hirsch stand. Die Studenten versammelten sich schweigend um das Tier. Aus der Wunde im Hinterlauf floss nur wenig Blut. »Gibt es irgendwelche wertvollen Beiträge?«, fragte der Professor in die Runde, so als erwartete er ausnahmsweise einmal nicht, dass einer seiner Studenten versuchen würde, seine Vorlesung mit einem witzigen Kommentar aufzulockern. Es herrschte Schweigen! Offensichtlich hatten die toten Tiere Eindruck bei seiner Studiengruppe hinterlassen.

Kuss im Vorbeigehen

Ross war enttäuscht! Sie hatte sich auf einen gemeinsamen Tag mit Marc gefreut. Sie hatte sich insgeheim vorgestellt, mit dem Mountainbike mit Marc zum Wreck Beach hinauszufahren und dort die Sonne, den Strand und das Meer zu genießen. Im Rucksack eine Flasche von dem Rotwein, den er aus dem Sonoma County mitgebracht hatte. Vielleicht bis zum Sonnenuntergang zu bleiben und auf dem Rückweg noch eine Kleinigkeit im Stadtzentrum von Vancouver zu essen. Auf laute Musik hatte sie keine Lust. Sie hatte sich erst letztes Wochenende von ihren Kommilitoninnen überreden lassen, auf »Tour« zu gehen, wie sie es nannten. Aber am Abend dreimal das Lokal zu wechseln, sich bei der Unterhaltung anschreien zu müssen, verständnisvoll zu nicken, wenn das Gegenüber ein Lied als »total geil« empfand – das war nicht ihre Welt. Sie hatte sich einen ruhigen, ja vielleicht sogar romantischen Tag und auch Abend gewünscht. Aber wie das schon häufiger der Fall war, kam alles ganz anders.

Marc hatte sie erst während des Frühstücks darüber informiert, dass er heute auf den Schießstand musste. Er hatte nicht gesagt, was er da genau tun würde. Aber es sei wohl wichtig für seine Studienarbeit. Das war so ziemlich alles, was er darüber zu sagen hatte. Hastig hatte er ein paar Sachen in seinen Rucksack gepackt, beim Gehen den schmalen Leinensack an sich genommen, den er am Vorabend mitgebracht hatte, und war verschwunden. Kein »Ich melde mich!«, oder »Bis nachher!«. Ein Kuss im Vorbeigehen und weg war er.

Hatte er eine andere? Ross ertappte sich erneut bei dieser Vorstellung. Dieser Gedanke kam ihr in letzter Zeit häufiger. Aber ihr Verstand und ihr Gefühl sagten ihr, dass das nicht sein konnte. Oder vielleicht doch? Sie spürte, dass Marc angespannt war. Sein

Studium ging langsam dem Ende zu und seine Masterarbeit wollte einfach nicht so recht vorankommen. Auch sie kannte dieses Gefühl, war sie doch in der gleichen Situation.

Sie hatten sich vor vier Jahren kennengelernt. Damals waren sie beide frisch nach Vancouver gezogen. Beide fingen gleichzeitig an der Universität von British Columbia mit dem Studium an. Sie lernten sich auf einer der vielen Partys kennen, bei denen man anfangs dabei sein musste. Sie die angehende Chemikerin, er der Anthropologe.

Sie ergänzten sich in vielerlei Hinsicht und jeder fragte sich, warum sie nicht längst zusammengezogen waren. Sie konnten Tage und Nächte lang philosophieren. Über das, was wirklich wichtig ist im Leben, und mindestens genauso intensiv über Unsinniges. Die Bandbreite dabei war unendlich groß und ging vom Klimawandel und dem Aussterben der Eisbären über das Liebesleben der Honigbiene im Tiefflug bis hin zur Göttlichkeit des Papstes auf Erden. Mit Marc konnte man über ernste und weniger ernste Themen diskutieren und auch streiten. Aber immer war die Diskussion von gegenseitigem Respekt der Meinung des anderen geprägt. Das war eines der Dinge, die sie an ihrer Beziehung so schätzte. Aber das Verhalten, das Marc in den letzten Wochen zeigte, war seltsam. Er wirkte ziemlich angespannt. War ständig unterwegs und auf der Suche. Was das war, was er suchte, hatte sie bisher noch nicht hinterfragt. Wenn er bei ihr übernachtete, was er nach wie vor regelmäßig tat, schmökerte er in den Wanderkarten und Landkarten, die sie in den letzten Jahren zusammengetragen hatten. Bei jeder Gelegenheit lief er barfüßig herum und versuchte auch sie davon zu überzeugen, dass der Mensch rein evolutionstechnisch barfüßig unterwegs sein müsste. Aber irgendwie schien der Mensch der Evolution enteilt zu sein. Und weil das so war, fuhr Marc meistens mit dem Fahrrad zur

Fakultät und ritt nicht auf seinem Mammut. Das blieb immer häufiger an der Veranda angebunden zurück.

Irgendetwas stimmte nicht, und Ross war fest entschlossen, Marc damit zu konfrontieren, wenn sie ihn, wann auch immer, zu Gesicht bekommen sollte.

Gefühl der Schwerelose

Mittlerweile steckten in dem Weißwedelhirsch sieben Pfeile, und die achtköpfige Studentengruppe und ihr junggebliebener Professor standen im Halbkreis um das festgebundene Tier am Pfeilfang. Die Diskussion war im Vergleich zu dem, was die Gruppe sich sonst an Konversation erlaubte, immer noch ziemlich gehemmt, und die Beklommenheit, die über der Szene lag, war deutlich zu spüren. Aber immerhin fiel den Studenten auf, dass es einen großen Unterschied machte, welche Art von Pfeilen man benutzte, aus welchen Materialien sie bestanden und aus welcher Entfernung man das Ziel beschoss.

Unter der Leitung von Professor Kingston hatte die Gruppe in den letzten Wochen Pfeile und Bögen hergestellt und analysiert, wie sich diese in ihrer Wirkung unterscheiden. Sie hatten viel Zeit investiert und den Schießstand in der Nähe des Burnaby Lake genutzt, um das Zusammenspiel von Pfeil und Bogen umfassend experimentell zu untersuchen und die Brücke zwischen Theorie und Praxis zu schlagen. Kernstück ihrer Analysen war ein Versuchsaufbau, bei dem die Bögen in einer Abschussapparatur fixiert wurden, die es mittels einer Winde erlaubte, den Bogen stufenlos zu spannen. Mit Hilfe einer Zugwaage, die zwischen Winde und Bogensehne geschaltet war, ermittelten und dokumentierten sie das jeweilige Zuggewicht. Auf diese Art konnten sie das Zugverhalten Bogen für Bogen in Kraft-Zug-Kurven darstellen und letztlich die im Bogen gespeicherte Energie errechnen.

Die Pfeilgeschwindigkeiten ermittelten sie mit Hilfe von Infrarot-Lichtschranken. Die Werte flossen in ein Programm ein, das die Studenten des Studiengangs Informatik geschrieben hatten. Professor Kingston hatte mit dieser Versuchsreihe einen Volltreffer gelandet. Alle Mitglieder der Gruppe waren mit vollem Elan dabei. Insbesondere bei der Herstellung und Fertigung der Bögen und Pfeile blühte die Gruppe auf und ließ erstaunlich viel handwerkliches Geschick erkennen. Nur der Beschuss der Tiere trübte augenblicklich etwas die Stimmung.

Die Gruppe stellte sieben Bögen her, die sich hinsichtlich des verwendeten Materials, der Länge des Bogens, der Spannhöhe und des maximalen Auszugs bewusst deutlich voneinander unterschieden. Sie ließen sich dabei von einem professionellen Bogenbauer beraten. Die gut zwei Dutzend Pfeile, die sie herstellten, bestanden überwiegend aus nordischer Kiefer. Die Federn stammten ausnahmslos aus Vancouver. Im Stanley Park gab es genug Tauben und andere Vögel, die dort ihre gefiederten Spuren hinterließen. Bei den Pfeilspitzen handelte es sich um Feuersteinspitzen und Knochenspitzen aus dem Fundus der Universität. Sie wurden in die eingeschnittenen Kerben der Pfeilschäfte eingesetzt, mit Pech verklebt und teils mit Hanf, teils mit Tiersehnen gesichert. Es handelte sich dabei um Materialien, die in dieser Verwendung für die Studenten neu waren, aber den Bezug zu frühen Jagdmethoden herstellen sollten.

Die Schussversuche auf das Kaninchen und den Weißwedelhirsch rundeten schließlich die Versuchsserie ab und waren als eigentlicher Höhepunkt geplant. Doch hier kam ein Faktor ins Spiel, der sich aus Sicht des Versuchsleiters nicht so leicht bestimmen und planen ließ. Es war die Scheu und die Distanz, die der zivilisierte Mensch im 21. Jahrhundert mittlerweile gegenüber toten Tieren entwickelt hatte. Diese Scheu, vielleicht auch Angst, war bei den Versuchsteilnehmern recht unterschiedlich ausgeprägt. Die Pfeile auf künstliche Zielscheiben abzuschießen, war so selbstverständlich wie das Binden eines Schuhs. Aber mit Bogen und Pfeil einen Tierkörper anzuvisieren und sich im Anschluss das Ergebnis am toten Objekt anzusehen, war doch etwas anderes. Der ein oder andere Student war allein schon beim Anblick des toten Hirsches eingeschüchtert. Aber es war auch zu erkennen, dass diese Scheu nach einer bestimmten Zeit der Auseinandersetzung und Beschäftigung mit dem toten Tier abnahm. Dies war bei Kenai besonders deutlich zu spüren.

Er war gebürtiger Kanadier – seine Eltern waren beide indianischer Abstammung. Kenai hatte die ersten sechs Jahre seines Lebens fast ausschließlich mit Indianern seines Stammes in einem Dorf verbracht. Alle, die dazu in der Lage waren, gingen regelmäßig auf die Jagd und zum Fischen. Natürlich war es nicht mehr die Jagd so wie vor hundert Jahren, d.h. mit Pfeil und Bogen. Fast alle seine Familien- und Clanmitglieder besaßen inzwischen ein Gewehr. Und fast jeder verstand sich auf die Fallenjagd. Und das merkte man ihm an!

Kenai hatte im Vergleich zu allen anderen Studenten die geringste Scheu, sich mit den toten Tieren auseinanderzusetzen. Selbst wenn er mit sechs Jahren noch nicht wirklich selbst auf der Jagd war, hatte er doch schon gewisse Erfahrungen gesammelt. Er schien kein Problem mit dem Geruch von Wild oder Blut zu haben. Die Art und Weise wie er geholfen hatte, die Tiere am Pfeilfang aufzuhängen, ließ ein gewisses ehrfurchtgebietendes Verhalten gegenüber den toten Tieren erkennen. Er schaute dem Weißwedelhirsch länger und bewusster in die Augen als die anderen Studenten. Er berührte sanft das weiche Fell, so als wolle er den Hirsch streicheln. War das nun ein auffälliges oder ein natürliches Verhalten? Zumindest war es anders als das der restlichen Teilnehmer, und die Vermutung lag nahe, dass es mit seiner Abstammung zu tun hatte.

Er war mit seinen Eltern mit sechs Jahren in die Großstadt gezogen und hatte seitdem seine alte Heimat in der Nähe von Prince George nur ein bis zweimal pro Jahr besucht. Er wurde mitten in der Wildnis in einem kleinen Dorf direkt am Zusammenfluss von Bowron River und Fraser River, zirka fünfzig Kilometer östlich von Prince George, geboren. Was immer er dort in seinen ersten Lebensjahren erlebt und von seinen Eltern und Großeltern genetisch vererbt bekommen hatte – es flammte in dem Augenblick auf, als er das Haupt des Tieres berührte.

Es war ein Sturm der Gefühle, und Kenai begab sich in einen Tunnel. Es gab nur noch ihn und den Hirsch. Sie schauten sich wie alte Freunde an, die sich lange nicht gesehen hatten. Alles um ihn herum verschwamm und wurde unwichtig und vollständig ausgeblendet. Es gab nur ihn und den toten Hirsch und dazwischen gab es nichts. Er fühlte sich so leicht wie noch nie in seinem Leben und hatte das Gefühl, dass er eins war mit dem Tier. In den Augen des Hirsches spiegelten sich die Berge, die dicht bewachsenen Wälder, der Fluss und die klaren Seen, von denen er ab und zu träumte. Die Sonne schien und er hörte den Schrei eines Weißkopfseeadlers. Er spürte die Kraft des Hirsches, die auf ihn überzugehen schien. Alles war so klar, so einfach, so logisch. Er genoss den Augenblick und fühlte sich frei und glücklich.

»Alles okay, Kenai?« Erst nach ein paar Sekunden registrierte er, dass jemand mit ihm sprach. »Kenai, geht es dir gut? Ist dir schlecht?«, hörte er die besorgte Stimme von Liz. Plötzlich registrierte er wieder die Gruppe um ihn herum. »Alles gut!«, brachte er etwas stotternd heraus. »Mir geht es gut!«, antwortete er

Liz, die immer noch besorgt vor ihm stand. »Mir geht es gut!«, wiederholte er, und versuchte dabei wieder einen gefassten Eindruck zu machen. Liz lächelte ihn an und verstand.

Sie mochte ihren Kommilitonen. Kenai war kein Typ, der bei allem gleich losplapperte, sondern er war eher ruhig und wirkte dadurch fast geheimnisvoll, was bei manchen Frauen gut ankam. Und Liz machte keinen Hehl daraus, dass sie ihn mochte.

Kenais Verhalten blieb auch Professor Kingston nicht verborgen. Und es war nicht das erste Mal, dass er so etwas wahrnahm. Schon in früheren Semestern hatte er vereinzelt Studenten mit indianischen Wurzeln, die in bestimmten Situationen eine ganz besondere Eigenart erkennen ließen, mit der Natur, mit Tieren oder auch Bäumen umzugehen. Offensichtlich war das, was man so gerne als »im Einklang mit der Natur« bezeichnete, bei Naturvölkern deutlich stärker ausgeprägt als beim »Weißen Mann«. Es erweckte fast den Anschein, als würden Natur und Menschen mit indianischen Wurzeln miteinander kommunizieren. Über was, blieb ihm verborgen. Er konnte nur erahnen, um was es dabei ging. Unverkennbar war aber die Kraft, die solche Menschen aus der Natur schöpfen konnten. Er wünschte sich, auch er hätte diese Erfahrungen, diese Gabe, dieses Gefühl.

Unter Druck

Shean Targot erreichte gerade noch die U-Bahn um 19:51 Uhr nach Tukwila. Zu dieser Zeit waren die meisten Pendler, die von der Innenstadt Seattles hinaus in die Vorstadtbezirke fuhren, bereits zu Hause. Er ließ sich auf einen der freien Plätze fallen, griff in die Tasche seiner Jacke und berührte die Ein-Dollar-Note, die er vor wenigen Minuten aus dem Schließfach am Bahnhof des U-

Bahn-Knotens Westlake geholt hatte. Er musste dringend überlegen, wie es weitergehen sollte!

Vor fast sechs Monaten saß er wie fast immer am Wochenende in seinem Pub unweit seines Apartments in Tukwila. Hier, in der Nähe des Flughafens von Seattle, konnte man tatsächlich noch einigermaßen günstige Wohnungen finden, und so hatte es ihn vor zwei Jahren hierher verschlagen. Er war froh, dass er nach seinem Studium so schnell eine Stelle gefunden hatte, und wunderte sich heute immer noch ein wenig darüber, dass er damals bei Seattle Sky Lens, SSL genannt, anfangen konnte. Seine schulischen Leistungen waren nie besonders herausragend gewesen, aber sein Studium hatte er mit Bravour absolviert, was auch ihn selbst überraschte. Der Schritt, nach Seattle zu ziehen, war der richtige – nicht nur um sich damit endlich von seiner Mutter abzunabeln, die ihn allzu lange an sich gebunden hatte, nachdem sein Vater das Weite gesucht hatte, als er noch ein Kind war.

Er tat sich schwer, neue Freunde in seiner Wahlheimat zu finden, strebte dies aber auch gar nicht an. Shean war immer schon ein Einzelgänger gewesen, und so machte es ihm nicht viel aus, mindestens einmal pro Woche allein in das Restaurant in der Nähe seiner Wohnung zu gehen, dort zwei Bier zu trinken und ein Steak zu essen. Auch vor sechs Monaten an einem kalten Wintertag war das so gewesen. Die junge Asiatin, die an jenem Abend auf ihn zu kam, hielt er zuerst für eine Prostituierte. Doch sie konfrontierte ihn relativ schnell mit einer ganz anderen Bitte – besser gesagt mit einem unmoralischen Angebot. Sie hielt nicht damit hinter dem Berg, dass sie erstaunlich viel über ihn wusste, insbesondere wo und für wen er arbeitete, und genau darin lag ihr Interesse. Unverhohlen meinte sie, er solle sich überlegen, ob er ihr nicht ein paar Informationen über seinen Arbeitgeber SSL geben wolle, und sollte dafür belohnt werden. Shean wusste sofort, was dies für eine Art von Anmache war, und lehnte sowohl für sich selbst als auch gegenüber der jungen Asiatin ab. Doch das hielt diese nicht davon ab, ihm über den Tresen, an dem er bevorzugt saß, ein Kuvert zuzuschieben. Er solle es sich überlegen, meinte sie, und wenige Augenblicke später war sie durch die Tür des Restaurants verschwunden.

Shean sah kein moralisches Problem darin, den Briefumschlag zu öffnen. Er enthielt ein Blatt Papier, auf dem lediglich erfragt wurde, was sein Unternehmen SSL im Wesentlichen herstellte. Nichts, was man nicht auch mit wenigen Mausklicks im Internet erfahren konnte. In dem Briefumschlag befand sich ein nummerierter Schlüssel eines Schließfachs am U-Bahnhof Westlake, in das er die Information legen sollte. Zwei Tage später würde er dafür eine „Anerkennung" bekommen, wie sie es nannte. Die Asiatin, die Shean weder China noch Vietnam zuordnen konnte, hatte ihm in wenigen Sätzen die Vorgehensweise erklärt und ihn dabei nett angelächelt, ohne dass sie es nötig gehabt hätte, Druck auszuüben. Shean musste über das Angebot innerlich grinsen – so billig und offensichtlich war die Strategie, die sich dahinter verbarg, dass er es schon als amüsant empfand. Zwei Tage überlegte er, was er tun sollte – vermutete sogar einen Test seines Arbeitgebers. Aber letztlich würde er niemanden mit dieser Information schaden, und deshalb legte er die gewünschten Informationen in das Schließfach. Die „Anerkennung", die er zwei Tage später aus dem Schließfach nahm, verschlug ihm die Sprache. Für zwei Seiten Informationen, die man relativ schnell anderweitig im Internet finden konnte, wurde er mit 1000 Dollar entlohnt. Neben dem Geld lag ein neuer Umschlag.

Über Monate hinweg wurden die gewünschten Informationen immer diffiziler. Längst sollte er Kundendaten, Auslieferungsdaten von Produkten und anderes mehr liefern. Erst als er in der Firma mitbekam, dass jemand gezielt Kunden bestahl und Auslieferungen abgefangen wurden, dämmerte ihm langsam, dass unter

Umständen die von ihm gelieferten Informationen damit zu tun haben könnten. Dies war der Zeitpunkt, an dem er für sich entschied, nicht mehr alle gewünschten Informationen zu liefern und auch nicht mehr in der Qualität wie bisher. Diese Strategie blieb seinem heimlichen Auftraggeber jedoch nicht verborgen. Die beiden letzten Male hatte er für die gewünschten Informationen keine fette Belohnung erhalten – lediglich eine Ein-Dollar-Note und die gleiche Liste erneut. Offensichtlich war man mit ihm nicht mehr zufrieden.

So hielt er heute zum dritten Mal eine Ein-Dollar-Note in den Händen, und deshalb dachte er in der U-Bahn darüber nach, wie er weiter vorgehen sollte. Er musste komplett aussteigen! Sein leerer Blick ging hinaus in die Vorstadtbezirke von Seattle, die an ihm vorbeirasten. Erst nach etlichen Minuten registrierte er, dass der Mann, der ihm gegenüber Platz genommen hatte, ihm ständig direkt in die Augen schaute. Shean wich dem Blick aus, aber ein Kontrollblick sagte ihm, dass sein Gegenüber ihn bewusst mit unverändert ernster Miene anstarrte.

Für asiatische Verhältnisse war der Mann recht groß und muskulös gebaut. Seine Hände und Arme sowie sein Hals waren, soweit man das einsehen konnte, tätowiert. Entlang seines Ohrs schlängelte sich ein roter Drachen. Zum Glück musste Shean an der nächsten Haltestelle aussteigen. Kurz nach dem Verlassen der U-Bahn überprüfte er, ob ihm jemand folgte. Nachdem dies offensichtlich nicht der Fall war, lief er erleichtert die wenigen hundert Meter bis zu seinem Apartment, das im zweiten Stock lag. Er schloss die Tür auf und machte das Licht an. Der Stachelschwanzwaran, der in dem Terrarium auf einem Ast saß, nahm müde Notiz von ihm. Shean legte seine PC-Tasche ab und entledigte sich seiner Jacke. Mit wenigen Schritten war er an den drei Fenstern, die der Straße zugewandt waren, und schloss die Vorhänge. Gerade als er den letzten Vorhang zuziehen wollte, entdeckte er den Mann auf dem gegenüberliegenden Gehweg, der gut sichtbar unter dem Laternenmast stand. Es gab keinen Zweifel! Es war der Asiate, der ihm in der U-Bahn direkt gegenüber gesessen hatte. Stehend schaute er noch beeindruckender aus. Er blickte direkt auf Sheans Apartment und machte keinerlei Anstalten, sich zu entfernen, als er von Shean entdeckt wurde. Shean Targot war sofort klar, dass dies kein Zufall sein konnte. Jemand versuchte, ihn einzuschüchtern, und er wusste, wer sich dahinter verbarg.

Er hatte nicht in Erfahrung bringen können, wer sein Auftraggeber war. Die chinesische oder koreanische Mafia vielleicht? Oder tat man nur so, als handele es sich um die Mafia, während sich stattdessen ein Unternehmen, ein Geheimdienst oder eine fremde Regierung dahinter verbarg? Er hatte keine Ahnung, aber ihm war klar, dass er handeln musste. Er wusste nur noch nicht, wie er sich aus seiner misslichen Lage befreien konnte. Er öffnete den Kühlschrank, um sich ein Bier zu holen, und erschrak zu Tode. Im Kühlschrank lag der abgetrennte Kopf einer Katze – die Augen weit aufgerissen und der Schrei stand der Katze sprichwörtlich noch ins Gesicht geschrieben. Shean war geschockt! Die Drohung, die hinter diesem abscheulichen Einschüchterungsversuch stand, war genauso real wie der Asiate auf der Straße.

Der Mann vor dem Fenster, der Katzenkopf in seinem Kühlschrank, die Gewissheit, dass in seiner Abwesenheit einfach jemand in seine Wohnung eingedrungen war, ohne dass es ihm aufgefallen war. Die Angst, dass es jederzeit wieder passieren konnte, und das Gefühl, hilflos ausgeliefert zu sein, verfehlten ihre Wirkung nicht. Shean hatte nur ein wenig vom Honig kosten wollen und nun hing er wie eine Fliege in der Falle fest und hatte keine Ahnung, wie er seinem Schicksal entkommen sollte. Er fühlte sich ernsthaft bedroht. Und ja, er hatte Angst. Angst davor, dass man ihm etwas antun würde.

Italienischer Abend

Ross konnte es nicht glauben. Sie hatte sich den ganzen Tag gezwungen, Marc nicht anzurufen, und jetzt kam eine kurze und knappe WhatsApp mit der Frage, ob sie Lust hätte, in die Innenstadt zu kommen, um mit ihm und seinen Kommilitonen und Kommilitoninnen eine Pizza zu essen und ein paar Bierchen zu trinken. Sie war jetzt nicht weniger sauer als heute Morgen.

Eine Stunde später holte sie tief Luft, als sie die Tür zum »Ristorante Da Nicola« öffnete. Die Pizzeria war bis auf den letzten Platz gefüllt und die Luft war stickig. Es roch nach Essen und guter Laune. Ihr Blick schweifte durch den Raum. Sie entdeckte sogleich die Gruppe der Studenten, die links hinten in der Ecke an einem großen runden Holztisch saß. Offensichtlich hatten sie schon gegessen und auch schon die zweite oder dritte Runde an Getränken bestellt. Sie unterhielten sich angeregt. Marc, der mit dem Rücken zu ihr zugewandt saß, merkte erst, dass Ross da war, als sie ihre Hand auf seine Schulter legte. Er drehte sich um, nahm sie wahr, sprang auf und nahm sie in die Arme. Er gab ihr einen Kuss auf den Mund, den sie nur halbherzig erwiderte. »Komm, setz dich!«, brach es aus ihm heraus, so als hätte er nicht gespürt, dass sie sauer war. Er war sichtlich froh, dass Ross gekommen war. Sie setzte sich auf den einzigen freien Stuhl am Tisch.

»Weißt du, was wir heute getan haben!«, sprudelte es aus ihm heraus. Sie wollte eigentlich erwidern, »Und willst du vielleicht wissen, was ich heute den lieben langen Tag so gemacht habe!«

Aber sie verkniff sich den bissigen Kommentar. Und so hörte sie sich stattdessen an, was Marc und die anderen heute auf dem Schießstand erlebt hatten.

Sie waren alle geschlossen in die Pizzeria gekommen. Selbst Professor Kingston war anfänglich dabei gewesen, konnte aber nur schnell etwas trinken, da er noch eine andere »wichtige Verabredung« hatte, wie er es nannte. Er war kurz bevor Ross gekommen war, gegangen und hatte die Studenten mit ihren Erlebnissen zurückgelassen. Alle wirkten wie aufgedreht und erleichtert zugleich und erzählten zum Teil durcheinander von dem toten Hirsch, von Blut, dem ekligen Geruch und von Pfeilen mit allen möglichen unterschiedlichen Spitzen.

Für Ross wirkte die Runde wie eine Gruppe, die geschlossen eine Beichte ablegen wollte. Sie hörte viel von Ängsten und Gefühlen, von einem großartigen Abschluss des Semesters und wie es für jeden einzelnen weitergehen sollte. Je mehr Ross aufschnappte, desto mehr verflog der Ärger, den sie Marc gegenüber verspürt hatte. Je mehr sie hörte, desto mehr wuchs ihr Respekt vor dem, was ihr Freund heute erlebt hatte. Sie schauten sich an und gaben sich einen Kuss. Einen Kuss, den sie beide wollten und genossen – und der sie alles vergessen ließ, was um sie herum war. Sie hatten sich wiedergefunden.

Die Beichte

Es war kurz vor 10 Uhr morgens, als Marc aufwachte. Ross hatte sich eng an ihn gekuschelt und schien noch tief zu schlafen. Er schob, so vorsichtig wie er nur konnte, ihren Arm von seiner nackten Brust.

Es war spät geworden gestern Abend. Sie hatten bis zwei Uhr morgens in der Pizzeria zusammengesessen und wären sicherlich auch noch länger geblieben, aber irgendwann wurden sie höflich aufgefordert, das Restaurant vielleicht gegen eine Bar einzutauschen. Aber es war für alle ein langer Tag gewesen, und so gab es nach »Da Nicola« für die meisten Studenten keinen anschließenden Barbesuch mehr. Ross und Marc gingen nach Hause. Sie liebten sich innig, wie sie es schon lange nicht mehr getan hatten. Für Ross war die Welt nach dem gemeinsam verbrachten Abend wieder in Ordnung.

Als Marc wach wurde und sie so liegen sah, kreisten seine Gedanken sofort wieder darum, wie er es Ross beichten sollte. Er quälte sich seit Wochen damit herum. Er beschloss in die Küche zu gehen und Frühstück für sie beide vorzubereiten und sie damit zu überraschen. Leider schaffte er es nicht ganz. Durch das Klappern des Geschirrs und vielleicht auch, weil Ross die Wärme von Marc vermisste, wachte sie langsam auf. Erfreut nahm sie wahr, dass Marc das Frühstück zubereitete. Sie streifte sich ihr Nachthemd über, folgte ihm in die Küche und umarmte ihn von hinten. Sie gab ihm einen Kuss auf seine nackte Schulter und schmiegte ihr Haupt an seinen Rücken. Das hatte sie vermisst. Marc erwiderte ihre Zuneigung. Sie fingen an, zu frühstücken.

»Ich fand es schön, dass du mich gestern Abend bei der Runde dabeihaben wolltest!«, fing Ross an, auf den Vorabend einzugehen. »Ich hatte schon befürchtet, du hättest eine andere!« Marc schaute sie erstaunt an und wusste, dass jetzt der Augenblick der Offenbarung war. »Du hast gedacht, ich hätte eine andere?«, wiederholte er ungläubig. »Ja! Du hast dich in den letzten Wochen sehr wenig um uns gekümmert, warst ständig unterwegs und gedanklich mit anderen Dingen beschäftigt!«, sprudelte es aus ihr heraus. Marc ließ sie gewähren, war aber in Gedanken schon dabei, seine Beichte zu formulieren, und wartete nur auf den richtigen Augenblick.

»Ross, ich habe keine andere! Ich liebe dich! Aber ich war tatsächlich in den letzten Tagen sehr beschäftigt, und es gibt da was, über das ich mit dir reden muss.« Ross horchte auf und bemerkte, dass in Marcs Stimme ein ernster Unterton mitschwang. »Ich, besser gesagt wir, also die Studiengruppe, haben im letzten Semester viel erlebt und viele von uns haben Grenzerfahrungen gemacht. Wir haben mit Pfeilen auf tote Tiere geschossen und uns ausgemalt, wie unsere Urahnen in der Wildnis gelebt haben.« Marc stotterte vor sich hin, bis Ross ihn abrupt unterbrach. »Marc, was ist los? Sag mir, worauf du hinauswillst, und hör auf, hier rumzudrucksen!«

Marc sammelte sich und überlegte, ob er das Thema weiter auf die gleiche Art und Weise angehen oder ob er es einfach kurz und schmerzlos auf den Punkt bringen sollte. »Was ist los?«, erklang es ungeduldig von Ross herüber. Er hielt kurz inne.

»Ich würde gerne vier Wochen mit Kenai in die Wildnis gehen!« Ross schaute ihn mit einer Mischung aus Irritation und Ungläubigkeit an. Es verging eine halbe Ewigkeit, bis Ross reagierte. »Wie meinst du das, mit Kenai in die Wildnis gehen?« Etwas zögernd begann Marc: »Kenai und ich würden gerne ausprobieren, wie es ist, vier Wochen in der Wildnis zu leben, ohne größere Hilfsmittel, ohne Zelt, ohne Nahrung, nur auf uns allein gestellt. Wir wollen ergründen, ob das für den zivilisierten Menschen noch möglich ist, und wollen die Erfahrungen unserer Urahnen erleben. Jagen, Fischen, Feuermachen.«

Marc hätte weiter gesprudelt, aber die Reaktion, die Ross zeigte, hatte er nicht erwartet. Sie fing an, laut zu lachen, und wer sie gut kannte, glaubte zu hören, dass dabei eine gewisse

Erleichterung mitschwang. »Du willst in die Wildnis? Ich dachte die ganze Zeit, du möchtest dich von mir trennen, du hättest eine andere! Warum hast du mir das nicht schon früher gesagt?« In diesem Augenblick ärgerte sie sich, dass sie das mit der anderen Frau überhaupt angesprochen hatte.

Jetzt war Marc derjenige, der etwas perplex war. Er hatte sich darauf eingestellt, von Ross eine gewaltige Abfuhr zu bekommen. Hatte er sich denn tatsächlich die letzten Wochen so eigenartig benommen? »Na ja, ich hatte einfach Angst, es dir zu sagen. Warum weiß ich eigentlich auch nicht. Aber es war einfach so ein Gefühl, dass es dir nicht passen würde.« Ross grinste ihn an, und die Erleichterung war ihr immer noch anzumerken, ihre Stimme klang dabei nicht negativ. »Toll finde ich es jetzt nicht gerade, wenn ich ehrlich bin, aber es ist ok. Was genau habt ihr vor? Wo soll das Ganze stattfinden, und vor allem, wann wollt ihr das machen?«

Ross bombardierte ihn mit Fragen, und Marc ertappte sich dabei, dass er immer noch Angst hatte, ihr alle Details mitzuteilen. Am meisten druckste er herum, als er sie wissen ließ, dass es bereits in zwei Wochen losgehen sollte. Je mehr Einzelheiten er erzählte, desto mehr nahm er die Bedenken in Ross' Gesicht wahr. Die Fakten, die er ihr mitteilte, ließen eher auf einen Selbsterfahrungstrip mit nicht zu unterschätzenden Risiken schließen. Risiken, die sie zumindest billigend in Kauf nahmen. Vier Wochen kanadische Wildnis, keine feste Unterkunft, nicht einmal ein Zelt, keine Essensvorräte, keine Werkzeuge, keine Medikamente, keine Waffen, kein Handy. So gut wie keine Kleidung, und das in einer Region, die vermutlich menschenleer war und in der ein Schwarzbär noch das kleinere Übel war. Jeder der beiden Teilnehmer an dieser „Expedition“ durfte sich nur drei Gegenstände aussuchen, die er mitnehmen konnte. Alles andere war tabu. Um welche drei Gegenstände es sich jeweils handelte, hatten Marc und Kenai noch nicht festgelegt. Aber es würde wohl auf ein Messer, einen Feuerstein, vielleicht auf ein Seil oder einen Pfeil hinauslaufen. Ansonsten durften beide eine kurze Hose tragen – mehr nicht! Wer in Gottes Namen macht so etwas? Und vor allem warum und zu welchem Zweck?

Marc versuchte Ross alles zu erklären und führte dabei viele Gründe auf. Aber letztlich merkte er, dass keiner der von ihm genannten Gründe wirklich zwingend war. Trotzdem wollte er diese Erfahrung machen. Wer kann von sich schon behaupten, jemals ein solches Abenteuer erlebt zu haben. Er würde seinen Kindern und Enkeln davon erzählen können. Wann, wenn nicht jetzt? Er war jung und gesund, hatte in den Semesterferien Zeit und mit Kenai einen Gleichgesinnten gefunden.

Er hatte bis zuletzt gehofft, die Erfahrungen dieses Wildnisabenteuers in seine Masterarbeit einfließen lassen zu können – den Trip unter wissenschaftlichen Aspekten beleuchten zu können. Aber als er seinen Professor vom wissenschaftlichen Nutzen des Unternehmens überzeugen wollte, bekam er keine Zustimmung. Nicht weil Robert Kingston die Idee als Grundlage für eine Masterarbeit nicht interessant genug fand, sondern weil er die Verantwortung dafür nicht mittragen konnte und wollte. Er würde sich und der kompletten Fakultät und vor allem Marc und Kenai keinen Gefallen tun, wenn er ein gefährliches Studienvorhaben unterstützte und einem seiner Studenten etwas passieren würde. Diese Verantwortung konnte und wollte er nicht übernehmen. Er sah es sogar als seine Pflicht an, Marc und Kenai aktiv auf die Gefahren dieser Unternehmung hinzuweisen. Es war ihm wichtig, dass die beiden erkannten, auf was sie sich einließen: Kälte, Hunger, Durst, Verletzungen ohne schnelle ärztliche Versorgung, Bären, Schlangen, Steinschlag, Ertrinken. Es gab viele Gefahren für Leib und Leben.

Professor Robert Kingston versuchte, ein möglichst reales Bild zu zeichnen, und ertappte sich dabei, dass er selbst diese Erfahrungen leider nie gemacht hatte, und jetzt etwas tun musste, was er überhaupt nicht mochte: Sich der Theorie zu bedienen, um Marc und Kenai die möglichen Konsequenzen ihres Vorhabens aufzuzeigen. Er empfand dies als seine Pflicht in seiner Funktion als Lehrkraft und Eingeweihter. Und am Ende ging es natürlich auch darum, etwaige Schuld- und Haftungsfragen für ihn persönlich auszuschließen. Insgeheim, aber das würde er Marc und Kenai niemals sagen, fand er es mutig und aufregend, dass die beiden den Schritt zu solch einem Abenteuer wagten und sich durch nichts davon abbringen ließen. Er, der Professor wäre gerne selbst bei diesem Trip dabei. Er beneidete die beiden Studenten – Bedenken und Gefahren hin oder her.

Je mehr Marc Ross von dem Vorhaben erzählte, desto mehr verschloss sich ihr Gesicht. Aber er spürte, dass sie kein unüberwindbares Hindernis darstellen würde. Sie waren zwar nicht verheiratet, aber lange genug zusammen, um gegenseitig Rücksicht zu nehmen. Auch Freiheiten gehörten dazu, und das war es eben, was die Beziehung so wertvoll und besonders für ihn machte.

Letztlich ließ Ross ihn wissen, dass sie eh vorhatte, in den Semesterferien ihre Eltern für ein paar Tage, vielleicht auch Wochen, zu besuchen, und so empfand sie es sogar als ganz praktisch, dass Marc während dieser Zeit anderweitig verplant war. Sie hatte bis zuletzt darüber nachgedacht, Marc mitzunehmen. Aber sie würde neben ihren Eltern sicherlich auch noch ein paar alte Freunde aus der Schule besuchen. Und die nächste Gelegenheit, bei der ihre Eltern sie und Marc wiedersehen würden, war spätestens an Weihnachten. Marc war darüber sicherlich nicht allzu traurig. Er verstand sich zwar gut mit ihren Eltern, aber ihm kam es ganz gelegen, wenn sich die Besuche bei ihnen nicht zu sehr in die Länge zogen.

Countdown

Marc und Kenai waren in den vergangenen beiden Wochen oft zusammengesessen und hatten sich intensiv mit den Einzelheiten ihres »Wildnistrips«, wie sie das Vorhaben untereinander nannten, beschäftigt. Die längste Diskussion hatten sie über den Ort der Aktion geführt, der klaren Rahmenbedingungen unterworfen war.

Die Region musste idealerweise in British Columbia oder Alberta liegen und möglichst abgelegen sein. Kein Mensch sollte sie dabei ertappen, wenn sie halbnackt durch den Wald strichen, Brombeeren sammelten oder Fische fingen. Der Ort musste wildreich und öffentlich zugänglich sein und das Jagen und Fischen musste erlaubt sein. Das Wasser musste ohne Aufbereitung genießbar sein und das Klima nicht zu rau. In Kanada gab es dafür sicherlich tausende von geeigneten Orten. Studierte man aber die Landkarten etwas intensiver, zoomte man mit Google Maps oder Google Earth die Regionen an, boten sich meist Gegebenheiten, die sich mit ihren Vorstellungen nicht oder nur unzureichend deckten.

Das, was auf den klassischen Landkarten fast wie weiße unerforschte Flecken erschien, war bei näherer Betrachtung durchzogen mit Straßen und Schotterwegen. Google Maps zeigte ganz deutlich die großflächige Abholzung ganzer Landstriche und Täler. Viele Flüsse, selbst die entlegensten, wurden für Rafting- oder Angeltouren kommerziell genutzt. Jagdausflüge und Jagdhütten wurden landauf und landab angeboten. Letztlich entschieden sie sich für den Bowron Lake Provincial Park. Besser gesagt, den südöstlichen Ausgang des Parks.

Der Park selbst lag im Zentrum von British Columbia, zirka 115 Kilometer östlich von Quesnel, im Cariboo Regional Distrikt.

Zugänglich war der Park nur über eine Schotterstraße von Barkerville aus, die in der nordwestlichen Ecke des Parks endete. Hier befanden sich auch die Parkverwaltung und der Hauptausgangspunkt für Parkbesuche. Durch die etwas problematische Erreichbarkeit hielt sich die Zahl der Besucher in Grenzen, wurde sogar bewusst reguliert und beschränkt. Ein Umstand, der ihrem Vorhaben entgegenkam. Der Bowron Lake Provincial Park war besonders bei Kajakfahrern sehr beliebt. Es gab zwar auch Rundwanderwege, aber der Höhepunkt des Parks stellten sicherlich die Wasserwanderwege dar, die dem Verlauf verschiedener Flüsse und Seen folgten und über kurze Trage- und Schiebepassagen, sogenannte Portages, miteinander verbunden waren. Der komplette Rundwanderweg per Kajak oder Kanu wies insgesamt eine Paddelstrecke von zirka 116 Kilometern auf und konnte in etwa sieben Tagen bewältigt werden. Von oben betrachtet bildete der Wasserwanderweg die Form eines Parallelogramms, eingerahmt vom herrlichen Panorama der kanadischen Rocky Mountains.

Marcs und Kenais Plan war es, im nordwestlichen Gebiet des Parks mit dem Kanu einzusteigen und dann etwa zwei bis drei Tage bis kurz vor den Sandy Lake zu paddeln. Bis zu diesem See war das in diese Richtung möglich und entsprach fast einer langen Seite des Parallelogramms. Hier im Südwesten des Parks zweigte der Cariboo River nach Süden ab und verließ nach etwa vier Kilometern den Park. In diesem Bereich, so hofften sie, könnten sie weitestgehend ungestört ihrem Abenteuer nachgehen, ohne die Schutzbestimmungen des Parks zu verletzen. Im Falle eines Unfalls konnten sie innerhalb weniger Stunden wieder zurück in den Park, um dort Hilfe zu finden – sei es bei Parkbesuchern oder den im Park patrouillierenden Rangern.

Da Marc und Kenai von ihrem Vorhaben nicht abzubringen waren, hatte Professor Kingston sie darum gebeten, ihr Vorhaben zumindest bei der Parkverwaltung anzumelden. Die Universität Vancouver hatte über die letzten Jahre diverse Forschungsprojekte mit dem Bowron Lake Provincial Park durchgeführt. Die Parkverwaltung staunte nicht schlecht, als sie von der Idee des Wildnistrips hörte. Aber da letztlich ihr Vorhaben am Rande des Parks, beziehungsweise außerhalb des Parks stattfinden sollte, konnte die Verwaltung Marc und Kenai den Aufenthalt nicht verbieten. Sie bestand jedoch ausdrücklich darauf, dass innerhalb des Parks kein Wild gejagt werden durfte – Fischen hingegen war erlaubt. Marc und Kenai erhielten eine Sondergenehmigung, mit der sie im Ausnahmefall im Park selbst »wild zelten« und Feuer außerhalb der dafür ausgewiesenen Plätze machen durften. Als Gegenleistung mussten sie sich aber eine ausführliche Belehrung anhören.

Die beiden Freunde studierten den Park und die Randzone sehr genau. Immerhin sollte es ihre Heimat für vier Wochen werden. Im nordwestlichen Teil waren die Berge ziemlich flach, während sie im östlichen Gebiet eher schroff wirkten. Der höchste Punkt war der Vixen Peak mit einer Höhe von 2693 Metern. In und am Rande des Parks gab es zahlreiche größere und kleinere Seen. Er war überwiegend geprägt von altem, natürlich gewachsenem Baumbestand. Flora und Fauna boten alles, was das Herz von Naturliebhabern höherschlagen lässt. Grizzlybären, Schwarzbären, Wölfe und Vielfraße, Elche, Hirsche, Schneeziegen und Karibus. In und an den Bächen und Seen fanden sich Biber und Fischotter. Die Regenbogenforelle war genauso beheimatet wie diverse andere Forellenarten, Saiblinge, Felchen und auch Lachse. 130 Vogelarten rundeten das Bild ab, darunter befanden sich unter anderem auch Kanadakraniche, Trompeterschwäne, Sumpfohreulen, Reiher und die Nordamerikanische Rohrdommel.

All das war sehr vielversprechend, und der Wildreichtum beschränkte sich nicht nur auf den Park, sondern auch auf die komplette Region um den Park herum. Hinzu kam, dass Kenai am Fraser River zur Welt kam und die ersten sechs Jahre seines Lebens nur zirka 60 Kilometer Luftlinie vom Bowron Lake Provincial Park entfernt gelebt hatte. Genauer gesagt am Zusammenfluss von Fraser River und Bowron River, der seinen Ursprung im Bowron Lake hat. Irgendwie war das deshalb ein Teil seiner Heimat, auch wenn er selbst noch nie im Bowron Lake Provincial Park gewesen war. Dieses Gesamtpaket machte die Entscheidung letztlich doch recht einfach. Das Ziel hieß Bowron Lake!

In organisatorischer Hinsicht gab es für die beiden vieles vorzubereiten. Kenai informierte seine Eltern offen über sein Vorhaben und erhielt dafür nach Momenten der Überraschung die volle Unterstützung. Er traf sich relativ häufig mit seinen Eltern, die in einem Vorstadtbezirk von Vancouver wohnten.

Marc informierte seine Eltern lediglich telefonisch darüber, dass er in den bevorstehenden Semesterferien keine Reise für 5000 Dollar auf Kosten seiner Eltern nach Hawaii buchen würde, sondern mit einem Freund im Bowron Lake Provincial Park kanuwandern und campen gehen würde. Die genaueren Umstände ersparte er ihnen – nicht zuletzt auch, um längeren Diskussionen aus dem Weg zu gehen. Mit ruhigem Gewissen tat er das allerdings nicht. Seine Eltern waren überrascht über diese Ankündigung ihres Sohns, freuten sich aber, dass ihr Sprössling die Gestaltung seiner Semesterferien nun etwas vernünftiger anging. Noch mehr hätten sie sich sicherlich gefreut, wenn er für ein paar Wochen gearbeitet hätte. Nicht, dass Marc oder sie das nötig gehabt hätten. Ganz im Gegenteil. Marcs Eltern gehörten zur gehobenen Mittelschicht. Sein Vater war leitender Angestellter in einem großen amerikanischen IT-Unternehmen, während seine Mutter als Lehrerin arbeitete. Es ging ihnen vielmehr darum, dass sich Marc langsam aber sicher auf den »Ernst des Lebens«, auf die Zeit nach dem Studium, vorbereiten sollte. Und die Semesterferien waren dafür eine gute Möglichkeit, wie sie fanden.

Marc teilte diesen Standpunkt nicht ganz. Immerhin hatte er ein anstrengendes Semester hinter sich. Und seiner Meinung nach steckte in dem Wort »Semesterferien« nicht ganz grundlos das Wort »Ferien«. Marc würde seine Eltern nach dem Wildnistripp in Palo Alto besuchen, und er vermied es zum jetzigen Zeitpunkt, allzu viele Details seines »Campingurlaubs« preiszugeben. Vorläufig reichte die Information, dass er im Bowron Lake Provincial Park eine Kanutour mit einem Freund unternehmen würde. Natürlich fragten seine Eltern nach: »Gibt es da nicht Bären und Wölfe?« Aber sein Argument, dass die Wahrscheinlichkeit von einem Auto überfahren zu werden, sicherlich größer sei, als von einem Bären gefressen zu werden, besänftigte sie etwas.

Marc und Kenai trafen sich auch regelmäßig mit Professor Kingston. Wenn er den beiden schon die Idee nicht ausreden konnte, so wollte er ihnen wenigstens mit Rat und Tat zur Seite stehen. Und auch Ross und Liz ergänzten die Runde hin und wieder. Gemeinsam organisierten sie die Fahrt von Vancouver nach Bowron Lake, die letzte Übernachtung vor Beginn der Tour und buchten das Kanu, das die beiden in die Wildnis und hoffentlich auch wieder herausbringen sollte. Es galt die Ausrüstung zusammenzustellen, die Marc und Kenai für die ersten und letzten drei Tage mitnehmen durften. Sie überprüften die Gültigkeit ihrer Impfungen und ebenfalls die Optionen, die sie im Falle eines Unfalls haben würden. Sie durchliefen einen Crashkurs in »Erster Hilfe«, besorgten sich jeweils eine Jagdlizenz und studierten Bücher über essbare Pflanzen und deren medizinische Wirkung. Über den Speer-, Pfeil- und Bogenbau hatten sie bereits umfassend praktisches Wissen gesammelt. Was ihnen noch fehlte, war die Praxis im Bau von Reusen und einer guten Unterkunft. Die theoretischen Grundlagen dafür hatten sie aber zumindest nachgelesen.

Das häufige Barfußgehen der letzten Wochen hatte ihnen zusätzliche Hornhaut verschafft. Von Tag zu Tag duschten sie etwas kälter, um sich abzuhärten. Das zumindest bildeten sie sich ein. Sie besprachen gemeinsam mit Ross und Liz, wann und wo sie sich wieder treffen würden. Ross würde die Abwesenheit von Marc nutzen, um ihre Eltern in Edmonton zu besuchen. Liz würde in Vancouver bleiben. Beide nahmen sich aber vor, Marc und Kenai bis zum Bowron Lake zu begleiten und sich dort von ihnen zu verabschieden. Und sie würden die beiden nach ihrem Selbsterfahrungstrip vier Wochen später dort auch wieder abholen. Sie konnten jedoch zum jetzigen Zeitpunkt noch nicht wissen, dass das Wiedersehen so ganz anders verlaufen würde, als sie das geplant hatten.

Seattle Sky Lens

Nicholas Swinton musste sich erst einmal hinsetzen. Er hatte den wohl größten Deal in der Geschichte von Seattle Sky Lens, kurz SSL bezeichnet, an Land gezogen. Viel Zeit und Arbeit hatte er als Geschäftsführer zusammen mit seinem Managementteam in dieses Projekt gesteckt. Allein das Auftragsvolumen für die optischen Teile umfasste fast vier Milliarden Dollar. Auf den Servicevertrag entfielen weitere drei Milliarden über einen Zeitraum von fünf Jahren. Es zeigte sich, dass die Suche nach optischen Geräten zur Erkundung des Weltraums, aber auch zur Erforschung und Überwachung der Erde, ungebrochen war. Viele Projekte hatten dabei einen kommerziellen Hintergrund. Manche verfolgten aber auch politische Interessen.

Die Menschen wollten nicht nur mehr vom Universum erfahren, sondern vor allem auch einen besseren Blick auf die Erde werfen. Es ging dabei um die Erforschung von Ressourcen und Rohstoffvorkommen aller Art, um den Klimawandel und die Bevölkerungsentwicklung und natürlich auch um das Ausspionieren anderer Nationen – sowohl aus wirtschaftlicher als auch aus militärischer Sicht. Die Auftraggeber von SSL kamen aus allen Bereichen und umfassten Regierungen, das Militär, große Industriekonzerne, Versicherungen, Forschungsinstitute und noch viele andere Einrichtungen. Und nicht jeder Kunde, der in seinem Namen einen Auftrag platzierte, tat dies ausschließlich für seine eigenen Interessen. Hinter vielen Aufträgen steckten Regierungen, die als solche nicht erkannt werden wollten. Auf kaum einem anderen Industriesektor gab es so viele Scheinfirmen wie auf dem Gebiet der Erforschung der Erde und des Weltalls, der Erforschung des Universums, seiner Planeten und rohstoffreichen Kometen.

Nicholas Swinton saß noch alleine in dem großen Konferenzraum. Vor ihm standen auf dem acht Meter langen ovalen Konferenztisch noch die Sektgläser seiner Kollegen, die bis vor zehn Minuten gemeinsam mit ihm den Abschluss des Deals begossen hatten. Er war nun seit fast fünfundzwanzig Jahren bei SSL. Er hatte als Assistent der technischen Geschäftsleitung angefangen und sich von dort hochgearbeitet. Er war fast ein Jahrzehnt lang in leitender Position als Direktor der Abteilung Forschung und Entwicklung und schließlich da angekommen, wo er heute war, d.h. Geschäftsführer von SSL. Der Boom der letzten Jahre bei der Erforschung der erdnahen Umgebung hatte den Umsatz von SSL innerhalb von fünf Jahren verdreifacht. Der Blick in die Tiefe des Alls versprach auch für die nächsten Jahre ein deutliches Umsatzwachstum. Und bei SSL intern machte man sich bereits Gedanken darüber, nicht nur wichtige optische Bauelemente zu fertigen, sondern selbst Satelliten zu entwickeln und ins All zu schicken. Aber das wäre ein gewaltiger Schritt, der gut überlegt sein wollte, zumal man derzeit die hohe Nachfrage nach den Produkten aus dem aktuellen Portfolio von SSL nur bedingt befriedigen konnte.

Noch vor 25 Jahren kamen die großen Aufträge meistens von Regierungen. Heutzutage waren es vorwiegend Unternehmen und Konzerne. Jeder musste bei der Erforschung dabei sein, und entsprechend sahen auch die Auftragsbücher aus. Es gab wenige Unternehmen weltweit, die in der Lage waren, Spiegel, Linsen und Filter für erdgebundene und nicht erdgebundene Teleskope zu entwickeln. Bauelemente, die rein genug sind, um ohne Streuverluste messerscharfe Bilder zu projizieren. SSL gehörte dazu, und die Nachfrage nach der von SSL gebotenen Qualität sorgte dafür, dass die Produktion den Aufträgen hinterherhinkte und sich daraus ganz neue Herausforderungen ergaben.

Manche Auftraggeber mussten zum Teil Monate warten, bis sie die bestellten Komponenten in den Händen halten, beziehungsweise verbauen konnten. Und offensichtlich gab es Kunden, die nicht solange warten wollten oder konnten. Sie waren bereit, mehr zu zahlen, wenn sie dadurch schneller an ihre Bestellungen kamen – teilweise sogar erheblich mehr! Es ging schlichtweg darum, der Erste zu sein. Wer als erster Rohstoffe entdeckte, hatte die besten Möglichkeiten, den »Claim« für sich abzustecken. Zeit war der entscheidende Faktor. Zeit war buchstäblich Gold wert.

SSL verkaufte weltweit. Seit etwa vier Jahren gab es Auffälligkeiten beim Verlust von Komponenten – besser gesagt dem Diebstahl von bereits installierten Komponenten. SSL verzeichnete verstärkt Hacker- und Cyberangriffe auf das Firmennetzwerk. Die Zahl an E-Mails mit verdächtigen Anhängen stieg sprunghaft an und die Zahl von deutlich intelligenteren Angriffen hatte signifikant zugenommen. Bewerber wurden sehr intensiv überprüft und die Angaben in ihren Lebensläufen streng kontrolliert. Und auch hier war die Zahl an Stellenbewerbern, die mit falschen Angaben aufwarteten und allein schon deshalb Sicherheitsfragen aufwarfen, beträchtlich. Letztlich waren es die Diebstähle und versuchten Diebstähle von Komponenten, die vor zwei Jahren dazu führten, dass sich SSL mit einem eigenen Bereich »Sicherheit« neu aufstellte.

Man hatte sich vertraulich beraten lassen und war peinlich darauf bedacht, dass das Thema Sicherheit und etwaige Sicherheitsrisiken nicht an die Öffentlichkeit und somit an Kunden und Auftraggeber durchsickerte. Die Aufgabe der Sicherheitsabteilung war es, SSL und seine Kunden vor Diebstählen, einem Ausspionieren und sonstigen Angriffen zu schützen. Dazu gehörte auch, den Eigentumsübergang von bestellten Waren ohne Risiko und anonym zu gewährleisten. Ganz generell wollten und sollten die Kunden von SSL nicht als solche erkannt werden. Hinter den Produkten von SSL verbargen sich Interessen und Geschäfte, die kaum in Dollar zu beziffern waren.

Es ging um wirtschaftliche und politische Interessen, um Macht und Einfluss auf Ressourcen aller Art, um wissenschaftlichen Vorsprung und um globale Führungsrollen. Kein Kunde konnte ein Interesse daran haben, dass seine Pläne oder Absichten an die Öffentlichkeit gelangten oder gar in die Hände der Konkurrenz fielen. In dieser Branche war derjenige erfolgreich, der seiner Kunden gegenüber als vertrauensvoller, verlässlicher und verschwiegener Partner auftrat. Vertrauen war das A und O und entschied über Erfolg oder Misserfolg eines Unternehmens. Und genau hier bestand die Gefahr, dass Seattle Sky Lens ein ernsthaftes Problem bekommen würde.

Bowron Lake

Marc und Kenai hatten wenig geschlafen. Sie waren aufgeregt wie noch nie zuvor, denn in wenigen Stunden würde ihr großes Abenteuer beginnen. Marc hörte, wie sich nebenan der Reißverschluss von Kenais Zelt öffnete. Da er selbst schon lange wach lag, tat er es seinem Freund nach und öffnete so leise wie möglich den Reißverschluss seines Zeltes. Ross zuckte leicht, als er ihn ganz leise wieder schloss, schlief aber eingekuschelt in ihrem Schlafsack weiter. Ein Blick und ein Fingerzeig genügten und die beiden jungen Männer entfernten sich, ohne ein Wort zu wechseln, von den beiden Zelten.

Die Stille um sie herum war befremdlich und angenehm zugleich, und die ersten grauen Streifen im Osten kündeten einen neuen Tag an. Die Luft war kühl und feucht. Marc war sich nicht sicher, ob dies vom nahen See kam oder ob es sich um einen normalen Zustand am frühen Morgen in den Bergen handelte. Sie hatten gemeinsam mit Ross und Liz, verteilt auf zwei Tage, die 780 Kilometer von Vancouver bis an den nördlichen Zipfel des Bowron Lake Provincial Parks zurückgelegt und dabei einmal in einem Motel in Williams Lake übernachtet.

Die Anreise hierher waren sie gemütlich angegangen. Sie waren bei Hope dem Trans Canada Highway No. 1 gefolgt und bei Cache Creek weiter dem Highway 97. Immer wieder legten sie Stopps ein, wenn sie etwas Interessantes anschauen wollten – und davon gab es auf ihrer Route reichlich. Die Fahrt von Vancouver bis hierher an den Bowron Lake war ein einziger Genuss. Der Himmel war an beiden Tagen strahlend blau gewesen und das Hoch, das sich über diesem Teil von Kanada regelrecht festgesogen hatte, sollte auch noch für mindestens eine weitere Woche sonniges und warmes Wetter garantieren. Gerade deswegen waren Marc und Kenai nun auch etwas überrascht, dass trotz des generell guten Wetters die Morgentemperaturen recht kühl waren.

Kenai und Liz waren sich schon die letzten Wochen nähergekommen. Und so waren Marc und Ross nicht weiter überrascht, dass sie in Williams Lake ein gemeinsames Zimmer genommen hatten und jetzt auch am Bowron Lake ein eigenes Zelt für sich in Anspruch nahmen.

»Guten Morgen!«, war das Einzige, was die beiden jungen Abenteurer früh am Morgen aus sich herausbekamen. Sie standen am Nordufer des Bowron Lake, die Hände tief in den Hosentaschen vergraben, leicht fröstelnd, obwohl sie beide eine Fleecejacke trugen. Sie starrten hinaus auf den langgezogenen See, der sich irgendwo zwischen den Bergen verlor. Wo genau, konnte man nicht sehen, dafür war es noch etwas zu dunkel.

Hier standen sie nun also und würden vermutlich zwei bis drei Tage mit dem Kanu bis zu ihrem Bestimmungsort brauchen. Dort würden sie dann 28 Tage in der Wildnis leben und anschließend zwei bis drei Tage für den Rückweg zu ihren Ausgangsort benötigen. Die Kühle des Morgens wurde von einem kleinen Vögelchen abrupt unterbrochen, das anfing sein »Gute-Morgen-Lied« zu trällern. Wie auf Kommando mischten sich nach und nach weitere Vogelstimmen darunter. Nur das Krächzen eines Raben wollte nicht so recht zu dem Vogelkonzert passen.

Die Kühle des Morgens lenkte sie wieder ab. Marc und Kenai hatten gleichzeitig denselben Gedanken. Wenn ihnen im angezogenen Zustand schon kalt war, wie sollte es dann erst in drei Tagen werden, wenn sie ohne Schlafsack, nur bekleidet mit einer kurzen Hose, die Nacht im Freien verbringen würden? Sie hatten bis zuletzt offengelassen, mit welchen drei Gegenständen sie jeweils ausgestattet zum Urmenschen mutieren wollten. Ihr Kanu würden sie irgendwo verstecken und das restliche Gepäck in ihren Rucksäcken verpackt mit Seilen in die Bäume hochziehen, damit sie vor tierischen Dieben in Sicherheit waren. Bis dahin hatten sie noch zwei bis drei Tage Zeit, und so lange konnten sie sich noch überlegen, welche Gegenstände sie in die Wildnis mitnehmen wollten. Auf jeden Fall wäre es ratsam, sich abstimmen und sich mit ihrer Auswahl gegenseitig zu ergänzen. Die Morgenkälte machte sie nachdenklich.

Das Sicherheitsleck

Einmal monatlich fand ein Managementmeeting statt, an dem die Geschäftsleitung von SSL und die wichtigsten Ressortleiter teilnahmen. Üblicherweise ging es um die Auftrags- und Produktionsplanung, den Vertrieb, die Finanzen und andere geschäftsrelevante Themen. Bei Bedarf wurde die Runde um die Ressortleiter der Bereiche Personal und Information & Sicherheit erweitert. Heute hatte Nicholas Swinton einen Termin mit Florina Baxter in seinem Kalender stehen, der von ihr bewusst noch vor dem Managementmeeting anberaumt worden war. Er hatte Frau Baxter vor zwei Jahren eingestellt und sie berichtete direkt an ihn, weil er jemanden für die Bündelung und Optimierung der Sicherheits- und Informationspolitik des Unternehmens brauchte. Das übergeordnete Ziel war, SSL als absolut verlässlichen Partner für seine Kunden zu positionieren.

Nicholas Swinton hatte sein Büro im obersten und achten Stock des Verwaltungstrakts, den SSL erst vor fünf Jahren neu bezogen hatte. Schon bei der Planung hatte er Wert darauf gelegt, dass die neuen Büros hell und möglichst offen und weiträumig gestaltet wurden. Bei Bedarf konnte man sich für wichtige Besprechungen jederzeit in Konferenzräume zurückziehen. Es gab sogar einen absolut abhörsicheren Raum. Er wurde in den Konferenzraumplänen mit dem Namen »Crypto« geführt, was darauf hinwies, dass hier sensible Themen gut aufgehoben waren. Der Raum wurde auch für normale Gespräche genutzt, aber es war das erste Mal, dass Florina Baxter diesen Raum bewusst gebucht hatte. In dem elektronischen Kalendereintrag, den Nicholas Swinton von Florina Baxter erhalten hatte, war das zu besprechende Thema wenig präzise definiert. 15 Minuten vor Beginn des Treffens erinnerte in sein PC daran, dass um neun Uhr das Treffen mit dem erstaunlich neutralen Betreff »Lagebericht über die aktuelle Unternehmenskommunikation von SSL« bevorstand. Anberaumt war das Treffen von Florina Baxter worden und im Kalender als »dringlich« und »wichtig« markiert.

Nicholas Swinton holte sich einen Kaffee an der nahen Kaffeeecke. Es war ihm wichtig, den Kontakt zu den Mitarbeitern zu halten und die Stimmung im Unternehmen auszuloten. Die Kaffeeecke war dafür ein geeigneter Ort. Er blickte in die Gesichter der dort versammelten Mitarbeiter und sah zufriedene Kolleginnen und Kollegen. Der Erfolg, den das Unternehmen hatte, wurde mit der Belegschaft geteilt, die durch jährliche Bonuszahlungen davon profitierten. Und die letzten Jahre waren sehr gute Jahre für alle gewesen. Es gab Kollegen, die zeitgleich mit ihm vor 25 Jahren in dem Unternehmen begonnen hatten. Er hatte es bis an die Spitze geschafft, aber trotzdem nie den Kontakt zur Basis verloren. Der Erfolg hatte ihn nicht abheben lassen. Er wurde bei seinen Mitarbeitern als Chef und Kollege zugleich geschätzt. Der Blick aus dem achten Stock durch die großen Glasfassadenelemente war auch heute fantastisch. Es war ein sonniger Tag, und das grüne Seattle, das vor ihm lag, wirkte einfach nur belebend.

Florina Baxter erwartete ihn schon im Raum »Crypto«. Untypisch für sie war sie heute in einen schwarzen Hosenanzug gekleidet, den sie mit einer farblich darauf abgestimmten hellblauen Bluse kombinierte. Sie trug ansonsten meistens enge, knielange Röcke oder Kostüme, die ihre Figur und schlanken Beine gut zur Geltung brachten. Ihre blonden Haare waren wie fast immer streng nach hinten gekämmt und mit einem Haarband zu einem Zopf zusammengebunden. Sie saß bereits an dem großen Tisch und war in ihren aufgeklappten Laptop vertieft, daneben lag eine Mappe mit schriftlichen Unterlagen. Ihre Miene wollte nicht so recht zum sonnigen Wetter passen. Und bei der Begrüßung war eine gewisse Anspannung in ihrem Gesicht und ihrer Stimme wahrzunehmen.

Nicholas Swinton setzte sich zu ihr an den Tisch, lehnte sich zurück, legte leger das eine Bein über das andere und behielt den Kaffee in seiner Hand. Aus dem Gesichtsausdruck von Florina Baxter sprach nach wie vor eine gewisse Nervosität, die Nicholas Swinton nicht verborgen blieb. Er versuchte, diese zu vertreiben, indem er sie höflich fragte, wie es ihr ginge. »Persönlich geht es mir gut. Aber es gibt ein wichtiges Thema, über das wir sprechen müssen und das keinen Aufschub duldet!«

Er war über den schnellen Wechsel des Themas, weg von ihrem Befinden und hin zu dem eigentlichen Thema des Treffens etwas überrascht. Er schätzte die Zusammenarbeit mit ihr sehr und beurteilte sie so, dass sie ihren Job im Griff hatte. Es gab für ihn keinerlei Gründe, daran zu zweifeln. Die Ergebnisse, die sie die letzten beiden Jahre präsentiert hatte, waren sehr positiv. Das Ziel, die Kommunikation innerhalb des Unternehmens zu bündeln und die Sicherheit zu verbessern, hatte sie zweifelsohne geschafft und dabei auf eine komplett neue Ebene gehoben. Die Ernsthaftigkeit, die sie jetzt an den Tag legte, kannte er so noch nicht von ihr.

Er griff die Stimmung auf und fragte etwas nachdenklich und leicht besorgt nach: »Was ist los?« Sie überlegte nicht lange und kam sofort zur Sache. Es schien ihr Recht zu sein, dass er die Höflichkeitsfloskeln durch diese Frage auf das eigentliche Thema lenkte. »Sie haben mich unter anderem eingestellt, um SSL sicherer zu machen. Dies war insbesondere deshalb nötig gewesen, weil es in der Vergangenheit immer wieder Versuche gab, an Baupläne, Fertigungstechniken oder Blaupausen zu kommen. Wir haben es in den letzten beiden Jahren meiner Meinung nach geschafft, diese Informationen weitestgehend zu schützen, und wir sind auf diesem Gebiet gut aufgestellt. Was sich allerdings bereits seit einem Jahr abzeichnet, ist eine Zunahme von Diebstählen diverser Komponenten, die in den letzten sechs Monaten sprunghaft angestiegen ist.« Swinton blickte auf und runzelte die Stirn. Noch bevor er eine Frage stellen konnte, kam sie ihm zuvor. So als würde sie erraten, worüber er gerade grübelte.

»Es geht in erster Linie nicht um den Diebstahl von Komponenten bei uns im Haus, sondern zum Großteil um bereits ausgelieferte Komponenten bei verschiedenen Kunden weltweit.« Er nutzte die Redepause von ihr und fragte nach, ohne dass das Runzeln auf seiner Stirn verschwand. »Um welche Art von Komponenten handelt es sich denn genau?« In seinen Worten schwang eine gewisse Besorgnis mit. »Ich habe hier eine Liste von Bauteilen, die von Kunden als gestohlen gemeldet wurden und für die sie bei uns zum Teil um Ersatz nachgefragt haben.« Sie schob zwei A4-Seiten über den Tisch, auf denen untereinander gereiht die Kundennamen und die gestohlenen Komponenten aufgeführt waren. Die Liste beinhaltete insgesamt 42 gemeldete Elemente. Am Ende der Aufstellung fand sich eine Grafik, aus der auf einer Zeitachse der sprunghafte Anstieg der letzten sechs Monate deutlich zu erkennen war.

Nicholas Swinton überflog die Kundennamen und die angegebenen Komponenten und wurde fahl im Gesicht. Florina Baxter entging das nicht, und sie kommentierte den Blick sogleich.

»Denken Sie auch das, was ich denke?« Ihre Blicke trafen sich und ohne ein Wort zu sagen, herrschte Einigkeit. Die Liste beinhaltete Elemente, die eine gewisse Brisanz hatten. Spiegel und Linsen, die weltweit in zwölf verschiedenen öffentlichen und privaten Observatorien gestohlen wurden, hinzu kamen noch fünf Rechner mit der Originalsteuersoftware für erdgebundene Observatorien.

Am erschreckendsten und neu war aber, dass es innerhalb dieser sechs Monate drei versuchte Überfälle auf Boten von SSL gab, die die Ware direkt an die Kunden ausliefern sollten. Schaute man sich die Baureihen der gestohlenen Elemente an, dann gab es zwei Auffälligkeiten. Die Linsen und Spiegel konnten ohne großen Aufwand sowohl erdgebunden als auch aus dem All genutzt werden. Sie waren so geschliffen, dass sie äußerst genaue Bilder spiegeln konnten und dabei störendes Licht ausgefiltert wurde. Zum anderen konnten es keine willkürlichen Diebstähle sein, denn die Komponenten ließen sich nur wenigen Baureihen zuordnen.

Die Diebstähle hatten System, und die Diebe wussten genau, was sie da stahlen. Sie hatten es auf ganz bestimmte Bauelemente abgesehen. Die Preise für Linsen waren vergleichsweise hoch. Die Hauptabnehmer waren vorrangig staatliche Institutionen oder Unternehmen, vereinzelt auch sehr gut betuchte Privatpersonen, die sich ein gut ausgestattetes Privatobservatorium leisten konnten. Komponenten dieser Größe wurden in der Regel nicht mit der Post an Kunden verschickt. Sie wurden häufig von SSL-Mitarbeitern vor Ort ausgeliefert und montiert. Oftmals war auch die Expertise der Betreiber von Observatorien ausreichend, um solche Komponenten selbst zu verbauen. In solchen Fällen nutzte SSL spezielle Kuriere, um die Ware lediglich auszuliefern und zu übergeben. Die Tatsache, dass man inzwischen mit Gewalt versuchte, an Spiegel und Linsen zu kommen, und vor allen Dingen auch die Zahl der Diebstähle, ließ viel Raum für Spekulationen.

Die weiteren Ausführungen von Florina Baxter legten dar, dass bisher niemand zu Schaden gekommen war, insbesondere was die Überfälle auf die Kuriere anging. Aber die Gesamtsituation war überaus besorgniserregend. »Wie stufen Sie die Situation ein?«, war die nachdenkliche Frage von Nicholas Swinton.

»Na ja. Lassen Sie es mich so ausdrücken. Der Diebstahl direkt in Observatorien kam immer vor. Sicherlich nicht mit der Häufigkeit, wie das zuletzt der Fall war. Diese dort zu stehlen, ist nicht ganz unmöglich. Was mir deutlich mehr Kopfzerbrechen bereitet, ist die Tatsache, dass drei unserer Boten überfallen wurden. Woher wissen die Täter, wann und wo und an wen welche Komponenten ausgeliefert werden?« Nicholas Swinton blickte auf. »Es scheint, als hätten wir ein Informationsleck!«, kam die vorweggenommene Antwort von Florina Baxter.

»In allen drei Fällen handelt es sich um unterschiedliche Endkunden, aber um identische Komponenten. Ein Kunde aus Südamerika, einer aus Kalifornien und einer aus Neuseeland. Die Diebstähle ereigneten sich ausnahmslos kurz bevor die Ware übergeben werden sollte, und zwar indem der SSL Bote überfallen wurde und nicht der Kunde. Für mich sieht das so aus, als …« Nicholas Swinton vervollständigte den Satz »… dass wir bei SSL einen Maulwurf haben!« »Korrekt!«, bekam er prompt die Bestätigung.

»Wer weiß alles von den Diebstählen?« Florina Baxter musste kurz einatmen. »Jetzt Sie, ich und natürlich die Mitarbeiter im Haus, bei denen die Kunden reklamiert und nachgefragt haben, warum die Ware nicht geliefert wurde, beziehungsweise bei denen der Diebstahl von Komponenten gemeldet wurde. Sowie natürlich die betroffenen SSL-Boten. In diesen Fällen halten wir die Kunden hin und sagen ihnen, dass die Komponenten durch einen Unfall beschädigt wurden und sie zeitnah Ersatz erhalten werden. Wenn ich alle zusammenzähle, komme ich schätzungsweise auf acht bis zehn Mitarbeiter von SSL. Auf Kundendaten und Aufträge haben natürlich deutlich mehr Mitarbeiter Zugriff.«

»Haben Sie einen Verdacht, wer der eventuelle Maulwurf sein könnte?« Florina Baxter musste schlucken und begann dann zögerlich: »Ich habe eine Liste von potenziellen Kandidaten. Ich habe versucht, Gemeinsamkeiten der jeweiligen Fälle aufzudecken, aber mir liegen bisher keine hundertprozentigen Indizien vor. Ich habe aber eine Idee, wie wir vielleicht den Maulwurf finden könnten – zumindest, wenn es um das Thema Kuriergänge geht. Allerdings bedeutet dies ein gewisses Risiko, für das ich Ihre Zustimmung benötige.« Nicholas Swintons Stirn runzelte sich noch mehr. »Lassen Sie hören!«

Bowron Lake Provincial Park

Langsam wurden auch Ross und Liz in ihren Zelten wach. Sie hatten beide im Halbschlaf mitbekommen, dass ihre Partner bereits früh das Zelt verlassen hatten. Aber sie schätzten die Wärme des Schlafsacks mehr als die feuchte, kalte Luft, die plötzlich und ohne Vorwarnung in das Zelt drang, als es geöffnet wurde.

Marc und Kenai hatten schon im Vorfeld im Bear River Mercantile, einem kleinen Handelsgeschäft, das direkt am Bowron Lake lag, ein Kanu für 5 Wochen reserviert. Der Vermieter hatte natürlich nachgefragt, denn der komplette Seenrundweg nahm normalerweise nur etwa zehn Tage in Anspruch. Aber sie hatten etwas salopp mitgeteilt, dass sie ja auch noch ein paar Tage wandern und campen wollten, ohne an dieser Stelle zu viel von ihrem eigentlichen Vorhaben zu verraten.

Die Registrierung für den Park sowie die Belehrung für das Verhalten gegenüber Bären hatten sie bereits am Vortag im Park Registration Center, das nur ungefähr einen Kilometer östlich vom Bear River Mercantile lag, vorgenommen bzw. über sich ergehen lassen. Ihrer Meinung nach reichte es aus, wenn die Parkverwaltung nur das Nötigste über ihr Vorhaben erfuhr. Und dafür hatten sie bereits im Vorfeld gesorgt.

Marc und Kenai waren froh, dass sie sich als Übernachtungsmöglichkeit bewusst für das Bear River Mercantile entschieden hatten. Hier gab es die Möglichkeit, in kleinen Kabinen oder ganz klassisch auf dem Campingplatz zu übernachten. Zudem gab es einen Laden, in dem es allerlei Nützliches und Praktisches gab, was ein Outdoor-Urlauber unbedingt brauchte oder glaubte, mitnehmen zu müssen. Die Auswahl an Camping- und Anglerutensilien war überraschend groß. Und auch die besonders für Touristen wichtigen Andenken waren in vielen Varianten vertreten. Direkt neben dem Laden lag das kleine Café sowie der Boots- und Kanuverleih, bei dem sie heute Morgen ihr Kanu in Empfang nehmen würden. Bis dahin wollten sie gemeinsam im urigen Café des Bear River Mercantile frühstücken.

Die beiden Abenteurer versuchten, die immer mal wieder aufkommenden Zweifel an ihrem Vorhaben zu unterdrücken und signalisierten sich damit gegenseitig und vor allem auch sich selbst gegenüber Stärke. Beide krochen wieder in ihr Zelt zurück und wurden dort von ihren aufwachenden Freundinnen begrüßt. Sie verloren kein Wort über ihr Vorhaben. Sie hatten die letzten Wochen genug über das ob und warum diskutiert. Wenige Sekunden später war der Wille von Marc und Kenai schon wieder ungebrochen. Trotz der kühlen Morgenluft, die ihnen noch vor wenigen Minuten gehörigen Respekt eingeflößt hatte.

Bereits am Vortag hatten sie sich für das Frühstück angemeldet, das normalerweise zwischen 07:30 Uhr und 09:00 Uhr einzunehmen war. Die Preise waren nicht gerade günstig, aber das Frühstück war üppig und das Ambiente urig. Sie genossen die Wärme der Räumlichkeiten und den warmen Kaffee und ließen sich das morgendliche Mahl schmecken.

Um 09:00 Uhr konnten sie gleich nebenan ihr Kanu in Empfang nehmen. Sie hatten sich für einen Clipper Yukon entschieden. Die Farbe war rot und typisch für diese Kanus. Da sie das Kanu ja eigentlich nur für zwei bis drei Tage auf dem Hin- und dem Rückweg benötigten, hatten sie auch nur Proviant und Gepäck für sechs Tage gepackt. Hierfür reichte das 5 Meter lange Boot aus Glasfaser vollkommen aus. Es wog nur 33 Kilogramm und konnte ohne größere Anstrengungen über Land getragen, geschoben oder gezogen werden. Eine Zuladung war bis auf 400 Kilogramm möglich, was sie aber bei Weitem nicht ausschöpften. Es hatte genug Platz für zwei erwachsene Personen inklusive Gepäck und hatte den Vorteil, dass diese Bootsklasse besonders für Einsteiger, zu denen Marc zählte, geeignet war. Anfänger schätzen die Stabilität dieses Bootstyps im Wasser und die besonders leichte Manövrierbarkeit. Zubehör wie Paddel, Schwamm, Schöpfe, Wurfleine sowie zwei Schwimmwesten gehörten ebenfalls zur Ausstattung.

Heute war der 15. Juli und der Hochsommer hatte seinen Zenit erreicht. Sie hatten zu viert das Kanu beladen und nun war es langsam an der Zeit, sich voneinander zu verabschieden. Beide Paare suchten und fanden jeweils einen Vorwand, sich ein bisschen voneinander abzusondern. Sie mussten nicht viel sagen. Sie hatten die Tage zuvor alles besprochen, und Liz und Ross waren in vieles eingebunden gewesen. Dieses »Mitreden dürfen« gab ihnen eine bessere Vorstellung davon, was Marc und Kenai erwartete.

Für Marc und Ross war die Verabschiedung deutlich normaler, als dies bei Liz und Kenai der Fall war. Sie waren seit langem ein Paar und waren es gewohnt, vor anderen Menschen Gefühle zu zeigen. Bei Kenai und Liz war das etwas anders. Sie waren erst seit kurzem zusammen und zeigten beide noch eine gewisse Unsicherheit, damit vor anderen umzugehen. Etwas abseits von Marc und Ross fiel es ihnen leichter, sich das zu sagen, was ihnen an dieser Stelle wichtig war. Die Stimmung war etwas gedrückt. Lag das daran, dass sie erst seit kurzem zusammen waren und jetzt schon wieder Abschied nehmen mussten? War es die Angst, dass etwas passieren könnte? Liz schob diesen Gedanken bewusst beiseite. Sie wollte ihren Freund nicht mit einem schlechten Gewissen in sein Abenteuer schicken. »Pass auf dich auf!«, brachte sie etwas gequält heraus. Sie küssten sich ein letztes Mal, umarmten sich besonders lange und sogen dabei den Geruch des jeweils anderen ein. Bei Marc und Ross war es ähnlich. Still, schon fast verlegen, beendeten die beiden Paare die Verabschiedung.

Sie bestiegen ihr Kanu und mussten sich erst damit anfreunden, dass der Glasfaserrumpf unter ihnen etwas wackelig war. Aber nach einer ersten Eingewöhnungsphase im Uferbereich wagten sie sich weiter hinaus. Nach 20 Metern auf dem See, bremsten sie das Kanu ab, drehten es parallel zum Ufer und winkten Ross und Liz zu, die etwas verloren am Ufer standen. Die Stille, die über dieser Szene lag, passte zu der Stille, die um sie herum herrschte. Es war eine Mischung aus Beklemmung und Freiheit zugleich.

Dies war also nun der Augenblick, auf den sie so lange gewartet hatten – auf den sie sich gleichzeitig gefreut und vor dem sie aber auch Respekt hatten. Für Kenai war es nicht die erste Fahrt mit einem Kanu. Er war geübt darin, das Gewicht des Gepäcks so zu verstauen, dass das Boot gleichmäßig im Wasser lag. Er saß hinten und hatte alles im Blick, während Marc beim Anblick des kalten, dunklen Wassers und des sich immer mehr entfernenden Ufers recht unsicher wirkte. Was würde passieren, wenn das Boot kenterte? Er wirkte ziemlich verkrampft, was Kenai nicht verborgen blieb.

»Entspann dich!«, war der nett gemeinte Rat von Kenai. »Wir sollten nicht zu dicht am Ufer fahren, da dort das Wasser unruhiger ist. Besser wäre es, wenn wir uns vom Ufer weg orientieren.« Marc nahm diese Information auf, war aber mit sich, dem Paddel und dem Finden des Gleichgewichts beschäftigt. Kenai gab ihm Tipps und gut gemeinte Anweisungen und schaffte es damit, dass das Boot ruhiger im Wasser lag und Marc mit der Zeit entspannter wurde. Sie kamen gut voran, und das Ufer, an dem sie vor 20 Minuten abgelegt hatten, wurde kleiner, und die beiden vertrauten Personen, die sie dort verabschiedet hatten, waren nur noch schemenhaft wahrzunehmen.

Je weiter sie sich vom Ufer entfernten, desto präsenter wurde die Landschaft. Die Sonne, die nun immer höher stieg, flutete die bewaldeten Hänge der Berge zu ihrer Linken und Rechten. Der Bowron Lake lag vor ihnen wie ein Fjord, und die Stille sorgte dafür, dass die ursprüngliche Landschaft noch viel eindringlicher wirkte. Ihre Paddelschläge waren das einzige unnatürliche Geräusch. Es gab keinen Wind, der die Wellen aufschaukeln konnte. Ab und zu sprang ein Fisch durch die glatte Wasseroberfläche und verschwand wieder in dem dunklen, tiefen Grund. In Ufernähe saß ein Weißkopfseeadler aufgeblockt auf einem abgestorbenen Baum und schaute auf den See, und ab und an war das Krächzen eines Raben zu hören. Genauso hatten sie sich ihr Abenteuer in Bezug auf die Landschaft vorgestellt: Kanada wie aus dem Bilderbuch.

Vor ihnen lagen zwei bis drei Tage gemütliches Kanufahren mit zwei Übernachtungen auf Zeltplätzen innerhalb des Parks. Sie würden die unterschiedlichsten Leute kennenlernen. Sarah und

Tom, das frisch verliebte Paar aus Quebec, die mehr Augen für sich selbst hatten, als für die unbeschreiblich wilde und schöne Natur. Maria und Thomas aus Deutschland, die froh waren, dass ihre beiden Kinder mittlerweile allein in den Urlaub fuhren und sie ihren Traum vom Kanadaurlaub endlich verwirklichen konnten. Linda und Astrid, die beiden jungen blonden Studentinnen aus Schweden, die das Leben so unglaublich leicht und locker nahmen. Im Gegensatz zu zwei älteren Paaren, die eine Heidenangst vor Bären hatten und die herrliche Natur um sich herum deshalb gar nicht richtig genießen konnten.

Weil die Zahl der Touristen in diesem Park aufgrund seiner Lage und Bedingungen recht übersichtlich war, kam man unweigerlich mit jedem ins Gespräch. Und spätestens beim abendlichen Lagerfeuer waren alle vereint und gaben ihre Motive und Beweggründe für ihr Hiersein zum Besten. Marc und Kenai hatten sich über eine offizielle Version abgestimmt, welche einen gemütlichen 14-tägigen Trip mit gemächlichem Paddeln und Abstechern zu Fuß in das Herzen des Parks vorsah. Keiner der anderen Touristen sollte erfahren, was sie wirklich vorhatten, um erst gar nicht in Erklärungsnot zu geraten oder sich sogar der Lächerlichkeit preiszugeben.

Die Abende auf den Campingplätzen wurden lang. Die meisten Touristen hatten ein ganzes Arsenal an Bier und Wein dabei und spendierten gerne und bereitwillig. Marc genoss diese ungezwungenen Abende und schlüpfte meistens erst ein bis zwei Stunden nach Kenai in den Schlafsack.

Sie hatten sich ursprünglich überlegt, kein Zelt aufzubauen um sich langsam an das zu gewöhnen, was in den nächsten vier Wochen auf sie zukommen sollte. Hatten sich dann aber doch für den Aufbau entschieden, letztlich auch um auf dem Campingplatz nicht aus der Rolle zu fallen. Sie genossen damit einen Luxus, den sie zwei Tage später bitterlich vermissen würden.

Tagsüber machten sie gute Fortschritte mit dem Kanu. Bereits am ersten Tag hatte Marc so viel Sicherheit mit dem Kanu gewonnen, dass sie sich in der Sitzposition hinten und vorne abwechselten. Sie kamen schneller voran als gedacht und hatten bereits nach zwei Tagen den Bowron Lake, den angrenzenden Swan Lake und schließlich auch den Babcock Lake durchfahren. Alle Seen waren mehr oder weniger miteinander verbunden. Sie hatten sich darauf eingestellt, längere Passagen zwischen den Seen zu Fuß hinter sich bringen und dabei das Kanu mühselig ziehen, schieben und sogar tragen zu müssen. Aber das geringe Gewicht des Kanus, der übersichtliche Proviant und das wenige Gepäck, das sie mit sich führten, machten die sogenannten Portages, bei denen es sich um eine Art natürliche Überführungen handelte, für sie nur zu kleinen Hindernissen. Zudem gab es für diese Jahreszeit noch erstaunlich viel Wasser in den Verbindungskanälen, was Elche, die sie dort entdeckten, zu mögen schienen. Andere Kanuwanderer hatten da offensichtlich schon deutlich mehr zu kämpfen, was sie ab und an wahrnehmen konnten, wenn sie auf nicht unbedingt harmonisch miteinander umgehende Bootsgemeinschaften stießen.

Einmal konnten sie erleben, wie sich ein älteres Paar gegenseitig anschrie, als es für sie mit ihrem umfangreichen Gepäck schwierig wurde. Aber Marc und Kenai waren so gut unterwegs, dass sie bald die wenigen Bootsgemeinschaften, die auch in ihre Richtung ruderten, hinter sich ließen. Am frühen Morgen des dritten Tages erreichten sie den Cariboo River, der den Bowron Lake Provincial Park im Südwesten verließ und dann zunächst nach Süden floss.

Die Herzen von Marc und Kenai schlugen höher, als sie den Fluss sahen und ihn als Cariboo River identifizierten. Ihre

Landkarten ließen keinen Zweifel daran. Hier würden sie die kurze Westroute durch den Bowron Lake Provincial Park verlassen, dem Cariboo River ein paar Hundert Meter folgen und sich dann am Ufer ein gutes Versteck für ihr Kanu und ihr Gepäck suchen. Dort würden sie im Wesentlichen alles zurücklassen und ein bis zwei Tagesmärsche dem Cariboo River flussabwärts folgen, um dann an geeigneter Stelle ihr eigentliches Abenteuer zu beginnen. Leben wie die Ureinwohner Nordamerikas, jeweils ausgestattet mit drei Utensilien ihrer Wahl. Alles andere, was sie dann für die nächsten vier Wochen benötigten, mussten sie sich selbst erarbeiten. An Scheitern dachten sie nicht, zumindest noch nicht.

Karte Bowron Lake Provincial Park

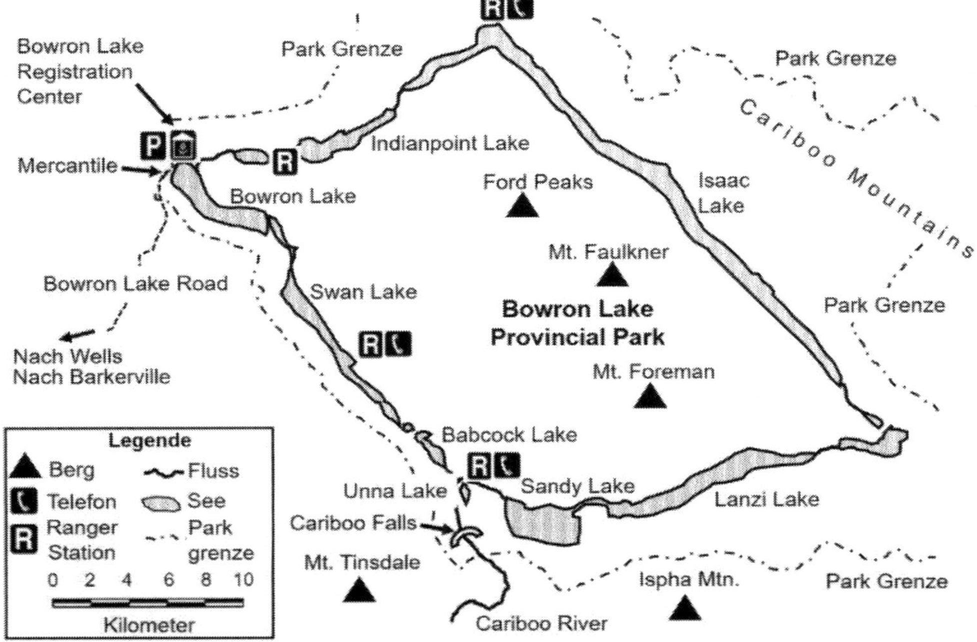

Der Anruf

Was Nicholas Swinton am Vormittag von seiner Sicherheitschefin erfahren hatte, ließ ihm keine Ruhe. Der Plan, den ihm Florina Baxter vorgestellt hatte, um den Maulwurf zu finden, war diffizil und barg ein gewisses Risiko. Aber SSL hatte ein ernstes Sicherheitsproblem und deshalb war Handeln dringend geboten. Natürlich konnten sich Unternehmen wie seines jederzeit an die zuständigen Sicherheitsbehörden und die Industrie- und Handelskammer wenden. Dort bekam man Unterstützung, wenn man der Meinung war, dass das eigene Unternehmen ausspioniert wurde oder gar der Diebstahl von realem oder geistigem Eigentum vorlag. Vor allem wenn das Unternehmen Güter oder Dienstleistungen erwirtschaftete, deren Vertrieb von nationalem Interesse war. Die Gefahr war jedoch immens hoch, dass SSL dann erst recht in Verruf geraten würde.

Swinton glaubte nicht an die Unfehlbarkeit von Behörden, und deswegen hatte er sich entschieden, das Sicherheitsproblem ohne großen Aufwand, d.h. bei SSL intern, zu lösen und die Zahl der Mitwisser vorläufig nicht weiter zu erhöhen. Sein Gefühl sagte ihm, dass er Florina Baxter vertrauen konnte. Aber er war Geschäftsführer eines großen Unternehmens und hatte eine immense Verantwortung. Er konnte, nein, er durfte sich nicht auf Gefühle verlassen. Fakten waren bisher immer die Grundlage seiner Entscheidungen gewesen. Deswegen gehörte auch jeder zum Kreis der Verdächtigen und somit auch seine Sicherheitschefin selbst.

»Schatz, ist alles okay?«, hörte er die Stimme seiner Frau. »Alles okay, Nancy!«, beeilte er sich, ihr zu sagen, um noch mehr Fragen ihrerseits dadurch zu vermeiden. Sie waren seit 29 Jahren verheiratet, und Nancy hatte ein ausgeprägtes Gespür dafür, wenn etwas nicht in Ordnung war. »Ich muss heute Abend noch ein paar

Unterlagen durchschauen. Dauert nicht lange! Schätze eine halbe Stunde, und dann machen wir uns eine Flasche von dem leckeren Argenta Negroamaro auf. Okay?« Sie verstand. Er brauchte seine Ruhe. »Ich besorge dann schon mal die Rotweingläser und wenn du fertig bist, bringst du den Wein mit.« »So machen wir es!«, bestätigte er ihr und zog sich in sein Arbeitszimmer zurück, das im Gegensatz zu seinem Büro in der Firma eher gediegen, ja fast schon altmodisch möbliert war.

Massive Nussbaummöbel, ein offener Kamin und gedämmtes Licht, das unter drei Stehlampen hervorstrahlte. Auf dem riesigen Schreibtisch wirkte der ultramoderne Laptop und der Flachbildschirm in Metalloptik, den er als Zweitbildschirm nutzte, wie ein Fremdkörper. Ein Füllfederhalter, ein Bild seiner Frau und ein Bild der kompletten Familie mit seinen beiden Söhnen und seiner Tochter sowie dem vor drei Jahren verstorbenen Hund Joster standen neben dem Bildschirm.

Ein Blick auf seine Armbanduhr verriet ihm, dass es kurz nach 18 Uhr war. Noch nicht zu spät für seinen Anruf. Er schaltete den PC ein, der nach knapp 20 Sekunden startklar war. Fünf Mausklicks später hatte er bereits den Kontakt gefunden, den er suchte – einer der wenigen Kontakte, die er nicht mit seinem Smartphone synchronisiert hatte. Er wählte die Nummer mit der Vorwahl in Maryland und setzte sich in die Sitzecke seines Büros.

Plötzlich war er sich nicht mehr ganz sicher, ob der Anruf aufgrund der Zeitverschiebung vielleicht doch nicht etwas zu spät war. Aber diese Befürchtung war unbegründet. Nach nur fünfmaligem Läuten nahm jemand ab, und eine bedächtige, tiefe Männerstimme sagte fragend »Ja?« »Hallo Dion, hier ist Nicholas. Nicholas Swinton!« Die Pause, die einsetzte, war lang, bis dann eine relativ gefasste Stimme mit »Hallo Nicholas!« antwortete. »Wie geht es dir?«, fragte Nicholas nach. »Wir haben uns lange nicht mehr gesprochen, geschweige denn gesehen!« Die Antwort der tiefen Stimme kam emotionslos. »Ja, das stimmt! Sind schon ein paar Jahre her. Wenn ich es noch richtig im Kopf habe, war es vor acht Jahren. Stichwort Sudan.« Nicholas musste schlucken. »Ja, genau! Lass uns aber bitte nicht am Telefon darüber reden.« »Du hast Recht! Wie geht es dir? Was macht die Familie?«

Nach dem Austausch der durchweg ernst gemeinten Nachfragen und Nettigkeiten kam die tiefe, aber nicht ungeduldige Stimme auf den Grund des Telefonats zu sprechen. »Was kann ich für dich tun?« Nicholas Swinton holte tief Luft. »Ich möchte dich um einen Gefallen bitten, einen seriösen Gefallen! Es geht um eine Mitarbeiterin von mir, von der ich wissen müsste, ob sie »sauber« ist. Aber ohne großes Aufsehen!« »Was hat sie ausgefressen?«, fragte die tiefe Stimme nach. »Nichts! Es ist eine reine Routineüberprüfung, und ich möchte das ungern über die offiziellen Stellen abwickeln. Das dauert mir zu lange. Der Konkurrenzkampf ist hart, und wie du weißt, ist Vertrauen in meiner Branche wichtig. Wir haben ein großes Geschäft abgeschlossen, bei dem ich sichergehen muss, dass nichts schiefgeht.« »Ich habe davon gehört. Meinen Glückwunsch, Nicholas!« »Danke!«

»Welche Informationen brauchst du über deine Mitarbeiterin?« Dabei schwang ein Lächeln durch den Hörer. »Na ja, alles Wissenswerte über ihre berufliche Vergangenheit, ihre Nachrichten der letzten 12 Monate, auffällige Kontakte und ähnliches.« »Okay. Wie lautet ihr Name?« Swinton machte eine kurze Pause. »Florina Baxter heißt sie.« Die tiefe Stimme wiederholte den Namen und ergänzte »Okay, ich schaue, was ich rausbekomme und melde mich dann wieder bei dir.« Damit war das Gespräch beendet.

Nicholas Swinton hielt unbewusst das Funktelefon noch in der Hand und ließ sich in seinen Sessel zurückfallen. Hatte er einen Fehler begangen? War es die richtige Entscheidung, am Telefon so ein Thema anzusprechen? Darf man so offen mit einem NSA-Mitarbeiter sprechen? Gut, er hatte seine Privatnummer gewählt. Aber was ist heute noch privat?

Dion Sekula war ein ehemaliger Kommilitone. Sie hatten zusammen studiert, und während Nicholas Swinton seine berufliche Karriere in der Forschung und Entwicklung gesucht hatte, war Dion Sekula gleich nach dem Studium ins Visier der Geheimdienste geraten. CIA, NSA, DIA und die vielen anderen Nachrichtendienste suchten ständig händeringend nach Nachwuchs. Der Kalte Krieg, die vielen Krisenherde in Afrika, Lateinamerika und Asien, das Wettrennen um die Rohstoffe auf der Erde, die Erforschung des Weltraums. All das verlangte gut ausgebildete Ingenieure und Nachrichtenspezialisten. Dion gehörte dazu und genoss es, als frischgebackener Absolvent von staatlichen Organisationen umworben zu werden. Schon damals galt die NSA als besonderer Arbeitgeber, und deshalb konnte er dem Angebot auch nicht widerstehen.

Er war kein Agent im klassischen Sinne. Er durchlief diverse Ausbildungszweige, aber sein Ziel war es, im Bereich der analytischen und strategischen Aufklärung sein Wissen aus dem Studium einfließen zu lassen. Und dort wurde sein Talent schnell erkannt. Über die Jahre veränderte sich die Art und Weise der Aufklärung. Agenten liefen nicht mehr mit Hut und Trenchcoat umher und trafen sich an versteckten Plätzen. Agenten, wie er einer war, nutzten modernste Aufklärungstechniken. Satelliten, die aus erdnahen Umlaufbahnen eine 50-Cent-Münze identifizieren können. Modernste IT-Programme, mit denen man sich in die vermeintlich bestabgesicherten Netze hacken oder per Knopfdruck die Steuerung eines Kraftwerks übernehmen konnte.

Dion und Nicholas hatten sich nach dem Studium für etliche Jahre aus den Augen verloren. Erst als die NSA massiv die Spionage aus dem All forcierte, kreuzten sich ihre Wege wieder. SSL konnte das liefern, was die Geheimdienste benötigten. Ein nicht unwesentlicher Anteil am Umsatz von SSL kam damals schon von öffentlichen amerikanischen Auftraggebern. Manche gaben sich als solche zu erkennen. Bei anderen konnte man nur vermuten, wer sich hinter dem Auftrag verbarg. SSL-Exporte unterlagen einem strengen Genehmigungs- und Kontrollverfahren. Und wenn man den Geheimdiensten in schwierigen Situationen unbürokratisch half, sicherte das nebenbei auch die künftige Zusammenarbeit. Insbesondere in seiner früheren Position als Entwicklungsleiter hatte Nicholas Swinton technisch vieles realisiert, was die NSA benötigte. Nicht immer ohne internen Widerstand, aber am Ende dann doch erfolgreich. Der Erfolg gab ihm recht, und die Kontakte mit Vertretern der NSA, insbesondere mit Dion Sekula, würden ihm vielleicht einmal zugutekommen. Und jetzt war eine solche Gelegenheit.

Er stand auf, legte das Telefon in die Ladehalterung und schloss die Tür seines Büros hinter sich. Er nahm eine Flasche wohltemperierten Argenta Negroamaro aus dem Weinschrank. Nancy freute sich, dass er offensichtlich mit seiner Arbeit schon fertig war. Er nahm neben ihr auf der Terrasse Platz. Der Abend war angenehm warm und vom Meer wehte nur eine leichte Brise. Er bereute den Anruf nun nicht mehr.

Cariboo River

Das Befahren des Cariboo Rivers war schon etwas anderes, als das gemütliche Paddeln auf den eher ruhigen Seen der letzten beiden Tage. Marc und Kenai wären mehrfach fast gekentert, schafften es aber trotzdem etwa vierhundert Meter flussabwärts zu fahren. Vom Kanu aus suchten sie nach einer geeigneten Anlandestelle. Für ihr Bauchgefühl waren sie von der Hauptroute durch den Bowron Lake Park weit genug entfernt. Viel weiter wollten sie dem Fluss auch nicht mehr folgen. Denn in vier Wochen mussten sie jeden Meter, den sie auf dem Cariboo River zurückgelegt hatten, wieder flussaufwärts zu den Seen des Bowron Lake Parks zurückkehren. Dann allerdings nicht fahrend im Clipper, sondern das Kanu ziehend, schiebend und tragend.

Bei dem teils dicht bewachsenen Ufergelände, das sie einsehen konnten, waren die vierhundert Meter mehr als ausreichend. Sie ließen das Boot auf eine kleine Kiesbank auflaufen, zogen es ein Stück die Böschung hinauf und fühlten sich bei ihrer Wahl bestätigt, da an diesem Uferabschnitt ein tiefer Wieseneinschnitt in den ansonsten waldigen Ufersaum hineinragte. Dieser Einschnitt war geradezu ideal, um das Kanu etwas landeinwärts zu ziehen und es dann im dichten Unterholz zu verstecken. Sie mussten nicht lange suchen, um eine geeignete Stelle dafür zu finden. »Was denkst du?«, fragte Marc mit einem erwartungsvollen Blick an Kenai gerichtet. Der nickte nur. Die Stelle war schnell und gut gewählt.

Nach dem Anlanden machten sie sich daran, das Boot etwa 80 Meter landeinwärts zu verbringen und in ein besonders dichtes, mit hohen Bäumen durchsetztes Wäldchen zu ziehen. Hier gab es genug Äste, um das Kanu zu tarnen, und genug hohe Bäume, in denen sie ihr Gepäck vor gefräßigen Tieren in Sicherheit bringen konnten. Ihre Uhr sagte ihnen, dass es kurz vor 12 Uhr mittags war, d.h. Zeit, um sich über das weitere Vorgehen zu besprechen. Der gemeinsame Nenner war schnell gefunden. Sie würden sich heute Mittag noch von ihrem mitgebrachten Proviant verpflegen und sich dann bis zum Abend zu Fuß auf den Weg flussabwärts machen, um irgendwo das erste Mal ohne Zelt und sonstiger Ausrüstung zu übernachten. Am nächsten Tag würde ein weiterer Tagesmarsch folgen, der sie in die Region führen sollte, in der sie dann die nächsten vier Wochen verbringen wollten. Der Fußmarsch war notwendig, um nicht allzu schnell der Verlockung zu erliegen, sich an Vorräten und Kleidung zu bedienen.

Sie ließen sich für das letzte selbst mitgebrachte Essen Zeit, vermieden es aber, ein Feuer zu machen. Sie hatten in den letzten Wochen immer wieder einmal darüber gesprochen, welche drei Ausrüstungsgegenstände sie jeweils mit auf ihre Tour nehmen würden. Die Auswahl war letztlich dann doch recht einfach und schnell getroffen, und die Gegenstände ergänzten sich recht gut. Für beide war klar, dass sie jeweils eine kurze Hose tragen würden, die allerdings bei den drei auszuwählenden Utensilien nicht mitzählte. Kenai entschied sich für ein Messer, einen Feuerstein und einen bereits fertiggestellten, selbstgebauten Pfeil aus der Versuchsreihe von Professor Kingston. Es war der Pfeil, mit dem er den Weißwedelhirsch beschossen hatte.

Für Marc war ein eigenes Messer unumgänglich. Zudem hatte er sich für ein fünf Meter langes gedrehtes Seil entschieden sowie eine kleine Axt. Mit dieser Auswahl hatten sie, ihrer Meinung nach, die wichtigsten Utensilien für die Wildnis gewählt. Ihre selbst definierten Regeln ließen auch nicht mehr zu! Kein Shirt, keine Jacke, keine Socken, kein Toilettenpapier, keine Sandalen, keine Schuhe, kein Handy und auch keine Medikamente. Ebenso wurden Trinken und Essen und auch Kochgeschirr und andere Behältnisse ausgeschlossen. Nur jeweils eine kurze Hose und die drei ausgesuchten Utensilien. Zudem machten sie es sich selbst zur

Auflage, künstliche Dinge, die sie in der Natur fanden oder durch die Zivilisation dorthin verbracht worden waren, nicht zu nutzen. Sie wollten so wie früher die Indianer leben. Und da waren allein schon die kurze Hose und die beiden Messer als grenzwertig und als Luxus einzustufen.

Sie zogen sich bis auf die kurzen Hosen aus und packten ihre komplette Ausrüstung sorgfältig in mit Reißverschlüssen verschließbare Plastiksäcke, um sie gegen Feuchtigkeit und Ungeziefer zu schützen. Bis auf den Proviant wurde alles in ihren Rucksäcken verstaut. An diesen befestigten sie schließlich die beiden langen Seile, die sie an zwei großen Kiefern über hochliegende Äste verbracht hatten. Zu zweit zogen sie nacheinander die beiden Rucksäcke hoch, so dass sie ungefähr sechs Meter über dem Boden hingen. Sie achteten darauf, dass sie sich nicht zu dicht am Stamm befanden, denn hochkletternde Tiere sollten es möglichst schwer haben, an die Rucksäcke zu kommen. Sie wollten aber auch nicht, dass die Rucksäcke zu sehr baumelten, denn dann wäre es nur eine Frage der Zeit, bis das Halteseil durchgescheuert wäre. Indem sie geschickt das Halteseil um die Rucksäcke herumschwangen, schafften sie es, diese relativ gut zu fixieren. Das Seil wiederum verknoteten sie am Stamm des jeweiligen Baumes.

Die restlichen Essens- und Trinkvorräte befanden sich ausnahmslos in Dosen und Flaschen sowie eingeschweißt in Tüten. Sie gaben somit nur wenig Geruch ab und waren damit hoffentlich vor gefräßigen Tieren sicher. Auch hier entschieden sie sich bewusst dafür, den Proviant in einem mit Reißverschluss verschließbaren, reißfesten Sack etwa zwanzig Meter entfernt von ihren Rucksäcken in einen anderen Baum zu hängen.

Das Kanu positionierten sie in einer länglichen Erdmulde so, dass es auf dem Rücken lag und damit Wind und Wetter möglichst wenig ausgesetzt war. Sie deckten es vorsichtig mit Ästen und Moos zu. Die Ruder, die Schwämme und Schwimmwesten versteckten sie abseits vom Kanu, damit das Boot nicht so leicht genutzt werden konnte, falls es jemand fand. Immer wieder hielten sie inne, lauschten und vergewisserten sich, dass ihnen bei ihren Vorbereitungen niemand zusah. Aber weder optisch noch akustisch konnten sie irgendwelche Anzeichen für Menschen wahrnehmen, und auch die nähere Umgebung ihres Verstecks zeigte keinerlei Hinweise auf ungebetene Gäste – weder jetzt noch vor kurzer Zeit.

Da standen sie nun also und mussten lachen, als sie sich gegenseitig anschauten. Marc in seiner kurzen Hose, das Seil um den Oberkörper geschwungen, die Axt in der Hand und das Messer in seiner rechten Hosentasche verstaut. Kenai mit seinem Pfeil. Auch er hatte sein Klappmesser in der rechten Hosentasche und den Feuerstein in der linken Tasche untergebracht. Beide achteten sorgsam darauf, dass die Knöpfe der Hosentaschen verschlossen waren, damit ihr wertvoller Besitz nicht verloren ging. Ein letztes Mal schauten sie sich um, ob sie auch alles verstaut hatten. Sie prägten sich die Stelle gut ein. Am Fluss gab es einen markanten Punkt, ein etwa fünf Meter hoher Felsvorsprung am gegenüberliegenden Ufer, der wie eine Nase in den Fluss ragte. Hoffentlich markant genug, um ihr Versteck in vier Wochen wiederzufinden. Dann machten sie sich auf den Weg.

Bereits die ersten Schritte versetzten sie in eine andere Welt. Sie waren es gewohnt, in Schuhen zu laufen. Natürlich hatten sie die letzten Wochen versucht, wo immer es nur ging, die Fußsohlen durch Barfußlaufen abzuhärten. Aber es war ein gewaltiger Unterschied in Vancouver über Asphalt oder kurzgeschnittenen Rasen zu laufen, oder hier jetzt durch kniehohes Gras und über mit Steinen und Unterholz übersäten Waldboden. Wo sie zuvor inklusive Gepäck und Kanu nur fünf Minuten über Land benötigt hatten, brauchten sie nun mindestens die doppelte Zeit. Nach wenigen Schritten und den ersten schmerzhaften Erfahrungen mit Wurzeln und Dornen, die sie vorher in Schuhen gar nicht beachtet hatten, verharrten sie. Sie schauten sich gegenseitig an, verkniffen sich aber jeglichen Kommentar. Instinktiv suchten sie mit ihren Augen den für ihre Füße schonendsten Weg, bevor sie sich Meter für Meter wieder zurück in Richtung Fluss vorarbeiteten. Von normalem Gehen konnte nicht die Rede sein. Das war Schwerstarbeit unter Schmerzen. Der Fluss hatte zumindest an dieser Stelle den Vorteil, dass in Ufernähe glatte Steine oder sogar kleine Sandbänke zu finden waren. Der kühle feuchte Sand tat ihren bereits nach wenigen Minuten durch Brombeeren, Äste und Steine zerschundenen Füßen gut.

Sie arbeiteten sich am östlichen Ufer des Flusses stromabwärts vor und fingen immer häufiger an zu fluchen, wenn aus offenen Passagen dicht bewachsene wurden. Die Pausen, die sie einlegen mussten, um ihre Füße im kalten Wasser zu kühlen, wurden häufiger, und die anfängliche Euphorie schwand Meter für Meter. Der Cariboo River hatte immer wieder Zuflüsse von kleineren Bächen, deren Wasser laut Parkverwaltung trinkbar war. Das Wasser aus den Seen im Bowron Lake Provincial Park sowie den größeren Flüssen, die durch die Seen flossen, hingegen nicht. Dieses Wasser wäre nur gefiltert oder mit Zugabe von Trinkwasseraufbereitungstabletten genießbar. Es bestand die Gefahr, sich den Darmparasiten Giardia Lamblia einzufangen. Deswegen achteten sie peinlichst darauf, dass sie nur Wasser tranken, das tatsächlich aus einem der Bäche kam.

Trotz der vielen schmerzhaften Erfahrungen, mit denen ihre Füße konfrontiert wurden, kamen sie am Nachmittag ungefähr so weit, wie sie sich das vorgenommen hatten. Sie hatten zwischenzeitlich die Cariboo Falls passiert, die gut anderthalb Kilometer nach Verlassen des Bowron Lake Wasserrundwanderwegs 24 Meter in die Tiefe stürzten und für

Boote aller Art unbefahrbar waren. Drei Kilometer Luftlinie von ihrem Kanuversteck entfernt waren sie der Meinung, dass dies für den ersten Tag genug sei, zumal sie sich auch auf die Nacht vorbereiten mussten. Und dazu gehörte die Suche nach einem geeigneten Lagerplatz, der nicht allzu schwer zu finden war.

Sie entschieden sich, einem kleinen Bach etwa fünfzig Meter aufwärts zu folgen, bis das buschige Flusstal in Hochwald überging. Der Bach bot Trinkwasser, der Hochwald einen gewissen Schutz vor Wind und die Flussnähe Unmengen an Treibholz, das sie für die Nacht gut für ihr Feuer nutzen konnten. Zudem bot der Cariboo River die Aussicht auf einen Fisch oder alternativ eine Fülle an essbaren Beeren. Bereits entlang des Flusses hatten sie immer wieder die Brombeeren und Himbeeren probiert. Unweit ihres Lagerplatzes fanden sie die ersten fast reifen Heidelbeeren, die normalerweise erst im August richtig süß wurden. Es gab außerdem Preiselbeeren und sogar Holunderbüsche. Allein fünfzehn essbare Beerensorten hatten sie für die Region in und um den Bowron Lake Provincial Park vor ihrem Reisebeginn nachgelesen und immer wieder in Bestimmungsbüchern und im Internet sowie auch in den Wäldern vor Vancouver identifiziert. Hinzu kamen noch mindestens zehn weitere Pflanzenarten und Pilze, die essbar waren oder denen heilende Wirkung zugesprochen wurde.

Sie hatten natürlich nicht vor, sich vier Wochen lang nur von Pflanzen zu ernähren. Aber essbare Beeren, Pflanzen und Früchte waren letztlich eine sichere Grundlage, die ihnen das Überleben sichern konnte. Und wenn sie das Glück und Geschick auf ihrer Seite haben würden und täglich ein oder zwei Fische fingen, gegebenenfalls noch einen kleinen Hirsch erlegten und vielleicht noch Muscheln fanden, konnten sie sicherlich in der reichen Natur Kanadas ganz gut leben beziehungsweise überleben. Zumindest hatten sie diese Hoffnung.

Maulwurfjagd

Florina Baxter hatten den Konferenzraum »Crypto« für zwei Stunden gebucht. Um Punkt neun Uhr morgens betrat Nicholas Swinton den Raum. Er hatte darum gebeten, in einem Folgemeeting die von Frau Baxter angesprochenen Sicherheitslücken sowie das Sicherheitskonzept im Detail erklärt zu bekommen. Er wollte alle Namen von potenziellen Maulwürfen, inklusive ihrer Personalakte und früheren Arbeitgebern, auf dem Tisch haben.

Florina Baxter tat sich damit relativ leicht. Es war eines ihrer ersten und von ihr selbstgesteckten Ziele gewesen, nach ihrem Eintritt bei SSL vor zwei Jahren alle Mitarbeiter elektronisch zu erfassen und alle vorhandenen Daten, inklusive Lebensläufen, in einer auslesbaren Datenbank zu speichern. Deshalb hatte sie auch auf Knopfdruck alles parat, und Nicholas Swinton war ziemlich erstaunt, als er das Ergebnis auf ihrem PC gezeigt bekam. »Bin ich hier auch erfasst?«, fragte er mit einer Mischung aus Neugierde und seiner ihm eigenen Ironie. »Natürlich!«, kam die prompte Antwort von Florina Baxter, ohne dass sie dabei ihren Blick vom Bildschirm hob. Nicholas schaute sie von der Seite an. Sie reagierte aber nicht. Sie meinte das tatsächlich ernst. Warum auch nicht. Es war ihr Job.

Ihre Hand fuhr über die Tastatur, und sie öffnete mit einem Klick eine Liste, die zwölf Namen von Personen auswies, die ausschließlich mit dem Versand von Kleinbauelementen über Kuriere zu tun hatten. »Ich habe alle Namen in den letzten Wochen überprüft. Jeder von ihnen kann theoretisch eine Quelle, beziehungsweise ein Maulwurf sein. Entweder wissen die Personen, wann eine Lieferung an den Kunden geht, oder sie kennen die Lieferkette oder haben mit der Beauftragung der Kuriere zu tun.« Sie machte eine kurze Pause und fuhr dann fort.

»Grundsätzlich könnten deutlich mehr Personen wissen, wo weltweit welche Komponenten genutzt werden. Theoretisch gibt es selbst im Internet oder den öffentlich zugänglichen Observatorien, Informationen darüber, welche Optiken dort verbaut sind, wer sie hergestellt hat, sogar in welchem Jahr das der Fall war. Wie gesagt, meine Liste beschränkt sich zunächst nur auf die Personen, die Einblick in den Versand über Kuriere haben.«

Nicholas Swinton hörte ihr aufmerksam zu, ertappte sich aber dabei, dass er sich zu früh zu der Frage hinreißen ließ. »Gibt es eine bestimmte Person, die Sie verdächtigen?« Florina schaute ihren Chef an. Sie überlegte kurz, ob sie die Frage direkt beantworten sollte, entschied sich dann aber für die längere Variante. »Mein Vorschlag wäre, wir…«, weiter kam sie nicht. »Gibt es eine bestimmte Person, die Sie verdächtigen?«, kam die Frage erneut, diesmal in Verbindung mit einer unmissverständlichen Aufforderung, die Frage mit ja oder nein zu beantworten. Florina schaute ihrem Chef direkt in die Augen.

»Ja! Ein Mitarbeiter aus meinem Team könnte unter Umständen damit etwas zu tun haben.« Sie hielt kurz inne und fuhr dann fort. »Er heißt Shean Targot und berichtet direkt an mich. Er hat Zugriff auf alle Daten, die notwendig wären, um zumindest die abgefangenen Lieferungen und die drei Überfälle auf die Boten zu erklären. Zudem macht er mir in den letzten Wochen einen etwas, sagen wir mal, nervösen Eindruck.« Nicholas Swinton bohrte nach. »Wie sicher sind Sie sich?« Florina Baxter hatte ihre Fassung wiedergefunden und antwortete deutlich offensiver. »Ich bin mir nicht sicher! Er ist aber unter all den Personen, die ich überprüft habe, derjenige, den ich zuallererst auf Herz und Nieren durchchecken würde. Beziehungsweise die Person, die man auf die Probe stellen sollte.« »Mit auf die Probe stellen, meinen Sie, eine Falle stellen?«, fragte Nicholas Swinton nach. »Sozusagen! Mein Vorschlag wäre, ihn bei der nächsten Übergabe an einen Kurier bewusst mit einzubinden und mit Informationen auf die Probe zu stellen, die nur er haben kann.« »Ja, das hatten Sie bei unserem ersten Gespräch bereits erwähnt.« »Was genau schlagen Sie vor?«, fragte er interessiert nach.

Sie musste sich räuspern und vergewisserte sich noch einmal, dass die Tür des Konferenzraums geschlossen war. »In wenigen Tagen steht eine Lieferung von zwei Spiegeln an, die ein Privatkunde aus Kanada bei uns bestellt hat. Es handelt sich um genau die gleichen Spiegel wie bei den letzten drei Überfällen auf unsere Kuriere. Die Spiegel sollen an der Grenze zwischen Kanada und Alaska in einem kleinen Observatorium verbaut werden.« »In Kanada?«, fragte Swinton etwas ungläubig nach. »Ja, der Kunde ist Selfmade-Milliardär und hat dort in den Bergen ein, sagen wir mal, kleines Chalet mit Privatobservatorium. Die Wetterbedingungen dort oben sind für ein Observatorium nicht unbedingt ideal, aber dem Kunden reichen wohl ein paar wenige klare Nächte pro Jahr, um ins All zu schauen.« Nicholas musste grinsen. »Ja, auch solche Kunden nennen wir gerne unser Eigen.«

»Und was schlagen Sie vor, um den Maulwurf zweifelsfrei zu identifizieren?«, fragte Nicholas Swinton ungeduldig nach. »Meine Idee wäre, dass wir hierfür wieder einen Kurier einsetzen. Shean Targot wird von mir in die Übergabeeinzelheiten eingewiesen und wird auch bei der Übergabe an den Kurier dabei sein. Kurz vorher werden wir aber ein paar Kleinigkeiten ändern: Einen anderen Boten, einen anderen Übergabeort. Nur er wird diese Information haben. Neben mir und Ihnen. Wenn es dann zu einem Vorfall kommen sollte, haben wir den Maulwurf relativ sicher enttarnt. Falls nicht, müssen wir weitersuchen.«

Nicholas Swinton blickte auf. Ihm gefiel die Vorstellung nicht besonders, dass sie im Dunkeln stocherten und mehr oder weniger darauf hofften, dass dieser Shean Targot der Informant sein könnte.

Käme es bei der nächsten Übergabe nicht zu einem Vorfall, wären sie genauso weit wie bisher. Florina Baxter spürte, was ihren Chef nachdenklich machte. Und sie hatte sich darauf vorbereitet.

»Natürlich ist Shean Targot nur eine Vermutung, und wir sollten in alle erdenklichen Richtungen ermitteln.« Swinton blickte neugierig auf. Konnte sie etwa Gedanken lesen? »Ich gebe Ihnen vollkommen recht! Sich alleine auf eine Person zu konzentrieren, wäre zu kurzfristig gedacht. Es hört sich so an, als hätten Sie einen weiteren Plan!«, und dabei blickte er sie erwartungsvoll an. »Na ja. Ich bin mir nicht sicher, ob das wirklich eine Option ist. Aber wir könnten natürlich auch die Handelskammer einschalten und uns dort Unterstützung holen...« Sie merkte sofort an der Reaktion von Swinton, dass dies keine Option für ihn war, und schob deshalb gleich hinterher » ...aber das ist sicherlich nicht im Interesse unseres Unternehmens und wohl auch noch zu früh.« Leichte Entspannung machte sich bei Swinton breit. Florina Baxter fuhr fort. »Wir sollten unsere Auslieferungsstrategie grundsätzlich überdenken und für die Installation und Lagerung von ausgelieferten Bauelementen bei den Kunden selbst den Sicherheitsstandard erhöhen.«

Swinton wusste, von was sie redete. SSL hatte sich die letzten Jahre häufiger mit diesem Thema auseinandergesetzt, weil es immer wieder zu Diebstählen kam. Aber die Häufung der letzten Monate war doch sehr besorgniserregend. Es gab technische Möglichkeiten der Aufbewahrung, die man sicherlich auch gut verkaufen konnte. Und er stimmte ihr auch dabei zu, dass die Auslieferungsstrategie optimiert werden musste. Bis vor sechs Monaten gab es dazu keinen Anlass, jetzt und nach den Vorfällen aber schon.

»Sie haben Recht!«, antwortete er kurz und trocken. »Ich nehme das in unser nächstes Managementmeeting mit und werde das Thema auf die Tagesordnung setzen. Wichtig und entscheidend ist aber, dass wir hier nicht zu viel Wirbel um dieses Thema machen. Sonst würde gegebenenfalls der oder die Maulwürfe hellhörig werden und sich schlafen legen. Wann ist die nächste Übergabe geplant?« »Bereits in sechs Tagen!«, antwortete Florina Baxter. »Dann schlage ich vor, wir führen die Übergabe durch, und erst danach setze ich das Thema auf die Agenda. Und zwar unabhängig davon, wie das mit der Übergabe ausgeht!« Sie nickte und freute sich, denn letztlich entsprach dieses Vorgehen genau dem, was sie vorgeschlagen hatte.

Die erste Nacht

Die letzten drei Nächte hatten Marc und Kenai deutlich vor Augen geführt, dass es nachts und gegen morgen recht kühl wurde. Bisher hatten sie in Schlafsäcken und in Zelten übernachtet und standen jetzt vor der großen Herausforderung, die erste Nacht im Freien zu verbringen. Sie waren lediglich mit einer kurzen Hose bekleidet, hatten kein schützendes Zelt und keine anderweitige Behausung. Sie konnten sich nur auf die Wärme eines Feuers stützen und versuchen, so die Nacht zu überstehen. Deswegen sammelten sie so viel Brennholz, wie sie nur konnten, und brachten es in ihr Zwischenlager, das 50 Meter vom Cariboo River entfernt lag. Das Flussufer bot reichlich trockenes Treibholz, das die letzten großen Fluten ans Ufer geschwemmt hatten.

Mit der Axt zerkleinerten sie größere Hölzer, die dabei anfallenden Holzspäne würden sie später beim Anzünden des Feuers nutzen. Trockenes Moos und Rinde gab es um sie herum in Hülle und Fülle. Den Lagerplatz säuberten sie von Steinen. Die eigentlichen Schlafplätze polsterten sie mit Moos und trockenem Laub aus und legten sie bewusst in die Mitte des Lagerplatzes. Ihre

Idee war es, nicht nur ein Feuer zu machen, sondern zwei, d.h. jeweils links und rechts neben ihrem Schlafplatz. Damit würde die Wärme von zwei Seiten auf sie einstrahlen. Darüber hinaus hatte dies den Vorteil, dass Ungeziefer oder was auch immer sich in der Nacht an sie heranpirschen würde, hoffentlich abgehalten wurde.

Die größte Herausforderung bestand darin, den Abstand zwischen Schlafplatz und den beiden Feuern so zu wählen, dass sie sich nicht verbrannten, aber gleichzeitig so gering zu halten, dass sie genug Wärme abbekamen. Kenai hatte zudem die Idee, Steine im Feuer zu erhitzen und dann unter ihrem Schlafplatz in der Erde zu vergraben. Die Steine sollten die Wärme nach und nach abgeben und sie somit auch von unten her wärmen. Aber aus Zeitgründen würden sie dies erst in der nächsten Nacht umsetzen. Sie wollten vielmehr die noch verbleibende Zeit nutzen, um einen Fisch fürs Abendessen zu fangen. Kenai hatte sich hierzu in den letzten Wochen schon viele Gedanken gemacht und davon geträumt, einen Fisch zu fangen.

Um sie herum gab es Haselnussbüsche mit sehr geraden und langen Ästen. Genau das richtige Holz, um daraus einen Fischfänger zu schnitzen. Vorsichtig spaltete er mit seinem Messer das breite Ende eines Haselnussstocks in drei gleich starke zirka zwanzig Zentimeter lange Teilstücke. Zwischen diese drei Teile klemmte er vorsichtig zwei kleine Holzstücke, so dass sich die beiden äußeren Enden jeweils fünf Zentimeter abspreizten. Das mitgebrachte gedrehte Seil öffnete er an einem Ende und entnahm daraus dünnere Kordeln, mit denen er die aufgespaltene Seite des Fischfängers gegen weiteres Aufbrechen sicherte. Es war nicht wichtig, dass dieser Dreizack für die Ewigkeit hielt. Es reichte vorläufig, wenn sie damit zwei bis drei Fische fangen konnten. Sie würden in den nächsten Wochen genug Zeit haben, diese Technik weiter zu verfeinern. Zu guter Letzt spitzte er die drei Spitzen des

Dreizacks an und versah sie jeweils mit einem kleinen eingeschnitzten Hacken.

Marc musste lachen, als er Kenai damit auf dem Weg zum Fluss gehen sah. Er war beeindruckt, wie schnell er diese Waffe hergestellt hatte, und begleitete ihn, um am Ufer weiteres Feuerholz zu besorgen und noch ein paar Beeren zu essen. Der Cariboo River floss an dieser Stelle relativ schnell, fächerte sich aber immer wieder in dünnere Zwischenarme auf, deren Wasser deutlich seichter war als dies im Hauptarm der Fall war. Hier hofften sie auf ihren ersten Fang. Vielleicht hatten sie Glück und ein Fisch hatte sich in einen der abgeschlossenen Tümpel verirrt. Aber solch einen Gefallen taten ihnen die Fische nicht. Dies war vielleicht eher nach einem starken Regen möglich, wenn sich der Fluss dann wieder schnell zurückzog. Da konnte es sicherlich passieren, dass Fische vom Hauptstrom abgeschnitten wurden. Aber keiner der Tümpel zeigte Anzeichen von eingeschlossenen Fischen. Es musste also anders gehen.

Fische gab es viele. Nur die waren vorsichtig. Sie flüchteten sofort, wenn sie einen Schatten wahrnahmen, oder versteckten sich rechtzeitig hinter Steinen oder unter verkeiltem Holz. Kenai positionierte sich auf einem großen, fast kugelrunden Stein an einem der Seitenarme. In seiner rechten Hand hielt er den Dreizack, bereit zum Zustoßen. Er konzentrierte sich auf das Wasser unterhalb des Steins, wo die Strömung gebrochen wurde. Er wusste, dass sich an solchen Stellen oft und gerne Fische aufhielten. Hier konnten sie mit wenig Aufwand jagen oder sich an Algen laben, die sich hier besser hielten als in der starken Strömung. Durch das ruhigere Wasser konnte Kenai bis auf den steinigen Grund schauen, und er war frohen Mutes, dass er hier Petri heil haben würde. Ein weiterer Vorteil, den diese Stelle bot, war, dass die Sonne mittlerweile sehr tief stand und ihn von vorne anstrahlte. Damit fiel sein Schatten nicht auf das Wasser, sondern überwiegend auf den Stein in seinem Rücken. Und damit bestand nur eine geringe Gefahr, dass sein Schlagschatten die Fische irritieren oder verscheuchen würde.

Kenai stand wie angewurzelt, keine Regung war an ihm wahrzunehmen, den Dreizack bereit zum Stoß. Und tatsächlich! Er stand keine fünf Minuten und immer wieder nahm er Fische wahr, die für wenige Sekunden in die Nähe des Steines kamen. Ein Fisch wagte sich sogar in die Reichweite seines Dreizacks. Aber er war aus Sicht von Kenai zu klein. Die Chance, ihn zu treffen, war zu gering, und der Fisch würde weder Kenai noch Marc satt machen. Er wartete auf größere Beute, und nach weiteren fünf Minuten, sein Arm wurde ihm langsam schwer, wagte sich eine schöne Forelle in Kenais Jagdgebiet.

Er zögerte keine Sekunde. Seine Sehnen und Muskeln spannten sich an. Wie aus der Pistole geschossen, stieß er den Dreizack nach unten bis auf den steinigen Grund. Sofort holte er ihn seitlich ein und merkte dabei schon, dass er die Forelle aufgespießt hatte. Sie zappelte wild an seinem Fischfänger. Instinktiv trug er den Dreizack weg vom Wasser, damit der Fang, sofern er sich befreien konnte, nicht wieder zurückfallen würde. Die Forelle war prächtig und noch voller Energie. Der Dreizack hatten den Fisch wenige Zentimeter vor der Schwanzflosse durchbohrt.

Als Kenai wieder am Ufer und weit genug vom Wasser entfernt war, zog er den Fang vom Fischfänger ab. Aus der Wunde floss hellrotes Blut. Der Fisch atmete schwer. Kenai nahm ein Holzstück und mit einem gezielten Schlag auf den Kopf beendete er das Leben der Forelle. Für wenige Sekunden bewegten sich die Kiemen des Fisches noch und das Maul öffnete sich. Dann standen sie still. Ein Gemisch aus Wasser und Blut lief in feinen Fäden aus dem geöffneten Maul.

Kenai war stolz auf seine erfolgreiche Jagd. Aber es wäre nicht Kenai gewesen, wenn er nicht auch Mitgefühl mit dem Fisch gehabt hätte. Er hatte soeben ein Lebewesen getötet, das nun vor ihm lag. Aber das Grummeln in seinem Magen erinnerte ihn daran, dass er diesen Fisch getötet hatte, damit er selbst etwas zu essen bekam. Und da er nicht alleine war, machte er sich gleich daran, seinen Erfolg nochmals zu wiederholen. Er suchte sich eine ähnliche Fangstelle, wandte dort dieselbe Methode an und hatte auf die gleiche Art und Weise Erfolg.

Nach nicht einmal 30 Minuten Jagd hatte er zwei prächtige Forellen gefangen, die problemlos für die beiden hungrigen Mägen reichen würden. Beim letzten Fang hatte er beim Zustoßen einen der Zacken des Dreizacks abgebrochen, so dass daraus ein Zweizack wurde. Aber das störte ihn nicht sonderlich. Er nahm mit Hilfe seines Messers die Fische aus, ließ die Innereien flussabwärts treiben und wusch die Forellen gründlich ab. Beim Aufrichten streiften seine Blicke unbewusst das gegenüberliegende Ufer. Er vollendete seine Drehung und blieb abrupt stehen. Er drehte sich nochmals um und hätte schwören können, dass er für eine Sekunde am abfallenden Waldsaum etwas Braunes gesehen hatte. Aber jetzt war an der betreffenden Stelle nichts als das steinige Ufer, das in den buschigen Waldrand überging. Er nahm einen Ast wahr, der leicht wackelte. Er war sich aber nicht sicher, ob oder was er da gesehen haben könnte. Oder ob der Ast einfach nur wackelte, weil dort ein Vogel aufgeflogen war? Es kamen viele Möglichkeiten für die Astbewegung in Betracht. Aber ihm kam auch der Gedanke, dass es ein Bär gewesen sein könnte. Aber vielleicht war es auch einfach nichts.

Er spürte langsam, dass er einen Sonnenbrand auf den Schultern und dem Rücken hatte. Als ihm Marc auf dem Weg zum Lager entgegenkam, sah er auch ihm an, dass er an Schultern, Rücken, Ohren und an den Waden feuerrot war. Erst jetzt wurde ihnen schmerzhaft bewusst, dass sie den kompletten Nachmittag nur mit einer Hose bekleidet am Flussufer in der prallen Sonne gelaufen waren. Marc beglückwünschte ihn zu seinem Fang. Der Gedanke daran, dass er vielleicht am anderen Ufer etwas großes Braunes gesehen haben könnte, war bereits wieder verflogen.

Die Sonne stand schon tief, und es war nur noch eine Frage von Minuten, bis die letzten Strahlen an den Bergrücken im Westen geworfen wurden. Als Kenai mit seinen beiden Forellen im Lager ankam, erkannte er, dass Marc nicht weniger fleißig gewesen war. Er hatte weiteres Brennholz besorgt, mehr Moos und Laub für das Nachtlager gefunden, und an einem der Bäume lehnten zwei frisch geschälte angespitzte Haselnussspeere. Flankierend um die Schlafstätte waren zwei kreisrunde, in Steine eingefasste Feuerstellen vorbereitet, auf denen er Holzspäne und kleine trockene Äste aufgeschichtet hatte. Die beiden Freunde schauten sich gegenseitig an und mussten grinsen. Sie waren gut vorbereitet und verstanden sich nahezu blind.

Sie hatten vieles von dem, was sie täglich zu tun hatten, im Vorfeld besprochen. Aber dass alles so reibungslos verlaufen würde, hätten sie nicht gedacht. Sie waren gut vorangekommen. Natürlich taten ihnen ihre Beine weh und der Sonnenbrand schmerzte zunehmend mehr. Aber sie hatten ein relativ windgeschütztes Lager, nur wenige Meter entfernt trinkbares Wasser in einem Bach, genug Brennholz für die Nacht und die ersten Waffen in Form der beiden Haselnussspeere. Ihr größter Hunger war gestillt durch die vielen Beeren, die es hier überall gab. Und das Festessen in Form der beiden Forellen stand noch bevor. Einfacher und besser konnte es nicht laufen, da waren sie sich einig.

Es war an Kenai, mit dem Feuerstein ihr erstes Feuer zu entfachen. Sie hatten es im Vorfeld schon probiert und geübt und nach wenigen Minuten stieg der erste Rauch von ihrem Lager auf. Marc besorgte währenddessen zwei weitere Haselnussstecken, die als Spieße für die Fische dienen sollten und leicht gekippt neben das schnell lodernde Feuer in den Boden gerammt wurden. Der Rauch des Feuers sorgte dafür, dass die Mückenplage, die in der Abenddämmerung zugenommen hatte, abrupt zurückging. Sie setzten sich an das Lagerfeuer und achteten peinlich genau darauf, dass die Fische nicht verbrannten und von allen Seiten eine schöne Farbe bekamen. Der Duft, der in der Luft hing, ließ ihnen das Wasser im Mund zusammenlaufen.

Nach geschätzten dreißig Minuten waren die Forellen gar und schmeckten köstlich. Ihre Augen glänzten im Feuerschein und als sie am nahen Bach ihre fettigen Hände gewaschen und den Sonnenbrand an Beinen, Schultern und Rücken gekühlt hatten, war die Dämmerung schon weit vorangeschritten. Es wurde Zeit, sich endgültig in das Nachtlager zurückzuziehen, zumal die barfuß absolvierte Wanderung deutliche Spuren hinterlassen hatte. Sie nutzten den Feuerschein, um den einen oder anderen Stachel aus Fuß, Wade und Oberschenkel zu entfernen, und dafür waren die spitzen Gräten der Forellen relativ gut geeignet.

Endlich war Zeit, sich ein wenig auszuruhen und den Tag Revue passieren zu lassen. Aber die Müdigkeit überkam beide langsam aber sicher. Sobald sie den Feuerschein etwas verließen, spürten sie, wie sehr es bereits abgekühlt hatte, und es wurde Zeit, das zweite Feuer anzufachen. Beide fanden die Idee toll, sich die Nacht über auf beiden Seiten von einem Feuer wärmen zu lassen. Es war ihnen aber trotzdem bewusst, dass die Nacht ohne Kissen, ohne weiche Unterlage, mitten im Wald mit allerlei Ungeziefer, ungewohnten Geräuschen, dem Rauch des Feuers und dem immer wieder notwendigen Nachlegen von Feuerholz nicht vergleichbar mit dem sein würde, was sie ansonsten gewohnt waren. Sie stellten sich geistig auf einen wenig erholsamen Schlaf ein. Mit dieser

Einstellung, die sicherlich die richtige war, gingen sie diese erste Nacht an.

Als beide Feuer brannten, brauchten sie erst einmal eine Weile, um herauszufinden, wie viel Holz sie nachlegen mussten, damit es ihnen nicht zu heiß oder zu kalt wurde. Mit ein paar längeren Hölzern schoben sie, wenn nötig, die großen, allzu stark brennenden Scheite etwas nach hinten und fanden so die richtige Balance. Sie lagen mit dem Rücken auf dem Boden, schauten in die Äste und Wipfel der Bäume über ihnen, in denen der Schein des Feuers die Schatten tanzen ließ. Ab und zu vernahmen sie Geräusche aus dem Wald. Erst jetzt wurde ihnen bewusst, dass sie bisher noch keine größeren Tiere gesehen hatten.

Der erste Morgen

Marc schreckte hoch. Es fröstelte ihn. Kenai lag schlafend neben ihm, den Rücken zugewandt, und seine Körperhaltung ließ den Schluss zu, dass es auch ihm kalt sein musste. Die beiden Feuer zu ihrer Linken und Rechten waren abgebrannt und die Wärme kam nur noch von der Glut. Marc legte Holz nach und entfachte damit wieder das Feuer.

Ein Blick nach Osten verriet ihm, dass die Nacht schon weit fortgeschritten war. Vermutlich war es zwischen vier und fünf Uhr morgens, denn ein grauer Streifen am sonst dunklen Himmel ließ vermuten, dass der neue Tag bald anbrechen würde. Marc und Kenai hatten abwechselnd die ganze Nacht über Feuerholz nachgelegt und dieses war zu Marcs Überraschung nun fast aufgebraucht. Bei der Menge, die sie am Vortag gesammelt hatten, hätte er eigentlich vermutet, dass sie morgens nicht noch einmal sammeln gehen müssten und das Holz sogar bis zu den ersten wärmenden Sonnenstrahlen reichen würde. Aber das war eine der ersten Lehren, die er aus dieser Nacht zog. Künftig brauchte es mehr Feuerholz!

Marcs Rücken schmerzte und auch sein Hals war verspannt. Er legte sich auf die Seite und schob seinen Rücken so dicht wie möglich an das wärmende Feuer. Die Nacht war fürchterlich gewesen, und ihm kamen erste Zweifel, ob das, was sie hier taten, es überhaupt wert war. Es blitzten Gedanken auf, wie schön es jetzt wäre, in einem bequemen Bett zu liegen, anstatt auf dem harten Waldboden voller Ungeziefer und dem beißenden Rauch des Lagerfeuers neben sich. Sein Nacken tat ihm weh, weil er es gewohnt war, ein Kopfkissen unter seine Arme zu klemmen. Warum tat er das hier? Wem wollte er etwas beweisen? Für was war das alles gut? Er brauchte die Erfahrung weder für sein Ego noch für sein Studium. Er tat es auch nicht Kenai zuliebe. Warum tat er es dann? Je öfter er sich diese Frage stellte, desto mehr ertappte er sich dabei, dass er sich diese Frage schon deutlich früher hätte stellen sollen. Die Idee des Wildnisabenteuers hatte sich in den letzten Wochen so tief in seinem Hirn verankert, dass er das Vorhaben gar nicht mehr kritisch hinterfragt hatte.

Er erinnerte sich daran, wie er sich vor knapp drei Wochen Ross gegenüber offenbart hatte. Auch da ging es ihm nur darum, die Idee an sich zu verkaufen. Das Vorhaben war für ihn einfach gesetzt. Die Nachfragen von Ross wollte und konnte er seinerzeit nicht zu seiner Zufriedenheit beantworten. Das wurde ihm jetzt wieder bewusst. Er war nicht der Mensch, der einfach aufgab. Für irgendetwas musste dieses Abenteuer gut sein. Für was genau, galt es herauszufinden. Vor seinem geistigen Auge zogen Bilder von Menschen vorbei, die in ihrem Leben dauerhaft Kälte, Hunger, Krieg und Elend ausgesetzt waren. Sein Trost war, dass sein Abenteuer zeitlich begrenzt war. Er konnte jederzeit sagen – bis hierhin und nicht weiter. Vergiss die Nackenschmerzen, vergiss die vielen offenen Hautstellen an den Füßen. Es könnte alles noch schlimmer sein. Es könnte regnen oder er könnte krank sein. Es würde bald hell werden, und als er dies registrierte, bekam er sich wieder in den Griff. Er fasste neuen Mut, und er war sich bewusst, dass es weitere Situationen geben würde, die ihn erneut zweifeln lassen würden. Aber er hatte jetzt diese Situation gemeistert und wollte sich erst dann wieder mit seinen Zweifeln auseinandersetzen, wenn sie erneut hochkommen sollten.

Kenai drehte sich im Schlaf. Marc schaute ihm ins Gesicht, das vom Feuerschein angestrahlt wurde. Hatte nur er die Zweifel oder dachte Kenai ähnlich? War Kenais Wille stärker? Was trieb seinen Freund an? Seltsam, dass für sie beide die Idee immer im Vordergrund stand, aber sie sich nie wirklich darüber ausgetauscht hatten, warum sie dieses Abenteuer unbedingt machen wollten.

Marc musste nochmals eingeschlafen sein. Das Holz, das er nachgelegt hatte, war weitestgehend abgebrannt und die Kälte zurückgekommen. Auch Kenai war dabei, wach zu werden. Marc hatte für sich entschieden, dass die Nacht vorbei war. Er stand auf. Die Sonne selbst war noch nicht zu sehen, aber es war hell genug, um das Lager zu verlassen, ohne Gefahr zu laufen, über einen Ast oder einen Stein zu stolpern. Er musste dringend seine Blase entleeren und tat das an einem Baum in gebührenden Abstand zum Lagerplatz. Auf dem Rückweg suchte er an Holz zusammen, was er finden konnte, und packte es unvermittelt auf die beiden Feuer. Er musste sich wärmen, und Kenai, der mittlerweile wach war, freute sich über den Nachschub an Holz.

»Guten Morgen! Sofern man von einem guten Morgen reden kann!«, kam es quälend aus ihm heraus. Man musste kein Hellseher sein, um zu erkennen, dass die Nacht auch für Kenai schrecklich gewesen war. Man hörte ein Knurren aus seiner Magengrube, und spätestens jetzt wurden sie daran erinnert, dass sie keinen gefüllten

Kühlschrank, keine Wurstdose, keinen warmen Kaffee und keinen Toast hatten. Und die morgendliche Kälte sollte sie noch längere Zeit davon abhalten, auf Essenssuche zu gehen. Auch das war eine unerwartete Erkenntnis!

Lagersuche

Die Sonne war mittlerweile aufgegangen. Aber es dauerte drei weitere Stunden, bis die Morgenkälte ohne wärmendes Feuer einigermaßen auszuhalten war. Marc und Kenai legten immer wieder ein wenig Holz nach. Es war ihr erster Morgen ohne warmen Kaffee, ohne Zahncreme und Zahnbürste und auch ohne Toilettenpapier. Ihr Nacken war steif, sie rochen nach Rauch und Marcs Nasenlöcher waren angeschwollen. Ihre Füße taten weh und brannten und die Fußknöchel waren von Schnaken zerstochen. Auch ihre Sonnenbrände vom Vortag taten besonders dann weh, wenn die Wärme des Feuers sie zusätzlich aufheizte.

Die Morgentoilette kostete sie echte Überwindung. Das Wasser des Baches war kalt. Sie wuschen sich nur notdürftig und suchten schnell wieder die Wärme des Feuers. Eine besondere Herausforderung war der Gang zur Toilette. Sie waren es nicht gewohnt, hinter einem Busch in der morgendlichen Kälte ihr Geschäft verrichten zu müssen. Die so selbstverständliche Nutzung von Toilettenpapier, den Luxus von besonders sanftem, dreilagigem Papier, hatten sie hier leider nicht. Sie mussten auf große Blätter und Gras ausweichen und erkannten schnell, wie wichtig die tägliche Körperpflege auch unter diesen Umständen war. Sie spürten, dass sich ein nur mäßig gereinigter Hintern schnell entzünden konnte. Es war zwingend notwendig, dass sie sich jeden Tag im Fluss oder in den Bächen wuschen. Auch wenn dies aufgrund des kalten Wassers sehr unangenehm war.

Das Knurren ihrer Mägen nahm an Lautstärke und Intensität zu, und deshalb entschieden sie, das Praktische mit dem Nützlichen zu verbinden. Sie erstickten das Feuer mit Erde. Vergewisserten sich, dass sie ihren Feuerstein, die beiden Messer, die Axt, das Seil, den Pfeil, die beiden Speere sowie den Zweizack bei sich hatten. Sie gaben ihr Lager auf, versäumten es jedoch nicht, nochmals zu kontrollieren, ob das Feuer auch tatsächlich erloschen war.

Sie folgten dem kleinen Bach zurück zum nahen Fluss, der zum Großteil schon in der Sonne lag. Die wärmenden Sonnenstrahlen taten ihnen gut. Sie begaben sich auf den Weg weiter nach Süden, immer am östlichen Flussufer entlang. Sobald sie auf Brombeeren oder andere essbare Beeren stießen, legten sie einen kurzen Zwischenstopp ein. Man könnte sagen, sie lebten von der Hand in den Mund, aber es brauchte viele Beeren, bis der Hunger einigermaßen gestillt war. Die kanadischen Brombeeren zählten jedoch zu den größten überhaupt und schmeckten einfach köstlich.

Auf diese Art und Weise arbeiteten sie sich bis zum frühen Nachmittag bis an die Mündung des Matthew Rivers vor, der von Osten her in den Cariboo River mündete. Diese Mündung lag deutlich außerhalb des Bowron Lake Provincial Parks und war in etwa die Region, die sie sich für ihr vierwöchiges Abenteuer ausgesucht hatten. Im Vorfeld hatten sie schon auf google.maps gesehen, dass diese Gegend früher für den Holzeinschlag genutzt worden war. Das Bild, das sich ihnen jetzt vor Ort bot, bestätigte dies. Noch vor zwei Stunden standen sie in altem Waldbestand. Was sie jetzt sahen, war ein fast undurchdringbares Dickicht aus Büschen und jungen Bäumen. Alles, was von der Holzindustrie genutzt werden konnte, war abgeholzt und abgeräumt und später mehr oder weniger wieder aufgeforstet worden. Die Wiederaufforstung musste aufgrund der Höhe der Bepflanzung etwa fünf Jahre her sein.

Das Dickicht war für sie ohne Schuhwerk nahezu undurchdringbar. Sie entschlossen sich daher, ein Stück flussaufwärts zurückzumarschieren. Wieder in die Region, in der es der noch vorhandene natürliche Baumbestand ihnen erlaubte, sich weiter vom Fluss zu entfernen, um einen besser geschützten und dauerhaften Lagerplatz zu finden.

Die Wiederaufforstungsfläche schien aber auch einen Vorteil zu haben. Denn dort, wo diese Flächen bis an den Fluss reichten, schien es deutlich mehr Wild zu geben. Dies erkannten sie an den vielen Spuren, die vermutlich Hirsche im Uferbereich hinterlassen hatten. Die Aufforstungen, die teils schon drei bis vier Meter Höhe erreicht hatten, waren der ideale Einstand für Wild. Sie boten Schutz und Äsung zugleich.

Auf einer Länge von etwa vierhundert Metern hatte der Fluss seinen Hauptstrom in viele kleine Nebenarme aufgefächert. Hier war die Strömung nicht so stark und das Wasser nicht zu tief. Die ideale Stelle, um den Fluss zu überqueren, sofern das später notwendig werden sollte. Auf ihrer östlichen Uferseite bot sich die Gelegenheit, im weniger dichten Hochwald den Fluss ostwärts zu verlassen. Hier, im Übergang zwischen Wald und Abholzungsfläche, gab es offensichtlich viel Angriffsfläche für Wind und Sturm. Sie stießen immer wieder auf entwurzelte Bäume. Beim Anblick der teils vier Meter in die Höhe ragenden Wurzelstöcke kam ihnen die Idee, hinter solch einem Wurzelstock ihr Lager zu errichten. Sie fanden zwei entwurzelte Bäume, deren Wurzeln so eng aneinander standen, dass diese praktisch gleichzeitig von zwei Seiten Schutz vor dem Wind boten. Ein Bach mit Trinkwasser war keine zwanzig Meter entfernt. Die nahe Aufforstungsfläche bot Beeren aller Art in Hülle und Fülle und sicherlich auch Wild. Zum fischreichen Fluss waren es nur wenige Minuten und der Hochwald erlaubte es ihnen, die Region nach Osten einfacher zu erkunden. Das Gelände war überwiegend flach bis leicht ansteigend. Die Hoffnung, hier eine Höhle zu finden, schätzten sie beide als relativ gering ein. Sie entschieden sich daher, ihr Lager vorläufig hier zu errichten. Sollten sie während der Erkundungen der kommenden Tage etwas Besseres finden, könnten sie ja jederzeit umziehen.

Die Hütte

Den Lagerplatz, den Marc und Kenai auserkoren hatten, entpuppte sich als Volltreffer. Der Fluss war in wenigen Minuten zu erreichen. Der Bach, der in der Nähe ihres Lagers vorbeifloss, bot Trinkwasser. Das Lager lag zu keiner Zeit im Schlagschatten von Bergen und war nach Westen hin ausgerichtet. Sie hatten bewusst die windgeschützte Stelle hinter zwei hoch aufragenden Baumwurzeln ausgesucht, die sie gleichzeitig von zwei Seiten schützte. In den folgenden Tagen bauten sie das Lager nach und nach aus und stellten sich neue Hilfsmittel, Werkzeuge und Waffen her. Dieses Unterfangen war nicht immer von Erfolg gekrönt. Aber durch viel Ausprobieren und dem Ziehen der richtigen Lehren, hatten sie sich nach vier Tagen eine Grundlage erarbeitet, mit der sie vorläufig ganz gut leben konnten. Von jedem Streifzug brachten sie Feuerholz mit ins Lager zurück. Der umliegende Wald und die Windbrüche boten hierfür genügend Material und auch der nur wenige Minuten entfernte Fluss bot an seinen Ufern reichlich Vorrat an Treibholz.

An den beiden drei Meter senkrecht ich die Höhe ragenden Baumwurzelstümpfen haftete noch sehr viel Erde. Marc und Kenai konnten sie leicht unterhöhlen und waren somit zumindest vor senkrecht fallendem Regen einigermaßen geschützt. Jeder nutzte für sich einen Schlafplatz unter einer Wurzel und sie experimentierten, wie sie sich am besten in der Nacht warmhalten konnten. Sie hatten sich darauf verständigt, in der Mitte des Lagers ein großes Feuer für die Nacht zu entfachen. Die ausstrahlende Wärme wurde von den Wurzelstöcken zurückgeworfen, so dass sie auch auf der feuerabgewandten Seite ein bisschen Wärme abbekamen.

Ein weiterer Trick, den sie jetzt in ihrem dauerhaften Lager erstmalig zur Umsetzung brachten und der erstaunlich gut funktionierte, war Steine im Feuer heiß werden zu lassen und diese dann unter ihrer Schlafstelle im Boden zu vergraben und mit Erde zu bedecken. Die Kunst bestand darin, die richtige Tiefe zu finden. Nicht zu tief, um noch genug ausstrahlende Wärme abzubekommen, aber auf der anderen Seite nicht zu nahe an der Oberfläche, um das Moos und Laub, das sie als Schlafunterlage nutzten, nicht zu entzünden. Mit diesen Maßnahmen konnten sie die trockenen Sommernächte einigermaßen heil überstehen. Das Martyrium der ersten Nacht, in der sie trotz zweier Feuer gefroren hatten, wiederholte sich so zumindest vorläufig nicht mehr. Was sie nach wie vor brauchten, war ein Schutz von oben. Ihnen war klar, dass die sonnige Phase, die nun schon seit sechs Tagen anhielt, irgendwann in eine Regenphase übergehen würde. Dafür mussten sie Vorsorge treffen und darin bestand die wirklich große Herausforderung: Ein Lager, welches sie ohne moderne Hilfsmittel, wie beispielsweise einer Plane, wasserfest machen konnten.

Sie schleppten nach und nach bein- und armdicke Stangen heran, die sie mit ihrer Axt von Ästen befreiten. Die beiden flachen Wurzelstöcke, die jeweils senkrecht in den Himmel ragten, wirkten wie Mauern. Sie kappten sie in zirka 2,2 Metern Höhe, so dass eine fast waagrechte Linie entstand, die ein leichtes Gefälle nach hinten aufwies. Sie legten im Abstand von fünfzig Zentimetern die sechs stärksten Äste von Wurzelstock zu Wurzelstock, so dass dadurch eine stabile Dachkonstruktion entstand. Auf diese sechs

Querbalken legten sie möglichst gleichmäßig dünne Stangen und verknoteten diese an allen Berührungspunkten mit den sechs Hauptträgern. Sie benutzten dafür frisch abgezogene Rinde von dünnen Ästen, die sich sehr gut biegen und knoten ließ und mit der Zeit trocken und fest wurde. Sie achteten darauf, dass die Spalten und Zwischenabstände zwischen den Hölzern möglichst gering waren, ein Gefälle aufwiesen und mindestens dreißig Zentimeter über die Wurzelstümpfe hinausragten.

Moose und Farne, die es hier reichlich gab, klemmten sie in die verbliebenen Ritzen und machten somit das Dach zumindest optisch dicht. Die aufwendigste Arbeit bestand darin, genug große Rindenstücke der vom Wind umgeworfenen Bäume zu sammeln und von den toten Stämmen zu lösen. Marc und Kenai platzierten diese so nach oben gewölbt auf der Konstruktion, dass daraus eine Art Schindeldach mit leichtem Gefälle nach hinten über die Wurzelstöcke hinaus entstand. Die Rindenstücke beschwerten sie schließlich mit Tannen- und Fichtenästen, um ein Wegwehen oder Verrutschen zu verhindern. Sie waren sich durchaus bewusst, dass das Dach einem allzu starken oder nachhaltigen Regen, gar einem Sturm, kaum standhalten würde. Aber sie hofften, dass es sie zumindest bei leichtem Regen für ein bis zwei Tage trocken halten würde.

Sie brauchten auf jeden Fall eine wetterfeste Unterkunft. Idealerweise ein großer Felsvorsprung oder gar eine Höhle als Ausweichquartier. Vorläufig wollten sie die Nähe des fischreichen Flusses aber nicht aufgeben. Sie hatten eine Überdachung errichtet, die inklusive der leicht ausgehöhlten Wurzelstöcke eine Fläche von vier Metern Breite und einer Tiefe von zweieinhalb Metern hatte. Die Feuerstelle lag mittig und zirka fünfzig Zentimeter hinter der Vorderkante des Daches, so dass sie nicht unmittelbar dem Regen ausgesetzt war. Aufgrund der Neigung des Daches nach hinten konnte der Rauch relativ gut nach oben und vorne abziehen und räucherte sie kaum ein.

An der Stelle, an der die beiden Wurzeln aneinanderstießen, war noch eine Öffnung vorhanden, die sie mit Steinen, angefeuchteter Erde und Ästen schlossen, so dass sie eine Hütte hatten, die von drei Seiten und von oben geschlossen war. Der Boden hatte ein leichtes Gefälle zur Öffnung hin, so dass das Wasser von der Hütte wegfließen konnte. Links und rechts des Eingangs platzierten sie ihre Waffen. Sie hatten mittlerweile beide einen Bogen mit jeweils drei Pfeilen, einen Speer sowie einen Dreizack aus Holz zum Fische fangen. Als besonderes Highlight hatten sie sich einen Holzkalender gefertigt, in den sie für jeden in der Wildnis verbrachten Tag eine Kerbe einritzten. Heute schnitzten sie die fünfte Kerbe ein.

Die Feuerstelle hatten sie mit Steinen eingefasst, und wenn sie auf Erkundung oder Jagd gingen, deckten sie die Glut vorsichtig mit Erde zu. Wenn sie Glück hatten, konnten sie abends aus der verbliebenen Glut mit trockenem Gras oder Moos das Feuer schnell wieder entfachen. Der Rauch hatte den Vorteil, dass sich die Zahl der Mücken in und um das Lager in Grenzen hielt. Und sie hofften, dass auch größere ungebetene Gäste, wie beispielsweise Bären, dadurch auf Abstand gehalten wurden. Menschen vermuteten sie in dieser Region eher nicht.

Wenige Meter vor ihrer Hütte hatten sie einen Platz auserkoren, an dem sie das Feuerholz sammelten und bei Bedarf in handliche Stücke zerkleinerten. Sie entwickelten schnell ein Gespür dafür, wie viel Brennholz sie für die Nacht benötigen würden, und schafften dieses abends in ihre Hütte, um nachts nicht das wärmende Feuer verlassen zu müssen. Natürlich schliefen sie nie komplett eine Nacht durch. Immer, wenn das Feuerholz abgebrannt war und die Kälte überhandnahm, wurden sie automatisch wach.

Wer zuerst wach war oder wen es am meisten fror, legte Holz nach. Sie waren von der körperlichen Arbeit tagsüber, dem Fische fangen, den Streifzügen, der Jagd und dem Brennholz schleppen meist so erschöpft, dass sie gefühlt nicht viel länger als bis zehn Uhr abends durchhielten und dann froh waren, wenn sie schnell einschliefen. Bis dahin gingen ihnen viele Gedanken und auch Zweifel durch den Kopf. Zweifel, warum sie sich das alles überhaupt antaten. Wäre es nicht viel schöner, hier am Lagerfeuer zu sitzen, mit einem kühlen Bier in der Hand?

Sie verfluchten die Phase, in der sie morgens aufwachten und keinen warmen Kaffee hatten. Sie hatten Heißhunger nach einem Croissant oder einem Stück Toast. Sie hassten es, ihre Morgentoilette ohne Klopapier verrichten, sich den gröbsten Schmutz mit Blättern abwischen und sich im kalten Wasser des Flusses oder des Baches waschen zu müssen. Sie hassten es auch, von Mücken verfolgt und gestochen zu werden, und am allermeisten hassten sie es, dass ihre Füße und Beine von Kratzern, Spreißeln und kleinen Wunden übersät waren. Jeder Schritt tat ihnen weh, und sie fluchten leise für sich und manchmal auch laut, wenn sich ihnen wieder einmal ein Stein in die Sohle bohrte oder sie sich den Zeh an einem Stein anschlugen. In all diesen Augenblicken verfluchten sie es, was sie hier taten. Und die Situationen, in denen sich Kenai und Marc gegenseitig den Unmut spüren ließen, nahmen täglich zu.

Bei Einbruch der Nacht reduzierte sich alles, was sie taten, auf ihr Lager. Genauer gesagt auf den Bereich, der noch im Lichtkegel ihres Feuers lag. Der Schein des Feuers reichte nur wenige Meter. Was sich dahinter im Dunkeln verbarg, konnten sie kaum einordnen, und vieles was sie dort vermuteten, entsprang ihrer Fantasie. Die Geräusche, die sie abends wahrnahmen, konnten sie anfänglich schlecht einordnen. Was sich wie das Geräusch eines großen Säugetiers anhörte, entpuppte sich manchmal als das

Rascheln einer Maus. Ob und welche größeren Tiere vom Feuerschein angezogen wurden, wussten sie nicht. Laute Geräusche, wie das Knacken von Ästen oder das Bersten von morschem Holz, ordneten sie Bären zu, ohne Indizien dafür zu haben. Eulen und Fledermäuse strichen lautlos über ihr Lager und waren nur aufgrund des vorbeihuschenden Schattens wahrzunehmen. Die ungewohnten Geräusche und die Unsicherheit darüber, was die Ursache sein könnte, verursachte bei Marc und Kenai ein Gefühl der Beklommenheit, ja sogar Angst. Sie versuchten, sich mit Gesprächen abzulenken. Und ab und an half auch der Blick in den Himmel. Das hier oben schlichtweg nicht existierende Streulicht der großen Städte zauberte einen Sternenhimmel, wie sie ihn noch nie zuvor gesehen hatten. Der zunehmende Mond tauchte alles um sie herum in ein fahles Licht.

Schon in den ersten Tagen merkten sie, dass ihnen ein wichtiges Utensil fehlte und dieses nicht so einfach zu kompensieren war. Ein simpler einfacher Behälter, den sie über das Feuer hängen und mit dem man eine warme Suppe zubereiten konnte. Aber den gab es nicht, und selbst wenn es ihn gegeben hätte, er aber modernen Ursprungs war, hätten sie ihn nicht verwenden dürfen. Wie also, kommt man an einen feuerfesten Topf, der auch noch natürlichen Ursprungs war?

Der Fluss bot eine Menge Steine. Fast alle davon hatten klassische runde oder oval abgeschliffene Formen. Es gab aber auch ein paar seltene Stücke, bei denen sich eine Art Mulde oder Vertiefung gebildet hatte. Wenn es ihnen gelang, solch einen Stein zu finden, den sie auch noch tragen und dessen natürliche Mulde sie mit dem Beil oder anderen Steinen vertiefen konnten, dann hätten sie eine Art Ersatztopf. Wenn der dann noch ins Feuer gestellt werden konnte, durch die Hitze nicht platzte und das Wasser sich darin erwärmen würde, dann und nur dann, könnten sie sich endlich die ersehnte warme Suppe oder einen Tee zubereiten. Brombeeren, Hagebutten und Brennnesseln gab es in Hülle und Fülle und das Süßungsmittel für ihren Tee hatten sie auch schon entdeckt. Es gab Wildbienen, die sicherlich einen leckeren Honig produzierten.

Tatsächlich fanden sie einen Stein, der nach zwei Tagen intensiver Bearbeitung tief genug und leicht genug war, um ihn als eine Art Topf nutzen zu können. Mehr als zwei Liter Wasser passten allerdings nicht hinein. Marc und Kenai positionierten ihn am Rande des Feuers. Was sie bis dahin überhaupt nicht bedacht hatten. Wie kam das Wasser in den Stein? Die einfachste Methode war zunächst, mit den Händen Wasser aus dem nahen Bach zu schöpfen, was auch ganz gut gelang, wenn man die Hände entsprechend faltete. Mittel- bis langfristig war ihnen aber die Rennerei zu viel, da das Füllen des Steintopfes mit acht oder zehn Mal Wasser schöpfen per Hand nicht wirklich effizient war. Es musste eine andere Lösung her. Aber über die würden sie noch ein paar Tage grübeln.

Fürs Erste sollte die Behelfslösung ausreichen. Sie sammelten trockene Blätter von Brombeeren und Hagebutten, um sich ihren ersten Tee aufzubrühen. Langsam, sehr langsam, zu langsam wurde das Wasser warm. Vermutlich war der Stein zu dick oder nicht weit genug im Feuer. Sie hatten Angst, dass der Stein platzen könnte, wenn sie ihn zu sehr der Hitze aussetzten. Nach dreißig Minuten hatte das Wasser einen guten Hitzegrad erreicht, so dass sie die Hagebutten und Brombeerblätter hineingeben konnten. Sie ließen den Tee zehn Minuten ziehen, um dann vor der nächsten Herausforderung zu stehen. Wie kommt der Tee aus dem heißen Steintopf in ihren Mund? Daran hatten sie überhaupt nicht gedacht.

Die Lösung hatten sie zwar im Kopf, aber nicht griffbereit. Etwas nordöstlich von ihnen gab es einen kleinen See, an dem sie einen Schilfgürtel entdeckt hatten. Morgen würden sie sich dort mit

Schilfhalmen versorgen und das hohle Gras wie einen Strohhalm nutzen. Parallel arbeiteten sie an einer Schöpfkelle aus Holz, die sie sich in den folgenden Tagen aus dem Holz eines zersplitterten Baumes schnitzen würden. Der Vorteil der Kelle lag darin, dass man damit nicht nur Suppe, sondern auch größere Stücke schöpfen konnte. Es schrie regelrecht nach Eintopf.

Das Dossier

Acht Tage waren seit dem Telefonat von Nicholas Swinton mit Dion Sekula vergangen. Er hatte regelmäßig seinen privaten E-Mail Account geöffnet und parallel dazu überprüft, ob ihn vielleicht jemand mit einer Nummer von der amerikanischen Ostküste angerufen haben könnte. Was er nun in seinem Posteingang vorfand, war ein Dossier wie er es so nicht für möglich gehalten hätte. Es enthielt klar strukturiert, unterteilt in vordefinierte Bereiche, ein erstaunlich präzises Bild von Florina Baxter. Ihren beruflichen Werdegang, alle Schul- und Studienabschlüsse, sämtliche Wohnsitze seit ihrer Kindheit, Informationen zu ihren Eltern und Geschwistern, frühere Rechtsstreitigkeiten und Verkehrsdelikte, Vermögensverhältnisse, Krankenhausaufenthalte, soziale Kontakte im Internet, alle Telefonate der letzten sechs Monate, ihre Urlaubsziele und vieles mehr. Selbst über ihren Gesundheitszustand und ihre politische Einstellung gab es umfassende Angaben.

Nicholas Swinton war überrascht, was eine Behörde wie die NSA über eine bestimmte Person wissen konnte, und wie all diese Informationen, alle diese Fragmente, zu einem Gesamtbild zusammengefügt wurden. Damit jedoch noch nicht genug. Das Bild, das von Florina Baxter hier gezeichnet worden war, wurde auch noch einer Analyse unterzogen und klassifiziert.

Was Nicholas Swinton hier unter der Rubrik »Loyalität« und »Politische Einstellung« zu lesen bekam, wunderte ihn nicht. Sein Gefühl hatte ihn nicht getäuscht, ganz im Gegenteil. Er fühlte sich bestätigt, dass er gute Menschenkenntnisse zu haben schien und in Florina Baxter keine Risikoperson zu sehen war.

Etwas befremdlich fand er jedoch, dass es ganz offensichtlich sehr schnell und einfach möglich war, ein präzises Dossier von einem Menschen zu erstellen. Sozusagen auf Knopfdruck. War das über jeden möglich? Was wusste man über ihn? Und vor allem, warum sammelte jemand diese Informationen und konnte sie anschließend zu einem mehr oder weniger verlässlichen Bild zusammenfügen? Er war erstaunt und entsetzt zugleich, wie präzise und ausführlich die Informationen waren. Natürlich wusste er, dass diverse Dienste massivste Kommunikationsüberwachung betrieben und jeder Mausklick im Internet Spuren hinterließ. Aber er war doch etwas verwundert, was man alles erfahren konnte – unabhängig davon, ob dies legal war oder nicht. Und es schien dabei auch nicht von Belang zu sein, ob die betreffende Person ein Risiko für die nationale Sicherheit der USA darstellte. Er ärgerte sich ein wenig, dass er neben Florina Baxter nicht auch noch ein Dossier über Shean Targot angefordert hatte.

Hirschjagd

Kenai hatte Angst, dass der Schlag seines Herzens meilenweit zu hören war. Noch vielleicht zwei oder drei Meter konnte er sich auf dem weichen Moos nach vorne bewegen. Dann würde ihn ein umgestürzter Baum das Weiterkommen versperren. Er bewegte sich in Zeitlupe, Zentimeter für Zentimeter, und nutzte die Deckung des quer liegenden Baumstamms. Das Pochen seines

Herzens hämmerte in seinem Kopf und schien ihn zur Explosion zu bringen. Er schaute auf die Spitzen der Ohren der jungen Hirschkuh, die nervös versuchte, ein Geräusch zu orten. Immer dann, wenn sie den Kopf hob und in seine Richtung schaute, verharrte er sofort und machte sich somit für das Tier unsichtbar. Mit jedem Kopfsenken der Hirschkuh kam er ihr ein paar Zentimeter näher, bis der Baumstamm vor ihm keine weitere Annäherung mehr erlaubte. So langsam wie er nur konnte, führte er den Bogen mit dem angelegten Pfeil nach oben und spannte ihn vorsichtig. Er holte leise tief Luft, atmete wieder ein wenig aus und hielt dann den Atem an. Er zielte auf das Blatt der Weißwedel-Hirschkuh und überprüfte gedanklich in Bruchteilen einer Sekunde, ob die von ihm angenommene Flugkurve des Pfeils, die Entfernung zum Ziel und seine Visierlinie von Erfolg gekrönt sein würden. Die Stelle, wenige Zentimeter hinter dem Vorderlauf, bot die größte Trefferfläche und würde, sofern der Schuss tief genug eindringen würde, lebenswichtige Organe wie Herz oder Lunge treffen. Mit solch einem Schuss wäre das Wild entweder gleich oder zumindest nach kurzer Fluchtdistanz zur Strecke gebracht.

Das Spannen des Bogens verursachte ein leises Knirschen der Sehne, was die Hirschkuh kurz zucken ließ. Sie warf das Haupt nach oben, stand stocksteif da. Just in dem Augenblick, in dem sie den Kopf in die Richtung drehen wollte, aus der sie das Geräusch vermutete, surrte der Pfeil. Die Hirschkuh führte die Kopfbewegung nicht zu Ende, sondern setzte instinktiv und unvermittelt zur Flucht an. Der erste bodennahe Ast, der sie zum Springen zwang, drückte ihr bei der Landung die Luft aus der Lunge. Der nächste Atemzug schmerzte in der Brust. Im nächsten Augenblick schmeckte sie den süßlichen Geschmack von Blut auf ihrer Zunge. Sie setzte Lauf vor Lauf, taumelte und drohte umzukippen. Irgendetwas stimmte nicht! Sie wollte erneut tief Luft holen. Doch das Stechen in der Brust, das sie nun verspürte, wurde zu einem dumpfen Druckgefühl und sie bekam Erstickungsängste.

Sie fing sich und wollte zum nächsten Schritt ansetzen, als ein Schatten über sie kam und ein gewaltiger Blitz ihr Herz durchbohrte und es zum Stillstand brachte.

Kenai hatte abgewartet, ob er die junge Hirschkuh getroffen hatte. Aber der Schuss war nicht zu beobachten. Die Hirschkuh hatte zu schnell zur Flucht angesetzt. Falls er sie getroffen haben sollte, dann offensichtlich nicht lebensgefährlich. Und das machte ihm Angst, weil ihm da erst bewusst wurde, dass er das nicht wollte. Als sie nach wenigen Metern zu wanken begann, war er für den Bruchteil einer Sekunde erleichtert und hoffte, dass er sie doch getroffen haben könnte. Er ließ den Bogen und die zwei Pfeile, die er noch bei sich trug, fallen und rannte dem verletzten Tier hinterher, das sich nur noch mit Mühe auf den Beinen halten konnte. Noch während des Sprints zog er das Messer aus seiner Hosentasche. Schritt für Schritt kam er dem flüchtenden Tier näher. Er setzte von hinten zum Sprung an, warf sich auf das Tier, zog es nieder und rammte ihm das Messer in die Seite – an der Stelle, an der er das Herz vermutete. Die Hirschkuh klagte ein letztes Mal laut auf. Dann verstummte sie.

Das Ganze hatte nur wenige Sekunden gedauert. Der Fluchtweg des Tieres war keine 15 Meter lang. Kenai richtete sich auf. Er wich zwei Schritte zurück. Vor ihm lag die Hirschkuh, die er gerade getötet hatte. Es roch nach Blut, nach Wild, und Kenai schüttelte sich. Was hatte er getan? Seine Halsschlagader pochte und seine Hände zitterten. Er musste sich setzen und rammte das blutverschmierte Messer in den Boden. In seinem Kopf hämmerte die Frage: Was habe ich getan? Ich habe getötet! Keinen Fisch, sondern eine Hirschkuh, die nun vor ihm lag, die Augen weit geöffnet, der Körper warm und das Blut rann dünn aus der Wunde, die er ihr mit dem Messer zugefügt hatte.

Vor wenigen Sekunden hatte das Tier noch vor ihm gestanden. Hatte gefressen, sich mit den Hinterläufen am Haupt gekratzt, immer wieder die Umgebung gesichert. Und nun war er es, der dem Tier das Leben genommen hatte. Und wieder stellte er sich die Frage: Warum? Warum konnte er nicht einfach in Vancouver sitzen und sich eine Pizza zubereiten? Warum konnte er nicht einen Salat mit Putenbrust bestellen oder sich Pasta kochen? Warum war er mitten in der kanadischen Wildnis und hatte soeben eine Hirschkuh getötet? Die Augen des Tieres klagten ihn an und wiederholten die Frage. Kenai näherte sich dem Haupt und strich mit seinen Händen über die Augen, bis sie geschlossen waren. Er setzte sich neben den toten Körper und nur langsam ging sein Puls zurück. Er berührte den Rücken und strich über das Fell. Mit einem Ruck entfernte er den Pfeil, der genau an der Stelle saß, auf die er gezielt hatte, und unter der er die Lunge vermutete. Zum Glück hatte die Hirschkuh kein Gesäuge. Er hätte sich noch mehr Vorwürfe gemacht, wenn sie führend gewesen wäre und irgendwo da draußen ihr Kalb auf sie warten würde. Aber dem war wohl nicht so.

Er wusste nicht, ob er mit seinem Treffer einfach nur Glück gehabt hatte. Viele Generationen zurück hätte man ihn in seinem Stamm vermutlich als großen Jäger bezeichnet. Und jetzt saß er da, von Selbstzweifeln geplagt, den Tränen nahe. Sein Blick ging ins Leere, und als sich seine Lippen bewegten, vernahmen seine Ohren einen seltsamen Gesang. In einer Sprache, die er lange, sehr lange, nicht mehr gehört hatte, die ihm aber noch vertraut war. In diesem Moment war er das, als was er geboren worden war. Er gehörte zum Urvolk Nordamerikas, und was er im jetzigen Augenblick fühlte, war durch und durch indianisch. Es war die Ehrfurcht vor dem Leben eines Tieres.

Wie selbstverständlich machte er sich Gedanken darüber, dass er soeben die Seele eines Tieres genommen hatte. Und je mehr er sich das vor Augen führte, desto mehr schämte er sich dafür, dass er nicht schon viel früher diesen Respekt gegenüber Tieren gezeigt hatte. Bei jedem Fisch, den er gefangen hatte, dem Kaninchen und dem Weißwedel-Hirsch, den er während der Versuchsreihe beschossen hatte. Natürlich waren diese schon tot gewesen, aber das durfte keinen Unterschied machen. Egal ob Lebewesen oder unbelebte Dinge – seine Urahnen hatten noch daran geglaubt, dass alles eine Seele hat. Selbst ein Stein. Für ihn war ein Stein einfach nur ein Stein. Aber vor Lebewesen schien er diese Ehrfurcht zu haben, und es grämte ihn, dass er erst bei dieser Hirschkuh diese Erfahrung machen musste, ja erfahren durfte.

Die Melodie, die er fast unhörbar summte, verband er unbewusst mit der Sprache seiner Ahnen. Er kannte nicht mehr den ganzen Text des Liedes, dafür war es zu lange her, als er zuletzt die indianische Sprache seines Dorfes gesprochen hatte. Seit er mit sechs Jahren mit seinen Eltern nach Vancouver gezogen war, hatte er das indianische Brauchtum vernachlässigt. Plötzlich empfand er es als erschreckend, ja sogar als Schande, seine Identität über so viele Jahre verleugnet zu haben. In dem Augenblick, als er das Tier erlegt hatte, kam etwas in ihm hoch, das er nicht in sich vermutet hätte. Er dachte und handelte wie ein Indianer. Er kleidete sich wie ein Weißer, er sprach wie ein Weißer, aber tief in ihm drin war da etwas, was aus ihm einen Ureinwohner machte.

Er saß noch immer neben dem toten Tier. Langsam nahm er die Umgebung um sich herum wieder wahr, die minutenlang für ihn nicht existent gewesen war. Er hörte im Wald einen Raben krächzen. Das Lied, das er gesummt hatte und nur bruchstückhaft wiedergeben konnte, handelte von einem Jäger wie ihm und der Ehrfurcht vor Tieren. Es spiegelte vieles von dem wider, was er gerade innerlich durchlebte. Es war die Erfahrung, die schon viele Generationen von Jägern vor ihm gemacht hatten. Die Art und Weise, wie er über den Tod der Hirschkuh nachdachte, war nichts

Anstößiges, nichts Schwaches, nichts Beschämendes. Ganz im Gegenteil! Es war die Verneigung vor dem anderen Geschöpf. Und dieses Gefühl war für ihn bedrückend und befreiend zugleich. Er hatte getötet und war nun erfüllt vor Ehrfurcht. Das wurde ihm langsam bewusst, und er empfand dieses Gefühl als Bereicherung.

Eine Stunde später kehrte Kenai mit der Hirschkuh in das Lager zurück und Marc beglückwünschte ihn mit großen Augen zu seinem Jagderfolg. Sie hatten vor, die Hirschkuh am Fluss aufzubrechen. Vieles was sie nun tun mussten, kannten sie nur vom Hörensagen, aus Büchern und DVDs und von dem einem Mal, als sie zehn Tage vor ihrem Trip einem Jäger beim Aufbrechen von Wild zugesehen hatten. Jetzt mussten sie selbst die Hirschkuh aufbrechen, die Innereien entfernen, sie aus der Decke schlagen und das Tier zerlegen. Und diese Arbeit war etwas, vor der sie am meisten Respekt hatten. Mit Blut konnten sie ganz generell umgehen. Aber der Geruch und der Anblick, der ihnen wenige Minuten später entgegenschlagen sollte, war etwas anderes und brachte sie an den Rand des Zumutbaren. Kenai nahm sich der Sache an und versuchte sich daran zu erinnern, was er zuerst tun musste.

Er legte die Hirschkuh auf den Rücken und setzte seinen ersten Schnitt am Hals, um an Drossel und Schlund zu kommen. Er durchstach die Haut mit dem dichten Fell und war überrascht, wie zäh diese war. Es floss kaum Blut. Er konnte vor sich Luft- und Speiseröhre, die aneinanderhingen, deutlich erkennen. Er umgriff beide mit den Fingern, zog sie heraus und trennte sie voneinander. Dann schnitt er den Schlund mit dem Messer in Höhe des Drosselkopfes ab, legte das Messer zur Seite und verknotete ihn. Der Knoten sollte verhindern, dass Panseninhalt austrat und das Fleisch verunreinigte. Er hatte Mühe, einen festen Knoten zu binden, erinnerte sich aber noch an die Aussage des Jägers, dass er sich leichter täte, wenn er den Schlund mit dem Messerrücken rundum abschaben würde. Befreit von Fett- und Fleischgewebe hielt der Knoten deutlich besser.

Marc schaute indes mit gemischten Gefühlen zu, war aber von der Art und Weise, wie Kenai die Sache anging, sehr beeindruckt. Kenai schärfte die Drossel ebenfalls ab und ließ sie am geöffneten Hals liegen. Der nächste Schritt, an den er sich erinnern konnte, war das Öffnen der Bauchdecke. Hierzu ritzte er vorsichtig mit dem Messer an der Bauchdecke und hob dabei das Fell der Hirschkuh an, bis sich diese öffnete. Marc unterstütze ihn dabei, indem er die Beine des Tieres auseinanderdrückte. Sofort quoll Pansen und Gescheide aus der Bauchöffnung. Marc nahm dies ebenso wahr und wies seinen Freund darauf hin, dass er diese unter keinen Umständen mit dem Messer verletzen dürfte. Kenai hielt kurz inne und blickte ihn streng an. Marc hatte verstanden und hielt die Klappe.

Zwischen Zeige- und Mittelfinger arbeitete er sich mit dem Messer langsam nach vorne Richtung Kopf vor. Er achtete peinlich genau darauf, dass die Messerschneide immer nach oben zeigte und die Innereien des Tieres nicht verletzt wurden. Anschließend kam der wohl härteste Teil. Mit beiden Händen musste er in die Kammer des Tieres greifen und die oberen Organe wie Lunge und Herz nach unten ziehen. Damit dies möglich war, griff er in den Brustkorb und schärfte von innen die Drossel heraus. Seine Hände färbten sich rot. Er durchtrennte das Zwerchfell links und rechts der Rippenbögen. Herz und Lunge sowie der gesamte Bauchinhalt mit Leber, Darm, Pansen und Milz musste er durch beherztes Anfassen, Ziehen und Nachschärfen aus dem Körper entfernen. Die Organe dampften und gaben nach und nach die gespeicherte Restwärme ab. Er legte alles links neben der Bauchhöhle ab, in der sich viel Blut angesammelt hatte. Seine Hände und Arme schauten aus, als trüge er rote Handschuhe.

Nun musste er noch das Beckenschloss mit dem Messer öffnen. Auch hier hatte der Jäger den beiden einen guten Tipp gegeben. Da das Schloss recht schwer zu öffnen ist und man leicht mit dem Messer abrutscht, kann man sich mit einer Axt behelfen. Da Marc und Kenai im Besitz einer solchen Axt waren, nutzten sie diese auch. Kenai hielt die Schneide der kleinen Axt direkt an das Schloss, während Marc mit einem Stein auf den Nacken der Axt schlug. Drei kurze Schläge und das Schloss war geöffnet. Nun konnte Kenai den Darm und die Blase nach hinten heraus durch das Becken entfernen. Sie schauten sich gegenseitig erleichtert an. Die Hirschkuh war ausgenommen!

Viel leichter war das Abziehen der Decke, das Abschneiden der Läufe in Höhe der Kniegelenke sowie das Abtrennen des Hauptes. Es war das erste Mal, dass sie ein Säugetier ausgenommen hatten, und sie waren ziemlich stolz auf sich, auch wenn ihre Arme bis an die Ellenbogen mit Blut verschmiert waren. Als sich Kenai am Fluss die Hände wusch, war da wieder dieses Gefühl. Das Gefühl, dass sie beobachtet wurden. Er wusste nicht von wem und er wusste auch nicht aus welcher Richtung. Er wusste nicht einmal, ob das überhaupt so war. Aber es war einfach da dieses Gefühl – ob er wollte oder nicht.

Sie überlegten, ob sie alles, was sie von dem Tier nicht verwerten konnten, vergraben sollten. Dazu gehörten die kompletten Organe, die abgetrennten Unterschenkel sowie das Haupt. Sie entschieden sich dann aber, die Reste flussabwärts treiben zu lassen. Sie hatten keine Lust, dass in den kommenden Tagen und Nächten Aasfresser, welcher Art auch immer, auf die Überreste aufmerksam wurden und ihnen damit zu nahe kamen. Gemeinsam zerlegten sie die Hirschkuh, wuschen das frische Blut im Fluss ab und brachten die Einzelteile zurück in ihr Lager. Ebenso die Decke, die sie noch von Fett- und Fleischresten säubern wollten und dann zum Trocknen aufhängen würden.

Es war inzwischen Nachmittag geworden. Sie schätzten, dass die kleine Weißwedel-Hirschkuh ihnen etwa zwanzig Kilogramm verwertbares Fleisch beschert hatte. Die Kunst bestand darin, möglichst viel davon für die nächsten Tage, idealerweise Wochen, haltbar zu machen. Sie hatten im Vorfeld unterschiedliche Methoden nachgelesen. Die Herausforderung, vor der sie nun standen, bestand darin, dass sie weder Salz zum Pökeln hatten und auch keinen Ofen, mit dem sie das Fleisch hätten räuchern können. Sie entschieden sich daher, gleich mehrere Methoden anzuwenden, um möglichst viel Fleisch für die kommenden Tage haltbar zu machen.

Die beiden Blätter spießten sie auf stabile Holzstecken und hängten sie über das offene Feuer, um sie für den Abend zu braten. Nicht zu nah am Feuer, damit sie nicht verbrannten. Aus den beiden mageren Keulen schnitten sie möglichst dünne Streifen. Nicht dicker als einen halben Zentimeter. Die Streifen hängten sie auf mehrere Querstangen, die sie in Astgabeln umliegender Bäume verkeilten. Möglichst hoch, um sie vor Tieren zu schützen, und so, dass sie nicht dem Wind ausgesetzt waren. Die Lenden, das mit Abstand magerste Fleisch, packten sie in dicken lehmigen Schlamm, den sie am Fluss fanden, und gruben sie dicht am Feuer in zwei kleine Gruben ein. Dann deckten sie diese mit Glut vorsichtig zu und sorgten für die nächsten Stunden für ständigen Nachschub. Die Rippen versuchten sie, zu räuchern, indem sie mit Fichtenzweigen eine Art kleines Zelt bauten, es am Rande des Feuers positionierten und sich den heißen Rauch zunutze machten.

Nach dreißig Minuten duftete es in ihrem Lager bereits das erste Mal nach gebratenem Fleisch. Die beiden Blätter, die sie über dem offenen Feuer brutzelten, fingen außen an, ihr rotes Fleisch in gebratenen Hirsch zu verwandeln. Sie würden nicht warten können, bis die Blätter völlig durchgebraten waren, sondern würden wie bei einem Döner immer wieder die bereits garen Teile mit dem Messer abschneiden und essen.

Es war ein Festessen, welches sich über Stunden hinzog, und eine echte Abwechslung zu den Fischen, Beeren und Pilzen der letzten Tage war. Kenai hatte immer noch die offenen Augen der toten Hirschkuh vor seinem geistigen Auge, aber nach und nach ließ sich sein Gewissen durch das gebratene Fleisch bestechen.

Beeren und Bären

Der Fluss war für Marc und Kenai tägliche Anlaufstelle. Fische waren, bevor sie das Jagdglück mit der Hirschkuh hatten, neben Beeren ihre Hauptnahrungsgrundlage. Sie hatten sich in den letzten Tagen intensiv mit dem Bau von Reusen beschäftigt. Es gab genug Material, um aus langen dünnen Ästen Fischfallen zu bauen, die es ihnen erlauben würden, ständig Fische zu fangen, ohne dafür stundenlang mit ihren Dreizacken am Fluss stehen zu müssen.

Sie banden möglichst viele, mindestens zwei Meter lange Äste, an einem Ende zusammen. Am anderen Ende flochten sie einen trichterförmigen Eingang. Um zu verhindern, dass einmal in die kegelförmige Fischfalle hineingelangte Fische wieder entwischen konnten, ließen sie im trichterförmigen Eingang spitze Äste nach innen überstehen. Diese Maßnahme verengte den Eingang und erschwerte den umgekehrten Weg aus der Falle heraus. Mit weicher, biegsamer Rinde verflochten sie alle Äste miteinander und achteten darauf, dass sie alle gleichmäßig eng standen, damit größere Fische nicht durchschlüpfen konnten. Mit Steinen beschwert legten sie die beiden Reusen in den Fluss und hofften auf ihren ersten Fang mit dieser Methode.

Sie nutzten den Fluss insbesondere auch zum Baden, während der kleine Bach, der unweit von ihrem Lager floss, ihre Trinkwasserquelle war. Allerdings kostete es sie immer Überwindung, sich in dem zirka 12 Grad warmen Wasser zu waschen. Etwas flussaufwärts hatten sie im Uferbereich roten lehmigen Boden ausfindig gemacht, den sie sich auf ihre Haut auftrugen, um sich gegen die Sonne und vor allem gegen Mücken zu schützen. Welch eine Parallele zum »Roten Mann«! Der Cariboo River bot mit seinen kleinen Sandbänken und abgeschliffenen runden Steinen die Möglichkeit, die Umgebung schneller und weiträumiger zu erkunden. Im angrenzenden Wald und auf den Lichtungen erschwerten ihnen das oft dichte Unterholz, Steine, Äste und die vielen stacheligen Büsche das Vorwärtskommen. Ihre Füße und Beine wiesen unzählige kleine Wunden und genauso viele kleine Dornen und Spreißel auf, die sie mittlerweile bis zu einer gewissen Größe einfach ignorierten. Das kühle Wasser tat zwar gut, aber sobald sie wieder auf ihren Füßen standen, ging das Martyrium sogleich wieder weiter.

Aber nicht nur für sie war der Fluss eine wichtige Anlaufstelle. Sie hatten längst auf dem gegenüberliegenden Ufer die Spuren eines Bären entdeckt. Besser gesagt, die Spuren von sogar drei Bären. Und an diesem Morgen bekamen sie erstmalig auch die optische Bestätigung dafür.

Zirka einhundert Meter flussaufwärts traute sich die Schwarzbärenmutter mit ihren beiden Jungen ins Freie. Sie suchte nach Futter am Ufer des Cariboo Rivers. Die Bärin hatte die beiden menschlichen Eindringlinge schon vor einer Woche entdeckt und immer wieder aus der Deckung heraus heimlich beobachtet. Irgendwann hatte sie entschieden, dass diese beiden Menschen, so komisch sie sich auch verhielten, aktuell keine Bedrohung für sie und ihre Jungen darstellten. Sie verließ sich auf ihren Bäreninstinkt und hatte alle Optionen, ihre Einstellung gegenüber den beiden Menschen zu ändern, sofern es ihr notwendig erschien.

Die Bärin beschäftigte etwas anderes deutlich mehr. Es lag nämlich eine ganz andere Bedrohung in der Luft. Nicht erst seit heute, sondern schon seit dem Frühjahr. Diese Bedrohung war bei Weitem gefährlicher als die beiden Menschenjungen. Sie hatte immer wieder mal Streifzüge über den Fluss hinaus auf das östliche Flussufer unternommen. Aber seit sie dort auf Spuren und Duftmarken eines Grizzlys gestoßen war, mied sie jede Flussüberquerung. Das Leben ihrer Bärenkinder und ihr eigenes Leben waren ihr wichtiger als die üppigen Brombeeren, die es jenseits des Flusses gab. Sie wusste instinktiv, dass der Grizzly sie und ihre Jungen sofort töten würde, böte man ihm die Gelegenheit dazu. Sie hätte nicht den Hauch einer Chance gegen den König der Wälder. Und das Grizzly-Exemplar, das hier aus dem Nationalpark heraus sein Territorium erweiterte, schien ein mächtiger Vertreter der Gattung Ursus zu sein. Die Kratz- und Scheuerspuren, die sie an zwei harzigen Kiefern entdeckt hatte, reichten bis auf eine Höhe von fast drei Metern und sprachen eine deutliche Sprache. Die Duftspuren wiesen eindeutig auf ein Männchen hin, die als besonders aggressiv galten.

Marc und Kenai, die sich gerade am Fluss die Füße wuschen, erhoben sich, um auf sich aufmerksam zu machen. Die Schwarzbärenmutter warf ihr Haupt nach oben und richtete sich auf. Die beiden Jungen taten es ihr nach. Aber die Mutter schätzte die Situation aus hundert Metern Entfernung als nicht bedrohlich ein, ließ sich auf alle Viere fallen und suchte unvermittelt weiter das Flussufer nach Futter ab. Ihre beiden Jungen taten es ihr nach, tollten umher und animierten hier und da ihre Mutter, indem sie spielerisch Treibholz umdrehten und freudig ihre Nase in den feuchten Sand bohrten.

Für Kenai und Marc war aufgrund dieses Verhaltens weitestgehend klar, dass sie von der Bärin erkannt worden waren und sie vorläufig als nicht gefährlich eingestuft wurden. Sie setzten ihre Morgentoilette fort, immer mit einem Blick auf die Bärenfamilie. Die Szene zog sich über mehrere Minuten hin, als sich die Bärenmutter plötzlich erneut aufrichtete und auf das gegenüberliegende Ufer starrte.

Was die Bärin dort wahrnahm, konnten Kenai und Marc von ihrer Position aus nicht sehen. Die Bärin verharrte keine zwei Sekunden auf ihren Hinterbeinen. Sie preschte, gefolgt von ihren beiden Jungen, in die nahe üppige und mannshohe Uferböschung. Wäre der Fluss nicht so laut gewesen, hätten Marc und Kenai vermutlich das Rauschen der Äste und Zweige der drei flüchtenden Bären wahrgenommen. So konnten sie nur an den wackelnden Buschtrieben über ungefähr fünfzehn Meter die Flucht der Bären verfolgen, bevor die Uferbepflanzung in dichteres Unterholz überging und die Bären verschluckte.

Die beiden Abenteurer richteten sich auf. Was um Himmelswillen hatte der Schwarzbärenmutter so viel Angst eingejagt? Schwarzbären haben nicht allzu viele Feinde. Im Wesentlichen sind das andere Schwarzbären, insbesondere die Männchen, die sich paaren wollen und dann eine ernsthafte Gefahr für die Jungen darstellen. Außerdem käme als Grund für die Flucht der Mensch in Betracht oder ein Puma, der es auf die Jungen abgesehen haben könnte. Oder aber ein Grizzlybär, da Grizzlybären weitaus größer und stärker als Schwarzbären sind und diese nicht tolerieren.

»Was denkst du?«, wollte Marc von Kenai wissen, ohne den Blick vom Fluss abzuwenden. »Ich habe keine Ahnung!«, bekam er als Antwort, und auch Kenai starrte ununterbrochen weiterhin flussaufwärts. Nach einer gefühlten Ewigkeit ließ er sich zu der

Aussage hinreißen: »Wir sollten es herausfinden! Immerhin leben wir auf dieser Seite des Flusses. Und was auch immer es war, es ist nicht weit von unserem Lager entfernt. Und lieber weiß ich, was es ist, als mir irgendwelche Dinge auszumalen.« Marc konnte das gut nachvollziehen. Vielleicht war es gar nichts, und die Schwarzbärenmutter hatte sich nur unnötig erschrocken.

Sie nahmen ihre Speere auf, die sie mit an den Fluss gebracht hatten, und liefen langsam flussaufwärts. Sie vermieden bewusst den Wald. Am Fluss hatten sie eine bessere und ausgedehntere Sicht, kamen schneller voran und konnten notfalls schnell in den Fluss entwischen. Der Nachteil war aber, dass sie gesehen werden könnten, wenn ein Mensch die Flucht der Bären ausgelöst hatte. Aber das nahmen sie in Kauf. Nach zehn Minuten hatten sie sich bis zu dem Punkt vorgetastet, an dem die Schwarzbärenmutter mit ihren Kindern auf die Hinterbeine gegangen war. Am gegenüberliegenden Flussufer waren die Spuren zu erkennen. Auf der Seite, auf der sich Kenai und Marc befanden, drückte der Fluss hingegen gegen die vier Meter hohe Uferböschung. Der Cariboo River bot hier keine Möglichkeit, direkt am Flussufer weiterzulaufen. Sie mussten die vier Meter hohe Uferböschung hinaufklettern, die auf der Krone dicht bewachsen war. Die Sicht reichte kaum weiter als fünfzehn Meter. Überall sprossen junge Bäume, die teils schon wieder mannshoch waren. Hier war nichts. Keine Menschenseele.

Sie nutzten ihre Speere, um sich durch das hohe Gras weitere vierzig Meter entlang der Uferböschung voranzukämpfen, an der sich das Flussufer wieder weitete. Die Uferböschung fiel auf eine teilweise sandige und mit Steinen durchsetzte Uferzunge ab. Bis zur nächsten Böschung waren es noch gut fünfzig Meter, und alles was sie überblicken konnten, zeigte weder Menschen noch Tiere. Sie wollten sich gerade auf den Rückweg machen, als Kenai innehielt.

Direkt am Flussufer, nur zehn Meter vor ihnen, gab es einen großen Stein, der deutlich dunkler war, als die anderen. Als sie ihn in Augenschein nahmen, erkannten sie, dass er nass war. Der Fluss selbst konnte ihn nicht nass gemacht haben. Kenai bückte sich, um den Stein näher zu untersuchen, als er hinter sich Marcs aufgeschreckte Stimme hörte. »Scheiße!«, war das Einzige was er sagen konnte. Er starrte vor sich in den feuchten Grund. »Was ist los?«, hörte er hinter sich die Stimme von Kenai, der näherkam. »Hast du was entdeckt?«, brachte Kenai gerade noch heraus, als er neben seinem Freund zum Stehen kam.

Vor ihnen befand sich im Sand eine fast tellergroße Tatze. Der Ballenabdruck war länglich, fast nierenförmig. Davor zeichneten sich fünf Zehen deutlich ab und ungefähr acht Zentimeter davor entdeckten sie vier kleine Abdrücke der Krallen. Der komplette Abdruck war etwa zwanzig Zentimeter breit und geschätzte fünfundzwanzig Zentimeter lang. Marc und Kenai hatten sich im Vorfeld mit Bären und ihrem eigenen Verhalten für den Fall eines Aufeinandertreffens beschäftigt. Die Größe und Art der Spur sowie die Flucht der Schwarzbärenfamilie ließ keinerlei Zweifel aufkommen. Das, vor dem die Bärenfamilie Angst gehabt hatte, musste zweifelsohne ein Grizzly gewesen sein, der noch vor zwanzig Minuten genau hier entlanggelaufen war. Und die letzte Bestätigung hierfür fanden Marc und Kenai direkt vor sich im Sand. Die Spur führte in den Wald.

Kenai lief ein Schauer über den Rücken. Er brachte kein Wort heraus, als sich ihre Blicke trafen. Seine Augen suchten den nahen Waldsaum ab. Sie standen wie angewurzelt da, und die Kälte die Kenai erfasste, wollte nicht mehr weichen. Auch Marc war sichtlich geschockt. Durch das Hirn von Kenai schoss ein heller Blitz, ein Feuerwurm, der die Augen nach innen richten ließ. Bildfetzen flogen ihm entgegen und versetzten ihn in eine andere Welt. Er lag mit dem Rücken auf dem Boden und sah über sich das aufgerissene, triefende Maul eines Grizzlys, der ihn mit tiefer Stimme anfauchte. Von den langen Eckzähnen tropfte Schleim und das tiefe Brüllen des Tieres ließ ihn erbeben. Er spürte die unermessliche Kraft, die Masse eines Körpers, dem er als Mensch nichts entgegenzusetzen hatte. Er war ihm hilflos ausgeliefert! Der Atem des Bärs und das zottelige Fell stanken widerwärtig und unter die erdrückende feuchtwarme Luft mischte sich der Geruch von Urin. Er realisierte, dass es sein eigener Urin war, den die Angst aus ihm herausdrückte. Er spürte einen harten Stoß an seinen Arm. »Kenai!« Er wartete darauf, dass das breit aufgerissene Maul des Bären seinen Kopf zerquetschen würde wie eine reife Honigmelone. »Kenai!«, klang es erneut und die Bilder entfernten sich so schnell, wie sie gekommen waren. Sie wurden von einem schwarzen Loch aufgesogen.

Seine Augen nahmen langsam wieder das wahr, was um ihn herum war. »Kenai. Alles in Ordnung bei dir?« Er hörte eine Stimme, die ihm vertraut war. Der Feuerwurm hatte sein Gehirn verlassen. Er hörte hinter sich das Rauschen eines Flusses und neben sich Marc, der ihn an einem Arm immer noch festhielt. »Wir sollten hier verschwinden!«, hörte er die eindringliche Bitte von Marc. Er realisierte, dass er für ein paar Sekunden in einer anderen Welt gewesen war. Der Blick von Marc verriet ihm, dass dies seinem Weggefährten nicht entgangen war. Aber er schätzte es sehr, dass Marc darauf nicht näher einging.

»Lass uns das Flussufer wechseln. Sicher ist sicher! Wir sollten ins Lager gehen und beraten, wie wir uns weiter verhalten.« Kenai antwortete nicht auf Marcs Vorschlag, sondern befolgte ihn schweigend. Sie überquerten den Fluss. Als sie an die Stelle kamen, an der die Schwarzbärenfamilie geflohen war, fanden sie indirekt die Bestätigung für die Anwesenheit eines Grizzlys. Die Spuren der Schwarzbärenmutter waren deutlich kleiner. Der Ballen deutlich rundlicher geformt, und die Krallen, die sich im Boden abzeichneten, standen dichter an den Zehenabdrücken. Was sich auf ihrer Flussseite gezeigt hatte, war eindeutig ein Grizzly – und zwar ein ziemlich großer.

Lagerbesuch

Das Wetter der letzten Tage sowie ihre Nahrungsvorräte hatten Marc und Kenai in die Lage versetzt, ihre Ausflüge in die nähere und weitere Umgebung auszudehnen. Sie hatten sich angewöhnt, auch tagsüber das Feuer auf kleiner Flamme weiter brennen zu lassen, um durch die entstehende Rauchentwicklung ungebetene Gäste von ihren Fleischvorräten fernzuhalten – Grizz eingeschlossen! Insbesondere die zum Trocknen aufgehängten dünnen Fleischstreifen lockten immer wieder Raben und Krähen an. Sobald diese sie erfolgreich stibitzt hatten, flogen sie mit freudigem Geschrei davon. Nachts hörten sie Geräusche in der Dunkelheit um ihr Lager herum, konnten aber nur erahnen, welches Tier ihr Lager aus Neugierde, Angst oder Hoffnung auf Beute umschlich. Ihre Fantasie ging oft mit ihnen durch – insbesondere dann, wenn das Geräusch eher dumpf war und somit nicht von einer kleinen Haselmaus stammen konnte. Grizz wurde in ihrer Fantasie immer präsenter.

Für heute vereinbarten die beiden, getrennte Wege zu gehen. Während Kenai die Region flussabwärts erkunden wollte, orientierte sich Marc nach Osten – weg vom Fluss. Sie verabschiedeten sich und machten sich, jeder für sich, auf den Weg.

Für Marc war die Erkundung nach Osten deutlich schwieriger als die Erkundigung entlang des Flusses für Kenai. Er hatte mit teils dichtem Unterholz zu kämpfen, und die vielen Äste und Steine auf dem trockenen Boden machten sein Vorankommen zu einer mühseligen Angelegenheit. Er war wie immer mit Pfeil und Bogen bewaffnet, aber nicht zwangsläufig auf der Jagd – sie hatten aufgrund des Jagderfolgs mit der Hirschkuh genug Vorräte im Lager. Vielleicht hatte er Glück und würde in dem ansteigenden und zerklüfteten Gelände einen neuen kleinen See zum Fischen finden – als Alternative zum Fluss. Oder ein neues Feld mit reichlich Pilzbestand. Auf jeden Fall wollte er auf dem Rückweg ein paar gerade Haselnussstöcke besorgen, um damit neue Pfeile herzustellen, nachdem sie für den Hüttenbau ihre direkte Lagerumgebung schon stark abgeerntet hatten. Und just in dem Augenblick, als ihm das durch den Kopf schoss, fiel ihm ein, dass er im Lager etwas vergessen hatte: sein Messer, mit dem er die Stöcke abschneiden und von Ästen und Laubwerk befreien wollte. Er war erst 20 Minuten unterwegs. Er hielt kurz inne und überlegte, ob er den Weg zurück auf sich nehmen sollte, und entschied kurzerhand, dass er das Messer unbedingt brauchte.

Er hatte noch fünfzig Meter bis zum Lager, als er plötzlich eine Bewegung wahrnahm. War etwa Kenai auch schon wieder zurück? Aber er erkannte sofort, dass die Gestalt, die sich in ihrem Lager befand, nicht Kenai sein konnte. Die Person, die sorgfältig die Dinge in ihrem Lager begutachtete, war vollständig bekleidet, trug eine Kopfbedeckung in Form einer Baseballmütze und war deutlich kleiner als Kenai. Marc bückte sich blitzschnell, um nicht entdeckt zu werden. Irgendjemand war in ihrem Lager und schien alles zu inspizieren. Wie sollte er sich verhalten? Sein Herz pochte und langsam hob er den Kopf, um aus der Deckung heraus die Person zu beobachten. Der Mann, in Leder gekleidet, rüttelte probeweise an dem Dach ihrer Hütte, hob den Holzkalender auf und versuchte nach dessen Begutachtung, ihn genauso wieder hinzulegen, wie er ihn aufgehoben hatte. Er untersuchte die im Lager verbliebenen Jagdwaffen, und als er sich anschickte das Lager zu verlassen, nutze er einen abgebrochenen Ast mit Blättern, um damit seine Spuren auf dem Boden zu verwischen. Warum tat er das? Warum wollte er unbedingt unbemerkt bleiben?

Marc entschied sich, den Mann gehen zu lassen. Als er nach seinem Bogen greifen wollte, den er an den Baumstamm zu seiner Linken angelehnt hatte, fiel dieser unkontrolliert um und streifte einen herabhängenden Ast. Das Geräusch und der wackelnde Ast blieben dem ungebetenen Gast im Lager nicht verborgen. Er blickte in Richtung des Geräusches. Es war das erste Mal, dass Marc den ungebetenen Besucher von vorne sehen konnte. Aus seiner Deckung heraus schaute er in das Gesicht eines alten Indianers, auf dessen Baseballkappe ein auffällig gelbes Wappen zu sehen war. Eine Sekunde später machte sich der Mann in Richtung Fluss aus dem Staub. Beim Davonlaufen sorgte er mit einem kurzen Pfiff dafür, dass sein vierbeiniger Begleiter, den er außerhalb des Lagers abgelegte hatte, aufsprang und ihm folgte. Marc erkannte erst jetzt den großgewachsenen Hund – dem Anschein nach ein Husky. Den Ast, mit dem der Mann seine Spuren verwischen wollte, nahm er mit.

Marc wartete noch ein paar Minuten und betrat dann das Lager. Eine erste Überprüfung ergab, dass nichts fehlte. Alles war noch so, wie Marc und Kenai es zurückgelassen hatten. Er überlegte, wie er sich verhalten sollte. Er würde seinen eigentlichen Plan, die Umgebung weiter nach Osten zu erkunden, aufgeben. Er würde im Lager bleiben und warten bis Kenai zurück war, um sich mit ihm zu besprechen.

Der staunte nicht schlecht, als er von Marc die Ereignisse berichtet bekam. Nach kurzer Abwägung der Lage entschlossen sie sich, ihr Lager hier an diesem Ort aufrechtzuerhalten. Natürlich kam ihnen das Verhalten des Fremden seltsam vor. Aber was wäre die Konsequenz? Es war nichts gestohlen worden und man hatte ihnen keine Gewalt angetan. Sie würden ab sofort vorsichtiger sein und aufmerksamer durch die Gegend streichen. Und ob sie wollten oder nicht, jeder für sich würde ab sofort das Gefühl nicht mehr loswerden, dass man sie beobachtete. Aber noch offenbarten sie sich gegenseitig nicht – noch nicht!

Zu spät

Die Einschüchterungsversuche durch den Asiaten und der Anblick des abgetrennten Katzenkopfs in seinem Kühlschrank hatten Shean die Augen geöffnet. Er musste seinen „Nebenjob" als Spitzel und Industriespion aufgeben, bevor es zu spät war – so viel war ihm klar. Wobei er sich ganz und gar nicht sicher war, ob er den Zeitpunkt nicht schon verpasst hatte. Lange hatte er darüber nachgedacht, wie er sich aus seiner verzwickten Lage befreien konnte. Für ihn war es keine Option, sich selbst anzuzeigen oder gegenüber seinem Arbeitgeber SSL zu offenbaren – zumindest vorläufig nicht. Er verfolgte einen anderen Plan, von dem er hoffte, dass er damit seine Spitzeltätigkeit beenden, aber trotzdem weiterhin für SSL arbeiten konnte.

Shean war auf dem Weg nach Hause. Es war ein langer Arbeitstag gewesen und wieder einmal war er nicht zu dem gekommen, was er sich eigentlich für heute vorgenommen hatte. Schon am frühen Nachmittag war seine Chefin auf ihn zugekommen und hatte ihn darüber informiert, dass es zu einer kurzfristig anberaumten Auslieferung von Komponenten kommen sollte. Sie sprach von einem betuchten Privatkunden, der Druck ausgeübt hatte, so dass bereits für morgen Vormittag eine Übergabe an einen Boten anberaumt worden war. Sheans Aufgabe bestand wieder einmal darin, alles Notwendige dafür vorzubereiten. Den Rucksack mit den richtigen Komponenten bestücken zu lassen und die Hälfte einer Zehn-Dollar-Note aus dem Tresor zu holen, die für die Übergabe an den Boten benötigt wurde. Seine Chefin Florina Baxter war bereits tätig geworden und hatte einen verfügbaren Boten gefunden und kontaktiert. Solch kurzfristig anberaumte Übergaben waren etwas, was selten vorkam, aber hatte dann natürlich Priorität vor allem anderen. Die Übergabe sollte zudem auch nicht bei SSL selbst stattfinden, sondern im Stadtzentrum von Seattle.

Shean erkannte in diesem Auftrag sogleich eine Möglichkeit, sich aus seiner Spitzelposition zu befreien. Es war kurz nach 19 Uhr abends, als er auf dem Bahnhof des U-Bahnknotens Westlake ankam. Hier musste er 20 Minuten warten, bis ihn eine der nächsten Bahnen nach Tukwila und damit nach Hause bringen würde. Er fühlte in seiner Jackentasche nach dem Schlüssel des Schließfachs, über das er in den letzten Monaten seine Informationen mit seinen »asiatischen Freunden«, wie er diese betitelte, ausgetauscht hatte. Er öffnete das Fach und legte ein braunes Kuvert hinein, in dem die morgen anstehende Auslieferung mit Zeit, Ort und Art der Komponenten kurz aber präzise definiert war. Das weitaus Brisantere, dass er zusätzlich in dem Umschlag hinterlegte, war seine Ankündigung, dass dies die letzte von ihm gelieferte Information sein würde. Er hatte seinen Ausstieg als Spitzel um die Information ergänzt, dass er für die heute gelieferte Information kein Geld verlangen beziehungsweise annehmen und den Schlüssel des Schließfaches wegwerfen würde, so dass ein Informationsaustausch darüber für ihn zukünftig nicht mehr möglich war.

Wenige Minuten später saß er in der U-Bahn in Richtung Tukwila. Er öffnete eines der schmalen Schiebefenster und spürte den frischen Wind, der über das hohe offene Fenster in den Wagon strömte. In der Hand, die das Fenster geöffnet hatte, befand sich noch für wenige Sekunden ein silberfarbener Schlüssel, der kurze

Zeit später wahrscheinlich für immer unauffindbar von ihm aus dem fahrenden Zug geworfen wurde.

Shean hatte sich lange Zeit Gedanken darüber gemacht, ob diese Art des Ausstiegs die richtige und zielführende Vorgehensweise war. Letztlich fühlte er sich aber ohne diesen Schlüssel plötzlich leichter, ja fast schon erlöst. Er malte sich aus, dass er nun in Ruhe gelassen würde und sein altes Leben zurückbekäme. Sollten sich seine »asiatischen Freunde« doch einen neuen Spitzel besorgen. Er schloss das Fenster, setzte sich und fühlte sich frei.

Der große Regen

Irgendetwas war anders! Marc wachte auf und obwohl das Feuer noch ordentlich brannte, fröstelte es ihn. Es war noch dunkel und der aufkommende Wind verhieß nichts Gutes. Sie hatten bisher mit dem Wetter Glück gehabt und seit ihrem Aufbruch am Bowron Lake acht sonnige und warme Tage verbracht. Nun schien sich die Situation zu ändern, und so wie es sich anfühlte, war dies sogar relativ schnell der Fall. Geschätzt war es morgens fünf Uhr. Für gewöhnlich würde man jetzt im Osten einen ersten Schein des anbrechenden Tages wahrnehmen. Aber der ließ heute auf sich warten. Eine Stunde später war klar, dass die sonnige Phase wohl erst Mal vorüber war. Der beginnende Tag bescherte ihnen einen bedeckten Himmel, und je heller es wurde, desto deutlicher sahen sie, dass die Wolkenfelder grau und schwer waren. Die Berggipfel, die sie sonst klar erkennen konnten, waren wolkenverhangen, und der zunehmende Wind signalisierte ihnen, dass Regen, wenn nicht sogar ein Unwetter, im Anmarsch war.

»Was meinst du?«, fragte Marc mit einem nachdenklichen Blick in den Himmel gerichtet. Ohne eine Antwort abzuwarten, fuhr er fort. »Wollen wir hier im Lager bleiben oder die Gelegenheit nutzen und in den alten Stollen umziehen?« Mit Stollen meinte Marc einen alten Einschlag in den Berg, den sie vor drei Tagen bei einem ihrer Streifzüge durch die Wildnis zufällig entdeckt hatten. Der lag nur knapp anderthalb Stunden Fußmarsch von hier entfernt. Sie waren auf ihn gestoßen, als sie die Region nach Osten erkundeten.

Der Stollen oder besser gesagt, das was von ihm noch übrig war, lag an einem der Ausläufer des 2500 Meter hohen Bergs Ishpa. Vermutlich war der Stollen schon vor über einem halben Jahrhundert oder sogar noch länger von Goldgräbern aufgegeben worden. Wie weit das von Menschenhand erschaffene Loch tatsächlich in das Innere des Bergrückens reichte, hatten sie bei ihrem Streifzug nicht erkundet. Aber nach allem, was sie bei Tageslicht vom Eingang aus sehen konnten, musste er nach ungefähr acht Metern eingestürzt sein. In dieser Tiefe lagen zur Hälfte verschüttete Holzbalken und rohe Bretter quer. Aber bis dahin schien der Stollen noch gut erhalten und wohl auch trocken zu sein. Sie hatten sich seit seiner Entdeckung mit dem Gedanken auseinandergesetzt, in den Stollen umzuziehen. Aufgrund der Nähe zum fischreichen Fluss hatten sie sich dann aber doch dafür entschieden, erst Mal in ihrem Lager zu bleiben und den Einschlag nur als Notlösung zu nutzen, sollte es zu einer Regenperiode oder gar einem Sturm kommen. Und genau vor dieser Entscheidung standen sie jetzt.

Kenai erhob sich und trat vor die Hütte. Etwas streifte sacht seine Schulter und wenige Sekunden später erneut. Jetzt registrierte er, dass es angefangen hatte, leicht zu regnen. Marc gesellte sich zu ihm, und ihre Blicke wanderten in den Himmel. Mit jeder Sekunde trafen sie mehr Regentropfen, bis ihre Schultern schließlich ziemlich nass waren. Sie begaben sich wieder in den Schutz der Hütte, legten Feuerholz nach und sahen zu, wie der Regen von Minute zu Minute stärker wurde. Sie aßen von dem gebratenen Fleisch der Hirschkuh und kamen sich irgendwie nutzlos vor.

Zwei Tage hatten gereicht, um die dünnen Fleischstreifen zu trocknen. Und auch die vergrabenen Lenden im Lehmmantel waren gut gelungen. Einzig die Rippen, die sie räuchern wollten, waren nichts geworden. Sie mussten sie braten und sie bildeten nun ihr Frühstück. Sie hatten die sonnigen trockenen Tage lange als Selbstverständlichkeit hingenommen und konnten jagen, fischen, auf Erkundungen gehen, bauen, handwerklich tätig sein und vieles andere mehr. Aber mit dem Regen überfiel sie eine Lustlosigkeit, Handlungsunfähigkeit und Hilflosigkeit, die sie so bisher nicht kannten. Apathie machte sich breit, je länger sie in ihrem Lager saßen. Sie fühlten sich regelrecht gefesselt und realisierten nur langsam, dass es sich nur um Regen handelte. Natürlich konnte man auch bei Regen nach draußen gehen und fischen und jagen. Aber sie waren es gewohnt, dass es tagsüber warm war.

Der Regen auf ihren fast nackten Körpern war etwas, was sie bisher nicht allzu häufig in ihrem Leben erfahren durften. Er nahm zu und prasselte nun vor ihnen auf den Waldboden und auf das Dach ihres Lagers. Der Rauch des Feuers, der sonst schnell nach oben abzog, schien sich ebenfalls vor dem Regen zu ducken und kämpfte gegen den Druck von oben an. Die Frage war, wie lange der Regen anhalten und wie lange das Dach dem Regen standhalten würde. »Lass uns ein oder zwei Stunden warten. Vielleicht ist es ja nur ein kurzer Sommerregen und gegen Mittag hellt es wieder auf! Falls nicht, haben wir immer noch genug Zeit, um umzuziehen. Oder was denkst du?«, fragte Kenai. »Ja, lass uns das so machen!«, erwiderte Marc ein wenig lustlos und sah dabei skeptisch hinaus auf den Waldboden.

Zwei Stunden später warf Kenai die letzte Handvoll Erde in das Feuer und brachte es damit endgültig zum Erlöschen. Marc stand vor ihm – fertig gepackt mit all seinen Waffen und Werkzeugen und einem Teil des Fleisches. Seine Haare waren klitschnass und man merkte ihm an, dass er genervt war. Seine Augen brannten von dem Rauch, obwohl das Feuer inzwischen aus war. Der heftige Regen, der nun schon über drei Stunden andauerte, hatte ihr Dach nach kurzer Zeit der Lächerlichkeit preisgegeben. Anfangs hatten sie noch die Hoffnung gehabt, dass die in das Dach eingearbeitete Baumrinde das Regenwasser wie Schindeln ableiten würde. Zuerst nahmen sie nur feine Rinnsale an der Dachkonstruktion wahr. Aber schon kurze Zeit später bildeten sich an den armdicken Ästen des Daches erste Wassernasen, deren Tropfhäufigkeit von Minute zu Minute zunahm. Weberknechte, die trotz des Rauches im Dach hausten, suchten ihr Heil in der Flucht. Spätestens als das dazwischen geklemmte Moos kein Wasser mehr aufnehmen konnte, brachen die Dämme. Es gab immer mehr Stellen, an denen es anfing zu tropfen, so dass bald der komplette Boden des überdachten Bereichs nass war. Mit jedem Wassertropfen, der ins Feuer fiel, nahm die Rauchentwicklung zu. Nüchtern betrachtet würde es bald keinen Unterschied mehr machen, ob sie direkt im Regen standen oder unter ihrem Dach. Ihr Feuerholz, das vor der Hütte lag, war längst komplett nass, und das trockene Holz, das sie noch in der Hütte gehabt hatten, war verfeuert. Ihre Schlafstellen waren durchnässt.

Der Regen prasselte herab, und es hatte nicht den Anschein, als ob sich das so schnell ändern würde. Als auch noch die verbliebene Erde der aufrechtstehenden Wurzelstöcke langsam aber sicher durchnässt war und drohte, abgespült zu werden, war für Kenai und Marc die Entscheidung gefallen. Würden sie jetzt am Morgen den Stollen aufsuchen, hätten sie noch genug Zeit, sich dort einigermaßen gut einzurichten. Kenai erhob sich, nahm das Beil, soviel Fleisch, wie er in seine Hosentaschen packen und tragen konnte, seinen Bogen und nickte Marc zu. Sie traten vor die Hütte und schauten sich ein letztes Mal um. Das Hirschfell hing noch aufgespannt auf zwei armdicken Ästen. Ein Teil des Fleisches mussten sie zurücklassen. Wehmut kam auf, die aber sogleich wieder vom Regen davongespült wurde.

Sie machten sich auf, tiefer in den Wald hinein und weg vom Fluss. Das Laufen auf dem nassen Boden war deutlich angenehmer, als dies im trockenen Zustand der Fall war. Das Moos hatte sich erstaunlich schnell mit Wasser vollgesogen, und die Nadeln und kleinen Äste, die sie sonst so piesackten, wurden durch ihr Körpergewicht in den Boden gedrückt, statt sich in ihre Fußsohlen zu bohren. Auf der anderen Seite wurde es aber auch glitschiger, und der Weg, der vor ihnen lag, würde sie häufiger zu Fall bringen, als es ihnen lieb war. Je weiter sie sich von der Hütte und dem gewohnten Terrain entfernten, desto größer wurde das Problem, an das sie bei ihrem Losgehen nicht gedacht hatten. Der Regen fiel kontinuierlich und dicht. Wo sie sich sonst an Bergspitzen oder markanten Landmarken orientieren konnten, war jetzt einheitliches Grau. Regen und Nebel ließen bald keine Orientierung mehr zu, und das wurde zunehmend zu einem ernsten Problem für sie.

Sie wussten aufgrund ihrer Erkundungen der letzten Tage, dass das Gelände vor ihnen leicht anstieg. Nach knapp anderthalb Stunden Barfußmarsch würden sie ihr Ziel an den Ausläufern des Ishpa erreichen. Davon gab es allerdings gleich mehrere, die alle ähnlich hoch waren und alle ziemlich parallel nach Südwesten verliefen. Den richtigen Bergrücken zu finden, wurde bei der schlechten Sicht zu einer echten Herausforderung. Und je länger sie unterwegs waren, desto mehr kamen ihnen Zweifel, ob sie sich nicht schon längst verlaufen hatten. Wenn sie zu weit nach Norden abdrifteten, würden sie unweigerlich an die Bowron Lake Seen kommen. Die einzige Orientierung, die ihnen grob die

Himmelsrichtung vorgab, war das Moos an den Bäumen, das sich meistens auf der Wetterseite befand. Aber auch darauf war nicht zu hundert Prozent Verlass.

Eine viel wichtigere Hilfestellung gab ihnen der Wald selbst. Der Stollen, den sie suchten, lag wenige hundert Meter im Bowron Lake Nationalpark. Bis zur Grenze des Parks war der Wald aufgrund der Baumfällungen stark verjüngt. Es gab kaum Bäume, die älter als fünf bis sieben Jahre waren, und sobald man den Park betrat, fand man uralten Hochwaldbestand vor. Wenn sie sich grob nach Nordosten orientierten und dann irgendwann auf den Hochwald des Parks träfen, würde sie diese natürliche Linie direkt an die Ausläufer des Ishpa Mountain bringen und somit grob in Richtung des Stollens.

Marc und Kenai waren sicherlich schon gefühlte zwei Stunden unterwegs. Unterstellten sie, dass sie im Regen barfüßig schneller vorankamen, hätten sie längst auf die Ausläufer stoßen müssen. Aber das taten sie nicht, und so mussten sie sich bald eingestehen, dass sie nicht mehr so recht wussten, wo sie sich befanden. Sie trieften von Kopf bis Fuß. Der Matsch reichte bis an ihre Oberschenkel, und aufgrund der Stürze auf nassem Holz zum Teil auch bis ins Gesicht und auf die Schultern.

Marc brauchte eine Pause und machte keinen Hehl daraus, dass er erschöpft und vor allem sauer war. »Stopp!«, kam es barsch über seine Lippen, und sein Vordermann blieb daraufhin abrupt stehen, ohne sich aber umzudrehen. »Ja, mich kotzt es auch an!«, kam es unvermittelt zurück. »Wir haben uns vermutlich verlaufen, und es regnet in Strömen!«, vervollständigte Kenai. Er warf Bogen und Speer auf den Boden und setzte sich in das nasse Gras. Marc tat es ihm nach und platzierte sich neben ihm. Er reckte den Kopf gegen den Himmel, öffnete den Mund, sammelte ein paar Tropfen Regenwasser und schluckte sie hinunter. »Immerhin verdursten wir nicht!« Kenai blickte ihn an und musste laut lachen. »Das stimmt! Aber Ertrinken ist auch keine Option!«, brach es aus ihm heraus, und er entlockte damit Marc ein Grinsen.

Er pflückte eine Brombeere von dem Busch, neben den er sich gesetzt hatte, und fragte sich, ob der Pilz, der sich zwischen seinen Füßen befand, essbar war. »Umkehren ist keine Option!«, brachte Kenai ihre missliche Situation auf den Punkt. »Mein Vorschlag wäre, wir orientieren uns mehr in diese Richtung in der Hoffnung, dass wir auf die Parkgrenze stoßen, und folgen dann dem Übergang zwischen Hochwald und Jungwald, bis wir die Ausläufer des Berges erreichen. Natürlich ist das ein Umweg, aber auf diese Weise wissen wir relativ schnell, ob wir richtig sind oder nicht.« Er deutete dabei in die Richtung, von der er annahm, dass es die sinnvollste sei. Marc nickte, holte tief Luft, erhob sich und ließ den Pilz zwischen seinen Füßen wo er war.

Die Entscheidung die Parkgrenze nordnordöstlich zu suchen und ihr dann zu folgen, war die richtige gewesen. Irgendwann hatten sie den gesuchten Ausläufer des Ishpa gefunden. Und auch den Stollen machten sie dann recht schnell aus.

Erschöpft ließen sie sich im Eingangsbereich auf den Boden fallen und atmeten erst einmal durch. Hier war es tatsächlich trocken. Auch, wenn sie nicht wussten, ob und wie lange das so bleiben würde. Nach und nach befreiten sie sich von ihren Waffen, Werkzeugen und dem Proviant und sammelten ein wenig von dem trockenen Holz ein, das im Eingangsbereich des Stollens verstreut lag. Das erste Mal seit Tagen mussten sie mit ihrem Feuerstein wieder ein Feuer entfachen. Marc probierte es, gab aber schnell entnervt auf. Man merkte ihm an, dass er erschöpft war und offensichtlich keine Lust mehr hatte, Indianer zu spielen. Kenai registrierte dies und kam ihm zu Hilfe. »Lass mich mal probieren!«, bot er sich an, zupfte vertrocknetes Moos von den

Seitenwänden des Stollens und wenige Minuten später hatten sie ein kleines Feuer.

Der Schein des Feuers war nicht besonders hell und leuchtete den Stollen nur wenige Meter aus. Sie mussten dringend Nachschub an Brennbarem organisieren und sich möglichst schnell hier häuslich einrichten. Beide gingen sie widerwillig zurück in den Regen und begannen Holz zu sammeln. Hier hatte es noch nie einen industriellen Holzeinschlag gegeben. Sie profitieren aber davon, dass das Gelände hier oben offener war und immer wieder einzelne Bäume durch Windeinbruch umgeworfen worden waren, an denen man sich bedienen konnte.

Sie fanden die Überreste einer Blockhütte nur hundert Meter entfernt vom Stollen, die vor sich hin rottete. Das Dach war längst eingestürzt, die Hütte in Schieflage geraten und an einer Ecke auseinandergebrochen. Im Innern hatten sich schon vor langer Zeit Birken einen Platz erkämpft, die mit zu den ersten Eroberern neuen Territoriums zählten. Das Bauholz der Hütte war weitestgehend verwittert und eignete sich nur bedingt für das Feuer. Sie mussten weite Wege gehen, um von vereinzelt umgestürzten Bäumen, Holz zu sammeln. Das Feuer war kurz davor, auszugehen. Marc wollte Holz nachlegen, als er spürte, wie sich etwas in seinen Haaren verfangen hatte. Auch auf seiner Schulter spürte er etwas. Als er es mit seinen Augen fixierte, musste er sich schütteln. Es war eine Spinne, die er sich mit der Hand von der nackten Schulter wischte. Auch das Krabbeln auf seinem Kopf entpuppte sich als ein haariger Vertreter dieser Gattung. Woher kamen all diese Viecher, stellte er sich unweigerlich die Frage. Er musste husten und der Rauch biss in seinen Augen. Und das war auch die Antwort auf seine Frage.

Der Rauch des Feuers zog nicht gänzlich ab, sondern hatte sich im Innern unter der Stollendecke mehr und mehr gesammelt. Er war für Spinnen und allerlei anderes Ungeziefer genauso störend wie für Menschen. Nach und nach versuchten die Tierchen, die sich an der Decke versteckten oder dort lebten, zu flüchten. Die Spinnen seilten sich an ihren Fäden ab oder ließen sich einfach fallen. Als der Schein des Feuers wieder etwas heller war, wurde dieses Bild bestätigt. Der Rauch hatte sich zirka fünfzig Zentimeter dick unter der knapp zwei Meter hohen Decke gesammelt. Alles was nicht ersticken wollte, flüchtete nach unten. Und wenn beim Abseilen ein Mensch im Wege stand, dann machten die Spinnen oder anderes Getier halt eben auch einen freiwilligen oder unfreiwilligen Zwischenstopp auf den Haaren oder Schultern von Menschen.

Marc und Kenai mussten die Feuerstelle so legen, dass der Rauch nicht allzu sehr ins Innere des Stollens zog. Nicht nur wegen des sich abseilenden Ungeziefers, sondern weil sie keine Lust hatten, im Qualm zu ersticken. Sie behalfen sich damit, die Feuerstelle möglichst nah an den Eingang zu verlegen. Gerade noch im Trockenen, damit der Regen nicht noch mehr Rauch produzierte.

Sie säuberten den Boden und richteten ihre Schlafstellen neu ein. Das Gras und Laub, das sie dazu sammelten, mussten sie erst einmal trocknen. Sie nutzten jede freie Minute, um Brennholz zu sammeln, und verbanden dieses Unterfangen mit der Suche nach Brombeeren und Heidelbeeren. Über trinkbares Wasser mussten sie sich vorläufig keine Gedanken mehr machen. Sie mussten nur im Freien den geöffneten Mund in die Höhe halten oder das Wasser mit dem Mund von großen Blättern ablecken. Der kleine Bach, der ganz in der Nähe floss, war mittlerweile stark angeschwollen und führte statt klarem Gebirgswasser eine braune Brühe. Früher als ihnen lieb war, wurde es langsam dunkel, und es kündigte sich die erste Nacht im Stollen an. Es sollte nicht die Letzte sein.

Der Auftrag

Um Punkt 5:30 Uhr morgens klingelte der Wecker. Während Wayne im Bad war, brühte die Kaffeemaschine einen starken Kaffee auf. Er machte sich ein paar Rühreier mit Speck, holte aus dem Kühlschrank einen eiskalten Orangensaft, schmierte sich ein Brötchen und genoss die Aussicht auf Newcastle, das vor den Toren Seattles lag. Er liebte die Ruhe in seinem Haus. Es hatte Zeiten gegeben, da hatte er diesen Ausblick zu zweit genossen. Aber alle Beziehungen, die er die letzten Jahre geführt hatte, dauerten kaum länger als ein Jahr. Die Frauen fühlten sich zu ihm hingezogen. Er war groß, gutaussehend, ruhig und bedacht und für sein Alter mit 49 Jahren noch körperlich topfit. Vielleicht war diese Kombination das, was auf Frauen so anziehend wirkte. Nicht er war der Eroberer – die Frauen sahen in ihm das Objekt, das es zu erobern galt.

Diese Situation gefiel ihm einerseits, war andererseits aber auch ein Fluch. In den ersten Wochen und Monaten einer Beziehung war seine Art das, was reife Frauen zu suchen schienen. Aber sobald sie tiefer zu dem Menschen Wayne Guzeman vorzudringen versuchten, erkannten sie, dass er eine unsichtbare Mauer um sich herum errichtet hatte. Aufgrund der Auszeichnungen, die an seinen Wänden hingen, und der wenigen Bilder, die sie von ihm zu Gesicht bekamen, wussten sie zwar, dass er ein ehemaliger US-Soldat war. Was er aber als Soldat genau getan und erlebt hatte, blieb sein großes Geheimnis. Allen diesbezüglich gestellten Fragen ging er stets aus dem Weg.

Er packte die Dinge zusammen, die er am Vorabend noch nicht in seiner großen braunen Reisetasche verstaut hatte, zog einen grauen Anzug an und verzichtete bewusst auf eine Krawatte. Er ging gedanklich nochmals die Checkliste der Dinge durch, die er für die nächsten vier Tage mitnehmen musste. Jedes einzelne

Kleidungsstück und jeden Ausrüstungsgegenstand hakte er in Gedanken ab. Er schloss die Haustür hinter sich und verstaute seine Reisetasche im Kofferraum seines schwarzen Cherokee Jeeps. Schon am Vorabend hatte er einen Rucksack mit Outdoor-Kleidung, seine Angelsachen und ein paar andere Dinge im Wagen verstaut, von denen er glaubte, dass er sie vielleicht benötigen würde. Er war jemand, der gerne auf alle Eventualitäten vorbereitet war.

Es war sieben Uhr! Um neun Uhr würde seine Putzfrau kommen und die Küche aufräumen, sein Bett machen und den Zettel finden, auf dem stand, dass er in vier Tagen wieder da sein würde und sie bis dahin nicht zu kommen brauchte. Über die Fernbedienung öffnete er das Tor seiner Garage, die er vom Haus aus betreten konnte, startete den Wagen und erfreute sich am Blubbern des V8-Motors. Die Strecke in die Innenstadt von Seattle und dem Café, in dem er sich um halb neun Uhr mit Florina Baxter treffen würde, kannte er. Trotzdem gab er die Adresse in sein Navi ein. Normalerweise brauchte er für die Strecke ungefähr dreißig Minuten. Aber während des morgendlichen Berufsverkehrs konnte daraus auch schon mal locker eine Stunde werden.

Er hatte sich gewundert, dass SSL ihn so kurzfristig kontaktiert hatte. Er hatte schon mehrere Aufträge für das Unternehmen angenommen. Meistens bestand der Auftrag darin, ein Paket in eine Region außerhalb der USA zu transportieren. In der Regel lieferte er die Ware direkt an ein Observatorium, das weit ab von lichtverstrahlten Städten lag – meist auf einem Gebirgszug. Oder er überreichte das Paket an einen anderen Boten. SSL agierte bei diesen Aufträgen immer weit vorausschauend. Er wurde eigentlich immer vier bis sechs Wochen vorher angefragt und wunderte sich, dass es diesmal gerade mal vierundzwanzig Stunden waren. Neu war auch, dass er den Auftrag in einem Café entgegennehmen sollte und dass Florina Baxter ihn direkt kontaktiert hatte.

Üblicherweise wurde das in der SSL-Zentrale in der Nähe von Seattle abgewickelt. Aber er hatte nichts anderes vor und auch keine anderen Aufträge, die mit diesem kollidierten, deshalb hatte er zugesagt. Ihn reizte die Aussicht, den Auftrag mit Fischen in Kanada kombinieren zu können. Zudem würde er Florina Baxter nach gut sechs Monaten wieder einmal sehen, und allein das war Grund genug, den Auftrag anzunehmen.

Bei Aufträgen, die nicht in Niederlassungen von Unternehmen abgewickelt wurden, hatte er es sich zur Angewohnheit gemacht, deutlich vor der vereinbarten Uhrzeit am Ort des Treffens mit dem Auftraggeber zu sein. Zum einen wollte er definitiv nie zu spät kommen, zum anderen hatte er so die Gelegenheit, die Umgebung zu beobachten. Er war kein Geheimagent, aber es machte ihm Spaß, wie einer zu denken. Und tatsächlich war es bei dem einen oder anderen Auftrag manchmal wichtig, sich wie ein Agent zu verhalten. Er arbeitete vorzugsweise als Bote. Die Aufträge bekam er über eine Agentur. Die Dinge, die man ihm anvertraute, konnten oder wollten seine Auftraggeber aus verschiedenen Gründen nicht mit der Post oder einem anderen offiziellen Paketdienst verschicken oder transportieren lassen.

Er hatte Glück! Er war dreimal den Yesler Way in Höhe des Pioneer Squares in Seattle entlanggefahren und hatte bis hierher 50 Minuten gebraucht. Kurze Zeit später hätte er eines der Parkhäuser aufgesucht, aber seine Geduld hatte sich ausgezahlt, denn just in diesem Augenblick parkte ein Fahrzeug direkt vor dem kleinen Park aus. Bereits um zehn vor acht Uhr stellte er den Motor seines Jeeps ab. Direkt gegenüber lag das Café, in dem er sich in einer halben Stunde mit Florina Baxter treffen würde. Dass sie das Treffen ausgerechnet in einer großen Café-Kette arrangiert hatte, wunderte ihn immer noch ein bisschen. Er hätte keinen besseren Parkplatz finden können. Er blieb noch fünf Minuten im Auto sitzen, löste dann einen Parkschein, kaufte sich eine Zeitung und setzte sich auf eine freie Parkbank mit Blick auf das Café.

Es war Hauptverkehrszeit und das Treiben um diese Zeit erinnerte ihn ein wenig an einen Ameisenhaufen. Jeder hatte ein Ziel und wollte es möglichst schnell erreichen. Seattle war eigentlich eine gemütliche Stadt. Die Menschen, die hier lebten und arbeiteten, waren zumindest seiner Wahrnehmung nach deutlich ruhiger und ausgeglichener als dies in New York oder anderen großen amerikanischen Städten der Fall war. Aber das galt nicht für die Innenstadt von Seattle an einem Dienstagmorgen um acht Uhr.

In der Zeitung stand nicht wirklich viel, was ihn interessierte. Am ehesten kam noch der Sportteil in Betracht. Ein paar Tauben liefen aufgeregt umher, sicherlich auf der Suche nach ein paar Brotkrumen. Aber von ihm konnten sie nichts erwarten. Sein Blick schweifte möglichst unauffällig umher. Er war dreißig Minuten zu früh. Aber irgendwie hatte er die Hoffnung, dass er seinen Auftraggeber, besser gesagt Auftraggeberin, bereits vor dem Termin zu sehen bekäme. Er war neugierig, wie sich Frau Baxter benehmen würde, wenn sie sich unbeobachtet fühlte. Aber er hatte nicht damit rechnen können, dass er trotz Berufsverkehr so schnell in der Innenstadt sein und nach nur wenigen Minuten so nahe am Treffpunkt einen Parkplatz finden würde.

Florina Baxter war ihm seit ihrem gestrigen Anruf nicht mehr aus dem Kopf gegangen. Würde sie mit dem Taxi, ihrem eigenen Wagen oder gar mit öffentlichen Verkehrsmitteln kommen? Letzteres konnte er sich nicht vorstellen. Sie konnte sich auch nicht darauf verlassen, einen Parkplatz zu finden. Außer in einem der Parkhäuser um die Ecke vielleicht. Letztlich wettete er mit sich selbst. Sie würde mit dem Taxi kommen. Die Frage war nur, ob sie alleine käme. Er hatte sie bereits dreimal persönlich getroffen. Der erste Termin diente sicherlich dazu, sich einen Eindruck von ihm zu verschaffen und herauszufinden, ob er sich als Bote eignete. Offensichtlich hatte er den Test bestanden, wobei seine Unterlagen und Zeugnisse sicherlich auch einen entscheidenden Teil dazu beitrugen. Die folgenden Übergabetermine fanden alle ausnahmslos im Eingangsbereich des SSL-Büros statt. Umso überraschter war er, dass Florina Baxter dieses Mal ein Café im Stadtzentrum von Seattle vorgeschlagen, d.h. besser gesagt, festgelegt hatte. Er hatte den Treffpunkt bereitwillig akzeptiert.

Er kannte sie als Frau Baxter, aber er war sich sicher, dass sie nicht verheiratet war. Wayne schätzte sie auf Anfang dreißig. Sie war schlank und mit ihren hohen Absätzen wollte sie sich sicher bewusst noch größer machen. Bei allem, was sie tat, trat sie für die meisten Beobachter äußerst selbstsicher auf. Sie wirkte fokussiert und zielstrebig. Aber vielleicht täuschte dieser Eindruck ja, vielleicht war Florina Baxter gar nicht die taffe Vorzeige-Karrierefrau und wollte nur streng wirken, weil sie im Grunde ihres Herzens unsicher war und ihre Unsicherheit zu kaschieren versuchte. Es reizte ihn, das herauszufinden. Er würde sie heute zum vierten Mal sehen – und wie er für sich festgestellt hatte, freute er sich darauf.

Er saß keine zehn Minuten. Die Tauben hatten es aufgegeben, bei ihm um etwas Essbares zu betteln. Ihm fiel ein schwarzer Buick auf, der genau so wie er vorher, versuchte einen Parkplatz zu finden. Im Innern des Wagens konnte er nur flüchtig einen Mann wahrnehmen, der sich mit Sonnenbrille und Baseballkappe gegen die noch tiefstehende Sonne zu schützen versuchte. Aber der Mann hatte kein Glück mit seiner Parkplatzsuche. Wayne blickte dem Wagen hinterher, der wenige Sekunden später in die 1st Avenue einbog und vermutlich das nächste Parkhaus ansteuerte. Er musste innerlich grinsen, weil er im Gegensatz zu dem Buick einen Parkplatz gefunden hatte.

Um 8:25 spürte Wayne in der Innentasche seines Sakkos das Vibrieren seines Smartphones. Eine Erinnerung für den anstehenden Termin. Er faltete sorgfältig die Zeitung zusammen, schaute auf das Ziffernblatt seiner Tissot und überquerte bei der nächsten Grünphase den Fußgängerüberweg. Er hatte vergeblich gehofft, Florina Baxter vor dem Betreten des Cafés beobachten zu können. Aber als Auftragnehmer konnte und wollte er nicht derjenige sein, der zu spät kam. In seiner Branche war Pünktlichkeit das A und O.

Er betrat das Café, blieb kurz am Eingang stehen und schaute sich in dem Raum um und fühlte sich dann bestätigt, dass er vor ihr da war. Es waren für die Zeit erstaunlich viele Plätze frei, so dass er ohne Zögern einen Tisch wählte, der direkt am Fenster lag. Er setzte sich so, dass er zum Fenster hinausschauen konnte und gleichzeitig die Tür im Blick hatte. Kaum saß er, kam schon die Bedienung, um seine Bestellung aufzunehmen. Er überlegte kurz, ob er auf Florina Baxter warten sollte, entschied sich dann aber doch dafür, einen schwarzen Kaffee ohne Milch und Zucker zu bestellen. Die Zeitung legte er pro forma auf den Tisch. Er ging davon aus, dass sie pünktlich um 08:30 Uhr zur Tür hereinkäme.

Die Minuten vergingen und als 10 Minuten um waren und sie noch nicht da war, überlegte er, ob ihm vielleicht ein Fehler bei dem Termin unterlaufen war. Er holte sein Smartphone heraus, tippt seinen vierstelligen Code ein, öffnete den Kalender und vergewisserte sich, dass der Termin am heutigen Dienstag 8:30 Uhr in Seattle war und zwar in dem Café, in dem er sich befand. Dies zumindest sagte der Kalendereintrag, den er von ihr per E-Mail am gestrigen Tage erhalten und akzeptiert hatte. Er überlegte, ob er mittels Reply den Termin hinterfragen sollte. Entschied sich aber, noch zehn Minuten zu warten.

Erst jetzt fiel ihm auf, dass er keine Handynummer von ihr hatte. Lediglich eine E-Mail-Adresse sowie ihren Festnetzanschluss bei SSL. Er schaute ein weiteres Mal auf die Uhr. Als er wieder aufblickte, ging die Tür des Cafés auf und Florina Baxter betrat den Raum. Sie blieb, wie er vorher auch, kurz stehen und suchte den Raum mir ihren Blicken ab. Sie hatte den schweifenden Blick von rechts nach links schon fast beendet, als sie ihn am Fenster sitzen sah. Sie drehte sich kurz um. In der Eingangstür hinter ihr stand ein Mann in einem dunklen, schlechtsitzenden Anzug. Einen halben Kopf kleiner als sie und einen Rucksack über der Schulter. Mit ihren Augen dirigierte sie den Blick ihres Begleiters hin zu ihm.

Wayne war enttäuscht, dass sie nicht alleine gekommen war. Er hatte gehofft, den Eisblock Baxter etwas auftauen zu können. Aber aufgrund ihrer Begleitung war das wohl leider nicht möglich. Beide wendeten sich ihm zu und kamen zu seinem Tisch. Florina Baxter stand vor ihm, so wie er es erwartet hatte. Blaues Kostüm mit weißer Bluse und hochhackigen Schuhen, der Rock endete kurz über den Knien. Um den Hals trug sie eine Perlenkette mit goldenem Verschluss und dazu passende Ohrringe. Die blonden Haare waren streng nach hinten gekämmt und mit einem schlichten schwarzen Haargummi zusammengebunden. Ihre schlanken Beine wirkten durch die hochhackigen Schuhe noch länger und brachten ihre Waden dezent zur Geltung. Mit ihrer Erscheinung ließ sie das Café erstrahlen. Direkt hinter ihr stand ihr Begleiter. Ohne dass sie ihn vorzustellen musste, war offensichtlich, dass dieser Mann für Florina Baxter arbeitete. Und die Art, wie sie ihn hinter sich stehen ließ, signalisierte, dass er bei ihr keine besondere Hochachtung genoss.

»Guten Tag Herr Guzeman! Sie müssen entschuldigen, dass wir zu spät sind. Aber Herr Targot ist mit dem Stadtzentrum von Seattle noch nicht ganz so vertraut, deshalb auch die kleine

Verspätung!«, versuchte sie die süffisante Bemerkung über ihren Begleiter zu relativieren. Wayne hatte sich bereits erhoben und streckte Florina Baxter die Hand entgegen. »Guten Tag Frau Baxter, das ist überhaupt kein Problem. Ich freue mich, Sie zu sehen!«, fügte er hinzu und war selbst etwas erschrocken, dass er das so charmant über seine Lippen gebracht hatte. Sie konnte sich ein leichtes Schmunzeln nicht verkneifen, fand aber die Fassung schnell wieder.

»Darf ich Ihnen Shean Targot vorstellen!« Wayne gab auch ihm die Hand. Was ihm überhaupt nicht gefiel, war die Tatsache, dass er nur seine Finger zu greifen bekam, aber nicht die ganze Hand und somit kein kräftiger Händedruck möglich war. Diese Art der Begrüßung mochte er überhaupt nicht, zumal die Finger von Shean Targot auch noch leicht feucht waren. Sie nickten sich beide zu und nahmen dann Platz. Wayne wollte Frau Baxter mit dem Stuhl behilflich sein. Aber sie kam ihm zuvor, setzte sich, schlug die Beine übereinander und streifte den Rock zurecht. Da war es wieder, was ihm einerseits so gar nicht an ihr gefiel und was er andererseits als amüsant, vielleicht sogar etwas herausfordernd, empfand. Kein Wunder, dass ihr Assistent, so hatte sie Herrn Targot vorgestellt, einen halben Kopf kleiner als sie war und fast schon eingeschüchtert wirkte. Bei allem, was sie tat, war sie darauf bedacht, zu betonen, wer der Chef bzw. die Chefin ist.

»In Anbetracht der fortgeschrittenen Zeit wollen wir gleich zum Geschäftlichen kommen. Herr Targot hat Ihnen im Rucksack...« Weiter kam sie nicht. Die Bedienung, die Wayne schon einen Kaffee gebracht hatte, stand vor ihnen und fragte höflich nach, ob die Herrschaften einen Wunsch hätten. Als wäre es völlig absurd in einem Café etwas bestellen zu wollen, überlegte Florina Baxter kurz und bestellte schließlich einen schwarzen Kaffee, den sie ganz offensichtlich gar nicht wollte. Immerhin hat sie den gleichen Geschmack wie ich, dachte sich Wayne. Herr Targot, wie hätte es anders sein können, bestellte ein Wasser – immerhin mit Kohlensäure. Wayne, der die Hoffnung hatte, dass der Termin nicht in zwei Minuten beendet wäre, nutzte die Gelegenheit und bestellte noch ein Wasser. Florina Baxter knüpfte gleich da an, wo sie vor der Bestellung unterbrochen worden war.

»In dem Rucksack, den wir Ihnen mitgebracht haben, befindet sich das Material. Ich will nicht im Detail darauf eingehen, aber wie Sie ja bereits wissen, handelt es sich wie bei den anderen Aufträgen zuvor um hochsensible und extrem wertvolle Linsen und Spiegel. Ihre Aufgabe ist es, diese original verpackt zu übergeben. Der Übergabetermin wäre morgen um dreizehn Uhr in der Nähe von Quesnel, British Columbia. Genauer gesagt 30 Minuten nördlich von Quesnel auf dem Cariboo River Highway 97, Abfahrt/Ecke Naver Creek Road. Von hier aus sind das zirka 510 Meilen und eine reine Fahrtzeit von etwa neun Stunden.« Wayne nickte. »Kein Problem!«, bestätigte er. »Das ist zu schaffen! Woran erkenne ich die Person, an die ich den Rucksack übergeben soll?« »In der Regel wird an dieser Kreuzung kaum jemand stehen. Vielleicht ein paar Touristen auf dem Weg nach Prince George, die dort ihre Mittagspause verbringen. Sie erkennen ihren Mann an einem weißen Toyota. Die Person wird auf den Namen Rooney hören. Er wird, das Prozedere kennen Sie ja bereits, eine Hälfte einer Zehn-Dollar-Note bei sich haben.« Wayne musste schmunzeln, was Frau Baxter nicht verborgen blieb.

»Ja ich weiß, das hört sich wie in einem Agentenfilm an und mag für Sie amüsant sein!«, konterte sie das Schmunzeln. Wayne überlegte, ob er versuchen sollte, die Situation zu retten, aber Frau Baxter ergänzte bereits »… wir finden aber, dass das eine einfache und simple Möglichkeit ist, um zusätzlich sicherzustellen, dass der Rucksack nicht in die falschen Hände gerät. Hier haben Sie die zweite Hälfte der Zehn-Dollar-Note. Sie ist unauffällig, leicht und lässt sich nahezu überall gut verstecken. Nur wenn Ihr Gegenüber die passende andere Hälfte der Dollarnote hat, haben Sie es mit dem richtigen Mann zu tun. Bitte prüfen Sie bei der Übergabe, ob die Seriennummer übereinstimmt, die auf beiden Hälften zu finden ist.«

Zugegeben, die Idee mit der Zehn-Dollar-Note war nicht schlecht, auch wenn sie ein bisschen an einen James-Bond-Film erinnerte. Frau Baxter reichte ihm die halbe Dollar-Note, die er in seinen Geldbeutel steckte. Wayne fiel auf, dass sie keinerlei Schmuck an ihren Händen trug. Lediglich eine modische Uhr mit schwarzem Ziffernblatt und braunem Lederband. Die Marke konnte er nicht erkennen. Die ganze Zeit saß Herr Targot am Tisch, ohne auch nur ein Wort zu sagen. Er war das komplette Gegenteil von Frau Baxter, und Wayne hätte erwartet, dass sich Frau Baxter mit jemanden umgab, der etwas selbstsicherer war. Aber vielleicht war das der Grund, warum sie sich genau für ihn als Mitarbeiter entschieden hatte. Sie schien zu spüren, was er dachte. »Herr Targot ist neu in meinem Team. Besser gesagt, arbeitet er seit etwa 7 Monaten für mich, aber schon fast zwei Jahre für SSL.«

»Was passiert, wenn mein Gegenüber keinen Dollarschein hat, der zu meiner Hälfte passt?« Er war selbst über diese nicht wirklich intelligente Frage verwundert. Aber die Reaktionen seiner beiden Gegenüber konnten nicht unterschiedlicher sein. Während Frau Baxter anfing zu lächeln, war Herrn Targot sichtlich nervös. Wayne blieb das nicht verborgen. »Keine Angst!«, beschwichtigte sie ihn. »Sollte Ihr Gegenüber nicht der sein, den Sie erwarten, dann übergeben Sie den Rucksack nicht und bringen ihn uns zurück. Bitte achten Sie gut auf den Rucksack und den Inhalt. Es sind Linsen aus Spezialglas. Unser Kunde wartet schon länger darauf und hat einen gewissen Druck ausgeübt, sie nun schnell geliefert zu bekommen. Deswegen ist es uns wichtig, dass Sie achtsam mit dem Rucksack umgehen. Die Linsen sind bruchsicher verpackt und auch entsprechend versichert. Über den Wert der

Linsen kann und darf ich Ihnen nicht viel sagen, Sie können aber davon ausgehen, dass er im sechsstelligen Bereich liegt.« Wayne wirkte nicht überrascht. Bewusst wollte Florina Baxter nicht näher auf das Thema »Wert« eingehen. Mit Shean Targot hatte sie den Mitarbeiter vor Ort dabei, den sie als den wahrscheinlichsten Maulwurf im Unternehmen einstufte. Den Mitarbeiter, den sie mit dieser überraschenden Übergabe auf die Probe stellen wollte. Er sollte keinesfalls etwas von der Falle ahnen, die sie ihm gestellt hatte.

Aufgrund der Vermittlung durch seinen Arbeitgeber und der Aufträge, die Wayne in der Vergangenheit schon für SSL erledigt hatte, wusste er, dass SSL nicht nur Hightech-Glasfliese herstellte, sondern auch Komponenten für Observatorien, Weltraumteleskope und Satelliten, und dass selbst die kleinsten Bauelemente sehr wertvoll waren. Das bezog sich nicht nur auf den Versicherungswert, sondern auch auf die sicherheitspolitische Relevanz der Bauteile. Bereits bei seinem ersten Gespräch mit SSL wurde er darüber umfassend informiert. Und allein die Tatsache, dass er als Bote für SSL arbeitete und umfangreiche Qualifikationen nachweisen musste, unterstrich, dass er kein normaler Bote war, der handelsübliche Waren überbrachte, sondern unter Beachtung einer besonderen Sicherheits- und Rechtslage arbeitete.

Seine Befugnisse im In- und Ausland, die Art und der Umfang der Anwendung von unmittelbarem Zwang und Gewalt im Rahmen der Selbstverteidigung sowie zum Schutz und der Wiederbeschaffung des ihm anvertrauten SSL-Eigentums nahm mehr als zehn Seiten in seinem Vertrag ein. Und auch die Haftungsausschlüsse von SSL, sofern er während eines Auftrags körperliche oder geistige Schäden erlitt oder solche Schäden Dritten zufügte, waren im Vertrag ausführlich erläutert. Er war ein Bote mit militärischer Ausbildung, bewaffnet und sehr gut bezahlt.

Frau Baxter überreichte ihm einen Briefumschlag, dessen Inhalt nochmals die genaue Zeit- und Ortsangabe der Übergabe aufführte sowie die Kontaktdaten der Zuständigen von SSL enthielt, an die er sich bei Problemen wenden konnte. Wayne überflog den Zettel und nickte. »Sehr gut!«, kommentierte er die Information. »Gibt es darüber hinaus noch etwas, was Sie wissen möchten?«, fragte Florina Baxter vorsichtig nach. Wäre sie nicht in Begleitung ihres Assistenten gewesen, hätte er sie an dieser Stelle mit der Antwort überrascht: »Ja! Ihre Handynummer für den Fall, dass mir doch noch eine Frage einfällt.« Aber er verkniff sich diese Antwort. Sie hätte wahrscheinlich auf die Firmenzentrale verwiesen, die ihn bei Bedarf zu ihr durchstellen würde.

So blieb ihm nur die Antwort: »Nein, es ist wie immer alles klar.« »Gut, dann haben wir alles besprochen!«, kam prompt die Antwort. »Ich wünsche Ihnen viel Erfolg und nochmals vielen Dank, dass Sie für diesen Kunden so schnell eingesprungen sind. Es ist ihm wichtig, die Ware kurzfristig geliefert zu bekommen, und wenn es uns möglich ist, erfüllen wir Sonderwünsche für besondere Kunden immer sehr gerne.« »Kein Problem! Ich hatte Zeit und freue mich auf den Auftrag. Sobald die Übergabe erfolgt ist, bekommen Sie beziehungsweise die SSL-Zentrale einen Anruf von mir.« »Sehr schön!«, sie erhob sich, legte zehn Dollar auf den Tisch und erst jetzt fiel den Anwesenden auf, dass sie noch keinen einzigen Schluck getrunken hatte. Auch das Wasser von Shean Targot war unberührt. Er erhob sich, zog fünf Dollar aus seiner Jackentasche und legt sie neben die Zehn-Dollar-Note. Den Rucksack überreichte er Wayne. Beide verabschiedeten sich von Wayne und verließen das Café.

Wayne setzte sich und wollte seinen Kaffee leertrinken, als er freudig erstaunt registrierte, dass Frau Baxter nochmals alleine zur Tür hereinkam. Ihren Begleiter hatte sie vor dem Café stehen lassen. Sie lief schnell und zielstrebig auf ihn zu, drückte ihm einen

Zettel in die Hand und ergänzte diese Aktion noch mit dem Satz »Sollte etwas sein, können Sie mich direkt unter dieser Nummer erreichen. Und seien Sie wachsam!« Mit diesen Worten ließ sie ihn alleine zurück.

Wayne war etwas verblüfft und meinte eine gewisse Besorgnis in ihrer Stimme gehört zu haben. Er öffnete den Zettel und fand darin eine Handynummer. Seine Mundwinkel verzogen sich zu einem Lächeln. Er hatte die Handynummer von Florina Baxter und musste schmunzeln. Noch vor wenigen Minuten hatte er sich nicht getraut, sie danach zu fragen, und jetzt hatte er ihre Nummer ohne jegliches Zutun von seiner Seite aus. Es würde ihn noch eine Zeitlang beschäftigten, ob sie ihm die Nummer tatsächlich rein geschäftlich gegeben hatte, oder ob es vielleicht noch einen anderen und eher persönlichen Anlass dafür gab.

Er bezahlte, verließ das Café und überquerte die Straße zu seinem Auto. Er legte den Rucksack auf den Boden vor seinem Beifahrersitz, gab in sein Navi »Quesnel, British Columbia, Kanada« ein, Zwischenziel »Williams Lake«, und parkte aus. Nach wenigen Metern ließ das Navi ihn nach Norden in die 1st Avenue einbiegen und über die Cherry Street Richtung Highway Nummer 5 fahren. Instinktiv schaute er in den Rückspiegel und konnte gerade noch erkennen, wie sich ein schwarzer Buick drei Autolängen hinter ihm befand. Er hätte wetten können, dass dies derselbe Buick war, der vor dem Treffen mit Florina Baxter nach einem Parkplatz gesucht hatte. Der Fahrer musste der Gleiche sein. Auf dem Beifahrersitz saß nun eine weitere Person. An der Ecke Cherry Street folgte der Buick der 1st Avenue und verschwand, während er selbst Richtung Highway fuhr. Beruhigt lenkte er die Aufmerksamkeit wieder auf die Straße. Vor ihm lagen 510 Meilen bis zum morgigen Treffpunkt, etwa eine halbe Stunde nördlich von Quesnel. Oder anders ausgedrückt, neun Stunden reine Fahrtzeit.

Ein langer Tag

Wayne war froh, als er endlich seine Kleidung und auch die schwarzen Lederschuhe ausziehen konnte. Er hängte sein nasses Sakko über die Stuhllehne, zog die Vorhänge sorgfältig zu und vergewisserte sich, dass die Tür seines Hotelzimmers verschlossen war. Er schaltete zuerst den Fernseher ein und knipste anschließend die Lampe im Badezimmer an. Er schaute in den Spiegel und bekam bei seinem Anblick prompt die Bestätigung dafür, dass er müde war. Er wusch sich gründlich die Hände mit Seife und kühlte mit dem Wasser seine müden Augen und warmen Wangen. Er ging zurück in das kombinierte Wohn- und Schlafzimmer und erst jetzt legte er sein Schulterholster ab, in dem eine Glock 21 Kaliber .45 ACP steckte.

Routinemäßig nahm er das Magazin heraus, führte eine Funktions- und Sicherheitsüberprüfung durch und ergänzte das mit 13 Schuss bestückte Magazin wieder mit der einen Patrone, die er bei der Kontrolle aus dem Patronenlager repetiert hatte. Der ganze Vorgang hatte keine fünfzehn Sekunden gedauert. Er lud die Pistole durch, sicherte sie und legte sie so auf den Nachttisch, dass das Griffstück möglichst schnell und leicht zu greifen war. Das Holster mit dem Ersatzmagazin hängte er über das Sakko.

Er war fast ununterbrochen durchgefahren. Als er heute Morgen Seattle verließ, hatte er 410 Meilen hinter sich gebracht, für die er normalerweise gut sieben Stunden benötigt hätte. Aber aus den sieben Stunden waren fast zwölf Stunden geworden. Als er kurz hinter der kanadischen Grenze in die Berge fuhr, wurde er mit schlechtem Wetter konfrontiert. Hier oben herrschte laut Radio schon seit Tagen Endzeitstimmung, und es regnete in Strömen. Entsprechend schlecht war die Sicht und der Verkehr sehr zähfließend. Deshalb hatte er ausreichend Zeit, über seine Situation nachzudenken.

Seattle war für ihn zur zweiten Heimat geworden, was an sich schon außergewöhnlich war, denn er war fast sein ganzes Leben lang von Land zu Land und von Unterkunft zu Unterkunft gezogen. Sein Job brachte es so mit sich, und er hatte viel erlebt bei seinen Einsätzen in Somalia, später im Irak und in anderen gefährlichen Regionen. Nach zwölf Jahren Dienst in der Armee hatte er seine Uniform an den Nagel gehängt. Er blieb aber dem Metier treu. Er arbeitete für eine private Sicherheitsfirma, wie man das so gerne nannte, und war im Vergleich zu seinem Job davor, nun deutlich besser bezahlt. Redwater Protection suchte ständig erfahrene Mitarbeit wie ihn. Vorrangig ehemalige Soldaten und Legionäre, aber auch Experten aus der Informations- und Kommunikationsbranche. Redwater Protection war eines der größten privaten Sicherheits- und Militärunternehmen weltweit. »Militärischer Dienstleister für Regierungs- und Justizbehörden, aber auch für Unternehmen und Bürger mit hohen Sicherheitsbedürfnissen«, bezeichnete sich Redwater Protection selbst.

Er war offiziell als Personenschützer eingestellt worden und war vorrangig für die Begleitung von hohen, zivilen Persönlichkeiten, die oft nur wenig zeitversetzt mit dem Einmarsch von US-Truppen in das betroffene Land kamen, zuständig. Er hatte nie hinterfragt, was all diese wichtigen Personen in die Krisengebiete verschlug. Aber Vertreter von Firmen, die in ölreiche Staaten zogen, hatten sicherlich nicht immer nur humanitäre Gründe für ihren Einsatz. Und wenn keine wichtigen Personen begleitet und beschützt werden mussten, standen die Personenschützer auch gerne zur Verfügung, wenn es darum ging, Operationen durchzuführen, die nicht unbedingt auf das offizielle Militär und die Regierung zurückfallen sollten.

Er hatte in den acht Jahren seiner Tätigkeit für Redwater Protection so viel Geld verdient, dass er sich in der Nähe von

Seattle, genauer gesagt in Newcastle, ein Häuschen leisten und sich zur Ruhe setzen konnte. Allerdings gelang ihm das nur bedingt. Er kam nicht umhin, dieses geruhsame Leben ab und an wenigstens für eine kurze Zeit wieder zu verlassen. Nicht weil er es finanziell nötig gehabt hätte, sondern weil die Nähe zum Militär einen Großteil seines Lebens bestimmt hatte, weil es ein interessantes und manchmal auch gefährliches Leben war, und weil er diesen Nervenkitzel gelegentlich brauchte.

Nach Ablauf der acht Jahre bei Redwater Protection und seinem letzten Dauereinsatz im Irak hatte er sich auf die Liste von Mitarbeitern setzen lassen, die nach wie vor Interesse daran hatten, »kleinere Projekte«, wie sie es nannten, zu übernehmen. Die Aufträge, die er für SSL durchgeführt hatte, waren ursprünglich über Redwater vermittelt worden. Er nahm sie gerne an. Für sehr kurzfristige Aufträge war es aber auch möglich, dass sich ein Kunde wie SSL direkt an ihn wandte. Allerdings verzichtete Wayne dann auf die Leistungen und den Versicherungsschutz von Redwater, was ihm aber unter den gegebenen Umständen und dem vergleichsweise einfachen Auftrag auch kein großes Kopfzerbrechen bereitete. Normalerweise wäre es ihm wichtig gewesen, eine Organisation wie Redwater im Hintergrund zu haben – seine Familie sozusagen. Aber er hatte nicht vor, in den Krieg zu ziehen, sondern wollte nur einen klassischen Botenauftrag erledigen.

Er ließ sich auf das Bett fallen, schaltete den Fernseher ein und ließ den Tag noch einmal Revue passieren. Er war um fünf Uhr aufgestanden, hatte sich mit Florina Baxter und ihrem Mitarbeiter in Seattle getroffen und war dann zwölf Stunden mit kleinen Unterbrechungen bis nach Williams Lake gefahren. Neun Stunden davon im Dauerregen und bei sehr schlechten Sichtverhältnissen.

Es war jetzt 21 Uhr abends. Normalerweise wäre er schon seit Stunden hier gewesen und hätte vermutlich noch irgendwo eine Kleinigkeit gegessen. Aber das hatte er unterwegs schon getan, und er war froh, dass er heute sein Zimmer nicht mehr verlassen musste. Draußen regnete es in Strömen, und es hatte ihn viel Konzentration und Kraft gekostet, im Dauerregen und bei schlechter Sicht auf dem Highway zu fahren. Jedes Überholen von Lastwagen, das Aquaplaning und heftige Windböen hatten deutliche Spuren bei ihm hinterlassen.

Der kurze Weg vom Parkplatz ins Motel hatte gereicht, um seinen Anzug zu durchnässen. Er würde heute noch heiß duschen, ein wenig fernsehen und dann hoffentlich gut schlafen. Die Wettervorhersage für morgen war weiterhin regnerisch, auch wenn nicht mehr ganz so viel Niederschlag erwartet wurde. Laut der Rezeptionistin regnete es schon seit fast drei Tagen ununterbrochen. Aber vielleicht hatte er ja Glück und es würde morgen Nachmittag aufreißen, so dass er vielleicht doch noch dazu kam, endlich einmal wieder fischen zu gehen. Das Wetter in British Columbia ist schwer vorhersehbar – und so schnell wie manchmal der Regen einsetzte, konnte er auch wieder aufhören. Das hoffte er zumindest!

Der Stollen

Kenai und Marc hatten mittlerweile zwei Nächte im Stollen verbracht und diesen nur verlassen, wenn sie Feuerholz brauchten, Beeren suchten, trinken wollten oder auf die Buschtoilette mussten.

Es hatte merklich abgekühlt. Die Höhle war zwar weitestgehend trocken, aber drei Tage Dauerregen hatten ihre

Stimmung auf den absoluten Nullpunkt gebracht. Sie waren beide nach einer unruhigen Nacht schon wach und saßen in ihrem Erdloch – dreckig, verkratzt und frierend, sobald sie den Schein des Feuers verließen. Das nasskalte Wetter hatte beiden gesundheitlich zugesetzt. Sie hatten Halsschmerzen und bei Marc hatte sich ein Husten ausgebildet, der nichts Gutes verhieß. Ihre Augen brannten vom Rauch, der sich zwangsläufig im Stollen sammelte, auch wenn die Feuerstelle nahe am Eingang lag. Sie sehnten sich beide nach einer warmen Decke, einem warmen Bad, einem Stück Brot mit Butter und einem heißen Kaffee. Immer wieder dachten sie an ihre Freundinnen oder wie schön es wäre, einfach nur Fernsehen zu schauen. Vor ihnen auf dem Boden kroch das Ungeziefer ins Trockene und draußen herrschte Weltuntergangsstimmung.

Was befand sich hinter dem Regen? Was passierte draußen in der Welt? Welche politischen Neuigkeiten gab es? Warum saßen sie hier und gingen nicht einfach zurück an die Stelle, wo sie ihr Kanu versteckt hatten? Wo es Konserven, Pulverkaffee, Schuhe und Kleidung gab. Von hier aus konnten sie es, wenn sie sich beeilten, problemlos in einem Tag schaffen. Warum mussten sie sich dieses Loch hier mit Spinnen und Asseln teilen? Was brachte ihnen diese Erfahrung? Sie waren jetzt auf den Tag genau vierzehn Tage in der Wildnis. Sie lebten. Sie mussten niemanden mehr etwas beweisen. Sie hatten sich schon selbst bewiesen, dass sie überleben konnten. Mussten sie sich auch noch beweisen, dass sie durchhalten konnten?

Das Trockenfleisch, von dem sie zehrten, ging langsam aber sicher zur Neige. Fisch gab es hier oben nicht, und damit fehlte ihnen auch eine gewisse Abwechslung auf ihrer Speisekarte. Morgen mussten sie jagen gehen. Die Brombeeren konnten sie inzwischen nicht mehr sehen, und die fehlende Sonne hatte den Reifeprozess aller Beeren deutlich verlangsamt. Jedes Mal, wenn sie Durst hatten, mussten sie ins Freie und wurden dabei nass. Auch bei jedem Toilettengang wurden sie nass. Marcs Husten war nicht zu unterschätzen. Hoffentlich würde es bald hell werden. Es regnete immer noch. Sehen konnten sie das nicht, aber das Rauschen, das von draußen kam und sie seit 3 Tagen verfolgte, schien etwas nachzulassen. Marc legte Holz nach, drehte sich um und ließ das Feuer seinen Rücken wärmen. Er schlief wieder ein. Ein unruhiger Schlaf, der immer wieder von seinem Husten unterbrochen wurde.

Es war nicht die Kälte oder irgendwelches Ungeziefer, das ihn wach werden ließ. Er lag noch immer mit dem Rücken dem Feuer zugewandt. Zwei Dinge hatten sich aber verändert. Das eine nahm er sofort wahr, als er langsam die Augen öffnete. Es war hell geworden, aber heller als er das seit drei Tagen gewohnt war. Und es war nicht der gelbliche Schein des Feuers. Es war ein glitzerndes, gleißendes Licht, das in den Eingangsbereich des Stollens fiel. Und er spürte, dass noch etwas anders war, was ihm erst nach ein paar Sekunden des Nachdenkens bewusst wurde. Es war die Stille, die ab und an durchbrochen wurde durch ein leichtes Rauschen und das Tropfen von Wasser. Er richtete sich auf und kam zum Sitzen. Der Blick zum Stollenausgang bestätigte seine Vermutung. Es hatte aufgehört zu regnen, und die Sonne warf ihre ersten Strahlen für einen kurzen Augenblick herein.

Marc wollte Kenai über diese freudige Entdeckung informieren, aber als er sich umdrehte, um ihn zu wecken, fand er seine Schlafstelle verlassen vor. Marc trat vor den Stollen. Der Regen hatte tatsächlich aufgehört. Hier und da tropfte es noch von den Bäumen, alles war komplett durchnässt, aber das erste Zwitschern der Vögel ließ vermuten, dass sich auch diese über die neue Situation freuten. Der Himmel war größtenteils noch bedeckt, aber hier und da gab es die ersten kleinen Lücken im Wolkendach, und die Sonne schickte ihre Strahlen hindurch. Überall stiegen Dampfschwaden auf. Die Berge waren immer noch tief mit

Wolken verhangen, aber die Hoffnung keimte auf, dass die Sonne die Wolken bald längerfristig durchdringen würde. Kenai war weit und breit nicht zu sehen. Marc fröstelte es.

Nachdem sie die letzten zwei Tage mehr oder weniger im Stollen verbracht hatten, war jede Abwechslung willkommen. Auch, wenn sie mit Frieren verbunden war. Er holte seinen Bogen und die Pfeile und bemerkte, dass auch der Bogen von Kenai fehlte. Er musste innerlich grinsen. Kenai war es bestimmt ähnlich ergangen wie ihm. Um den Lagerkoller zu entkommen, hatten beide die gleiche Idee, den gleichen Drang verspürt, dem engen Stollen zu entrinnen. Sich die Beine zu vertreten und vielleicht sogar das Glück zu haben, etwas Wild zu erlegen. Die Brombeeren und Erdbeeren, die er fand, waren tropfnass und viele davon waren auch noch nicht richtig reif. Diejenigen, die man essen konnte, stillten den ersten Hunger des Tages. Und sie hatten den angenehmen Nebeneffekt, dass sie auch den Durst stillten. Das Wasser aus dem nahen Bach war nicht trinkbar. Der Regen hatte aus dem kleinen, vor sich hinplätschernden Rinnsal einen zwei Meter breiten reißenden Bach und aus dem klaren Wasser eine braune Brühe entstehen lassen. Deshalb war es ganz gut, dass er auf den Beeren und Blättern der Büsche genug sauberes Wasser fand, mit dem man den größten Durst löschen konnte.

Die Hoffnung auf besseres Wetter hatte nicht nur Marc und Kenai wiederbelebt und ins Freie getrieben. Auch die Vögel flogen und hüpften aufgeregt von Busch zu Busch. Die Raben krächzten und die Nager raschelten im feuchten Unterholz und trauten sich wieder ins Freie. Größere Säugetiere mussten sich ja zwangsläufig mit dem Regen arrangieren. Marc entdeckte am gegenüberliegenden Hang eine kleine Herde von Rentieren, die als kleine Gruppe den Hang hinaufzog. Er schätzte, dass sie gut 500 bis 600 Meter entfernt waren. Aber die Aussicht, auf sie Jagd zu machen, war gleich null. Rentiere ziehen sehr schnell. Sie verharren zwar immer wieder für ein paar Sekunden, sie einzuholen, geschweige denn sich anzuschleichen, erschien Marc jedoch wenig erfolgversprechend. Zudem konnte er seinen Husten nicht unterdrücken.

Er orientierte sich deshalb mehr in Richtung eines nahen Dickichts in dem ansonsten recht offenen Gelände. Vielleicht hatte er das Glück, auf ein paar Brombeeren oder unverhofft auf ein Stück Wild zu treffen. Die Sonne führte derweil ihren Kampf mit den Nebelschwaden und Wolken weiter, und von Minute zu Minute stieg Marcs Zuversicht, dass sie die Oberhand gewinnen würde. Er wünschte sich inständig, dass nach nun drei Tagen Dauerregen eine sonnige Phase beginnen würde und sie gegebenenfalls wieder zurück in ihr altes Lager in der Nähe des Flusses gehen konnten.

Das Dickicht, das ihn anzog, bot ihm Brombeeren, die hier etwas reifer waren, und so setzte er sein Morgenmahl fort. Er zog von Busch zu Busch. Von Kenai war weit und breit nichts zu sehen. Plötzlich hörte er ein dumpfes Krachen. Wie das Splittern von morschem Holz, das aus dem Dickicht kam. Im ersten Augenblick zuckte er zusammen und klammerte sich fester an seinem Speer fest, den er neben Pfeil und Bogen mitgenommen hatte. Das Geräusch war nicht unmittelbar vor ihm, sondern musste etwas tiefer aus dem Dickicht gekommen sein. Er verharrte und lauschte angestrengt. Aber er vernahm nichts. Hatte er sich getäuscht? Hatte er sich das nur eingebildet?

Er versuchte sich auf das zu konzentrieren, was er wahrgenommen hatte. Er führte sich die Fakten vor Augen. Er hatte ganz klar dieses Geräusch vernommen, und unweigerlich schloss sich die Frage an, wer oder was dieses Geräusch verursacht haben könnte. Je mehr er darüber nachdachte, desto mehr grübelte er, was das richtige Verhalten sei. War es Kenai? Dann könnte er einfach laut rufen und ihn fragen. Was aber, wenn es nicht Kenai wäre? Ein anderer Mensch? Unwahrscheinlich! Ein Tier, das Holz zum Splittern gebracht hatte? Just in diesem Augenblick hörte er das gleiche Geräusch erneut, und es gab keinen Zweifel, dass dafür nicht eine Maus verantwortlich sein konnte. Er spürte und hörte, wie sein Herz laut klopfte und seine Hände leicht zu zittern anfingen. Es gab nur wenige Bilder, die er den Geräuschen zuordnen konnte. Wenn er Pech hatte, suchte da vor ihm ein Bär im morschen Unterholz nach etwas Essbarem. Oder vielleicht ein Vielfraß. Viel mehr Optionen fielen ihm eigentlich nicht ein. Dass es Kenai war, schloss er aus.

Er schätzte, dass das Geräusch vielleicht dreißig Meter vor ihm seinen Ursprung haben musste. Mit einem kurzen Blick auf die Äste um ihn herum sowie den Wolken, die über ihn hinwegzogen, schloss er, aus welcher Richtung der Wind kam. Er hatte Glück! Der Wind blies ihm ins Gesicht, und somit war die Chance groß, dass ihn der Bär, sofern es ihn gab, vielleicht noch nicht gerochen hatte. Marc ging so leise wie möglich Schritt für Schritt zurück und entfernte sich ganz langsam von dem Dickicht. Er war froh, als er zwanzig Meter Abstand zu dem Gehölz hinter sich gebracht hatte, und mit jedem weiteren Schritt wurde sein Gang wieder aufrechter. Auch wenn sein Pulsschlag noch deutlich mehr Abstand vertragen konnte.

Er lief zurück in Richtung Stollen und nahm schon von Weitem wahr, dass Kenai wieder da war. Offensichtlich war auch er wenig erfolgreich auf seinem Jagdausflug gewesen, was Marc sogleich bestätigt bekam. »Ich war leider erfolglos jagen! Hätte fast ein Kaninchen erlegt. Aber der Pfeil ging daneben und das Kaninchen war weg. Wie war es bei dir?« Marc berichtete was er gesehen und gehört hatte, und Kenai machte eine ernste Miene. Mehr oder weniger als Bestätigung für die Bärentheorie ergänzte er: »Ich habe einen Baum entdeckt, der eindeutige Kratzspuren aufweist, genau so wie der Baum am Fluss. Mit hoher Wahrscheinlichkeit handelt sich um einen Grizzly, vermutlich den Gleichen. Das würde erklären, warum wir, seit wir hier sind, noch keinen einzigen Schwarzbären auf dieser Seite des Flusses gesehen haben.«

Die Miene von Marc wurde finster und sein Gehirn fing erneut an zu rattern. Die Vorstellung, dass er vermutlich nur dreißig Meter von einem Grizzly entfernt gewesen und nur Dank einer gehörigen Portion Glück nicht von dem Bären entdeckt worden war, machte ihm Angst. Sie wussten, dass es hier Grizzlys gab. Aber sie gingen davon aus, dass Bären dem Menschen aus dem Weg gehen, zumal wenn diese durch Lärm auf sich aufmerksam machen. Das Problem war, dass er, wie der Grizzly vermutlich auch, selbst auf der Jagd war und es in diesem Fall nicht unbedingt hilfreich war, viel Lärm zu machen. Bären werden dann gefährlich, wenn man sie überraschte oder sie keine Fluchtmöglichkeit hatten.

Marc und Kenai hatten die letzten Tage genug Zeit gehabt, sich in ihrem Stollen mit dem Thema Grizzly auseinanderzusetzen. Die Erfahrung am Fluss mit der Schwarzbärenfamilie, die eindeutigen Grizzly-Tatzen sowie die Kratzspuren an den Bäumen ließen keine Zweifel zu. Die Gefahr, die von solch einem Bären ausging, war ernst zu nehmen und hatte sich in ihren Köpfen festgesetzt.

Sie beide hatten seit der Bestätigung für die Anwesenheit des Bären ein beklemmendes Gefühl. Nicht sie waren die Könige der Wälder, sondern der Bär. Es war sein Territorium, in das sie eingedrungen waren. Wusste er von ihrer Anwesenheit? Sicherlich ja. Das Feuer im Stollen und in ihrem alten Lager, die Duftspuren die sie überall hinterließen. Das konnte dem Bären nicht entgangen sein. Er würde sie bestimmt nicht aktiv vertreiben, darin waren sie sich einig. Aber sie durften den Bären nicht überraschen oder ihm in die Quere kommen. Dann würde er sich angegriffen fühlen und unter Umständen zum Gegenangriff übergehen, und in diesem Fall, soviel war Marc und Kenai klar, hatten sie nicht den Hauch einer Chance. Sie wären ihm hilflos ausgeliefert. Ein Gefühl, das nicht so leicht zu ertragen war. Sie kannten ein solches Gefühl nicht. Das Leben des zivilisierten Menschen lässt es nicht zu, dass solche Gefühle überhaupt noch hochkommen. Alles ist geregelt. In der Stadt gibt es keine offensichtliche Gefahr für Menschen durch Wildtiere. Und falls doch, regeln das die Behörden in Windeseile. Der Stadtmensch macht sich über Gefahren durch Tiere heutzutage keine Gedanken mehr.

Jetzt war es jedoch an der Zeit, sich genau mit diesem Thema auseinanderzusetzen. Und in den letzten beiden Tagen hatten sie diesbezüglich schon Vorarbeit geleistet. Sie kamen zu dem Ergebnis, dass der Grizzly Teil ihres Abenteuers war. Das, was er an Beklemmungen und Ängsten auslöste, war ein Teil dessen, was sie gesucht hatten und mit dem sie sich jetzt auseinandersetzen mussten. Natürlich wollten sie nicht gefressen oder verletzt werden, aber die fiktive oder reale Gefahr, die von einem Bären ausging, war das Salz in der Suppe ihres Aufenthalts in der Wildnis. Und deswegen entschieden sie sich, einerseits Vorsicht walten zu lassen, aber andererseits ihr Abenteuer deswegen nicht zu beenden.

Ohne viel Worte darüber zu verlieren, schätzten sie beide ihre aktuelle Situation richtig ein. Sie hatten so gut wie kein Fleisch mehr, das Wasser aus dem Bach war nicht genießbar, und es zeichnete sich mehr und mehr ab, dass die Regenphase vorbei war. Nach drei Tagen getrocknetem Hirsch sowie unreifen Beeren entwickelten sie tatsächlich so etwas wie ein Verlangen nach Fisch, den es hier oben aber nicht gab. Und natürlich spielte die unmittelbare Anwesenheit eines Grizzlybären auch eine gewisse Rolle.

»Was meinst du? Wollen wir zurück an den Fluss?« Die Frage klang schon recht rhetorisch, und aus der Antwort, die Marc gab, hörte man eine gewisse Erleichterung. »Ja, ich denke, das macht Sinn!« Sie löschten das eh nur vor sich hin qualmende Feuer, nahmen ihre Waffen und Werkzeuge auf und machten sich auf den Rückweg zu ihrem alten Lager.

Dieses Mal orientierten sie sich nicht an der Grenze des Nationalparks, sondern schlugen den Weg ein, den sie bei ihrer ersten Erkundung schon gewählt hatten. Es war zwar noch früher Morgen, aber es war unverkennbar, dass die Sonne ihren Kampf gewinnen würde, denn die blauen Felder am Himmel traten häufiger auf und wurden größer. Die Sonnenstrahlen glitzerten und spiegelten sich in den Regentropfen, die sich immer noch beharrlich an jedem Ast und an jedem Zweig festhielten. Das Moos war prall gefüllt mit Wasser, und es war sehr angenehm, darauf zu laufen, weil sich keine Steine oder Äste in ihre Fußsohlen bohrten. Sie kamen gut voran und nach knapp zwei Stunden strammen Marsches waren sie wieder an ihrem alten Lagerplatz. Besser gesagt an dem, was davon noch übriggeblieben war.

Die Übergabe

Wayne hatte trotz oder gerade wegen des Dauerregens wie ein Baby geschlafen. Das kanadische Frühstück mit Rührei und Speck, Joghurt und Melone entschädigte ihn für die Fastfood-Orgie des Vortags. Der Kaffee war stark, und ein erster Blick ins Freie verriet ihm, dass das Wetter hier oben unberechenbar war. Der Dauerregen war in ein leichtes Nieseln übergegangen und die Wolkendecke hing nicht mehr so tief wie am Vortag. Er hatte die Hoffnung, dass es gegen Mittag sogar aufreißen würde. Er hatte genügend Zeit, bis er sich um 13 Uhr nördlich von Quesnel auf dem

Cariboo River Highway 97, Abfahrt/Ecke Naver Creek Road mit dem Boten treffen würde, der auf den Namen Rooney hörte. Von Williams Lake aus war die Strecke in zwei Stunden zu schaffen. Er hatte gestern noch überlegt, statt in Williams Lake in Quesnel zu übernachten. Aber die lange Fahrt durch den Regen hatte ihn doch ermüdet, und so hatte er es vorgezogen, hier zu übernachten. Zu der vom Navi berechneten zweistündigen Fahrtzeit bis an den Übergabetreffpunkt baute er aufgrund der Wetterverhältnisse noch einen gehörigen Puffer ein.

Nachdem er seine Sachen verstaut hatte, bestieg er um zehn Uhr morgens seinen Jeep. Seinen Anzug vom Vormittag hatte er gegen legere Kleidung eingetauscht. Er tankte und machte sich dann auf dem Highway 97 auf den Weg von Williams Lake in Richtung Quesnel. Am Himmel entdeckte er die ersten blauen Lücken in der ansonsten immer noch geschlossenen grauen Wolkendecke. Er hörte im Radio die lokalen Nachrichten. Der Regen der letzten Tage hatte überall zu erheblichen Schäden geführt.

Der Cariboo Highway 97 folgte bis nach Quesnel dem Fraser River. Der Fluss war beängstigend angeschwollen und seine braunen Fluten hatten gewaltige Ausmaße angenommen. Die Meldungen, die er im Radio hörte, berichteten von erheblichen Behinderungen in weiten Teilen von British Columbia und in den Bergregionen von Alberta. Erdrutsche hatten etliche Haupt- und Nebenstraßen unpassierbar gemacht. Unterspülte Schienen beeinträchtigten den Zugverkehr. Auch der Highway 97 war betroffen. Er war zwischen Hixon und Prince George gesperrt worden. Auch hier hatte ein Erdrutsch eine der wichtigsten Verbindungen nach Norden unterbrochen. Glücklicherweise lag Hixon deutlich nördlicher als der vereinbarte Übergabeort mit dem Mann, der auf den Namen Rooney hörte. Bis zum Treffpunkt lagen keinerlei Verkehrsstörungen oder Einschränkungen vor. Und so hoffte Wayne, dass die Übergabe pünktlich um 13 Uhr stattfinden konnte.

Nach anderthalb Stunden hatte er Quesnel erreicht. Der Highway 97 lief mitten durch das Städtchen. Entlang der Hauptstraße gab es mehrere Cafés. In einem davon trank er einen Kaffee und stärkte sich mit einem Sandwich. Das Wetter schien sich weiter zu bessern. Die Aussichten für die nächsten Tage sagten wechselhaftes Wetter vorher. Der große Regen war vorbei und hierließ durchnässte und durchweichte Landstriche. Gestärkt stieg er um 12:15 Uhr wieder in sein Auto und machte sich auf den Weg zum Treffpunkt, den er ohne weitere Behinderungen nach 30 Minuten erreichte.

Direkt am Highway 97, Kreuzung Naver Creek Road, gab es einen großen geschotterten Parkplatz. Dies war der von Florina Baxter angegebene Übergabeort. Als er sich näherte, war der Parkplatz verlassen. Weit und breit war kein anderes Auto zu sehen. Wayne war ganz bewusst bereits 15 Minuten vor dem vereinbarten Termin vor Ort. Er fuhr, ohne die Geschwindigkeit wesentlich zu drosseln, an der Kreuzung vorbei und folgte dem Highway weiter nach Norden. Er war aus Gewohnheit ein vorsichtiger Mensch, und für ihn gehörte es dazu, die Umgebung zu sondieren, an der er einen Einsatz hatte oder Geschäfte dieser Art abwickelte. Natürlich hätte er um Punkt 13 Uhr auf den Parkplatz fahren, den Rucksack übergeben und wieder wegfahren können. Aber das war ihm zu einfach und auch zu riskant. Er fuhr sieben Minuten nach Norden, würde dann wenden, um weitere sieben Minuten später wieder am Parkplatz zu sein.

Von Norden her kamen ihm relativ wenige Autos entgegen, was wohl damit zusammenhing, dass der Highway weiter nördlich aufgrund des Erdrutsches gesperrt war. Dafür machten sich von Quesnel aus Lastwagen auf den Weg, die auf ihren Anhängern

Raupen und Bagger verladen hatten, vermutlich um den Highway zu räumen.

Um 12:59 steuerte er seinen Wagen auf den geschotterten Parkplatz. Er parkte rückwärts so ein, dass er die komplette Kreuzung Highway 97 und Einmündung Naver Creek Road einsehen konnte, und stellte den Motor ab. Sein Auto war das Einzige, das hier parkte. Vor seinem Beifahrersitz lag der Rucksack. Er holte die halbe Zehn-Dollar-Note aus seinem Geldbeutel, ließ die Scheibe seines Jeeps ein Stück herunter und wartete!

Es war acht Minuten nach 13 Uhr. Vereinzelt fuhren Autos auf dem Highway an ihm vorbei. Was würde passieren, wenn Rooney nicht käme, aufgrund der gesperrten Straße nicht kommen konnte? Er hatte keine Handynummer von ihm, um ihn gegebenenfalls danach zu fragen, wo er bliebe. Für Wayne stand fest, dass er auf jeden Fall noch mindestens bis 13:30 Uhr warten würde.

Aber seine Bedenken waren unbegründet. Zwei Minuten später näherte sich ein weißer Toyota Hilux Pickup. Das Fahrzeug war schon relativ alt. Auf dem Dach war eine lange Funkantenne befestigt. Das Auto steuerte auf den Schotterparkplatz, fuhr langsam an Waynes Jeep vorbei, beschrieb einen Bogen und parkte dann auf der gegenüberliegenden Seite des Parkplatzes. Die Person, die im Auto saß, hatte den Jeep genau gemustert. Wayne war sich ziemlich sicher, dass dies Rooney sein musste. Er wartete, bis der Mann aus dem Toyota Pickup ausstieg. Ein älterer Mann kam direkt auf seinen Jeep zugelaufen.

Wayne stieg aus und lief ihm entgegen. »Sind Sie Rooney?«, fragt er den Mann, als er sich ihm bis auf zwei Meter genähert hatte? Der alte Mann kam auf ihn zu und streckte die Hand aus. »Ja. Ich bin Rooney. Und Sie müssen Guzeman sein!«

Der Händedruck von Rooney war erstaunlich fest. Er war mindestens einen Kopf kleiner als Wayne. Unter seinem Cowboyhut lugten seine flinken wachen Augen hervor. Wayne schätzte ihn auf 70 Jahre. Er trug Jeans, ein rot schwarz kariertes Baumfällerhemd und knöchelhoch geschnürte feste Lederschuhe, denen man ansah, dass sie gern und oft getragen wurden. Seine Hose wurde von einem breiten Gürtel mit einer ovalen Gürtelschnalle zusammengehalten, auf der ein Adler zu sehen war.

»Tolles Wetter habt ihr hier oben!«, versuchte Wayne ein Gespräch. »Ja. Das ist eines der wenigen Dinge, die wir noch nicht ganz beeinflussen können. Und das ist sicherlich gut so! Auch wenn die letzten 3 Tage sehr extrem waren.« Wayne gefiel die Stimme von Rooney. Sie war rau, aber zugleich freundlich und irgendwie vertrauenswürdig. »Haben Sie vielleicht eine Zehn-Dollar-Note, die zu meiner passen könnte?« Der alte Mann musste lächeln. »Ach ja. Klar! Die Zehn-Dollar-Note! Haben Sie sich diesen Blödsinn ausgedacht?«, bekam Wayne die äußerst direkte Antwort, während Rooney in seine Jackentasche griff, seinen zerrissenen Schein herausholte und ihn Wayne gab. Dieser hielt ihm seine Hälfte entgegen. Sie passte sowohl von der Abrisskante, als auch von der Seriennummer. Er steckte beide Hälften ein.

Erst jetzt ging er auf die Bemerkung von Rooney ein. »Nein! Die Sache mit der Zehn-Dollar-Note kommt von meinem Auftraggeber. Machen Sie sich nichts daraus. Ich musste auch schmunzeln. Ich bringe Ihnen den Rucksack!« Mit diesen Worten drehte er sich um, ging zur Beifahrertür seines Jeeps, öffnete diese und holte den Rucksack heraus. Rooney war ihm gefolgt. »Schöner Cherokee Jeep, den Sie da haben!« Wayne drehte sich um. »Ja. Frisst nur ein bisschen viel Sprit!«, und mit diesen Worten übergab er den Rucksack.

Rooney war über das leichte Gewicht überrascht. Er musterte ihn und ohne ihn zu öffnen, schwang er ihn auf seine rechte Schulter. Dabei ging seine nicht zugeknöpfte Jacke etwas auseinander. Wayne konnte sehen, dass er auf der rechten Seite ein Gürtelholster trug, in dem eine Pistole steckte. Auf dem Hemd konnte er auch noch ein blechernes Emblem wahrnehmen. Genaueres konnte er allerdings nicht erkennen, dafür war der Blick darauf zu kurz gewesen. Rooney entging nicht, was Wayne gesehen hatte, er ging aber mit keiner Silbe darauf ein, sondern bedankte sich nur mit einem simplen »Vielen Dank!« für den Rucksack. »Gerne! Dann hätten wir das jetzt ja erledigt. Außer Sie haben noch Fragen!«, kam die etwas umständliche Rückmeldung von Wayne. Rooney streckte ihm die Hand entgegen. »Nein, alles in Ordnung! Freut mich Sie kennengelernt zu haben, Guzeman. Wohin geht es für Sie weiter?«

Wayne überlegte kurz, weil er sich darüber selbst nicht im Klaren war. »Eigentlich hatte ich vor, noch ein bisschen zu fischen. Nach Norden ergibt dieses Vorhaben jedoch nur wenig Sinn, da der Highway zu ist. Also werde ich wohl zurück nach Süden fahren. Aber bei den starken Flussströmungen dürfte das auch ziemlich aussichtslos sein.« »Da gebe ich Ihnen Recht! Wenn, dann macht das Fischen sicherlich nur an einem See Sinn. Die Flüsse sind alle zu braunen Walzen geworden.« Es entstand eine kurze Pause, und dann ergänzte Rooney: »Na dann! Ich wünsche Ihnen Petri Heil.« Mit diesen Worten verabschiedete er sich endgültig, dreht sich um und lief zurück zu seinem Toyota. Wayne wartete, bis er weggefahren war. Der Toyota bog nach Norden in den Highway 97 ein.

Irgendwie mochte Wayne den alten Kauz. Er schlug die Beifahrertür zu, setzte sich ans Steuer und startete den Motor. Langsam fuhr er über den knirschenden Schotter vom Parkplatz. An der Kreuzung Highway 97 blinkte er links und fuhr nach Süden in Richtung Quesnel. Er hatte seinen Auftrag erledigt. Er wählte die Nummer von der SSL-Zentrale und bestätigte dort über seine Freisprechanlage, dass sein Auftrag ordnungsgemäß über die Bühne gegangen war. Den verbleibenden Weg nach Quesnel nutzte er, sich darüber klar zu werden, was er in den nächsten Tagen machen wollte. Fischen oder zurück nach Seattle? Er hatte Zeit!

Steinerner Diskus

»Oh mein Gott!«, war das erste, was über Marcs Lippen kam. Der Bereich ihres alten Lagerplatzes war regelrecht versumpft. Da, wo sie tagelang genächtigt und jeglichen Bodenbewuchs entfernt hatten, war die Erde jetzt braun und matschig und zwar knöcheltief. Da das Lager im Schlagschatten hoher Bäume lag, würde es Tage brauchen, bis der Boden trocken war. Ihre ehemalige Behausung bestand nur noch aus den Stangen. Was sie an Moos und Rinde genutzt hatten, um das Dach abzudichten, hatte der Starkregen durch die Ritzen gespült. Alles lag pitschnass unter dem ehemaligen Dach. Durch den verdichteten Boden hatten sich Pfützen gebildet. Man musste kein Hellseher sein, um sich vorzustellen, dass dieser Platz zum Eldorado für Mücken werden würde. Der Dauerregen hatte auch einen Teil der Erde aus den Wurzelstöcken gespült, die sie als Außenwände für ihre Behausung genutzt hatten. Es wäre sicherlich möglich, aus den Überresten eine neue Bleibe zu bauen. Aber das weit größere Problem war der Schlamm und die Pfützen, die sich im Lagerbereich gebildet hatten. Diese auszutrocknen war schlichtweg nicht innerhalb von ein bis zwei Tagen möglich.

Glücklicherweise lagen die beiden Reusen noch im Lager, die sie vor dem Aufbruch in den Stollen aus dem Fluss geholt hatten. Als Kenai sie anhob, klebten Schlamm, Blätter und Moos an ihnen.

Er selbst war knöcheltief im Schlamm versunken. Das Fell der Hirschkuh, das sie zum Trocknen zwischen zwei eng stehenden Bäumen aufgehängt hatten, war auf einer Seite abgerissen und hing triefend am Stamm. Obwohl es nicht besonders gut roch, rollten sie es auf einen Stock und verschnürten es, so dass sie es besser transportieren konnten.

»Ich würde sagen, wir brauchen eine neue Unterkunft!«, kam es fast schon wehmütig über die Lippen von Kenai. Und Marc pflichtete ihm bei. Sie hatten keine andere Wahl. Hier konnten sie einfach nicht mehr bleiben.

Sie nahmen ihre Sachen auf und machten sich auf den Weg zum Fluss, den sie schon vom Lager aus wahrnahmen. Anders als sonst, hörten sie ein deutliches Rauschen, und je näher sie ihm kamen, desto lauter und tosender wurde es. Der Blick, der sich ihnen bot, als sie den Fluss sahen, war überwältigend. Der Cariboo River, der an sich schon eine ordentliche Strömung hatte, war mächtig angeschwollen. Er führte hellbraunes Wasser, und ab und an entdeckten sie in den Wellen Äste, die wie Streichhölzer dem Spiel der Fluten ausgeliefert waren. Von den Steinen, die Marc und Kenai genutzt hatten, um dort nach Fischen zu jagen, war nichts mehr zu sehen. Ebenso von den Stellen, an denen sie sonst ihre Reusen ausgelegt hatten. An den steileren Uferabschnitten hatten die Fluten Teile abgetragen und Bäume unterspült, zum Teil sogar mitgerissen. An Fischen oder Reusen auslegen war nicht zu denken. Und vermutlich würden sie auch in den nächsten Tagen auf Fisch verzichten müssen. Zumindest so lange, bis sich der Fluss beruhigt hatte und das Wasser wieder klarer war.

Sie gingen flussaufwärts. Den Weg direkt am Fluss, den sie schon so oft gegangen waren, konnten sie aufgrund des angeschwollenen Pegels aktuell nicht mehr nutzen. Sie mussten notgedrungen in den sich anschließenden Wald ausweichen, durch den sie sich regelrecht durchkämpften. Immer wieder versperrte das Dickicht ihnen das Weiterkommen, und das war auch der Grund, warum sie diesen Bereich bisher nie wirklich erkundet hatten, auch wenn er relativ nah an ihrem ehemaligen Lager lag. Nun waren sie gezwungen, diesen Bereich zu durchqueren, da sie Ausschau nach einem neuen Lagerplatz hielten und dieser nicht allzu weit von ihrem alten Lager entfernt sein sollte.

Als Standort wünschten sie sich die Nähe eines kleinen Baches und zum Fluss sollte es auch nicht so weit sein. Was sie allerdings nach nur fünfundzwanzig Minuten Marsch entdeckten, übertraf ihre Erwartungen bei Weitem. Der Wald war durchzogen von einem bis zu drei Meter hohen Bruch, der sich, wie sie später noch herausfinden sollten, vom Wasserfall des Cariboo River über mehrere Kilometer Richtung Ausläufer des Ishpa Mountains zog. Hier und da war der Bruch als solcher deutlich als scharfe Kante zu sehen. An anderen Stellen war er verwittert und nur noch als leichte Bodenwelle zu erkennen.

Ungefähr dreißig Meter hinter diesem Bruch lagen, wie von Riesen ausgestreut, gewaltige Steinfindlinge im Wald. Sie lagen blank geschliffen, mächtig und schwer da und waren die unangefochtenen Herrscher in diesem Waldabschnitt. Die Bäume erkannten die Vorherrschaft der riesigen Felsen an und wuchsen ehrfürchtig um sie herum. Der gesamte Boden, von der Bruchkante bis zu diesem Findlingsfeld, war durchsetzt mit Bodenwellen und Mulden. Im Vergleich zu dem Waldgebiet, das unterhalb der Bruchkante lag, war hier der Bodenbewuchs deutlich spärlicher. Es gab viel Moos und unzählige ovale und runde Steine, die aus der dünnen Humusschicht herausragten.

Sie überquerten einen Bach, der mit hoher Wahrscheinlichkeit in den Cariboo River mündete. Der Regen hatte auch ihn anschwellen lassen. Trotzdem floss er noch eher gemächlich dahin und war im Vergleich zum Fluss mit deutlich weniger Sedimenten beladen. Sie liefen schnurstracks auf einen gewaltigen Findling zu, der sicherlich fünf Meter in die Höhe ragte und den sie links umgehen wollten. Kenai lief wie so häufig voraus. Marc folgte ihm, als dieser abrupt stehenblieb. Marc schloss zu ihm auf. Was Kenai ungläubig bestaunte, fiel auch Marc sofort ins Auge.

Was aus der Ferne wie ein mächtiger fünf Meter hoher Findling ausschaute, entpuppte sich bei näherem Betrachten als ein blank geschliffener, flach geformter Findling, ähnlich einem Diskus oder Rugbyball. Er lag nahezu flach auf einer Bodenwelle, hatte allerdings nur mit seinen beiden Enden Bodenkontakt und lag ansonsten hohl. Direkt unter ihm hatte sich ein Durchgang gebildet. Eine Art Höhle, durch die Marc und Kenai problemlos durchlaufen konnten. Vermutlich hatte sich hier früher ein Bach befunden, der eine Schwäche in der Bodenwelle ausgenutzt und unter dem Findling die Erde abgetragen hatte. Aus welchen Gründen auch immer, hatte sich der Bach einen anderen Weg gesucht und das hinterlassen, was Kenai und Marc nun vorfanden.

Sie näherten sich dem hohl liegenden Findling, und ohne ein einziges Wort zu verlieren, inspizierten sie den Bereich unter ihm. Er lag links und rechts abgestützt auf großen Felsen und das war vermutlich schon ewig der Fall. Es gab keinerlei Hinweise darauf, dass der Regen oder die Winter der letzten Jahre den Findling auch nur einen Millimeter bewegt hatten. Die Bodenwelle wies keinerlei Risse auf und auch der Regen der letzten Tage hatte augenscheinlich keinerlei Veränderungen verursacht.

Sie betraten vorsichtig den Bereich unter dem Stein und mussten zu ihrer Überraschung feststellen, dass es dort trocken war. Marc und Kenai konnten ohne Probleme aufrecht stehen und hatten sogar über ihren Köpfen noch einen halben Meter Platz. Sie durchschritten den Durchgang und kamen auf der anderen Seite wieder heraus. Das Findlingsfeld setzte sich noch weiter fort, aber sie waren sich einig, dass dieser Platz hier ein optimaler neuer Lagerplatz war. Besser als der enge Stollen und um ein Vielfaches besser als das wasserdurchlässige Dach ihres alten Lagers.

Der Bach, den sie überquert hatten, lag nur zwanzig Meter entfernt, und wenn es nicht erneut regnen sollte, würde er in ein bis zwei Tagen wieder klares Wasser führen. Sie schätzten, dass auch der Cariboo River in zehn Minuten zu erreichen war. Immerhin war das Rauschen des Flusses hier noch zu hören, also konnte er nicht allzu weit entfernt sein. Sie waren sich einig. Einen besseren Platz würden sie nicht finden, und sie ärgerten sich ein bisschen darüber, dass sie diesen nicht schon viel früher entdeckt hatten. Dann hätten sie sich die Tage im Stollen sicherlich ersparen können. Wenn nach drei Tagen Dauerregen der zentrale Platz unter dem Findling noch einigermaßen trocken war, hätten sie es gut und gerne auch hier ausgehalten.

Es war später Vormittag. Sie erkundeten die Umgebung um ihr neues Lager. Der Fluss war näher, als sie dachten, und das überraschende war, dass sie auf dem kürzesten Weg zum Fluss zirka 40 Meter oberhalb der Cariboo Falls herauskamen. Natürlich war hier der Fluss auch noch mächtig angeschwollen, aber er schien nicht ganz so sedimentbeladen zu sein, wie dies an ihrem alten Lagerplatz der Fall war. Die Stelle oberhalb der Cariboo Falls lag ein Stück näher an den Seen des Bowron Lakes Nationalparks und diente als ihr natürlicher Abfluss. Zwischen dem Park und dem Wasserfall gab es so gut wie keine größeren Zuflüsse, so dass der Fluss hier im Vergleich zu der Stelle unterhalb des Wasserfalls schon deutlich sauberer war. Die Sedimente wurden durch den Wasserfall selbst auch noch aufgewirbelt und hauptsächlich durch die Zuflüsse unterhalb des Wasserfalles gespeist, während sie sich oberhalb in den davor geschalteten Seen ablagern konnten. Vermutlich würde es noch ein bis zwei Tage dauern, bis sie oberhalb des Falls wieder auf Sicht fischen oder zumindest die Reusen zum Einsatz bringen könnten, die sie noch rechtzeitig vor dem großen Regen gesichert hatten.

Marc und Kenai nutzten den Vormittag, um die Umgebung bis hin zum Fluss weiter zu erkunden. Es beunruhigte sie, dass das Gebiet ihres neuen Zuhauses vermutlich das Gebiet war, das der Grizzly regelmäßig nutzte, um an den Fluss zu gelangen. Die Spuren, die sie vor Tagen sowohl am Fluss als auch an mindestens drei Bäumen entdeckt hatten, bestätigten diese Befürchtungen. Und die Erfahrungen, die sie am frühen Morgen in der Nähe des Stollens gemacht hatten, steckten noch in ihren Köpfen. Die zwei Stunden Marsch hierher waren auch für einen Braunbären nur zwei Stunden. Letztlich also keine Entfernung. Sie mussten sich wohl früher oder später auf eine Begegnung mit dem Herrscher dieses Waldes einstellen. Und diese Vorstellung, dieses Wissen, machte sie nervös. Hinzu kam, dass ihr neues Lager in der Nähe der Cariboo Falls lag, der von Kanuten umlaufen werden musste. Dadurch stieg die Gefahr, dass sie entdeckt wurden.

Bis zum Abend würden sie die Reusen auslegen, die sie wohlbedacht an den Stellen positionierten und mit Steinen beschwerten, an denen sie nicht davongeschwemmt werden konnten. Ob sie jedoch in dem trüben Wasser etwas fangen würden, wussten sie nicht. Spätestens morgen brauchten sie entweder Nachschub an Fisch oder Fleisch. Heute Abend würden sie ihr letztes Fleisch von der erlegten Hirschkuh essen. Sie aßen an Früchten, was sie finden konnten. Im Lager musste der Boden an verschiedenen Stellen eingeebnet werden. Die Steine, die sie fanden, benutzen sie für die Feuerstelle.

Einen der beiden Ausgänge der »Höhle« wollten sie nach und nach mit Ästen verschließen, um unter ihrem Findling etwas windgeschützter hausen zu können. Das Fell der Hirschkuh hängten sie zum Trockenen über einen Ast. Sie sammelten so viel Brennholz, wie sie finden konnten, und richteten ihre Schlafstellen ein. Das Feuer in der Mitte und sie beide links und rechts davon. Es war dringend erforderlich, dass sie sich an einem Feuer aufwärmen konnten. Es war auch tagsüber recht kalt, und der Husten von Marc verschlechterte sich zunehmend. Es war ihm anzumerken, dass seine Kräfte schwanden. Kenai machte sich langsam ernsthaft Sorgen um ihn. Sie ritzten in ihren Holzkalender die sechzehnte Kerbe. Zwölf Tage standen ihnen noch bevor. Zwölf Tage, die sie nie wieder vergessen würden.

Wolf im Schafspelz

Rooney war noch keine zehn Minuten auf dem Highway 97 nach Norden unterwegs. Er wusste zwar, dass die Weiterfahrt nach Prince George nicht möglich war, aber das stand für ihn nicht im Vordergrund. Es kam nicht darauf an, heute oder morgen sein Paket an den Bestimmungsort nördlich von Prince George zu bringen. Er folgte dem Highway Richtung Norden aus einem anderen Grund. Hundert Meter vor ihm tauchte am Rande des Highways ein Mann neben seinem Auto auf. Als er näherkam, sah er, dass die Warnblinkanlage des Wagens eingeschaltet war und ihm der Mann zuwinkte. Es war offensichtlich, dass er eine Panne hatte. Sein Wagen parkte auf dem an dieser Stelle recht schmalen Seitenstreifen. Die Motorhaube war geöffnet.

Er fuhr an den Mann heran, der auffällig schwarz gekleidet war und einen weißen Kragen, einen Kollar, am Hals trug. Rooney tippte auf einen Priester. Er senkte die Scheibe der Beifahrertür. »Brauchen Sie Hilfe?«, fragte er den Mann am Straßenrand. Der beugte sich herab und antwortete mit ruhiger Stimme. »Ja! Ich habe eine Panne! Kennen Sie sich vielleicht ein bisschen aus?« »Ich kann zumindest mal einen Blick darauf werfen.« Mit diesen Worten lenkte Rooney seinen Wagen vor den roten, viertürigen Chevrolet und parkte wenige Meter vor ihm. Er stieg aus und ging auf den Chevrolet und die geöffnete Motorhaube zu, vor der nun der schwarz gekleidete Mann stand und etwas verloren in den Motorraum schaute.

»Was ist das Problem?«, fragte Rooney den Mann, der tatsächlich ein Priester zu sein schien. »Der Motor ging einfach aus und springt nicht mehr an. Ich habe es bereits mehrfach versucht. Aber es macht immer nur »Klick!« «, bekam er als Antwort. Rooney schaute in den Motorraum hinein, als sich unvermittelt die Beifahrertür des Chevrolets öffnete. Rooney blickte auf. Ein zweiter Mann, der nun seitlich neben dem Fahrzeug vor ihm stand und ebenfalls auffallend schwarz gekleidet war, hielt eine Pistole in der Hand. Der Mann war groß und wirkte gut durchtrainiert. Seine ruhige Stimme wirkte selbstbewusst und dominant.

»Wenn Sie sich kooperativ zeigen, wird niemanden etwas geschehen. Bleiben Sie einfach ganz ruhig stehen und zeigen mir immer schön Ihre Hände. Dann wird Ihnen nichts passieren!« Rooney war perplex. »Was wollen Sie von mir?« Die Antwort konnte er sich wenige Sekunden später selbst geben. Der Mann, den er für einen Priester gehalten hatte, war zwischenzeitlich zu Rooneys Toyota gerannt, hatte die Beifahrertür geöffnet und zielstrebig den Rucksack an sich genommen. Er lief genauso schnell zurück zum Chevrolet, schloss die Motorhaube, die mit einem lauten Geräusch einhakte. Den Rucksack warf er auf den Rücksitz des Chevrolets, setzte sich ans Steuer und startete den Motor. Rooney verstand! Darum ging es ihnen also, um die Tasche mit den Linsen und um nichts anderes.

Der Mann, der nun am Steuer saß und den Rucksack entwendet hatte, rief durch die offene Baufahrertür. »Ich glaub, der Typ ist ein

Bulle. In seinem Auto befindet sich ein Funkgerät und eine Halterung für Waffen.« Der Mann mit Pistole, der immer noch vor Rooney stand, horchte auf und war für den Bruchteil einer Sekunde wie gelähmt. Man spürte wie sein Gehirn fieberhaft versuchte, diese Information zu verarbeiten. »Stimmt das, was mein Freund sagt?« Rooney überlegte, welche Informationen er preisgeben sollte. Er nickte und präzisierte dann aber »Ich bin Hilfssheriff! Ich arbeite nur noch, wenn Not am Mann ist. Ansonsten bin ich im Ruhestand.«

Rooney gehörte nicht zu der Art von Männern, die sich wegen ein paar Linsen umlegen ließen. Er war aber auch nicht derjenige, der sich einfach den Rucksack ohne Weiteres stehlen lassen wollte. Der Mann, der immer noch auf ihn zielte und nun gefasster wirkte, holte mit der linken Hand einen langen Kabelbinder aus seiner Jacke. »Drehen Sie sich um und nehmen Sie ihre Hände auf den Rücken!« Rooney tat, was man ihm sagte.

Er drehte sich langsam um und ging zwei Schritte rückwärts auf den Mann mit der Waffe zu. In dem Augenblick, als der Bewaffnete die Waffe senkte und sich anschickte, ihm mit den Kabelbindern die Hände zusammenzubinden, macht er einen weiteren, aber energischen Ausfallschritt nach hinten und prallte mit dem Rücken auf seinen Widersacher. Der war von der Aktion des alten Mannes völlig überrascht, verlor das Gleichgewicht und fiel rückwärts den steilen Damm des Highways hinab. Rooney wartete nicht, bis der Mann am Fuß der fünf Meter hohen Böschung angekommen war. Er rannte, so schnell er konnte, zu seinem in acht Metern Entfernung geparkten Toyota, drehte den noch steckenden Zündschlüssel um und brauste mit quietschenden Reifen davon.

Der vermeintliche Priester am Steuer des Chevrolets hatte nicht im Entferntesten mit dieser Reaktion des alten Mannes gerechnet und war über den Mut und die Agilität Rooneys erstaunt und zugleich wie gelähmt. Er realisierte die Situation erst richtig, als Rooney schon im Auto saß und den Motor startete. Ohne lange zu überlegen, stieg er aus dem Chevrolet aus, zog seine Pistole aus dem Schulterholster, das unter seinem schwarzen Sakko versteckt war, zielte auf die linke Seite des davonbrausenden Toyotas und gab vier gezielte Schüsse ab. Zwei davon durchschlugen die Heckscheibe des Toyotas, die beiden anderen schlugen vermutlich in die Ladefläche oder in den Rahmen des Führerhauses ein. Der Toyota beschleunigte unbeirrt weiter in Richtung Norden auf dem Highway 97.

Wenige Sekunden später tauchte neben dem Chevrolet der Kopf des Mannes auf, der den Abhang hinuntergestürzt war. Er hatte eine leichte Platzwunde am Kopf und seine Kleidung war mit Gras und nasser Erde verschmiert. Er schaute dem Toyota hinterher. »Hast du nicht mehr alle Tassen im Schrank?«, warf er dem Schützen an den Kopf, was nicht als Frage gedacht war. »Du hast soeben auf einen Polizisten geschossen!« In seinem Kopf spielten sich die möglichen weiteren Schritte ab, die jäh von seinem Begleiter unterbrochen wurden. »Na und! Worauf wartest du?«, kam die Aufforderung, ins Auto einzusteigen. »Holen wir uns dieses Schwein!«

Aber diese Option fand bei Paul Eskot keinen Gefallen. »Du hast soeben auf einen Hilfssheriff geschossen. Vermutlich hast du ihn verletzt! Und er sitzt in einem Auto mit Funkgerät! Was glaubst du, wird er gerade tun?« Die Blicke, die er Charles Nisi zuwarf, den er einfach nur Chip nannte, waren nicht gerade freundschaftlicher Art. Er verkniff sich aber sämtliche weiteren Vorwürfe an den Schützen, weil er sich selbst wie ein Anfänger angestellt und sich von einem alten Mann hatte überrumpeln lassen.

Sein Gehirn ratterte immer noch, als er ins Auto einstieg. Eine Verfolgung des Alten ergab wenig Sinn, denn sie mussten davon ausgehen, dass er längst über Funk Verstärkung angefordert hatte. Zudem mussten sie annehmen, dass er als Hilfssheriff bewaffnet war. Unabhängig davon ob er im Dienst war oder nicht. Welchen Vorteil hätten sie also, wenn sie ihn verfolgten und möglicherweise vielleicht sogar einholten. Keinen! Denn das, auf das sie es abgesehen hatten, lag bei ihnen auf dem Rücksitz. Die Verstärkung, die er vermutlich über Funk angefordert hatte, konnte nur aus zwei Richtungen kommen, entweder aus Norden oder Süden. Da der Highway im Norden aufgrund von Erdrutschen nicht passierbar und die Polizei sicherlich vor Ort war, blieb nur die Option, nach Süden auszuweichen.

In etwa 25 Minuten wären sie in Quesnel. Dort gab es eine Polizeistation. Zudem gab es mit dem Fraser River ein natürliches Hindernis, das nur über wenige Brücken zu passieren war. Wollten sie nach Süden flüchten, war das so gut wie unmöglich. Bis sie in Quesnel wären, hätte die Polizei längst die wenigen Brücken gesperrt und würde jedes Auto kontrollieren. Blieb noch die Option drei! Sie mussten schleunigst ihren Chevrolet loswerden und sich unsichtbar machen.

Er raunzte Chip an. »Gib Gas! Wir fahren zurück zum Buick und lassen dann den Chevrolet verschwinden!« Chip gehorchte, wendete auf dem Highway und fuhr die drei Kilometer zurück an die Stelle, an der sie ihren schwarzen Buick in einer der zahlreichen Abfahrten vom Highway und nicht einsehbar abgestellt hatten. Während der kurzen Fahrt besprachen sie die weiteren Einzelheiten, und Paul war dabei derjenige, der die Richtung vorgab. Er studierte die Landkarte, die auf seinem Schoß lag. Ein mehrfach hintereinander vor sich hin gemurmeltes »Okay« verriet Chip, dass Paul an einem Plan arbeitete. Und wenn Paul einen Plan hatte, war der in der Regel sehr ausgefeilt und durchdacht, auch wenn er unter Zeitdruck entstehen musste. Sie hatten beide schon diverse brenzlige Situationen bei ihren gemeinsamen Einsätzen in Afghanistan, Somalia und anderen Krisenherden erleben müssen. Auf Paul war Verlass! Und das hatte ihn deshalb auch zum geachteten militärischen Gruppenführer werden lassen.

Am schwarzen Buick angekommen, luden sie den Rucksack und die wenigen Utensilien, die sie in ihrem Chevrolet-Mietwagen genutzt hatten, um. Paul setzte sich ans Steuer des Fahrzeugs, der ein amerikanisches Kennzeichen trug, während Chip den Chevrolet steuerte. Sie fuhren weiter Richtung Quesnel. Zirka 17 Kilometer nördlich der Stadt überquerte der Highway 97 den Cottonwood River.

Karte Region Quesnel & Bowron Lake Provincial Park, Britisch-Kolumbien

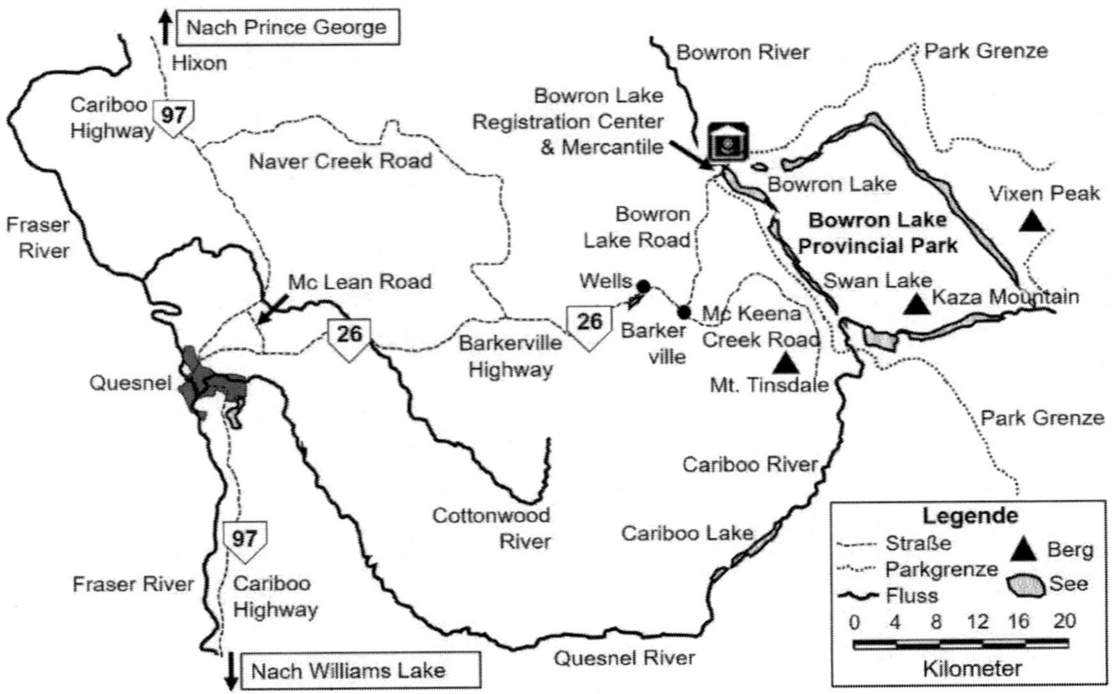

Wie sie schon bei der Herfahrt wahrgenommen hatten, führte der ansonsten recht gemächlich dahinfließende Fluss aufgrund der starken Regenfälle extremes Hochwasser. Kurz vor der Brücke führte ein kleiner Stichweg direkt an das Flussufer. Der steinige Weg erlaubte es ihnen mit dem Chevrolet, gefolgt vom Buick, dicht an den stark angeschwollenen Fluss heranzufahren. Sie positionierten den Mietwagen so, dass er über die steinige Uferböschung in den Fluss stürzen würde, wenn er noch ein paar Meter weiter gerade aus fuhr. Sie öffneten die vorderen Scheiben, ließen den Motor laufen und stellten den Automatikhebel auf Parken. Mit einem Stock drückte Paul durch das offene Fahrerfenster das Gaspedal nach unten, während Chip den Automatikhebel durch das offene Beifahrerfenster mit einem Ruck auf N stellte. Das Auto machte einen kleinen Satz nach vorne, beschleunigte leicht und stürzte über die Uferböschung in den Cottonwood River.

Zuerst schien es, als würde das Fahrzeug am Flussufer festhängen. Aber dann wurde es von den Fluten erfasst, die es einmal um die eigene Achse drehten und mitrissen. Das Auto schaukelte wie in kleines Boot, prallte gegen einen Felsen und drehte sich zur Flussmitte hin. Dabei geriet die Motorhaube unter Druck und wurde durch das Wasser nach unten gedrückt. Es schwappte immer mehr braunes Wasser durch die offenen Fenster. Wenige Sekunden später lief das Auto voll und wurde unter Wasser gezogen. An der nächsten Flussbiegung war es vollständig in den braunen Fluten verschwunden.

Paul und Chip waren zufrieden, liefen zurück zu ihrem Buick und fuhren rückwärts den Stichweg zum Highway hinauf. Sie folgten dem Highway weiter nach Süden und gaben in ihr Navi das Ziel »Bowron Lake« ein. Das Navi fand unter Bowron Lake mehrere Einträge. Darunter »Bear River«, was der Ausgangspunkt für Ausflüge in den Bowron Lake Provincial Park war. Bereits nach zwei Kilometern Fahrt dirigierte sie die Sprachnavigation vom Highway auf die Mc Lean Road, die wiederum nach ein paar Kilometern in den Barkerville Highway 26 mündete. Folgte man diesem Highway nach Osten, kam man nach gut einer Stunde nach Barkerville. Spätestens dort konnte man sich als Tourist, Sportangler, Kanufahrer oder was auch immer ausgeben.

Paul hatte sich gedacht, dass es sicherlich eine gute Idee wäre, für ein paar Tage unterzutauchen. Der Bowron Lake bot dazu eine gute Gelegenheit. Ein Anruf bei der Bowron Lake Provincial Parkverwaltung und einem Kanuverleih in Bear River bestätigte ihm, dass es aktuell freie Plätze für den Park und auch für Kanus gab. Das schlechte Wetter hatte dazu geführt, dass viele Tourengänger kurzfristig abgesagt hatten. Da die Aussichten nun wieder Besserung versprachen, war man froh, neue Gäste gewinnen zu können. Der Bowron Lake Park bot jedoch viele Optionen, die Gegend weitestgehend unbemerkt verlassen zu können, und darauf setzte Paul. Auch wenn dies bedeutete, dass sie vielleicht ihren Buick zurücklassen mussten. Mit einem Kanu oder einem anderen Wasserfahrzeug hatten sie gleich mehrere Optionen. Und dieser Gedanke gefiel Paul.

Das Verhör

Wayne liebte die Berge und das Fischen. Die Stille der Natur und die Kulisse der kanadischen Rocky Mountains hatte ihn schon immer fasziniert, und so nutzte er jede Gelegenheit, Ausflüge in die Rockies zu unternehmen. Wenn möglich, lief er tagelang über versteckte Trails tief in die Wildnis hinein, verband das Ganze mit fischen und genoss die Natur um ihn herum. Nur heute schien bei ihm keine große Lust aufzukommen. Der Regen der letzten Tage schloss das Fischen am Fluss aus und das Wandern reizte ihn im Moment überhaupt nicht. Also entschied er, diesen Plan fallen zu lassen, und zurück in Richtung Seattle zu fahren. Gegebenenfalls würde er einen Abstecher nach Vancouver machen. Die geschützt gelegene Stadt hatte aktuell deutlich besseres Wetter, und vielleicht würde er dort einen seiner alten Bekannten besuchen, zumindest wollte er über diese Idee auf dem Rückweg in Richtung Süden nachdenken.

Ein Polizeifahrzeug kam ihm mit Blaulicht entgegen – kurz danach ein Krankenwagen. Wayne mutmaßte, dass dies mit dem Erdrutsch zu tun haben könnte. Wenige Minuten später erreichte er Quesnel. Er hatte keinen großen Hunger, und so entschied er, weiter südlich eine Pause einzuplanen. Doch soweit sollte er nicht kommen. Die Stadt Quesnel war ein Nadelöhr, und das lag in erster Linie am Zusammenfluss des Quesnel Rivers, der in der Stadt in den Fraser River mündete. Der Highway 97 führte mitten durch die Stadt und musste zwangsläufig den Quesnel River überqueren. Als er sich der Brücke näherte, verlangsamte sich der innerstädtische Verkehr. Der Grund dafür war eine Polizeikontrolle, die direkt vor der Brücke über den Quesnel River eingerichtet worden war. Als er sich mit dem Auto näherte, erkannte er, dass es keine normale Verkehrskontrolle sein konnte. Die Art und Weise wie die Polizisten die Insassen kontrollierten, ließ nur den Schluss zu, dass sie jemanden suchten.

Als Wayne an der Reihe war, kamen die beiden mit Schutzwesten bekleideten Polizisten auf seinen schwarzen Jeep zu. Vor der Brücke stand eine Polizistin mit Maschinenpistole – geschützt durch ein vor ihr quer geparktes Polizeifahrzeug. Wayne ließ die Scheibe seines Wagens herunter. Seine Papiere hielt er griffbereit. Der Polizist, der nun direkt vor seiner Fahrertür stand, begrüßte ihn mit den Worten »Royal Canadian Mounted Police Quesnel. Dies ist eine Verkehrskontrolle. Ihren Ausweis, Führerschein und Zulassungspapiere, bitte!« Wayne gab ihm bereitwillig die gewünschten Dokumente. Der Polizist warf einen Blick auf seinen Ausweis und nickte seinem Kollegen zu. »Herr Guzeman, darf ich Sie bitten, aus dem Auto zu steigen und mit mir zum Streifenwagen zu kommen.« Wayne wollte gerade zu einer Frage ansetzen, als ihm der Polizist zuvorkam. »Bitte steigen Sie aus! Lassen Sie den Schlüssel des Wagens stecken und folgen Sie meinen Anweisungen!«

Wayne war über die sehr deutliche Ansage erstaunt, leistete ihr aber ohne weitere Kommentare Folge. Er lief zu dem Polizeifahrzeug, das ihm der Polizist gezeigt hatte. Auf den zwanzig Metern bis zum Wagen wurde er von dem Polizisten begleitet, der im Abstand von vier Meter hinter ihm lief und seine Hand nicht vom Schaft seiner Pistole nahm, die noch im Schnellziehholster steckte. Am Wagen wurde er von einer Polizistin in Empfang genommen, deren erste Frage genauso überraschend kam. »Sind Sie bewaffnet?« Wayne nickte. »Ich trage eine Pistole in einem Schulterholster.« »Legen Sie beide Hände auf die Motorhaube und spreizen Sie die Beine!« Wayne folgte den Anweisungen. Der Polizist, der ihn zum Wagen begleitet hatte, zog seine Waffe und positionierte sich mit vorgehaltener Pistole drei Meter vor Wayne. Die Polizistin, die ihn nach seiner Waffe gefragt hatte, stellt sich direkt neben Wayne. »Ich werde Sie nun untersuchen und Ihnen ihre Waffe abnehmen. Behalten Sie Ihre Hände da, wo sie jetzt sind.«

Sie positionierte ihr rechtes Bein so zwischen die Beine von Wayne, dass ihr rechter Schuh am linken Innenschuh von Wayne anlag. Mit einem Ruck zog sie das Bein von Wayne weiter nach links, so dass er seine Beine weiter spreizen musste und ohne Zwischenbewegung sicherlich nicht aufrecht zum Stehen kommen konnte. Dann tastete sie mit ihren Händen von der linken Schulter beginnend, den Oberkörper nach unten ab. Sie entnahm die Waffe aus dem linken Schulterholster und legte sie ins Polizeifahrzeug.

Anschließend vervollständigte sie die Leibesvisite. »Sie können sich wieder normal hinstellen!« Wayne folgte der Aufforderung gerne. Noch bevor er eine Frage stellen konnte, kam ihm die Polizistin zuvor. »Wir müssen Sie bitten, uns auf das Revier zu begleiten. Wir haben in Verbindung mit einem versuchten Polizistenmord ein paar Fragen an Sie!« Wayne stutze. »Was habe ich mit einem Polizistenmord zu tun?«, fragte er fast ein wenig empört nach. »Das erklären wir Ihnen auf dem Revier! Soviel vorab, wir würden Sie gerne als Zeugen befragen. Wir werfen Ihnen keine Straftat vor.«

Das Royal Canadian Mounted Police (RCMP) Department lag Luftlinie keine 300 Meter entfernt. Es war ein unscheinbares Gebäude, das aus roten Ziegelsteinen gebaut war und dessen Seitenflügel aus Sichtbetonwänden eher kühl und nüchtern wirkte. Die Polizistin der Verkehrskontrolle bot ihm einen Kaffee an, den er besser abgelehnt hätte. Sie und ein weiterer Kollege nahmen seine Personalien auf, kamen dann aber schnell auf das eigentliche Thema zu sprechen. »Wo waren Sie heute zwischen zwölf und vierzehn Uhr? Kennen Sie einen Silvester Rooney? Warum tragen Sie eine Waffe?«

Erst nachdem er diese Fragen wahrheitsgemäß beantwortet hatte, wurden die Polizisten offener und nannten ihm den Grund für das Verhör. »Nachdem Sie heute kurz nach dreizehn Uhr einen Rucksack an Silvester Rooney übergeben haben, wurde dieser von zwei Männern überfallen. Sie stahlen den Rucksack, den Sie Rooney ausgehändigt haben!« Wayne musste schlucken. »Damit aber nicht genug! Rooney ließ sich den Überfall nicht gefallen. Er konnte fliehen, wurde aber in seinem Wagen von einer Kugel getroffen, die einer der beiden Diebe auf ihn abfeuerte. Insgesamt wurde viermal auf ihn geschossen. Eine Kugel traf ihn von hinten in die rechte Schulter.«

Wayne konnte es nicht fassen. »Wie geht es ihm?«, fragte er ehrlich besorgt nach. »Es geht ihm den Umständen entsprechend gut. Er konnte über Funk die Polizei verständigen, und so waren wir in der Lage, innerhalb von wenigen Minuten alle wichtigen Verbindungen zwischen dem Tatort, Prince George und Quesnel zu sperren. Er konnte uns mitteilen, was passiert war, und dass er sich vor dem Überfall mit Ihnen getroffen hatte. Mittlerweile sollte er hier im Krankenhaus sein, wo man ihm die Kugel aus seiner Schulter entfernen wird.« Wayne war immer noch perplex. Das alles war erst vor etwa 40 Minuten passiert. »Er wird es schaffen! Rooney ist ein harter Hund, obwohl er schon siebzig ist.« Wayne hatte mit dem Alter also gar nicht schlecht gelegen.

»Wir suchen zwei Männer, denen wir versuchten Polizistenmord vorwerfen.« »Polizistenmord?«, fragte Wayne nach. Die Polizistin präzisierte. »Rooney hat lange für die Royal Canadian Mounted Police sowohl hier in Quesnel als auch in Prince George gearbeitet. Vor sieben Jahren ging er in den Ruhestand. Aber wir setzen ihn immer wieder noch als Hilfssheriff ein. Meistens als Urlaubsvertretung und in Ausnahmesituationen wie aktuell aufgrund der starken Regenfälle.« Wayne verstand und das erklärte auch, warum er an Rooney eine Waffe und auf seinem Hemd eine Marke gesehen hatte. Jetzt ordnete er die Marke als ein Polizeiabzeichen ein. »Und die Übergabe? War das Teil seiner Tätigkeit als Polizist?« Die beiden Polizisten sahen sich gegenseitig an. »Nein! Rooney sollte eigentlich ein paar Straßenabschnitte und Brücken kontrollieren. Aber er arbeitet nebenher auch noch für ein paar gutbetuchte Leute. Im aktuellen Fall für einen Großstädter aus Calgary, der in der Nähe von Prince George in den Bergen ein Anwesen hat. Nach allem was wir wissen, war der Rucksack für diesen Kunden bestimmt.«

Wayne fühlte sich ermutigt, das zu bestätigen, obwohl er den Kunden nicht kannte. »Das kann gut sein. Im Rucksack befanden sich Bauteile für ein Teleskop.« »Ja! Das würde zu der ersten Aussage von Rooney passen. Sein Städter hat ein Anwesen, das neben zwölf Schlafzimmern auch noch ein Weltraumteleskop beinhaltet!« Die Art, wie sich der Polizist ausdrückte, sagte viel darüber aus, wie beliebt diese Art von Menschen bei ihm waren. »Können Sie sich vorstellen, wer die Täter sind? Ist Ihnen vor, während oder nach der Übergabe etwas Verdächtiges aufgefallen?« Wayne ging die Augenblicke vor und nach der Übergabe gedanklich durch. Aber es gab schlichtweg nichts, was ihm aufgefallen wäre.

»Leider nein! Ich kann Ihnen nicht weiterhelfen. Tut mir leid!« Das Verhör im eigentlichen Sinne war damit beendet. »Herr Guzeman, wir danken Ihnen für ihre Zeit. Sie können gehen und erhalten ihre Waffe zurück. Ich bringe Sie zurück zu Ihrem Auto. Falls Ihnen noch etwas einfallen sollte, haben Sie hier meine Karte.« Wayne steckte die Visitenkarte der Polizistin in seine Jackentasche und ließ sich zu seinem Auto fahren. In dem Augenblick, als er sich von ihr verabschieden wollte, klingelte ihr Handy. Sie lauschte den Worten und das Einzige was sie erwiderte war: »Okay, danke – alles klar!«

Sie wandte sich an Wayne. »Rooney wurde soeben operiert und es geht ihm gut. Er wird in zirka zwei Stunden wieder ansprechbar sein. Ich werde ihn dann im Krankenhaus besuchen und versuchen, von ihm noch ein paar Informationen zu bekommen. Vielleicht schaffen wir es sogar, zwei Phantombilder erstellen zu lassen. Sollten Sie dann noch in der Stadt sein, würden wir uns freuen, wenn Sie einen Blick darauf werfen könnten?« Die Aussage war weniger als Frage gemeint, sondern vielmehr als nette Aufforderung. Wayne verstand. Er mochte den alten Kauz irgendwie. Auch, wenn er nur ein paar Minuten mit ihm gesprochen hatte. »Geht klar! Ich habe eh im Moment nichts anderes vor.« Die Polizistin dankte ihm mit einem Lächeln. »Wir melden uns dann bei Ihnen auf dem Handy.« Mit diesen Worten ließ sie ihn zurück.

Tarnen und Täuschen

Paul und Chip fuhren bis nach Barkerville und nutzten die Zeit, sich über ihr weiteres Vorgehen abzustimmen. Wichtig war ihnen vor allem, was sie anderen Menschen in ihrem Umfeld mitteilten. Sie schlüpften in die Rolle von Touristen, die kurzentschlossen ein paar Tage Urlaub in der Wildnis verbringen wollten – ein bisschen fischen in Verbindung mit etwas Lagerfeuerromantik. Würde sie jemand fragen, wo genau sie fischen und zelten wollten, würden sie vage bleiben. Sie zogen Kleidung an, die nach Freizeit und Outdoor-Aktivitäten ausschaute. Das Smartphone lieferte ihnen alle Informationen, die sie benötigten. Ein Anruf bei der Parkverwaltung des Bowron Lake Provincial Parks bestätigte ihre Hoffnung, im Park "untertauchen" zu können. Der Park war offen und es gab aufgrund des schlechten Wetters der letzten Tage viele Absagen. Eine Registrierung über das Park Registration Center war am nächsten Morgen vor Ort möglich und es gab genug Kanus zur Auswahl, unter anderem auch im Bear River Mercantile, das direkt am Bowron Lake lag.

Paul war klar, dass das Anschießen oder sogar Verletzen eines Gesetzeshüters, und davon mussten sie ausgehen, auch in Kanada etwas war, was die Polizei zum Äußersten anspornen würde. Jeder Polizist im Umkreis von zig Kilometern würde dieses Verbrechen als oberste Priorität behandeln, und deshalb war sich Paul sicher, dass es richtig war, den Highway nach Süden über Quesnel oder nach Norden Richtung Prince George zu meiden und auch die wichtigen Verbindungsstraßen zu verlassen. Er ging davon aus, dass sich die Aufregung legen würde, wenn sie sich für ein paar

Tage unsichtbar machten. Dann hätten sie gute Chancen, die Region um Quesnel ohne große Kontrollen wieder zu verlassen.

Er musste davon ausgehen, dass das im Fluss versenkte Auto relativ schnell entdeckt werden würde. Er vertraute jedoch darauf, dass am Fahrzeug selbst keinerlei Spuren mehr nachweisbar waren und die Polizei annahm, dass die Verbrecher mit einem anderen Auto den Kontrollen entkommen waren. Paul hatte die Hoffnung, dass drei Tage Untertauchen ausreichen würden.

Der in der Nähe liegende Bowron Lake Park bot eine gute Möglichkeit, sich als Tourist zu tarnen und somit aus der öffentlichen Wahrnehmung weitestgehend zu verschwinden. Chip hingegen war von der Idee nicht wirklich begeistert. Der Gedanke, irgendwo ein paar Tage in der Wildnis zelten zu müssen, gefiel ihm überhaupt nicht. Er wäre lieber anonym in einer größeren Stadt verschwunden, ohne auf die Annehmlichkeiten einer warmen Dusche oder einer Bar verzichten zu müssen. Für ihn war das Risiko nicht all zu groß, mit einem anderen Auto, anderer Kleidung und einem leicht veränderten Aussehen erfolgreich durch die Polizeikontrollen zu schlüpfen. Er war ohnehin schon schlecht gelaunt und hatte nicht verstanden, warum sie bei dem Dauerregen den weiten Weg von Seattle hierher auf sich nehmen mussten.

Paul hatte in Seattle in Wayne zu seiner großen Überraschung jemanden erkannt, den er aus seiner Militärzeit kannte. Eigentlich hatten sie geplant, bereits dem ersten Boten den Rucksack mit den SSL Komponenten abzunehmen. Keiner konnte aber damit rechnen, dass der erste Bote jemand war, den Paul kannte. Chip konnte verstehen, dass Paul nicht erkannt werden wollte. Aber weder Paul noch er selbst konnten damit rechnen, dass der zweite Bote ein Polizist sein würde und dass der Diebstahl des Rucksacks so enden würde, wie er geendet hatte. Ihnen waren lediglich der Übergabeort und die Zeit bekannt gewesen, und so war es einfach für sie, die Übergabe des Rucksacks von Wayne an den zweiten Boten aus sicherer Entfernung mit dem Fernglas zu beobachten. Chip hoffte insgeheim, dass das Untertauchen in der Wildnis noch irgendwie abzuwenden war. Aber er wusste noch nicht, wie er das am besten bewerkstelligen konnte.

In Barkerville angekommen, teilten sie sich auf. Sie hatten eine Liste mit den Utensilien zusammengestellt, die sie für die nächsten Tage brauchen würden. Sie wollten nicht gemeinsam gesehen werden und kauften daher getrennt voneinander zeitgleich in verschiedenen Geschäften ein. Sollte die Polizei in Barkerville nach zwei Personen fragen, dann reduzierten sie mit dieser Strategie schon mal diese Auffälligkeit. Beide hatten sich etwas unauffälliger gekleidet und mit Holzfällerhemd und Jeans entsprachen sie dem vorherrschenden Kleidungsstil in dieser Region.

Nach einer Stunde Einkaufen trafen sie sich wieder auf dem Parkplatz, auf dem sie ihren schwarzen Buick geparkt hatten. Erst am nächsten Tag würden sie am Bowron Lake Provincial Park ein Kanu anmieten können. Bis dahin mussten sie sich eine Bleibe suchen. Sie überlegten, ob sie in Barkerville oder im Bear River Mercantile eine Unterkunft nehmen, im Auto nächtigen oder irgendwo wild zelten sollten. Ein Zelt und ausreichend Verpflegung für etwa sieben Tage hatten sie eingekauft und das aktuelle Wetter ließ mit Schlafsack eine Übernachtung im Freien wieder zu. Pauls Meinung war diesbezüglich eindeutig: Das geringste Risiko in der Öffentlichkeit wahrgenommen zu werden, war, irgendwo wild zu zelten. Chip sah das anders. Ihm gefiel die Vorstellung, zu zelten überhaupt nicht, und es ärgerte ihn, dass Paul immer das letzte Wort haben und einfach alles bestimmen musste.

Natürlich hatte Paul die Führungsrolle inne. Er brachte die für dieses Metier erforderlichen Erfahrungen und die Kontakte mit. Als Paul ihn gefragt hatte, ob er mit ihm arbeiten wollte, war er von gleichberechtigter Partnerschaft ausgegangen. Aber schon die ersten Aufträge zeigten, dass Chip nichts zu sagen hatte und Paul keinen Hehl daraus machte, wer der Chef war.

»Warum müssen wir in dieser verlassenen Gegend zelten? Warum können wir nicht einfach irgendwie getarnt die Kontrollen, sofern es solche überhaupt gibt, durchfahren? Niemand außer dem alten Mann weiß, wie wir aussehen. Und wir haben ein anderes Auto.« Die Art und Weise wie Chip das sagte, konnte bei Paul nur als Vorwurf ankommen. Langsam hatte er kein Verständnis mehr dafür, wie sich Chip gegen ihn positionierte. Bisher hatte er sich verkniffen, Chip den Vorwurf zu machen, auf einen Polizisten geschossen zu haben. Aber je mehr ihm die Situation bewusst wurde, in der sie sich befanden, desto mehr ärgerte es ihn, dass Chip das alles nicht zu berühren schien.

»Wir sind hier nicht in Angola oder Afghanistan, wo man auf alles gleich schießen muss, was sich bewegt. Du hast auf einen Polizisten geschossen! Das ist kein Spaß!« Paul spürte, dass Chip das egal war. Bisher war er davon ausgegangen, dass Chip vernünftig war. Aber sein Verhalten ließ nur den Schluss zu, dass sein Dienst als Soldat und die Art und Weise wie er als Soldat gearbeitet hatte, eine gewisse Verrohung und einen erheblichen Realitäts- und Relationsverlust zur Folge hatte. Auch Paul hatte viele schlimme Situationen bei seinen Einsätzen erlebt und entsprechend handeln müssen. Aber er wandte diese Methoden in einem Krisengebiet und nicht in einem zivilisierten Rechtsstaat an – zumindest bisher nicht. In der Vergangenheit hatte es dazu auch keinen Anlass gegeben. Nun war eine Situation eingetreten, die aus ihm wieder einen Soldaten machte. Er dachte wie einer und er handelte wie einer. Und was er nicht gebrauchen konnte, war jemand an seiner Seite, der seine Gedanken, seine Vorgaben und seine Befehle in Frage stellte. Und genau das tat Chip.

Ein alter Bekannter

Wayne besuchte das gleiche Café wie am Vortag. Nach einem Sandwich mit Salat sowie zwei Tassen Kaffee fragte er die Bedienung nach einer guten Übernachtungsmöglichkeit in Quesnel. Was er zu hören bekam, war laut ihrer Aussage ein Geheimtipp. Sein Smartphone zeigte ihm bis auf die Adresse und die Telefonnummer keine Informationen über die Unterkunft an, die sie ihm empfohlen hatte. Ein kurzer Anruf genügte, um sich dort ein Zimmer für zunächst eine Nacht zu reservieren.

Die Unterkunft lag etwas außerhalb des Zentrums, welches aber dennoch gut zu Fuß zu erreichen war. Es war ein älteres weiß gestrichenes, dreistöckiges Gebäude mit einer großen vorgelagerten Veranda, das aber trotz seines Alters sehr gepflegt wirkte. Kein Motel, sondern eine privat geführte Unterkunft, die Übernachtungen mit Frühstück anbot, wie es sie früher überall in Nordamerika gab, und die in der Regel von Handelsvertretern und Stammgästen genutzt wurden. An der kleinen Rezeption war Platz für acht Schlüssel.

Die alte Dame, die ihn im Empfang nahm, freute sich, ihn als Gast begrüßen zu dürfen. Sie war nett und zuvorkommend und sichtlich erfreut über einen neuen Gast und vielleicht auch Gesprächspartner. Sie zeigte ihm das Zimmer und war bemüht, ihm die Übernachtung so angenehm wie möglich zu gestalten. Es stellte sich heraus, dass die Empfehlung für die Unterkunft von ihrer Enkelin gekommen war, die im Café als Bedienung arbeitete. Er war froh, sie gefragt zu haben, denn diese Art von Unterkunft war ihm lieber als eines dieser anonymen Hotels. Er erfuhr, dass er der einzige Gast war, seine Hausherrin schon 78 Jahre zählte und das kleine Hotel nur deswegen fortführte, um sich körperlich und geistig fit zu halten. Offensichtlich tat sie das mit Erfolg. Sie führte das Haus nach wie vor alleine, auch wenn ihre Kinder und Enkel ab und zu vorbeikamen. Nicht weil man ihr nicht mehr zutraute, das Hotel alleine zu führen, sondern weil sie nebenbei auch noch recht leckeren Kuchen backte und sie ein liebenswerter Mensch war. Wayne fühlte sich gut aufgenommen.

Er ruhte sich ein bisschen auf dem Bett aus und ließ das, was heute passiert war, nochmals vor seinem geistigen Auge Revue passieren. Er überlegte, ob er SSL anrufen sollte, und wenn ja, ob er sich an die Zentrale oder direkt an Florina Baxter wenden sollte. Jetzt fiel ihm wieder ein, was sie ihm gestern mit auf den Weg gegeben hatte, als sie nochmals alleine in das Café gekommen war. Hatte sie nicht gesagt »Sollte etwas sein, können Sie mich direkt unter dieser Nummer erreichen. Und seien Sie wachsam!« Genau das waren ihre Worte. Warum hatte sie das gesagt? Hatte sie da schon den Verdacht, dass etwas passieren könnte? Hatte sie ihm deshalb ihre Handynummer gegeben? Wollte sie ihn warnen, weil sie dachte, dass ein Überfall auf ihn geplant sei?

Je mehr er darüber nachdachte, desto mehr kam er zu dem Ergebnis, dass das alles kein Zufall sein konnte. Seine ursprüngliche Theorie, dass sie ihm die Handynummer gegeben haben könnte, weil sie ihn vielleicht interessant fand, rückte in den Hintergrund. Er schreckte hoch, als plötzlich sein Handy klingelte. Es zeigte eine fremde Nummer an, die er nicht einordnen konnte. Hatte er nicht erst vor zwei Stunden eine ähnliche Vorwahl gewählt? Natürlich! Er hatte das Hotel angerufen und als er abnahm, schloss sich der Kreis.

»Hallo Herr Guzeman. Hier ist Officer Fletcher von der Mountain Police in Quesnel.« »Hallo!«, erwiderte er kurz und trocken. »Sind Sie noch in Quesnel?«, fragte die Frauenstimme nach, die er vom Verhör kannte. Er antwortete mit einem trockenen »Ja!«. »Hätten Sie Zeit für noch ein paar Fragen?« »Natürlich! Dafür bin ich ja in Quesnel geblieben!«, antwortete er leicht verärgert. »Sagen wir in dreißig Minuten in dem Polizeirevier, in dem wir uns heute schon einmal unterhalten haben?« Wayne fasste sich wieder. »Geht klar – bis gleich!«, mit diesen kurzen Worten beendete er das Telefonat.

Die Polizistin, die ihn schon vor drei Stunden befragt hatte, bat ihn Platz zu nehmen. »Wir haben mittlerweile mit Silvester Rooney sprechen können!«, begann sie das Gespräch. »Wie geht es ihm?«, fragte Wayne interessiert nach. »Er wurde operiert und die Kugel entfernt! Sie ist auf dem Schulterblatt hängengeblieben, vermutlich weil sie beim Durchschlagen der Heckscheibe schon viel Energie verloren hatte. Er hatte Glück, sie war nur vier Zentimeter eingedrungen und konnte deshalb schnell entfernt werden. Es war kein allzu großer Eingriff. Rooney ist schon wieder bei Bewusstsein, hat seinen Humor behalten und wir konnten ihn befragen.«

Wayne schaute die Polizistin erwartungsvoll an. »Er konnte uns eine etwas genauere Beschreibung der gesuchten Personen geben. Und wir waren fleißig! Wir haben parallel die wichtigsten Tankstellen und Hotels in der Umgebung hinsichtlich zweier Personen befragt, auf die die Beschreibung passen könnte. Zudem wissen wir vermutlich, wo der rote Chevrolet zu finden ist!« Wayne wurde neugierig, aber bevor er eine Frage stellen konnte, kam ihm die Polizistin zuvor. »Kennen Sie vielleicht jemanden, der auf den Namen Martin Matheus oder Cliff Simur hört?« Wayne kannte viele Leute, aber diese beiden Namen sagten ihm nichts. Er verneinte.

»Kennen Sie vielleicht einen der beiden Männer?« Die Polizistin reichte ihm zwei Bilder, die mit einer speziellen Software zusammengestellt worden waren und denen man ansah, dass Augen, Ohren, Mund und Haare wie Puzzlestücke zusammengesetzt waren. Die Phantombilder hatten nicht wirklich homogene Gesichtszüge und beruhten auf den Eindrücken von Rooney. Eines der Bilder zeigte eine Person mit einem weißen Halskragen. Dieses Bild war im Vergleich zum zweiten Bild deutlich detailgetreuer. Wayne konnte die Person niemanden zuordnen, die er kannte. Auch das zweite Bild war zu vage, um eine Aussage zu treffen. »Tut mir leid! Ich kenne weder die erste noch die zweite Person!«, war seine nüchterne Beurteilung. Er gab die Bilder an die Polizistin zurück.

»Ich würde Ihnen gerne noch ein kurzes Video zeigen, das uns eine Tankstelle in Quesnel zur Verfügung gestellt hat.« Wayne rückte seinen Stuhl so, dass er in den Bildschirm schauen konnte. Die Polizistin startete eine kurze Videosequenz. Darauf war ein Chevrolet zu sehen, der an einer Tankstelle stand. Der Mann, der den Wagen fuhr und tankte, schien dem Mann mit dem Priesterkragen zu ähneln, den Rooney auf den vorher gezeigten Phantombildern gesehen hatte.

Leider waren die Aufnahmen schwarzweiß, so dass weder die Haarfarbe noch die Farbe des Wagens ersichtlich waren. Aber der Graustufenabgleich ließ zumindest beim Chevrolet die Farbe Rot vermuten. Kurz bevor der Mann mit dem Tanken fertig war, trat ein zweiter Mann zu ihm, dessen Gesicht auf der Kamera allerdings nicht zu sehen war. Sie unterhielten sich kurz, so als würden sie sich kennen, und betraten dann gemeinsam die Tankstelle. Die Polizistin spulte das Video ein Stück weiter und stoppte es, bevor die beiden Männer die Tankstelle wieder verließen. Der erste Mann, dem der Chevrolet zu gehören schien, ging zu diesem, während der zweite Mann gleich nach der Tankstelle nach links abbog und vermutlich zu einem weiteren Auto lief, das von der Kamera nicht eingefangen wurde. »Stopp!«, rief Wayne. »Können Sie kurz zurückspulen?«

Beide Gesichter waren aus der Entfernung gut zu sehen. Die Polizistin folgte seiner Anweisung. Als die Gesichter gut von der Kamera eingefangen wurden, unterbrach sie die Videoaufnahme. Sie zoomte so weit wie möglich hinein und stoppte, bevor das Bild zu grobkörnig wurde und das Gesicht zu verschwimmen drohte. Wayne stutze. Er war sich nicht sicher, aber der Mann kam ihm bekannt vor. Die Reaktion blieb der Polizistin nicht verborgen.

»Wenn es Ihnen hilft, kann ich Ihnen noch die Bilder der Tankstellenkasse zeigen, auf der beide Männer noch deutlicher zu erkennen sind.« Es gab keinen Zweifel. Der eine Mann war zweifelsfrei Paul Eskot. Den zweiten Mann kannte Wayne nicht. Die Polizistin schaute ihn erwartungsvoll an. »Kennen Sie diese Männer?« Wayne ließ sich in seinen Stuhl zurückfallen. »Ich kenne einen davon! Sein Name ist Paul Eskot!« »Sind Sie sich sicher?«, fragte die Polizistin nach. »Ja! Ziemlich sicher! Wir waren gemeinsam bei der Armee.« »Das Video wurde an einer Tankstelle in Quesnel aufgenommen. Und zwar heute Morgen!« Wayne schaute auf und sein Hirn begann zu rattern.

»Der Chevrolet, den der zweite Mann betankt hatte, wurde gestern am Flughafen in Vancouver bei einer Autovermietung auf den Namen Cliff Simur angemietet. Vermutlich ist das ein falscher Name. Wann die beiden nach Quesnel kamen, wissen wir nicht. Aber wir gehen aktuell davon aus, dass der Chevrolet auf den Aufnahmen der Wagen ist, der bei dem Überfall auf Rooney benutzt wurde. Wir haben noch keine endgültige Bestätigung, aber ein Arbeiter am Highway hat uns telefonisch mitgeteilt, dass oberhalb einer kleinen Brücke über den Cottonwood River ein rotes Auto, vermutlich ein Chevrolet, am Brückenpfeiler verklemmt sei. Wir überprüfen das gerade!«

Was das Video auch zeigte, war ein vermutlich schwarzer Buick, der wenige Minuten vorher durch die Tankstelle gefahren war, ohne betankt zu werden. Weder das Kennzeichen noch der Fahrer waren zu erkennen. Es war nicht unwahrscheinlich, dass dies der Wagen war, den Paul Eskot fuhr und der somit als zweiter Fluchtwagen in Frage kam. Die Polizei sah das ähnlich.

In Waynes Kopf arbeitete es. Je mehr er über Paul Eskot erzählte, desto bewusster wurde ihm, dass mit hoher Wahrscheinlichkeit Paul etwas mit dem Überfall auf Rooney zu tun haben könnte. Sie waren gemeinsam beim Militär gewesen. Sie waren zwar nicht in der gleichen Kompanie gewesen, aber man kannte sich innerhalb des Bataillons. Und da genoss Paul Eskot einen guten Ruf als Taktiker, aber auch als harter und unbarmherziger Gruppenführer, der in Krisengebieten wie Rambo auftrat und dem Menschenleben, auch das von Zivilisten, nicht viel bedeuteten. Für ihn hatte der Schutz seiner Kameraden oberste Priorität – koste es, was es wolle. Man hatte ihm nie irgendwelche Kriegsverbrechen nachweisen können, aber der Ruf, der ihm anhaftete, hatte er nicht ohne Grund.

Seit der Entlassung aus der Armee hatten sie sich aus den Augen verloren. Wayne hatte nur mitbekommen, dass Paul ähnlich wie er bei einem zivilen Unternehmen eingestiegen war und für gutes Geld den militärischen Part auf ziviler Basis weiterführte und dabei ähnlich rücksichtslos vorging, wie dies während seiner regulären Militärzeit der Fall war. Einzelheiten dazu hatte er nicht. Mehr konnte er der Polizei in Quesnel über Paul Eskot nicht mitteilen. Aber alleine mit dem Namen hatte er ihr schon einen gewaltigen Dienst erwiesen. Wayne hatte sich mittlerweile gefasst.

Nach gut einer Stunde verließ er das Polizeigebäude und nahm sein Handy in die Hand. Er durchsuchte seine Handykontakte nach Baxter und rief die Nummer an, die er am Vortag eingespeichert hatte. Es klingelte fünfmal, dann meldete sich eine Frauenstimme mit einem saloppen »Ja?« Wayne musste grinsen. »Hallo Frau Baxter, hier ist Wayne Guzeman.« Es entstand eine Pause bevor die Frauenstimme erwiderte. »Hallo Herr Guzeman. Ist etwas passiert?« Wayne stutze. »Genau deswegen rufe ich Sie an! Mir ist nichts zugestoßen, aber dem Boten, an den ich den Rucksack übergeben habe!« Mit diesen Worten eröffnete er das Gespräch, das deutlich länger dauerte, als er sich das hätte erträumen lassen, und das ihm am Ende eine neue Rolle einbrachte.

Necky Kyooks

Chip gab sich keine Mühe, die Autotür des Buicks leise zu schließen. Paul sollte ruhig wach werden, während er sich – noch im Halbdunkeln – an einem der nahen Bäume erleichtern musste. Immerhin hatte er eine schlimme Nacht im Auto verbracht. Paul schien unter den gegebenen Umständen deutlich besser geschlafen zu haben als er. Ihr Buick bot genug Platz für zwei Personen und hatte im Vergleich zu einem Zelt den Vorteil, dass er wärmer war und sie bei Bedarf schnell mit dem Auto fliehen konnten, sollten sie entdeckt werden.

Chip hatte bis zuletzt auf Paul eingeredet und versucht, ihn davon zu überzeugen, dass es sicherlich möglich wäre, die Polizeikontrollen zu passieren, ohne erwischt zu werden. Aber Paul war anderer Ansicht. Er hatte entschieden, dass sie im Auto übernachten würden, um sich am nächsten Tag im Bowron Lake Provincial Park zu registrieren und anschließend am Bear River Mercantile zwei Kajaks auszuleihen. Die Optionen, die sich dadurch ergaben, waren vielfältig. Sie würden für ein paar Tage in der Wildnis verschwinden, könnten danach an denselben Ausgangspunkt zurückkehren, in den Buick steigen und davonfahren. Oder mit den Kajaks über den Bowron River die Region nach Norden bzw. alternativ über den Cariboo River dem Park nach Westen verlassen, um in Quesnel wieder in die Zivilisation zurückzukehren. Sie konnten jederzeit aus dem Kanurundkurs aussteigen und zu Fuß ein anderes Ziel ansteuern. Kurz und gut, sie hatten verschiedene Optionen.

Paul entging der Missmut von Chip nicht. Auch er war nun wach. Sie wischten die von innen angelaufenen Scheiben ihres Buick trocken und verrichteten beide ihre Morgentoilette mit Hilfe ihrer gekauften Trinkwasservorräte. Ihr Versteck hatten sie offensichtlich gut gewählt. Sie hatten am Vorabend die Bowron Lake Park Road verlassen und eine kleine befahrbare Rückenschneise von Holzfällern genutzt, um ihren Buick weit genug von der Straße entfernt im Wald zu verstecken. Die Nacht über hatten sie kein Auto und auch keine Stimmen wahrgenommen. Nur die eindringliche Stille der kanadischen Wildnis, die ab und an von einem Eichhörnchen oder einer Haselmaus durchbrochen wurde. Sie verzichteten erst Mal auf das Frühstück und machten sich auf den Weg zum Park, wo sie sich eine Stunde später unter falschem Namen registrierten.

Ihren schwarzen Buick parkten sie in der Nähe des Bear River Mercantile, in welchem sie ihr Frühstück nachholten und dann die beiden Kajaks vom Typ Necky Kyook übernahmen. Sie verstauten darin ihr Gepäck und machten sich auf den Weg zum Bowron Lake, um anschließend den Swan Lake zu durchpaddeln. Sie würden zwei Tage dafür brauchen, die beiden Seen und deren natürliche Verbindungen zu durchqueren. Und die Laune zwischen Paul und Chip würde sich nicht bessern – ganz im Gegenteil. Sie hatten beide eine grundsätzlich unterschiedliche Auffassung darüber, wie sie mit der Situation umgehen sollten.

Augen des Waldes

Marc und Kenai waren mit frischem Elan an den Ausbau ihres neuen Lagers gegangen und hatten die nähere Umgebung in alle Richtungen erkundet. Marcs Husten hatte sich nicht wirklich gebessert und seine körperliche Verfassung war insgesamt nicht besonders gut. Der Regen, die Kälte und die Nässe der Tage zuvor hatten ihm zugesetzt und sie waren sich ziemlich sicher, dass er an einer Bronchitis erkrankt war.

Sie waren froh, dass sie einen trockenen Lagerplatz gefunden hatten. Während sich Marc um die Arbeiten rund um das Lager kümmerte und sich immer wieder ausruhte, unternahm Kenai Streifzüge. Ihr Lagerplatz war nach Westen hin durch den Cariboo River begrenzt, nach Osten lagen vereinzelt kleine Seen. Nach Norden konnten und wollten sie nicht weitergehen, da sie sich bereits im Provincial Park befanden und je mehr sie nach Norden kämen, desto mehr bestünde die Gefahr, dass sie auf Park Ranger und Touristen treffen würden. Ihr hauptsächliches Jagdgebiet blieb somit auf den Süden und Osten beschränkt.

Kenai pirschte sich immer wieder durch den Hochwald in der Hoffnung auf leichte Beute. Die kleinen Seen boten die Gelegenheit, Jagd auf Enten zu machen, die das ruhige Wasser dem eher schnell fließenden Fluss vorzogen. Die Enten jagte er freilich nicht mit Pfeil und Bogen, sondern probierte verschiedene andere Jagdmethoden aus: Steinewerfen, aus dem Hinterhalt versuchen, die Flugtiere zu fangen, oder der Einsatz eines breiten Keschers. Er hatte tatsächlich mehrfach Jagderfolg und Ente auf dem Speiseplan war eine willkommene Abwechslung, die Zubereitung stellte sie jedoch vor die eine oder andere Herausforderung.

Nach dem Ausnehmen und Rupfen der meisten Federn packten sie die Enten in ein dickes Schlamm- und Lehmpaket ein und legten sie so in die Glut. Auf diese Weise versuchten sie, die Vögel schonend zu garen. Wie lange sie die Enten in der Glut belassen mussten, war eine Frage des Ausprobierens. Nach etwas mehr als einer halben Stunde war die feuchte Tonkruste weitestgehend ausgetrocknet und fing langsam an Risse zu bekommen. Solange die Risse nicht zu groß wurden, war noch alles gut und die Ente im Innern verbrannte nicht. Nach etwa einer Stunde nahmen sie die Tonklumpen aus dem Feuer. Mit einem Messer fuhren sie in die dünnen Ritzen und öffneten schließlich die Tonform wie eine Muschel. Aus dem Innern dampfte die gare Ente. Und der erhoffte Nebeneffekt stellte sich auch ein. Die restlichen Federn, die sich noch an den Enten befunden hatten, hingen nun in dem getrockneten Ton fest, so dass sie das Fleisch ohne jeglichen unerwünschten Federgeschmack genießen konnten.

Kenai stellte an sich selbst fest, dass er sich seit ihrer Ankunft an ihrem neuen Lagerplatz anders verhielt und die Umgebung bei seinen Ausflügen anders wahrnahm. Er studierte deutlich intensiver, was um ihn herum passierte. War es die Angst vor dem Bären, der hier umherstreifen musste? Hier und da fanden sie Spuren und Anzeichen von ihm. Aber sie bekamen den Grizzly nie zu Gesicht. Irgendetwas anderes musste da noch sein, was Kenai beunruhigte. Er hatte immer wieder mal das Gefühl, dass er nicht alleine unterwegs war, dass er beobachtet wurde. War es etwa der Mann mit dem Hund, den Marc im alten Lager überrascht hatte? Es gab jedoch keine Indizien dafür.

An einem Abend erzählte er Marc von diesem Gespür. Zu ihrer großen Überraschung war es für beide eine Erleichterung, dass sie sich über das Gefühl, beobachtet zu werden, austauschen und offenbaren konnten. Seit sich Marc im Wesentlichen im und um das Lager aufhielt, hatte er sich häufiger dabei ertappt, wie er die Umgebung musterte. Immer mal wieder hatte er geglaubt, etwas oder jemanden vorbeihuschen zu sehen. Aber wenn er dann, seinen Kopf, seine Blicke, in die Richtung lenkte, in der er etwas vermutete, war da nichts. Nur der Busch, der Baum, der Fels, der vorher schon da war. Er änderte seine Strategie. Ab und an, wenn er sich intensiv mit etwas beschäftige, ließ er ganz unauffällig seine Blicke umherschweifen. Tatsächlich sondierte er aber intensiv die Umgebung und suchte etwas, von dem er nicht einmal wusste, ob es überhaupt existierte. Aber er tat es so, dass es nicht auffiel, und davon versprach er sich irgendwann mal einen Treffer.

Kenai gegenüber hatte er den Verdacht geäußert, dass es vielleicht Wölfe sein könnten. Sein Freund horchte auf. »Wie kommst du darauf?«, fragte er bei Marc nach. »Na ja, ich bin der Meinung, dass ich hin und wieder mal einen Wolf oder vielleicht einen Hund habe bellen hören.« »Meinst du bellen oder heulen?«, fragte Kenai interessiert nach. »Eher bellen!« Aber Marc war sich nicht sicher, und so einigten sie sich darauf, dass sie einfach in den nächsten Tagen etwas mehr darauf achten wollten. Es war auch nicht auszuschließen, dass der Cariboo River von Wassersportlern genutzt wurde. Aber mit Hund war das eher unwahrscheinlich. Und es war auch nicht von der Hand zu weisen, dass ein Park Ranger den Rauch ihres Feuers wahrgenommen hatte und nach dem Rechten schaute. Echte Anzeichen dafür hatten sie aber nicht. Irgendwer war da draußen, und als Kenai eines Tages in das Lager zurückkam und Marc berichtete, dass er am feuchten Uferbereich einer der kleinen Seen die Spuren von Sohlen entdeckt hatte und daneben die Spuren entweder eines großen Hundes oder eines Wolfes, waren sie erneut alarmiert. Es war nicht auszuschließen, dass diese Spuren von dem Mann und seinem Hund stammten, den Marc im alten Lager gesehen hatte.

Die Abdrücke waren relativ frisch, aber Kenai hatte sie nur an einer Stelle entdeckt und konnte sie nicht weiter verfolgen. Woher sie kamen und wohin sie verliefen, konnte er nicht ausmachen. Würde diese Entdeckung etwas für sie ändern? Nein! Würde sie jemand hier finden, könnten sie erklären, was sie hier taten. Wäre es ein Park Ranger und würde er sie auffordern, den Park zu verlassen, dann würden sie das tun. Aber solange sich niemand an dem störte, was sie hier taten, würden sie hierbleiben und versuchen, ihr Leben und Überleben zu sichern. Wenn die Spuren, die Kenai entdeckt hatte, tatsächlich Hundespuren waren, dann waren diese vermutlich nicht von einem Ranger. Die waren bewusst ohne Hunde unterwegs. Vielleicht ein Wanderer, der sich verlaufen hatte, ein Jäger oder sogar ein Wilderer? Aber all das konnte der alte Indianer mit seinem Hund auch sein. Es gab viele Optionen. Und ob die Spuren zu dem gehörten, was ihnen das Gefühl gab, beobachtet zu werden, wussten sie nicht. Irgendetwas war da draußen um sie herum. Sie spürten es beide und glaubten nicht daran, dass sie sich das einfach nur einbildeten. Ihre Sinne wurden zunehmend schärfer und feiner.

Marcs Bronchitis wurde nicht besser, und er wünschte sich sehnsüchtig eine warme Suppe. Noch nie seit Beginn ihres Abenteuers in der Wildnis hatte er etwas so intensiv vermisst wie jetzt diese Suppe. Eine Schüssel oder einen Topf, mit dem man sich eine warme Brühe oder Suppe zubereiten könnte. Der Gedanke daran brannte sich in seine Hirnwindungen und verfolgte ihn zusehends mehr. Der ausgehöhlte Stein, den sie als Topfersatz nutzten, war nicht wirklich eine gelungene Lösung.

Er hatte die Zeit, in der Kenai seine Streifzüge unternahm, genutzt, um das inzwischen trockene Hirschfell zu säubern. Mit dem Messer schabte er die letzten Fleisch-, Fett- und Hautreste auf der Innenseite ab. Es roch sehr intensiv, doch je mehr er von den Resten abschabte, desto mehr schien der strenge Geruch nachzulassen. Durch das Trocknen in der Sonne war das Fell recht steif geworden. Nachdem es weitestgehend gesäubert war, walkte er es, um es weicher zu bekommen. Zunächst mit der Hand, aber schnell lernte er, dass es mit einem runden Stein oder einem Stück Holz deutlich besser ging. Leider hatte er kein Salz zur Verfügung, in das er das Fell hätte einlegen können. Dadurch wäre die Tierhaut sicherlich schneller weich und vor allem auch haltbarer geworden.

Die beiden Abenteurer hatten sich darüber verständigt, was sie mit dem Fell anstellen wollten. Aufgrund seiner Größe diente es nur bedingt als Decke, so dass sie daraus eine Art Jacke oder Hemd machen wollten. Marc faltete es der Länge nach in der Mitte. An der entstehenden Falte schnitt er mit seinem Messer ein Loch, das gerade breit genug war, dass er mit seinem Kopf hindurchschlüpfen konnte. Er warf es wie einen Poncho über seinen Oberkörper. Es reichte ihm vorne und hinten bis knapp unter seinen Hosenbund und war an beiden Seiten breit genug, um diese mit Hilfe von Kordeln aus seinem Seil zusammenzunähen. Direkt unter dem Falz ließ er jeweils links und rechts zwei Öffnungen, durch die die Arme geführt werden konnten. Alles, was noch überstand, schnitt er mit seinem Messer vorsichtig ab. Da es Marc gesundheitlich nicht gut ging, war klar, dass ihr erstes selbstgefertigtes Kleidungsstück ihm zugutekommen sollte.

Die Abkürzung

Wayne hatte sich die halbe Nacht Gedanken gemacht. Selbst im Schlaf verfolgte ihn, was passiert war. Hin und wieder half es ihm, über gewisse Dinge zu schlafen, und wenn er dann aufwachte, lag die Lösung quasi vor ihm. Und so ähnlich ging es ihm in diesem Augenblick auch. Irgendwie schien plötzlich alles klar zu sein und ließ nur eine logische Konsequenz zu. Sein Gefühl, dass die Warnung von Florina Baxter nicht ohne Hintergrund erfolgt war, wurde ihm während des Telefonats mit ihr am Vorabend indirekt bestätigt.

Sie hatte nicht allzu viele Worte verloren, aber am Ende war ihm klar geworden, dass SSL wohl schon seit längerem ein Sicherheitsproblem hatte und für Florina Baxter der Überfall nicht ganz überraschend gekommen war. Er war ihr nicht böse, dass sie ihn nicht explizit vor solch einem Vorfall gewarnt hatte. Sie konnte oder wollte nicht allzu sehr ins Detail gehen, aber was er zwischen den Zeilen lesen konnte, klang danach, dass sie versuchte, herauszufinden, ob und gegebenenfalls wo es eine Sicherheitslücke im System von SSL gab. Nun ging sie einen Schritt weiter und bat um Waynes Mithilfe. Der Diebstahl sollte nicht an die große Glocke gehängt werden.

SSL hatte mehr denn je ein Interesse daran, seinen guten Ruf nicht zu verlieren. Zunächst ging es ihr darum, dass Wayne den Kontakt zur Polizei halten und auf diesem Weg wichtige Informationen und Ermittlungsansätze an SSL weitergeben sollte. Je mehr sich Wayne allerdings mit der Situation beschäftigte, desto mehr wuchs in ihm die Erkenntnis und der Wille, mehr zu tun, als nur als Informant tätig zu werden. Die Fakten, die er während der Nacht in seinem Kopf von A nach B und wieder zurück geschoben, neu sortiert und von allen Seiten beleuchtet hatte, ergaben eine Theorie, die zumindest im Moment in sich schlüssig war. Er vermutete, dass die beiden Täter wohl schon den ersten Boten, also ihn, Wayne, überfallen wollten. Sie konnten es aber nicht, weil für sie die Gefahr bestand, dass Paul von Wayne erkannt worden wäre. Der Überfall auf Rooney erfolgte vermutlich in Unkenntnis darüber, dass Rooney Hilfssheriff war. Die entscheidende Frage war nur, wann Paul und sein Komplize davon erfuhren, dass er, Wayne Guzeman, der Bote war.

Laut Florina Baxter konnten sie es theoretisch noch nicht lange wissen, da Wayne erst 24 Stunden vor dem Treffen in Seattle beauftragt worden war. Vermutlich erkannten sie Wayne erst unmittelbar vor dem geplanten Überfall. Der frühestmögliche Zeitpunkt war das Übergabetreffen in Seattle zwischen Wayne, Florina Baxter und ihrem Mitarbeiter Shean Targot. Wayne führte sich die Situation nochmals vor Augen. Das Gespräch mit den beiden im Café! Was war davor passiert, was danach? Es gab nichts, was ihm aufgefallen war. Oder doch?

Hatte er nicht nach dem Treffen im Rückspiegel automatisch kontrolliert, ob ihm jemand folgte. Er erinnerte sich an den schwarzen Buick, der aber einen anderen Weg nahm. Waren es nicht zwei Personen gewesen? Hatte nicht der gleiche oder ein ähnlicher Buick nach einem Parkplatz gesucht, als er auf der Parkbank saß? Was, wenn in diesem Buick Paul und sein Partner gesessen hatten? Der Mietwagen, der auf dem Tankstellenvideo zu sehen war, stammte vom Flughafen in Vancouver. Der lag zwar nicht direkt auf dem Weg von Seattle nach Quesnel, konnte aber ohne großen Zeitaufwand angesteuert werden. Das Video zeigte nur ein Auto – den Mietwagen. Wie sah der zweite Wagen aus, den Paul Eskot fuhr? War es ein schwarzer Buick? Zeigte nicht auch das Tankstellen-Video einen durchfahrenden Buick?

Im Eingangsbereich seines Hotels hing an der Wand eine große Wanderkarte der Region um Quesnel. Wayne studierte sie aufmerksam. Er tippte mit dem Finger auf die Stelle, an der die Übergabe stattgefunden hatte und die Stelle fast direkt daneben, an der laut Polizei der Überfall passiert war. Er ging in sich. Was würde er tun, wenn er in Pauls Situation wäre? Wie würde er sich verhalten, wenn er wüsste, dass er einen Polizisten beschossen, vielleicht sogar verletzt hätte, der vermutlich im Besitz eines Funkgerätes war? Würde er versuchen, die Flucht zu ergreifen und darauf hoffen, unerkannt und unbemerkt durch die Straßenkontrollen zu entkommen?

Er wägte die Chancen und Risiken ab und kam zu dem Ergebnis, dass er selbst es vermutlich nicht mit einer überstürzten Flucht versuchen würde. Er kannte Paul nicht sehr gut, aber die Wahrscheinlichkeit, dass Paul zu einem ähnlichen Ergebnis kam wie er, war groß. Zumindest größer als das Wagnis, möglicherweise in eine Kontrolle zu geraten. Die Polizei sah das allerdings anders. Sie ging davon aus, dass die beiden Täter die Kontrollen umgangen hatten oder durchgeschlüpft waren, ohne erkannt worden zu sein. Wayne folgte dieser Theorie nicht. Die militärischen Einsätze, die sie früher im Bataillon geübt und auch durchgeführt hatten, waren nicht auf eine wilde Flucht ausgerichtet. Hier ging es um Tarnen und Täuschen. Es ging darum, eine Lösung zu finden, die ein normal denkender Mensch nicht in Betracht zog. Wichtig war es, aus Schwächen Stärken zu machen. Dort zuzuschlagen, wo keiner es erwartete. Das Unerwartete zu tun. Und so schätzte er auch Pauls Reaktion im Zusammenhang mit dem Überfall ein.

Er wurde aus seiner Konzentration gerissen, als eine ältere Frau ihn fragte, ob er wandern oder fischen gehen wolle. »Wandern oder fischen?«, fragte er noch halb in Gedanken versunken nach. Es entstand eine kleine Pause, bis er sich entschieden hatte. Und noch bevor Wayne seiner Zimmervermieterin antworten konnte, differenzierte sie ihre Frage. »Bei dem starken Regen ist das

Fischen im Fluss nicht möglich. Die Strömung ist zu stark und das Wasser eine braune Brühe. Wenn Sie etwas fangen wollen, müssen Sie an einen der großen Seen gehen. Und wenn Sie lieber wandern, habe ich eine gute Nachricht für Sie, das Wetter wird wieder besser. Ich habe soeben die Wettervorhersage im Radio gehört. In den Cariboo Mountains klart es immer mehr auf und es soll wärmer werden!« Wayne schaute sie ungläubig an.

Ja, er hatte ihr bei seiner Ankunft davon erzählt, vielleicht zum Fischen gehen zu wollen. Aber sie hatte ihm gerade eine Antwort auf eine ganz andere Frage gegeben, ohne dass sie sich im Entferntesten darüber bewusst war, über was er gerade in Gedanken versunken nachgedacht hatte. Und zwar auf die Frage, was Paul in seiner Situation wohl tun würde. Tarnen und Täuschen, und da war Fischen oder Wandern schlichtweg eine naheliegende Option. Allerdings half ihm diese Information nur dann, wenn er eingrenzen konnte, wo sich Paul und sein Gefährte gegebenenfalls aufhielten.

»Welche Region würden Sie denn zum Fischen und Wandern vorschlagen?« Die ältere Dame grinste ihn an, so als hätte sie schon immer gewusst, dass er zum Fischen und Wandern hier sei. »Na ja, das kommt darauf an, wie lange Sie Zeit haben. Wenn Sie nur fischen wollen, haben wir gleich vor der Stadt einen kleinen See. Allerdings ist der nicht besonders schön gelegen. Wenn Sie mehr Zeit haben, lohnt sich sicherlich ein Abstecher in den Cariboo Mountain Park, den Bowron Lake Provincial Park oder den Wells Gray Provincial Park. Von Quesnel aus ist der Bowron Lake Park deutlich schneller und einfacher zu erreichen als die beiden anderen Parks.« Wayne schaute erneut auf die Karte.

Der Bowron Lake Provincial Park war im Osten eingezeichnet und auch Barkerville war leicht zu finden. Er stutze als er die Zufahrt über den Highway 97 entdeckte. Er schaute nochmals auf der Karte nach, wo die Übergabestelle lag, wo der Überfall stattgefunden und wo die Polizei im Fluss den Mietwagen gefunden hatte. Die Zufahrt zum Bowron Lake lag in der Nähe und passte ganz grob zum Bewegungsprofil von Paul und seinem Begleiter. Aber vor allem bot sie die geeignete Lösung, die Polizeikontrollen zu umgehen. Alles ergab einen Sinn und war in sich schlüssig. Er war sich jetzt ziemlich sicher, dass dies die Option war, für die Paul sich entschieden hatte. Aber er brauchte die letzte Gewissheit.

»Sie haben mir sehr geholfen!«, sagte er dankend an seine Vermieterin gerichtet. »Darf ich mir vielleicht Ihre Karte ausleihen?« »Das brauchen Sie nicht!«, kam es prompt von ihr zurück. Sie ging die zwei Meter bis an die kleine Rezeption und holte hinter dem Tresen eine neue gefaltete Wanderkarte hervor, die der entsprach, die vor ihnen an der Wand hing. Wayne war begeistert, bedankte sich und ging gut gelaunt in sein Zimmer zurück.

Er breitete die Karte auf seinem Bett aus und markierte den Punkt, an dem der Überfall stattgefunden hatte, den Ort der Übergabe und eine potenzielle Stelle, an der man ein Fahrzeug im Cottonwood River versenken konnte. Alles schien zu passen und alles deutete darauf hin, dass Barkerville oder der Bowron Lake Provincial Park der Aufenthaltsort von Paul und seinem Kompagnon sein könnten. Er nahm sein Smartphone heraus und gab »Bowron Lake Provincial Park« in die Suchmaschine ein.

Schon der vierte Link informierte ihn über unzählige Wanderoptionen und mehrere Möglichkeiten für den Kanuverleih sowie das Prozedere im Park, für das die Parkverwaltung zuständig war. Er wählte die Nummer der Parkverwaltung, erreichte auch sofort jemand, aber wie er schon vermutet hatte, gab man ihm keinerlei Auskünfte darüber, ob sich eine bestimmte Person, auf die die Beschreibung von Paul passte, vielleicht gestern oder heute dort angemeldet hatte. Und nach dem Namen Paul Eskot musste er gar nicht erst fragen. Paul würde sicherlich nicht unter seinem echten Namen unterwegs sein. Die Frage, ob dem Zuständigen der Parkverwaltung ein schwarzer Buick aufgefallen war, ersparte er sich deshalb auch. Zu eindeutig war, dass er am Telefon keine personenbezogenen Auskünfte bekäme.

Der Park war über Barkerville in weniger als zwei Stunden zu erreichen. Er hatte Zeit und den Auftrag, mit der Polizei in Kontakt zu bleiben. Er packte seine Sachen, bezahlte seine Zimmerrechnung und verabschiedete sich bei seiner Gastgeberin, die keinen Hehl daraus machte, dass sie ihn als Gast gerne wieder begrüßen würde.

Nach einer Stunde hatte er Barkerville erreicht. Er fuhr langsam durch den weitläufigen Ort in der Hoffnung, dass ihm vielleicht ein schwarzer Buick auffallen würde, tankte seinen Cherokee Jeep und fuhr dann weiter nach Bear River Mercantile. Eigentlich wollte er gleich zur Parkverwaltung, doch das brauchte er gar nicht mehr. Nur 200 Meter vom Mercantile entfernt war ein schwarzer Buick abgestellt und der hatte ein amerikanisches Kennzeichen. Ein äußerst nettes Gespräch beim Bootsverleih ganz in der Nähe gab ihm schließlich die Bestätigung, dass heute Morgen zwei Männer für zehn Tage zwei Kajaks ausgeliehen hatten und den Bowron Lake hinaus gepaddelt waren – allerdings entgegen der normalen Route. Der Wagen gehörte laut den Aussagen des Bootsverleihers diesen beiden Männern.

Wayne war sich nun sicher, dass es sich nur um Paul Eskot und seinen Kompagnon handeln konnte. Er schaute sich den schwarzen Buick etwas genauer an. Von außen war aufgrund der getönten Scheiben wenig zu erkennen. Er ging davon aus, dass der Wagen sicherlich nicht auf Paul Eskot zugelassen war. Und den tatsächlichen Halter über die Polizei ausfindig zu machen oder ihr zumindest den Tipp zu geben, sah er unter den gegebenen Umständen und dem, was er mit Florina Baxter verabredet hatte, nicht als zielführend an.

Die Landkarte aus dem Hotel hatte leider nicht die Auflösung, die er benötigte. Daher nahm er sein Smartphone zur Hand und versuchte herauszufinden, ob er vielleicht den beiden Flüchtenden ein Schnippchen schlagen konnte. Die beiden würden zirka zwei Tage brauchen, bis sie den Bowron Lake und den Swan Lake durchpaddelt hätten. Beide Seen sowie der weitere Verlauf der Bootstrecke durch den Bowron Lake Provincial Park waren über kurze Portages miteinander verbunden. Was, wenn er die beiden einholen und sie an einem der Nadelöhre stellen konnte? Aber wie ginge es dann weiter? Sollte er sich ihnen einfach in den Weg stellen? Wie sich gezeigt hatte, scheuten sie sich nicht, von ihrer Schusswaffe Gebrauch zu machen. Sie waren zwei, er war einer. Sie würden sich sicherlich weigern, seinen Anweisungen Folge zu leisten, und es darauf ankommen lassen, ihm zu entkommen. Die SSL-Tasche hatten sie mit Sicherheit dabei. Sie hätten sie nicht im Auto gelassen und auch an keiner anderen Stelle deponiert. Seine Gedanken kreisten darum, ihnen die Tasche mit den SSL-Komponenten bei einer günstigen Gelegenheit wieder abzunehmen, sie quasi zurückzustehlen, um sie dann SSL zu übergeben. Die Frage war nur, wie konnte er sie einholen?

Sein Smartphone informierte ihn darüber, dass entlang des Bowron und des Swan Lakes mehrere geschotterte Straßen führten. Die Straßen verliefen nicht direkt am See, sondern etwas oberhalb. Die McKeena Creek Road würde ihn relativ schnell zum Swan Lake bringen. Ein paar hundert Meter müsste er sich dann durch den Wald an den See vorkämpfen und könnte ihnen dann an einer der Kanutragepassagen auflauern und sie von dort aus weiterverfolgen. So stellte er sich dies zumindest in der Theorie vor! Ob das ein guter Plan war, darüber war er sich noch nicht ganz im Klaren. Er konnte ihnen den Rucksack mit den SSL-Komponenten nur unbemerkt abnehmen, ansonsten würde er selbst zum Gejagten werden. Die einzige Chance, die er sah, war abzuwarten, bis sie ein Nachtlager aufschlugen, und dann still und heimlich die Tasche an sich zu nehmen. Sie würden dies hoffentlich erst am nächsten Morgen bemerken, und dann wäre er längst unerkannt über alle Berge.

Diese Vorgehensweise hatte er zwar nicht mit Florina Baxter besprochen, aber er war nicht der Typ, der einfach nur dasaß und Informationen sammelte. Er wollte selbst aktiv werden. Er wollte handeln, und die Vorstellung auf dieses Abenteuer gefiel ihm immer besser, je länger er darüber nachdachte. Das Risiko war aus seiner Sicht überschaubar. Und so war es bald schon keine Theorie mehr, sondern ein Plan, den er nun umsetzen wollte.

Wayne lieh sich das kleinste Einer-Kajak aus, das es gab und das er bei umgelegtem Rücksitz und Rücklehne des Beifahrersitzes in seinem Cherokee Jeep verstauen konnte. Er wusste nicht, ob er den beiden Flüchtenden über das Wasser folgen musste und wollte daher auf alle Eventualitäten vorbereitet sein. Er fuhr nach Barkerville zurück und deckte sich mit allem ein, was er für vier bis fünf Tage Wildnis benötigte. Ein Zelt, Campingausrüstung, Verpflegung und eine Wanderkarte im Maßstab 1:20000. Viel mehr brauchte er nicht. Die restliche Ausstattung lag in seinem Kofferraum. Inklusive einer Angel. Für eine Nacht nahm er sich in Barkerville ein Zimmer. Am folgenden Morgen wollte er früh aufbrechen und hoffte, dass er Paul in der Wildnis entdecken würde.

Kain und Abel

Paul und Chip hatten nur anderthalb Tage gebraucht, um die Südwest-Etappe des Bowron Lake Provincial Parks mit ihren beiden Kajaks hinter sich zu bringen. Am ersten Tag hatten sie noch Handyempfang, aber je weiter sie sich vom Bowron Lake Mercantile entfernten, desto schwächer wurde er, bis er schließlich komplett weg war. Bis dahin hatten sie aufmerksam die Nachrichten im Netz verfolgt und gezielt nach Neuigkeiten über den Überfall nördlich von Quesnel gesucht. Erstaunlicherweise fanden sie aber über den Vorfall nichts. Es gab viele Berichte über gesperrte Straßen und die Information, dass morgen der Highway No. 97 Richtung Prince George wieder für den Verkehr freigegeben werden sollte. Aber über den Vorfall nördlich von Quesnel schien eine Nachrichtensperre verhängt worden zu sein.

Nachdem sie den Bowron Lake, den Swan Lake und schließlich auch den Babcock Lake durchpaddelt hatten, waren sie nun kurz vor dem Cariboo River, der den Park in südwestlicher Richtung verließ. Paul hatte von Beginn an damit geliebäugelt, diesen Fluss zu nutzen, um von hier aus in zwei Tagen nach Quesnel zu kommen. Dort könnten sie sich dann trennen, ein Auto mieten oder stehlen, die Gegend verlassen oder zurück zum Bowron Lake Mercantile gehen, um ihren schwarzen Buick abzuholen, sofern die Behörden diesen nicht dem Überfall zugeordnet hatten. Alles würde davon abhängen, wie sich die Situation bis dahin in Quesnel entwickelte. Entscheidend war, ob man sie noch suchte, wie schwerwiegend die Verletzungen des Hilfssheriffs waren und wie die Polizei diese Tat weiterverfolgte. Sie wären dann 4 Tage untergetaucht gewesen, der erste Staub hätte sich sicherlich gelegt und Straßenkontrollen würde es dann mit hoher Wahrscheinlichkeit auch keine mehr geben. Vorausgesetzt die Polizei ging davon aus, dass die Flüchtenden die Region längst unerkannt verlassen hatten.

Paul hatte die weiteren Pläne mit Chip nicht wirklich besprochen. Es war ihm schlichtweg egal, wie dieser darüber dachte. Er war hier der Boss und Chip hatte zu machen, was Paul ihm sagte. Von einer partnerschaftlichen Zusammenarbeit hielt er unter diesen Umständen nicht viel. Schon gar nicht mehr nach dem Vorfall vor vier Tagen. Die Stimmung zwischen den beiden war nicht besser geworden. Chip hasste die Tour in die Wildnis, und wäre es nach ihm gegangen, wären sie schon längst über alle Berge. Paul hingegen gefiel diese lasche Einstellung und die Leichtsinnigkeit von Chip überhaupt nicht. Ja, er sah in ihm sogar ein Sicherheitsrisiko. Nicht nur jetzt, sondern auch zukünftig. Deswegen konnte er sich auch nicht mit dem Gedanken anfreunden, Chip in Quesnel einfach auf eigene Faust losziehen zu lassen.

»Ich habe entschieden, dass wir zurück nach Quesnel gehen und dann entweder mit einem Mietwagen oder gestohlenen Auto die Gegend verlassen!«, kam die trockene Aussage von Paul, als sie am Südausgang des Babcock Lakes die Kajaks an Land zogen und eine kleine Pause einlegten. Chip schaute ihn erwartungsvoll an. »Willst du mir damit etwa sagen, dass wir zwei Tage umsonst durch die Wildnis gepaddelt sind?«, kam die Reaktion von Chip, die keinen anderen Eindruck zuließ, als dass er verärgert war. Paul schaute ihn ernst an und weihte ihn auf der Karte in seinen Plan ein. »Nein! Die Paddelei war nicht umsonst! Wir fahren nicht zurück, sondern folgen dem Cariboo River bis nach Quesnel hinunter. Ich rechne mit zirka zwei Tagen.«

Chip schaute ihn ungläubig an. Auf der einen Seite freute er sich auf die Aussicht, dass die Tour durch die Wildnis, wie er es regelmäßig nannte, in absehbarer Zeit zu Ende ging. Auf der anderen Seite gefiel ihm der Gedanke überhaupt nicht, mit dem Kajak noch zwei weitere Tage auf einem Fluss zu paddeln, der vermutlich eine deutlich stärkere Strömung hatte als die bisherigen

Passagen. Die Weiterfahrt würde mit Sicherheit zu einer sehr nassen Angelegenheit werden. Und er sollte mit seiner Vermutung Recht behalten.

45 Minuten später standen sie an der Mündung des Cariboo Rivers. Er war nicht so stark angeschwollen wie die anderen Flüsse, die sie noch vor drei Tagen gesehen hatten. Aber er floss auch nicht so gemächlich dahin, wie das sonst wahrscheinlich der Fall war. Die gestiegenen Wasserpegel hatten auch den Cariboo River schneller und mächtiger werden lassen. Paul und Chip hatten bewusst keine Wanderkajaks gemietet, sondern solche, die durchweg auch für Flüsse geeignet waren. Vorausgesetzt man verstand es einigermaßen, schnell fließende Gewässer, Wellen und Strömungen lesen zu können. Beim Anblick des Cariboo Rivers wurde es Chip mulmig.

Paul gab ihm Tipps, wie er am besten in den Fluss einfahren sollte. Zum Glück ging alles gut und die Strömung trug sie schnell dahin. Sie mussten nicht aktiv paddeln, sondern nur noch steuern und je länger sie auf dem Fluss unterwegs waren, desto sicherer wurden sie und desto vorausschauender umfuhren sie die wenigen großen Hindernisse. Paul hatte sich den Flussverlauf mit Hilfe seiner Karte genau eingeprägt. Er wusste, dass nach zirka anderthalb Kilometer ein natürliches Hindernis kam – die Cariboo Falls – die hier senkrecht in die Tiefe stürzten und nicht befahrbar waren. Paul hatte Chip bewusst nichts davon erzählt. Er wollte ihn nicht unnötig beunruhigen. Das Verhältnis war ohnehin schon recht angespannt. Und so geriet etwas ins Rollen, was niemand hätte vorhersehen können und das alles Bisherige aus den Fugen bringen sollte.

Die Strömung war enorm und die Cariboo Falls tauchten schneller vor ihnen auf, als Paul dies vermutet hätte. Schon von Weitem war an der Gischt und am stärker werdenden Tosen zu vernehmen, dass sie dem Hindernis zunehmend näherkamen. Paul nahm das Geräusch zuerst wahr. Für ihn war klar, dass sie diese natürliche Barriere am besten dadurch umgingen, in dem sie in gebührendem Abstand oberhalb der Fälle das Ufer ansteuerten und dann ihre beiden Kajaks samt Ausrüstung um den Wasserfall herumtrugen. Paul, der vor Chip fuhr, drehte sich zu ihm um und rief so laut er konnte: »Wir müssen ans Ufer! Vor uns kommt ein Wasserfall!« Chip realisierte erst jetzt, was da zweihundert Meter vor ihnen auf sie zukam. Jetzt nahm auch er die Gischt wahr und konnte das Getöse zuordnen. Ohne zu zögern, lenkte er sein Kajak Richtung östliches Ufer, das an dieser Stelle eine relativ flache Anlandestelle bot, bevor es in eine etwa zwei Meter hohe Uferböschung überging. Paul tat es ihm gleich.

Bei normalen Wasserverhältnissen wäre vermutlich der Strand noch weitläufiger und breiter gewesen. Aber das Hochwasser der vergangenen Tage hatte nur einen schmalen flachen Uferstreifen übriggelassen, der nach drei Metern in einer hohen Böschung endete. Was sie nicht sehen konnten, war das, was sich unter dem Wasser im trüben braunen Nass verbarg. Chip hatte noch fünf Meter bis zum Ufer, als sein Kajak auf ein Hindernis auflief, das dem dumpfen Geräusch nach wohl ein Baumstamm war und nur wenige Zentimeter unter der Wasseroberfläche liegen musste. Das Kajak legte sich sofort quer zum Fluss an dem Baumstamm an, der wohl in einem Winkel von neunzig Grad zum Ufer lag. Keine Sekunde später geriet die komplette flussaufwärts zeigende Längsseite des Kajaks durch das zuströmende Wasser unter Druck.

Chip spürte sogleich, dass er feststeckte. Der Wasserdruck nahm zu, und das Kajak fing an zu kippen. Chip verfiel in Hektik und löste mit einer flussabwärts ausgerichteten Bewegung die Reaktion aus, die die Situation aus dem Ruder laufen ließ. Das Kajak kenterte und Chip fiel in den Fluss, der an dieser Stelle trotz Ufernähe so tief war, dass er nicht sofort zum Stehen kam. Die

Strömung trug ihn zwanzig Meter flussabwärts auf den Wasserfall zu. Erst dann schaffte er es, mit den Beinen wieder Bodenkontakt zu bekommen. Sein Kajak, befreit durch sein Gewicht trieb an ihm vorbei.

Paul, der wenige Meter unterhalb von ihm sein Kajak ans Ufer steuern wollte, hatte die Situation relativ schnell erkannt. Er stieß mit dem Paddel sein Kajak zurück in den Fluss, ließ Chip links liegen und versuchte mit aller Kraft das abtreibende Kajak von Chip einzuholen. Die Entfernung bis zum Wasserfall verringerte sich mehr und mehr und Paul musste enorm viel Kraft aufwenden, um das führerlose Kajak abzufangen. Doch er schaffte es und konnte es rechtzeitig oberhalb der Cariboo-Wasserfälle ans Ufer bringen. Sein Herz pochte, und er musste sich erst einmal kurz erholen. Er stieg aus seinem Kajak und war froh, dass er es so dicht vor dem Wasserfall und trotz der zunehmenden Strömung geschafft hatte.

Derweil hatte Chip das Ufer erreicht. Er kam triefend und völlig durchnässt auf Paul und die beiden Kajaks zugelaufen. Sie waren nur noch fünf Meter voneinander entfernt, als Chip plötzlich und völlig unvermittelt auf Paul zu rannte und sich mit voller Wucht auf ihn stürzte. Beide fielen zu Boden. Chip lag auf Paul und holte mit seiner Faust aus. Er ließ den aufgestauten Ärger im Gesicht von Paul wie einen Blitz einschlagen. Paul spürte sofort, dass seine Lippe aufgeplatzt war. »Du dummes Arschloch!«, schrie Chip, der immer noch rasend vor Wut war und den zweiten Schlag auf das Ohr von Paul setzte. »Warum hast du mir nicht gesagt, dass ein Wasserfall vor uns liegt?!«

Zum dritten Schlag kam Chip nicht. Paul hatte sich wieder gesammelt und Chip mit einer wuchtigen Bewegung seines Körpers von sich gestoßen. Er wollte sich gerade aufrichten, als ihm Chip zuvorkam. Er war schneller auf den Beinen als Paul und rammte ihn erneut von der Seite an, so dass beide noch einmal zu Boden fielen. Erst jetzt realisierte Paul, dass der rasenden Wut von Chip nicht so einfach Einhalt zu gebieten war.

In Bruchteilen einer Sekunde kam alles in ihm hoch, was sich in den letzten Tagen aufgestaut hatte. Warum musste Chip auf den Hilfssheriff schießen? Nur deswegen befanden sie sich jetzt in dieser misslichen Lage. Warum ertrug er es, dass Chip ständig anderer Meinung war? Warum musste er sich gefallen lassen, dass Chip an seiner Entscheidung »unterzutauchen« herumnörgelte? Warum war Paul dafür verantwortlich, dass Chip zu dumm war, mit einem Kajak zu fahren, und kentern musste? Warum dankte es ihm Chip nicht, dass er sein Kajak gerettet hatte? Es gab zu viele »Warums«. Er hatte endgültig genug von ihm.

Er konnte sich erneut befreien, rollte sich zur Seite, öffnete den Reißverschluss seiner Jacke und griff blitzschnell nach seiner Pistole, die im Schulterholster steckte. Chip hatte sich wieder gesammelt und tankte neue Energie für die nächste Attacke. Die Waffe, die er nun in der Hand von Paul sah, hielt ihn aber nicht davon ab, Paul erneut anzugreifen. Paul zögerte nicht. Er gab nur einen einzigen Schuss ab, der aus einem Meter Entfernung knapp neben dem linken Auge in den Schädel von Chip eindrang. Chip fiel wie ein nasser Sack nach vorn hinüber, mit dem Gesicht auf das mit Steinen übersäte Ufer. Auf der Rückseite seines Schädels war kein Ausschussloch zu sehen. Paul richtete sich auf.

Er nahm wahr, dass sich der feuchte Untergrund langsam mit Blut färbte. Erst waren es nur ein paar Tropfen, die den sandigen Boden zwischen den Steinen rosa färbten und ihn durch das nachfließende Blut dunkelrot werden ließen. Chip war tot, und Paul war der Meinung, dass Chip mit seinem Verhalten selbst schuld daran war. Er fasste sich an seine Lippe und schmeckte das Blut seiner aufgeplatzten Lippe. Er verspürte keinerlei Reue, über das was er getan hatte. Ganz im Gegenteil! Der Geschmack des eigenen Bluts bestätigte ihn in dem, was er getan hatte.

Chip war nicht der erste Mensch, den er getötet hatte. Aber er war der Erste, dessen Namen er gekannt hatte. Die anderen Opfer waren allesamt anonym – Soldaten, Rebellen und Freischärler in seinen früheren Einsatzländern. Sicherlich auch ein paar Zivilisten, die als Kollateralschäden in die Statistik eingegangen waren. Nichts Besonderes also! Einfach nur Zivilisten, die zur falschen Zeit und am falschen Ort zwischen die Linien geraten waren.

Er blickte sich um. Sein Gehirn funktionierte in dieser Situation wie eine Maschine – eine Militärmaschine. Aber schlagartig wurde ihm bewusst, dass er nicht im Krieg war. Nicht irgendwo in irgendeinem Einsatzland, in dem man seine Opfer einfach dort liegen ließ, wo man sie umgebracht hatte. Er hatte soeben einen Menschen getötet. Nicht irgendwo auf der Welt, sondern in Kanada. Hier gab es keinen Krieg. Was er getan hatte, war ein Verbrechen. Aber es tat ihm kein bisschen leid. Es war ihm auch egal, ob es Notwehr, Totschlag, Mord oder was auch immer war. Es zählte nur das Ergebnis und das lag vor ihm.

Ohne weiter darüber nachzudenken, sagte ihm sein Verstand und sein Instinkt, dass er die Leiche verschwinden lassen musste, und damit wäre für ihn das Kapitel »Chip« erledigt. Unaufgeregt, sachlich kühl, fast schon routiniert nahm er sich der Sache an. Zuerst musste er Chip vom einsehbaren Ufer entfernen. Ihn einfach in den Fluss zu werfen, war die schlechteste Lösung. Irgendwann und irgendwo würde Chip angeschwemmt werden und die Behörden hätten einen neuen Anhaltspunkt. Er musste die Leiche so entsorgen, dass sie niemand fand.

Er packte Chip von hinten unter die Arme, zog ihn die Böschung hinauf und legte ihn dort im hohen Gras ab.

Anschließend tat er das Gleiche mit den beiden Kajaks, so dass es vom Fluss aus keinerlei Hinweise auf die Anwesenheit von Menschen gab. Nach der ersten Anstrengung sondierte er ganz ruhig die Lage. Er war selbst über seine Gelassenheit und Gleichgültigkeit gegenüber Chip erstaunt. Sein Gehirn meldete die nächste Aufgabe an, die darin bestand, ein sicheres Versteck für die Leiche zu finden.

Unfreiwillig Zeuge

Der Schuss war so klar, so deutlich und laut zu hören, dass Kenai und Marc vor Schreck zusammenzuckten und sich unwillkürlich ganz klein machten. Marc blickte Kenai fragend an. Er stellte sich selbst die Frage, ob der Schuss etwa ihnen gegolten hatte. Aber er verwarf den Gedanken schnell wieder. War es ein Jäger? Sie waren ganz in der Nähe der Parkgrenze. Außerhalb des Parks war Jagen erlaubt, und das Wild, das zwischen der Schutzzone und außerhalb dieser Zone hin- und herzog, war meist sehr zahlreich.

Sie waren gerade auf dem Weg von ihrem neuen Lager zum Fluss, an dem sie am Vortag ihre alten Reusen ausgelegt hatten, und hofften nun, den ersten Fang einholen zu können. Nur noch etwa fünfzig Meter durch das dichte Unterholz und sie wären knapp oberhalb des Wasserfalles am östlichen Ufer des Cariboo Rivers herausgekommen. Den Weg zum Fluss waren sie noch nicht so häufig gelaufen und deswegen war er bei weitem nicht so ausgetreten, wie der Pfad, den sie an ihrem ersten Lagerplatz angelegt hatten.

Der Schuss, der nicht weit entfernt abgegeben worden war, hatte sie verunsichert, und sie waren sich auch nicht hundertprozentig sicher, aus welcher Richtung er letztlich gekommen war. Sie entschieden, sich dem Fluss vorsichtig zu nähern. Sie wollten, nein sie mussten, verstehen, wer sich in ihrer näheren Umgebung aufhielt. Immerhin war der Fluss ihre wichtigste Anlaufstelle für frischen Fisch und natürlich auch zum Baden.

Das Tosen des Wasserfalls war nicht mehr so gewaltig wie noch vor zwei Tagen. Nachdem sie sich einige Meter langsam vorgetastet hatten, konnten sie durch die Blätter und Büsche erkennen, dass der Fluss nicht mehr so angeschwollen war und sich von einer dunkelbraunen Brühe zu einem hellbraunen Fluss gewandelt hatte. Sie hielten kurz vor der abfallenden Uferböschung an und legten sich ins feuchte Gras. Ungefähr 40 Meter zu ihrer Linken stürzte der Cariboo Fall in die Tiefe. Halb verdeckt im hohen Gras und verborgen hinter einem quer liegenden Baumstamm sondierten sie die Lage.

Sie mussten nicht lange suchen. Zu ihrer Rechten entdeckten sie einen Mann, der gebückt hinter seinem Kajak stand. Sie konnten jedoch nicht sehen, an was er sich zu schaffen machte. Vermutlich hatte er dort dicht am Ufer sein Gepäck aus dem Kanu gepackt, um zu Fuß den Wasserfall zu umgehen. Marc und Kenai würden dann unmittelbar auf seinem Weg liegen. Sie schauten sich gegenseitig an und flüsterten sich zu, dass sie sich ein Stück zurückziehen und solange warten würden, bis der Kanute das Hindernis und letztlich damit auch ihr Territorium verlassen hatte. Sie wollten sich gerade aufrichten, als Kenai Marc an der Schulter anstieß. Beide lagen noch im nassen Gras. Was sie jetzt sahen, verschlug ihnen die Sprache.

Der Mann, der sich hinter seinem Kanu zu schaffen machte, packte eine Person unter den Armen und zog den Körper, der keinerlei Regung von sich zu geben schien, die Uferböschung hinauf. Marc und Kenai schauten sich sprachlos an. Es gab keinen Zweifel. Aus vierzig Meter Entfernung erkannten sie eindeutig einen reglosen Körper. Der Kopf war nach vorne auf die Brust gefallen, und es schien so, als wäre das Gesicht mit Blut verschmiert. Der Mann, der offensichtlich einen Verletzten oder Toten die Böschung hinaufzog, war für wenige Minuten verschwunden und kam dann zurück zum Kajak. Er zog seine Jacke aus und legte sie hinein. Ihm war wohl durch das Schleppen warm geworden.

Was sie jetzt sahen, brachte ein weiteres Puzzlestück hervor. Der Mann trug unverkennbar ein Schulterholster. War er der Mann, der vor wenigen Minuten geschossen hatte? Hatte er den anderen Mann getötet? Er packte das Kajak und zerrte es in die gleiche Richtung wie zuvor den leblosen Körper. Wenige Meter oberhalb lag ein zweites orangefarbenes Kajak, das sie bisher noch gar nicht wahrgenommen hatten. Und wieder dauerte es nur ein paar wenige Minuten, bis der Mann erneut zum Flussufer kam. Er sondierte die Lage in alle Richtungen.

Marc und Kenai duckten sich tief hinter dem Baumstamm. »Haben wir hier gerade einen Mord verpasst?«, fragte Marc leise flüsternd. Kenai schaute ihn fragend an, so als würde er noch nach einer anderen Erklärung suchen. Aber seine Antwort ließ vermuten, dass er augenblicklich keine andere Begründung für das Gesehene hatte. »Scheint so!«

Als sie erneut einen Blick riskierten, war der Mann mehrere Schritte entlang des Ufers auf sie zukommen. Er lief ein paar Meter in das dort relativ flache Wasser und bückte sich. Er griff in das Nass und zerrte an einem braunen Gegenstand, den er allerdings nur halb aus dem Wasser bekam. Marc und Kenai durchzuckte es im selben Augenblick und Marc entglitt ein leises »Scheiße!«

Der Mann hatte eine ihrer Reusen entdeckt, die sie mit Steinen beschwert im flachen Wasser versenkt hatten. Er ließ sie fallen und ging ans Ufer zurück. Er orientierte sich weiter in ihre Richtung und war jetzt nur noch etwa fünfundzwanzig Meter von ihnen entfernt. Marc und Kenai stockte der Atem. Die Reaktion, die der Mann jetzt zeigte, überraschte sie beide. Er inspizierte aufmerksam das Ufer rund um den Bereich, an dem er die Reuse gefunden hatte. Er schien etwas zu suchen, und Kenai und Marc wurde relativ schnell klar, was er suchte: Spuren des Reusenauslegers. Warum tat er das? Man musste sich nur in seine Lage versetzen. Sollte er tatsächlich gerade jemanden erschossen haben, und darauf deutete einiges hin, konnte man sich leicht die Frage beantworten, wie er sich wohl gegenüber Zeugen verhalten würde. Er lief am Ufer wieder Strom aufwärts und betrachtete aufmerksam das flachere Wasser und die Uferböschung. Es dauerte nicht lange, bis er die zweite Reuse gefunden hatte, die offensichtlich gut mit Fisch gefüllt war, da sie deutlich schwieriger anzuheben war als die erste.

Die Puzzlestücke, die in Pauls Hirn umherirrten, fanden langsam aber sicher immer mehr zueinander und setzten sich zu einem zunehmend größeren Bild zusammen. Es war nicht auszuschließen, dass der Mord an Chip nicht unbeobachtet geblieben war. Er hatte zwei Reusen gefunden. Wäre es nur eine gewesen, hätte man vermuten können, dass sie vielleicht hier angeschwemmt worden war. Aber der Fund der zweiten Reuse ließ nur das Ergebnis zu, dass sie hier bewusst ausgelegt worden waren. Es waren keine professionellen Reusen. Aber zumindest eine davon enthielt noch ihren Fang, und sie waren sicherlich nach dem großen Regen ausgelegt worden. Also musste der Besitzer irgendwann zur Kontrolle zurückkommen.

Was, wenn der Besitzer schon da war und den Vorfall mit Chip mitbekommen hatte? Was, wenn er irgendwo da draußen saß und ihn jetzt in diesem Augenblick beobachtete? Was sollte er unter diesen Umständen mit der Leiche von Chip machen? Sie hier begraben oder doch im Fluss abwärts treiben lassen? Sie noch ein Stück mitnehmen und an einer anderen Stelle vergraben? Pauls Gehirn ratterte und ratterte. Er mochte keine Komplikationen.

Zu viel Trubel

Grizz rieb sich sein Fell an der harzigen Kiefer. Der ganze Baum wackelte bedenklich, als es sich mit vollem Gewicht an ihm scheuerte. Die Quälgeister auf seinem Rücken machten ihn schier wahnsinnig. Und es waren nicht nur die Parasiten in seinem Bärenfell, sondern all die neuen Eindrücke, die er in den letzten beiden Tagen am Cariboo River gesammelt hatte, die ihn leicht missmutig stimmten. Die Schwarzbärenmutter mit ihren beiden Jungen kannte er schon. Er könnte sie mit Leichtigkeit töten. Doch seit sie sich strikt am Westufer aufhielt, sah er keine Veranlassung, ihr dort weiter nachzustellen. Der Fluss war seine vorläufige Reviergrenze im Westen.

Etwas anderes machte ihm deutlich mehr Kopfzerbrechen. Es war der Rauch von Feuer, der seit Tagen über diesem Teil seines Reviers hing und ihm in der Nase juckte. Er stammte von den beiden sonderbaren Wesen, die aufrecht wie Menschen gingen, aber kaum bekleidet waren und erbärmlich stanken. Ihre Notdurft verrichteten sie in seinem Wald, durchstreiften sein Revier und verscheuchten das Wild. Gut, sein Jagdrevier war mehr als 2000 Quadratkilometer groß und damit größer als der komplette Bowron Lake Provincial Park. Es zog sich weit in die Cariboo Mountains hinein, wo es an andere Grizzly-Reviere angrenzte. Er war Park Ranger und Kanuten gewöhnt. Aber er spürte instinktiv, dass jetzt etwas anders war.

Er hatte die beiden Gestalten in der Nähe des Flusses hier und da gewittert und war nachts an ihr Lager herangeschlichen, ohne sich zu erkennen zu geben. Er ging ihnen aus dem Weg. Dennoch waren sie Eindringlinge in seinem Revier und fraßen seine Beeren, jagten sein Wild und fingen seine Fische. Aber letztlich war Grizz bewusst, dass es genug für alle gab, und er wollte sich auf keinen Fall mit den beiden anlegen. Er hatte keine Angst vor ihnen. Es war nicht seine erste Begegnung mit Menschen. Und nicht alle meinten es gut mit ihm. Er sprach nicht von Park Rangern, die von seiner Existenz wussten. Er meinte Jäger und Fallensteller, Wilderer und schießwütige Rowdies.

Neben den beiden Menschenkindern hatte er eine weitere Duftspur aufgenommen. Aber ob es sich in diesem Fall um einen Jäger handelte, konnte er noch nicht einschätzen. Aber dieser Mensch schien einen vierbeinigen Begleiter zu haben und schlich heimlich durch sein Revier, ohne all zu viele Spuren zu hinterlassen.

Eigentlich wollte er heute ein paar Forellen fangen und sich dann wieder Richtung Cariboo Mountains aufmachen. Aber just als er fischen wollte, wurden zwei Kajaks den Fluss hinuntergetragen, die ihn veranlassten zurück in die nahe Uferböschung zu flüchten. Wenig später hörte er einen lauten Knall. Es wurde ihm hier langsam zu viel. Er markierte einen Baum, um sein Revier für Kreaturen abzustecken, die wussten, wer hier seine Marke hinterlassen hatte. Schließlich entschied er, sich heute noch den Bauch mit Beeren vollzuschlagen und nahe des Cariboo Rivers auf moosigem Untergrund die Nacht zu verbringen, um sich am nächsten Morgen langsam Richtung Cariboo Mountains aufzumachen. Hier war ihm definitiv zu viel Trubel!

Der Coup

Als Wayne mit dem Fernglas von der abgeholzten Hügelkette aus zwei orangefarbene Kajaks auf dem Swan Lake ausmachte, konnte er sich nicht sicher sein, wer die Führer der beiden Boote waren. Zu groß war die Entfernung! Er setzte sich wieder in seinen Jeep und fuhr die McKeena Creek Road weiter, die sich etwa zwei Kilometer parallel zum Bowron Lake, dem sich anschließenden Swan Lake und Babcock Lake entlangschlängelte. Der Babcock war der kleinste der drei Seen, dem sich eine Tragepassage für Kanus anschloss, und nach einem weiteren Kilometer auf den Cariboo River stieß. Paul und sein Begleiter mussten an diesem Nadelöhr zwangsläufig vorbeikommen und hier wollte Wayne ihnen unbemerkt folgen.

Von der McKeena Creek Road bis zu diesem Punkt musste er sich knapp zwei Kilometer durch teils dichtes Unterholz kämpfen – bepackt mit einem Rucksack, in den er das Nötigste an Ausrüstung und Proviant für vier bis fünf Tage verstaut hatte. Hinter sich zog er sein Ein-Mann-Kajak, mit dem er Paul und seinen Kompagnon verfolgen wollte. Es war eine schweißtreibende Angelegenheit, die zwei Kilometer bis zum Zusammentreffen des Cariboo Rivers mit der aus dem Babcock See kommenden Portage zu überbrücken.

Er versteckte das Kanu und deckte es sorgfältig mit Ästen zu. Er schätzte, dass es noch eine Stunde dauern würde, bis Paul und sein Begleiter hier vorbeikämen. Sofern sie überhaupt die Führer der beiden orangenen Kajaks waren.

Aber so war es! Als Wayne sie das erste Mal zu Gesicht bekam, fand er die endgültige Bestätigung dafür, dass der Mann, den er auf den Polizeivideos gesehen hatte, kein anderer als Paul Eskot war. Er beobachtete die beiden aus der Deckung heraus mit seinem

Fernglas, und es entging ihm nicht, dass die beiden beim Erreichen des Cariboo Rivers eine Diskussion über ihren weiteren Fluchtverlauf hatten. So zumindest deutete er die Gesten von Paul Eskot. Den Rucksack, um den es ihm in erster Linie ging, konnte er nirgends entdecken. Er war sicherlich, so wie die restliche Ausrüstung der beiden, im Kajakrumpf verstaut.

Überraschend für Wayne, entschieden sich Paul und sein Begleiter, den Rundwander-Kanuweg durch den Bowron Lake Provincial Park nicht weiter zu befahren, sondern dem Cariboo River Richtung Quesnel zu folgen. Wayne hatte diese Option für möglich, aber nicht wahrscheinlich gehalten, und das brachte ihn ins Grübeln. Würde er den beiden über den Cariboo River folgen, war das deutlich schwieriger. Sie würden bis Quesnel, so schätzte er, zirka zwei Tage brauchen. Das hieß, er hatte nur in einer Nacht die Möglichkeit, den beiden den Rucksack abzunehmen. Die Alternative war, sie hier zu stellen. Doch diesen Gedanken verwarf er sofort wieder. Sie waren zu zweit, sicherlich beide bewaffnet, außerdem müsste er sich zu erkennen geben. Er wollte sich nicht sein ganzes Leben lang umdrehen und überall die Gefahr wittern müssen, dass die beiden hinter ihm her sein könnten. So gab es nur die Option, ihnen auf dem Cariboo River zu folgen, auf die nächste Nacht oder auf eine andere passende Gelegenheit zu hoffen.

Er ließ die beiden in das Kajak einsteigen und losfahren und begab sich zurück zu seinem versteckten Kajak und folgte ihnen außer Sichtweite. Auf den langen, geraden Flussverläufen konnte er sie in ihren orangenen Kajaks gut ausmachen. Er konnte sein Tempo anpassen, um möglichst unentdeckt zu bleiben und die Wendigkeit seines kleinen Kajaks half ihm dabei ungemein. Die größte Herausforderung bestand darin, dass es Abschnitte gab, in denen er die beiden immer wieder aus den Augen verlor und nicht wusste, ob sie noch auf dem Fluss waren oder schon irgendwo ans Ufer gepaddelt waren. Deshalb war er äußerst darauf bedacht, ständig beide Flussufer mit den Augen abzusuchen, insbesondere dann, wenn er sie nicht mehr auf dem Fluss sah. Er wollte unbedingt den direkten Kontakt mit ihnen vermeiden, um ihnen keinesfalls das Gefühl zu vermitteln, in Gesellschaft anderer Kanuten zu sein oder gar verfolgt zu werden.

Seine Karte zeigte ihm, dass sie vermutlich bis zu den Cariboo Falls fahren und dann dort aussteigen würden, um den Wasserfall zu Fuß zu umgehen. Und so war es auch. Er pirschte sich mit seinem Kajak an die nächste große Biegung, von der er annahm, dass sie wenige hundert Meter oberhalb der Fälle lag. Hinter einem Felsen angelehnt, stoppte er sein schwarzes Kajak, das alleine schon aufgrund seiner dunklen Färbung kaum auffiel. Ganz im Gegensatz zu den beiden orangenen Kajaks von Paul und seinem Begleiter, die gerade dabei waren, am östlichen Ufer anzulanden. Doch was Wayne wenige Sekunden später durch sein Fernglas sah, konnte er nicht einordnen. Er nahm gerade noch wahr, wie einer der beiden auf den anderen losging, bevor der Kampf abrupt von einem Schuss beendet wurde. Wayne war geschockt! Er behielt seine Position und beobachtete das weitere Geschehen. Er sah, wie Paul einen leblosen Körper die Uferböschung hinaufzog und wenig später auch die beiden Kajaks. Es schien, als hätte sich gerade ein Drama abgespielt.

Wayne wurde sofort klar, dass sich jetzt eine neue Tür auftat, eine neue Möglichkeit abzeichnete. Paul war sicherlich vorläufig damit beschäftigt, seine Situation zu bereinigen. Vielleicht beinhaltete dies auch, die Leiche zu verstecken oder sein Kajak um den Wasserfall zu tragen. Möglicherweise bot sich ja schon jetzt die Gelegenheit für Wayne, sich unbemerkt des Rucksacks zu bemächtigen. Natürlich würde Paul den Verlust relativ schnell merken, schneller als bei einem Diebstahl in der Nacht. Aber wenn Wayne es geschickt anstellte, würde ihn Paul in dem schwierigen Gelände kaum verfolgen können.

Er nutzte die nächste Gelegenheit, in der Paul nicht am Ufer zu sehen war, stieß sich vom Stein ab, hinter dem er sich verborgen hielt, und paddelte die zehn Meter bis zum östlichen Ufer. Er sprang aus dem Kajak und zog es sofort ins Unterholz. Das Ganze dauerte nur wenige Sekunden. Bis zu der Stelle, an der er Paul zuletzt am Ufer gesehen hatte, waren es ungefähr zweihundert Meter. Die ersten hundert Meter lief er relativ zügig in diese Richtung, geschützt durch das dichte Unterholz. Dann legte er einen ersten Halt ein, um zu hören, was sich um ihn herum tat.

Seine Sinne konzentrierten sich auf den Uferböschungsbereich vor ihm. Allerdings war das Rauschen des Flusses und der nun nahe Wasserfall so dominant, dass Geräusche im Unterholz schwer auszumachen waren. Er ging nun deutlich langsamer und möglichst lautlos. Alle fünfzehn bis zwanzig Meter legte er einen weiteren Halt ein. So vergingen wertvolle Minuten mit immer vorsichtigerem Vortasten, bis er schließlich dreißig Meter vor sich die beiden orangefarbenen Kajaks im Gras entdeckte. Von Paul war weit und breit nichts zu sehen. Solange er nicht wusste, wo sich Paul aufhielt und wo sich der Rucksack befand, war ein weiteres Anschleichen zu gefährlich und machte keinen Sinn. Deshalb verharrte er an der Stelle, an der er sich befand und schärfte seine Sinne. Er schloss die Augen und seine Ohren sensibilisierten sich. Er überlegte, was er tun würde, wenn er in der Situation von Paul wäre.

Die erste Option war, ein Versteck für die Leiche zu finden. Sie im Fluss abtreiben zu lassen, war sicherlich nicht die beste Lösung. Sie würde irgendwo wieder auftauchen. Und darauf, dass Paul das nicht vorhatte, deutete auch sein Verhalten, hatte er doch den leblosen Körper in die Uferböschung verbracht.

Zu nahe am Wasserfall konnte er die Leiche nicht begraben. Es war nicht ausgeschlossen, dass weitere Kanuten den Cariboo River befuhren und hier oberhalb der Wasserfälle ausstiegen, um diesen zu Fuß zu umgehen. Irgendwann könnte der Leichengeruch Aufmerksamkeit erregen. Also musste der Tote etwas tiefer im Wald versteckt werden. Und genau dort vermutete Wayne gerade Paul – auf der Suche nach einem guten Versteck! Wayne überlegte, ob er sich langsam weiter vorarbeiten sollte, aber die Gefahr durch eigenes Fortbewegen selbst entdeckt zur werden, war zu groß. Er nahm sich etwas feuchte Erde und schmierte sie sich in sein Gesicht und empfand diesen militärischen Automatismus sogleich als lächerlich. Er entschied, sich nicht von der Stelle zu rühren, ging aber auch nicht davon aus, dass sich Paul samt Gepäck und SSL-Rucksack auf die Suche nach einem Leichenversteck gemacht hatte. Vielmehr war er überzeugt, dass Paul Gepäck und Rucksack in der Nähe der beiden Kajaks abgelegt hatte. Er wollte es aber nicht riskieren, sie dort zu suchen. Zu groß war die Gefahr, dass Paul plötzlich mit gezogener Waffe hinter ihm stand.

Es vergingen zehn Minuten, bis Wayne aus der linken Waldseite die Geräusche einer sich nähernden Person vernahm. Eine Minute später stand Paul vor den beiden Kajaks. Er zog diese nun weitere dreißig Meter in den Wald und bedeckte sie mit Ästen. Zwanzig Meter neben dem Platz, an dem ursprünglich die beiden Kajaks lagen, hatte er die Ausrüstung im hohen Gras versteckt. Wayne hätte sie da nur durch Zufall gefunden. Paul schulterte einen Rucksack und nahm den zweiten auf die Brust. Er bückte sich ein drittes Mal und hielt einen kleinen schwarzen Rucksack in den Händen, der zweifelsfrei der war, den Wayne vor drei Tagen Rooney übergeben hatte. Er lief damit in die Richtung der Kajaks und legte die Gepäckstücke im Abstand von zwanzig Metern in einer dichten Brombeerhecke ab. Paul kam ein drittes Mal zurück, bückte sich ein letztes Mal, wuchtete die Leiche von Chip auf seine rechte Schulter und verschwand mit ihr in die Richtung, aus der er anfangs gekommen war. In seiner linken Hand trug er wie selbstverständlich einen Klappspaten.

Wayne verstand sofort und erkannte die Gelegenheit. Während Paul irgendwo im dichten Unterholz ein Stück vom Fluss entfernt seinen Kameraden vergraben würde, könnte er sich vorsichtig an das Gepäck heranschleichen, den Rucksack mit den Linsen an sich nehmen und verschwinden. Paul würde das zwar relativ schnell bemerken, aber Wayne rechnete mit einem Vorsprung von dreißig Minuten. Und Paul würde bei der Entdeckung des gestohlenen Rucksacks keine Ahnung haben, wer diesen an sich genommen haben könnte und wohin der Dieb entwischt wäre.

Wayne wartete so lange, bis von Paul nichts mehr zu hören war. Vorsichtig und leise, aber dennoch schnell und zielstrebig lief er auf die Hecke zu, in der die Rucksäcke deponiert worden waren. Er griff nach dem schwarzen Rucksack und hielt in Händen, was er vor drei Tagen an Rooney übergeben hatte. Er verlor keine Zeit und lief leise aber zügig zurück in die Richtung, aus der er gekommen war. Nach hundert Metern war er sich sicher, dass er außer Hörweite von Paul war und beeilte sich nun zurück zu seinem Kajak zu kommen. Er freute sich über den überraschenden Coup und hätte sich niemals ausgemalt, dass es so einfach wäre, Paul den Rucksack wieder abzuluchsen.

Verräterischer Rauch

Paul wischte sich den Schweiß von der Stirn. Er hat die Leiche von Chip sicherlich hundert Meter tief in den Wald getragen. Seiner Ansicht nach weit genug vom Fluss entfernt, um nicht durch Kanuten entdeckt zu werden. Er hatte dabei bewusst einen Weg mit Hindernissen gewählt. Einen Weg, den sich normal verhaltende Menschen, wie Holzsammler oder Personen, die ihr »Geschäft« verrichten mussten, nicht aussuchen würden. Es gab unzählige Möglichkeiten in diesem Gelände, das mit kleinen und großen

Felsen, dichten Hecken und tiefen Mulden, durchsetzt war, die Leiche zu verstecken.

Er hatte ein zwei Meter langes und gut siebzig Zentimeter tiefes Loch im feuchten Untergrund gegraben, sich immer wieder die Stirn abgewischt und seine Jacke schon längst an einem Ast aufgehängt. Die immer noch aufgeweichte Erde vereinfachte das Graben, aber seine Gedanken beschäftigten sich längst wieder mit dem Reusenfund und der Frage, ob das Verstecken der Leiche vor Ort die richtige Entscheidung war. Ab und zu unterbrach er seine Arbeit für ein paar Sekunden und nutzte die Pause, um unauffällig in den Wald um sich herum hineinzuhorchen und einen flüchtigen aber gezielten Blick in alle Richtungen zu werfen. Er konnte sich überhaupt nicht sicher sein, dass er hier alleine war. Aber für ihn stand erst Mal im Vordergrund, die Leiche loszuwerden.

Seiner Ansicht nach war das Loch tief genug. Er durchsuchte die Leiche von Chip und nahm ihm Geldbeutel, Ausweis und seine Waffe ab. Dann zog er den leblosen Körper in das Loch. Gerne hätte er die Leiche mit einer Plastikfolie abgedeckt, um das Entweichen des Verwesungsgeruchs möglichst lange hinauszuzögern. Aber er hatte in seiner und Chips Ausrüstung nichts gefunden, was ihm diesbezüglich hätte nützlich sein können.

Er schaufelte die Erde auf Chip und benutzte die großen Steine, die er aus dem Loch geholt hatte, um die Leiche zu beschweren. Um ihn herum fand er drei weitere große Steine, die er gerade noch tragen konnte und ebenfalls auf Chips letzte Ruhestätte legte. Damit wollte er verhindern, dass Füchse, Dachse oder andere Tiere die Leiche ausgruben. Bären würden diese Steine sicherlich bewegen können, aber das konnte er nicht verhindern. Er wollte sich gerade bücken, um einen letzten großen Stein, der etwa zwanzig Meter von der Grabstelle entfernt lag, zu dieser zu rollen, als seine Nase plötzlich den Geruch von Rauch wahrnahm. Er reckte die Nase in die Luft. Kein Zweifel! Irgendwo musste ein Feuer brennen. Er steckte seinen Zeigefinger in den Mund und befeuchtete ihn. Dann streckte er ihn hoch in die Luft, um die Richtung zu bestimmen, aus der der Wind kam. Er kam tiefer aus dem Wald und blies Richtung Fluss.

Seine Augen suchten das dunkle Grün und die Höhlenlinien um ihn herum ab und visierten jeden größeren Stein oder Baum, hinter dem sich jemand verstecken konnte. Ein Rabe krächzte, und es durchdrang ihn ein Gefühl, dass ihn tausend Augen bei seiner Arbeit beobachteten. Obwohl er noch bis vor wenigen Sekunden geschwitzt hatte, war der Schweiß auf seiner Haut plötzlich kalt, und es schauderte ihn kurz. Die tausend Augen schauten ihn immer noch an. Es waren Augen, die ihn anklagten, die ihm sagten, dass man ihn sah. Die ihm unmissverständlich klar machten, dass man gesehen hatte, was er getan hatte. Aber dieses Gefühl machte ihm nichts aus. Es war nicht das erste Mal, dass er dieses Gefühl verspürte. Er war kein Obstverkäufer, kein Börsenmakler mit Schlips und Kragen der zuhause drei Kinder, eine Frau und einen Hund hatte und der sich Gedanken machte, wie sein Haus am schnellsten abzubezahlen war. Er hatte Dinge gesehen und getan, mit denen nur wenige Menschen konfrontiert werden und die nicht für alle zu ertragen waren. Er war Soldat gewesen und war es immer geblieben, auch jetzt noch.

Ein letztes Mal suchte er die Umgebung ab und kam zu dem Schluss, dass er nicht alleine war! Der Rauch und die Reusen am Fluss sprachen eine deutliche Sprache. Er beendete sein Werk, indem er die Leiche von Chip mit der restlichen Erde bedeckte und diese immer wieder mit seinen Stiefeln festtrat. Zum Schluss tarnte er das braune Loch mit Ästen, sodass es nicht auf den ersten Blick als Grab erkannt werden konnte. Aber alle Spuren konnte er nicht verwischen. Deshalb musste er auf Nummer sichergehen. Er zog seine Jacke an, verstaute die wenigen Utensilien, die er Chip abgenommen hatte und vergewisserte sich, dass dessen Waffe geladen war. Dann lief er langsam tiefer in den Wald. In die Richtung, aus der der Rauch kommen musste.

Marc und Kenai fuhr es gleichzeitig durch Mark und Bein. Sie lagen achtzig Meter von der Stelle entfernt, an der gerade eben ein für sie Unbekannter seine letzte Ruhestätte gefunden hatte. Sie hatten alles mit angesehen. Und der Mann, der die Leiche beerdigt hatte, schien nicht etwa in sein Kajak zu steigen und sich aus dem Staub zu machen. Nein, dieser Mann schien nun etwas oder jemanden zu suchen.

»Wir müssen hier schleunigst weg!«, raunte Marc Kenai leise zu. Der verstand sofort. Sie schoben sich auf dem Boden liegend fünf Meter hinter die Bodenwelle, von der aus sie die Beerdigungsszene geschützt beobachtet hatten und richteten sich dann in ihrem Schutze auf. Von der Stelle aus, an der sich der Mann gerade eben noch befand, konnten sie nicht gesehen werden, und von hier hatten sie ungefähr acht Minuten bis zu ihrem Lager. Sie rannten, so schnell sie konnten, und schon nach wenigen Metern rochen auch sie den Rauch. Der Rauch, der sie vermutlich verraten hatte. Der Qualm, der aus ihrem Lager kam. Rauch, der zwangsläufig entsteht, wenn man einem Feuer nicht genug Nahrung gibt. Rauch, den vermutlich der Mann gerochen haben musste, und der ihn nun veranlasste, in diese Richtung zu gehen.

Er würde sicherlich ein bisschen länger bis zum Lager brauchen als sie, da er weder die genaue Richtung kannte noch eine Ahnung hatte, was ihn dort erwarten würde. Was würde er tun, wenn er sie entdeckte? Für sie bestand kein Zweifel. Marc und Kenai hatten gesehen, dass er eine Leiche tief im Wald vergraben hatte. Sie hatten davor einen Schuss gehört. Sie hatten gesehen, wie er versuchte, die Spuren zu verwischen, und sie nahmen wahr, dass er mit einer Waffe in Richtung ihres Lagers unterwegs war. Welchen anderen Schluss ließ das zu, als dass er herausfinden wollte, wer den Rauch verursachte und von wem die Reusen stammten, er wissen wollte, ob es für seine Tat Zeugen gab.

Was würde er mit möglichen Zeugen tun? Darüber waren sich Kenai und Marc im Klaren, ohne dass sie sich darüber ausgetauscht hatten. Die Worte »Wir müssen hier weg!«, drückten alles aus. Sie bedeuteten, dass sie auf der Flucht waren. Und sie empfanden Angst. Nicht vor einem Bären oder einem Vielfraß. Nein, vor etwas viel Gefährlicherem – einem Menschen.

Sie spürten die Steine nicht, auf die sie barfüßig traten und blendeten das Brennen der Dornen aus, an denen sie hängenblieben. Erst als sie außer Atem im Lager ankamen und sahen, dass der Qualm des Feuers die Umgebung eingenebelt hatte, wurde ihnen klar, dass sie ihr neues Zuhause aufgeben mussten – zumindest vorübergehend. Sie nahmen hastig die wenigen Dinge auf, die sie überhaupt besaßen. Pfeil und Bogen, Speer, Axt, Seil, den Feuerstein sowie die Überreste der beiden Enten, die sie am Vortag erbeutet und gebraten hatten. Sie löschten die restliche Glut und überprüften hastig ihre Ausrüstung und schauten sich dabei gegenseitig kontrollierend an. Marc musste husten – weniger wegen des Rauchs, sondern wegen der für ihn und seine Lunge anstrengenden Flucht.

Hier standen zwei Steinzeit-Indianer in kurzen Hosen, verdreckt, verkratzt, barfüßig und auf der Flucht vor einem mit automatischen Waffen ausgestatteten Homo Sapiens, der Kleidung und Schuhe trug, dem Kälte, Nässe, Dornen und Steine nicht ansatzweise so viel ausmachten wie ihnen. Sie kamen sich verloren und hilflos vor. »Wohin?«, fragte Marc sichtlich nervös. Kenai schaute ihn an. »Wenn wir weiter in den Wald hineingehen, wird er uns sicherlich einholen. Spätestens wenn wir in der Nacht ein Feuer machen müssen, hat er uns!« Marc nickte zustimmend. »Wir können einen Bogen schlagen und zurück zum Fluss gehen und uns seine beiden Kajaks nehmen und flussabwärts fahren.« Marc schaute ihn an und der Blick verhieß, dass neue Hoffnung in ihm aufstieg. »Allerdings kann es sein, dass er das merkt und uns erwischt, wenn wir die Kajaks um den Wasserfall tragen.« »Stimmt!«, war der nachdenkliche Kommentar von Marc. »Oder wir kämpfen uns bis zu unserem eigenen Kanu durch, wo wir auch Verpflegung haben … und Kleider!« Marc schaute Kenai an und der Blick verriet, dass dies wohl die beste Option war, auch wenn das hieße, dass sie ihr Abenteuer früher abbrechen müssten.

Sie schlugen hastig den Weg nach Nordosten ein, um einen großen Bogen um den Mann zu schlagen. Doch sie hatten nicht mit der Schnelligkeit und Zielstrebigkeit von Paul gerechnet. Er war früher in der Nähe des Lagers, als sie dies für möglich gehalten hatten. Paul hatte sich auf der Bodenwelle, die auf ihr Lager zulief, vorangearbeitet und dabei die Senke links und rechts davon immer im Blick. Er entdeckte die beiden Gestalten, zwei halbnackte, dreckige junge Männer, die er für verlauste Indianer hielt. Ohne Zögern hob er die Waffe und zielte auf die beiden, die offensichtlich die Flucht ergreifen wollten. Um auf die gut vierzig Meter entfernten Männer besser zielen zu können, musste er einen Schritt nach vorne machen und trat dabei auf einen dürren Ast. Das Knacken wurde von den sensiblen Ohren von Marc und Kenai wahrgenommen. Sie blieben stehen und drehten sich in die Richtung, aus der das Geräusch kam. Wenige Meter vor ihrer Behausung erkannten sie den Totengräber auf der Bodenwelle. Er schaute sie mit ernster Miene an.

Die Szene musste für Außenstehende befremdlich wirken. Auf der einen Seite zwei halbnackte Gestalten mit Pfeil und Bogen. Auf der anderen Seite ein vollständig bekleideter, gut ausgestatteter Mann, leicht eingenebelt durch die letzten aus dem Lager aufsteigenden Rauchschwaden. In seiner rechten Hand erkannten sie eine Waffe, die auf sie zielte. Die Szene schien unendlich lange zu dauern, bis ein Knall den Wald durchzog, gefolgt von einem zweiten. Nur dreißig Zentimeter links von Marc splitterte das Holz eines Baumstamms. Marc schrie auf und ging sofort in die Knie. Er griff sich an seine rechte Seite, an der der Schmerz zu spüren war. Er fasste unter das Fell, welches er trug und als er die Hand wieder hervorzog war sie mit Blut verschmiert. Fassungslos schaute er Kenai an. »Ich wurde getroffen!«, stammelte er an seinen Freund gerichtet. Aus der Ferne nahmen sie in den Augen des Mannes wahr, dass es ihm ernst war. Es durchzuckte sie und es gab keinen Zweifel. Dieser Mann wollte sie töten. Ihre Flucht sagte ihm, dass sie etwas gesehen hatten, was nie für ihre Augen bestimmt gewesen war. Die Abgeklärtheit, die Ruhe, die Wortlosigkeit mit der dieser Mann auf sie geschossen hatte, ließ keinen Zweifel. Dieser Mann würde sie töten, wenn er die Gelegenheit dazu hätte. Kenai packte Marc unter dem Arm und zog ihn hoch. »Kannst du laufen?«, fragte er ihn. Marc nickte. Sie verloren keine weitere Zeit und setzten ihre Flucht fort. Verfolgt von der Angst, dass der Mann sie schnell einholen würde.

Kein gutes Gefühl

Wayne war in wenigen Minuten zurück an seinem Kajak. In den Händen hielt er den Rucksack von SSL. Er öffnete den Reißverschluss und fand darin, was er vermutet und erhofft hatte. Original verpackte und von SSL versiegelte Transportboxen, so dass er davon ausgehen konnte, dass der Inhalt des Rucksacks nicht durch Paul oder seinem Kompagnon ausgetauscht worden war. Er verstaute ihn in seinem Kajak, zog es fünfzig Meter flussaufwärts und achtete darauf, dass er dabei vom Fluss aus nicht gesehen werden konnte. Diese fünfzig Meter würden ausreichen, um mit dem Boot in den Fluss einzusteigen und an das andere Ufer zu gelangen – in einen Abschnitt, der von Pauls Anlandestelle aus nicht einsehbar war.

Am anderen Ufer angekommen, war er sich sicher, dass sein Plan aufgehen würde. Er zog das Kajak an Land und versteckte es in der Uferböschung, so dass es vom Fluss oder Ostufer nicht einsehbar war. Von hier aus musste er nur geradeaus nach Westen laufen und würde automatisch nach etwa zweieinhalb Kilometer auf die McKeena Creek Road stoßen, die hier parallel zum Cariboo River verlief. Dieser Schotterstraße musste er dann nur noch nach Norden folgen und würde nach weiteren vier Kilometern zwangsläufig an sein Auto kommen, einsteigen und davonfahren.

Das Gelände nordwestlich des Cariboo Rivers, in dem er sich nun nach der Flussüberquerung befand, stieg relativ steil an und war dicht bewaldet. Trotz seines eigenen Rucksacks und des SSL-Gepäcks kam er die ersten paar hundert Meter relativ gut voran. Je steiler es jedoch wurde, desto langsamer wurde er zwangsläufig. Hinter seinem Rücken sah er unter sich den Cariboo River, und je höher er stieg, desto sicherer war er sich, dass Paul ihn nicht entdecken würde und auch nicht mehr einholen konnte.

Paul würde, sofern das nicht schon der Fall war, schnell merken, dass der SSL-Rucksack verschwunden war. Was würde er tun? Welchen Aufwand und welche Zeit würde er investieren, ihn zurückzuholen? Oder würde er seine Flucht ohne die Komponenten fortsetzen? Wo sollte er ansetzen, sofern er sich dazu entschließen würde, den Rucksack zu suchen? Er würde lange brauchen, um zu verstehen, dass er von einem Kajakfahrer verfolgt worden war, der das Flussufer gewechselt hatte und nun auf dem Weg zu seinem nur sechs Kilometer entfernten Auto war, nachdem er den Rucksack an sich genommen hatte. Wie sollte er das zeitnah herausfinden und die wenigen Spuren, die Wayne hinterlassen hatte, richtig deuten? Wayne war gut zu Fuß. Er war nicht einzuholen.

Wayne fühlte sich sicher, und mit diesem Gefühl kämpfte er sich weiter den steilen Abhang hinauf, bis er plötzlich hinter sich zwei Schüsse wahrnahm. Er erkannte sofort, dass es Pistolenschüsse waren und diese mit hoher Wahrscheinlichkeit aus der Flussnähe kamen – tief hinter ihm. Er unterbrach seinen Aufstieg, packte sein Fernglas aus und suchte den Flussabschnitt ab, von dem er annahm, dass dort die Schüsse gefallen waren. Sie galten nicht ihm, dafür waren sie zu weit entfernt. Am Flussufer oberhalb des Wasserfalls konnte er nichts und niemanden wahrnehmen. Wer hatte die Schüsse abgegeben und warum? Hatte Paul entdeckt, dass der Rucksack verschwunden war? Hatte er vor Wut die Pistole gezogen und wild um sich geschossen? Nein! Das wäre nicht Paul. Er war zwar auf seine Art unberechenbar, aber doch beherrscht. So zumindest hatte Wayne ihn zu Armeezeiten wahrgenommen.

Das Fernglas suchte erneut das erweiterte Flussufer ab und wurde von Wayne abrupt gebremst. Auf Höhe des Wasserfalls, etliche hundert Meter in Verlängerung in den Wald hinein, entdeckte er Rauch, der sich wie zäher Nebel in den Baumwipfeln festkrallte. Wayne vermutete, dass Paul seinen Begleiter in diese Richtung begraben haben musste. Allerdings ging er nicht davon aus, dass er den Toten vierhundert Meter weit getragen hatte. Was hatte es also mit dem Rauch auf sich? Wem galten die Schüsse? Er erinnerte sich daran, dass Paul sehr vorsichtig vorgegangen war. Er hatte die Kajaks und das restliche Gepäck getrennt voneinander versteckt und deren Position sogar zweimal verändert. War dies Routine oder fühlte sich Paul beobachtet? Warum sollte Paul ein Feuer machen? Er würde die Leiche und das zweite Kajak verstecken und sich dann aus dem Staub machen. Er würde sich selbst in Sicherheit bringen oder versuchen, den Rucksackdieb zu finden.

Wayne war sich sicher, dass Paul nicht wissen konnte, wer ihm den Rucksack gestohlen hatte und wohin er geflüchtet war. Aber wer hatte auf was und warum geschossen? Gab es noch andere Personen, die ihm in die Quere gekommen sein könnten? Oder war es gar eine Finte, mit der er den Dieb zurücklocken wollte?

Wayne ließ die Bilder nochmals vor seinem geistigen Auge vorbeiziehen. Gab es etwas, das er übersehen hatte? Irgendetwas, das darauf hindeutete, dass dort unten außer Paul noch andere Menschen waren, die nun vielleicht in Gefahr waren? Er schaute erneut mit dem Fernglas auf den Wald und das gegenüberliegende Waldstück. Der Rauch schien weniger zu werden und deutete eher darauf hin, dass dort ein Feuer auszugehen schien. Er schätzte die Stelle als zu weit vom Fluss entfernt ein, so dass Paul Chip dort sicherlich nicht vergraben hatte. Was, wenn dort Waldarbeiter, Touristen oder Jäger unterwegs waren, die Paul in die Quere gekommen waren? Was, wenn Paul annahm, dass diese den Rucksack entdeckt und gestohlen hatten? Was sollte er tun? Umkehren und sich vergewissern? Sich selbst der Gefahr aussetzen, verletzt oder getötet zu werden? Was, wenn Unschuldige für sein Vorgehen büßen mussten? Konnte er einfach weiter zu seinem Auto laufen, einsteigen und davonfahren? Würde er sich das jemals selbst verzeihen? Er wusste wie Paul tickte, wer er war. Kollateralschäden nahm er in Kauf, und genau das war es, was Wayne Angst machte. Er konnte gar nicht anders. Er drehte sich um und lief den Hang, den er vorher so mühsam erklommen hatte, wieder hinunter, und ging zurück an den Fluss.

Die Wilden

Paul war klar, dass die zwei Schüsse, die er auf die beiden Gestalten mit seiner Pistole abgegeben hatte, die Sache unnötig verkompliziert hatten. Die Reaktion, die einer der beiden bei seinem zweiten Schuss gezeigt hatte, ließ vermuten, dass er ihn getroffen haben musste. Wie schwer, konnte er nicht einschätzen, aber wie schwerwiegend die Verletzung auch immer war, sie würde ihre Flucht verlangsamen. Auf diese Entfernung mit einer Pistole zu treffen, war stark von Zufall geprägt. Erneut war er damit in eine Situation geraten, in der er reagieren musste.

Er war hin- und hergerissen, ob er sie verfolgen sollte oder nicht. Aber er wusste nicht, ob sie nur zu zweit waren, wer sie waren und ob sie bewaffnet waren. Er brauchte mehr Informationen, um eine zielorientierte Lösung zu finden. Er konnte nur erahnen, ob die beiden Gestalten etwas gesehen haben konnten. Vielleicht den Streit, den er mit Chip am Fluss gehabt hatte und der für seinen Kameraden tödlich endete. Oder sie hatten ihn im Wald beobachtet, als er die Leiche vergrub. Wer waren die beiden Gestalten? Als er auf sie geschossen hatte, waren die Beiden mehr oder weniger ohne Gepäck unterwegs, sie trugen lediglich wenige urzeitliche Waffen bei sich. Die Szene, als sie sich gegenüberstanden, bevor er schoss, sagte ihm insgeheim, dass sie Angst hatten und sie etwas gesehen hatten, was nicht für ihre Augen bestimmt war. Sie waren auf der Flucht vor ihm. Er hatte einen der beiden verletzt und somit musste er es zu Ende bringen.

Vor Paul lag ein gewaltiger Fels, der wie ein Diskus auf der Erdmulde lag, unter dem sich das Lager der beiden befand. Er stieg hinab und was er vorfand, war nach seiner Auffassung ein Loch. In der Mitte eine Feuerstelle und an den beiden Ausgängen waren die Eingänge mit geschichteten Steinen und Ästen notdürftig verkleinert worden. Links und rechts der Feuerstelle nahm er zwei

Schlafplätze wahr. Es gab keinerlei Anzeichen für moderne Hilfsmittel. Keine Kleidung, keine Decken, keine Werkzeuge, kein Geschirr, keine Abfälle, keine Waffen, rein gar nichts, bis auf ein paar Spieße, die sie vermutlich zum Grillen nutzten, und einer Holztafel, in die 25 Kerben geritzt waren. Welche Bedeutung diese Tafel hatte, konnte er nicht einschätzen. Vielleicht ein Kalender? Wer lebte hier? Indianer, Verbrecher? Er hatte keine Ahnung, aber ordnete die Reusen, die er am Fluss gefunden hatte, diesen beiden Wilden zu, die, und soviel war Paul klar, vor ihm geflüchtet waren. Den Grund konnte er nur vermuten. Und noch eines wurde ihm klar. Er hatte es mit hoher Wahrscheinlichkeit nur mit zwei Personen zu tun.

Er war immer noch hin- und hergerissen, ob er sie gleich verfolgen sollte, bevor ihr Vorsprung all zu groß wurde. Er würde sie sicherlich schnell einholen. Was aber, wenn sie sich trennten oder ihm auflauerten? Das war eher unwahrscheinlich! Er hatte keine Angst vor ihnen und ihren Steinzeitwaffen. Er musste davon ausgehen, dass sie seine Kajaks und Rucksäcke gesehen hatten. Was, wenn sie sein Gepäck und seine Kajaks wegnähmen und er hier ohne alles zurückbliebe?

Er entschied sich daher, zurück zu den versteckten Booten zu gehen und zumindest sein Gepäck sowie die Paddel an anderer Stelle zu verstecken, damit sich niemand einfach so daran bedienen konnte. Zudem wollte er den SSL-Rucksack an eine andere Stelle bringen. Doch er traute seinen Augen nicht, als er diesen nicht mehr vorfand. Und die Tatsache, dass nur der SSL-Rucksack fehlte und die beiden anderen Rucksäcke mit Kleidung und Proviant noch da waren, verwirrte ihn. Wie passte das zusammen? Zwei halbnackte, verdreckte und hagere Gestalten vergreifen sich an Hightech-Komponenten und lassen Verpflegung und Kleidung links liegen? Kaum vorstellbar. Pauls Gehirn ratterte. Er verspürte Stress und das Pochen in seinem Ohr verriet ihm, dass sein Puls Fahrt aufgenommen hatte. Er konnte sich keinen Reim auf die Situation machen und musste sich dazu zwingen, analytisch vorzugehen.

Er untersuchte den Untergrund, forschte nach Spuren und nach Hinweisen, wurde aber nicht fündig. Irgendetwas stimmte hier nicht. Die wenigen Puzzlestücke, die er hatte, wollten einfach nicht zusammenpassen. Langsam bekam er sich wieder in den Griff und war nun fest entschlossen, die fehlenden Teile zu finden, statt sich aus dem Staub zu machen. Würde hier vor ihm eine gewaltige Übermacht an Feinden stehen, wäre Rückzug eine Option gewesen. Aber er wusste nicht einmal, wer eigentlich der Feind war. Und genau das motivierte ihn. Diese Schmach wollte bzw. konnte er sich nicht geben.

Die Paddel waren schnell abseits der Kajaks versteckt. Ebenso der Rucksack von Chip. Er schulterte seinen eigenen Rucksack und nahm die Verfolgung der beiden Wilden auf. Dies war aktuell die einzige heiße Spur, die er hatte und die er mit Nachdruck verfolgte. Das Lager der beiden hatte er in weniger als acht Minuten erreicht. Berechnete man die Zeit, die er benötigt hatte, um vom Lager zu den Kajaks zu laufen und wieder zurück, sowie die Zeit, die er genutzt hatte, um die Paddel sowie das Gepäck zu verstecken, dann mussten die beiden einen Vorsprung von etwa zwanzig bis fünfundzwanzig Minuten haben. Sie waren barfüßig unterwegs, er hatte Schuhe. Sofern die Spur gut zu verfolgen war, müsste er sie nach seinen Berechnungen in etwa fünfundvierzig Minuten eingeholt haben. Vorausgesetzt er war mit Schuhen doppelt so schnell wie sie und die Spur war einigermaßen gut zu verfolgen.

Er setzte an der Stelle an, an der die beiden sich befanden, als er auf sie geschossen hatte. Am Boden zeichneten sich viele Barfußspuren ab. Je mehr er sich vom Lager entfernte, desto mehr kristallisierten sich zwei relativ frische Spuren heraus, die ganz grob in Richtung Norden und zum Bowron Lake Provincial Park zu führen schienen. Er folgte der Spur, die auf dem immer noch feuchten Waldboden relativ leicht zu finden war. Paul war sich sicher, dass dies die richtigen Fluchtspuren waren. Bei steinigem oder moosigem Untergrund, der das Waldgebiet immer wieder durchsetzte, war die Spur deutlich schwieriger zu verfolgen. Aber die Anhaltspunkte, die er sammelte, ließen vermuten, wohin die beiden wollten. Blut des Verletzten entdeckte er keines.

Ging die Fährte die ersten paar hundert Meter immer Richtung Norden, bog sie nach etwa fünfzehn Minuten nach Nordnordwest in Richtung Cariboo River ab. Paul überlegte, wohin sie wollten und was sie vorhatten. Die wahrscheinlichste Option war wohl die, dass sich die beiden im Bowron Lake Park an Besucher oder Park Ranger wenden wollten, um dort um Hilfe zu bitten. Die Flussnähe machte es den beiden Flüchtenden sicherlich einfacher, sich fortzubewegen. Aber würden sie auch das Flussufer wechseln? Hatten sie dort möglicherweise ein Boot? Paul verschärfte sein Tempo, zumal der Tag schon weit fortgeschritten war. Es war Spätnachmittag, und er musste die beiden vor Einbruch der Dunkelheit erwischen. Er war auf der Jagd, auf Menschenjagd. Er war in seinem Element.

Knock out

Wayne war wieder zurück am Fluss. Er hängte den SSL-Rucksack an einen in zwei Metern Höhe befindlichen Ast, möglichst dicht am Baumstamm. Zielstrebig fand er sein verstecktes Kajak und überquerte erneut den Cariboo River. Am anderen Ufer angekommen, zog er das Boot in die nahe Uferböschung und machte sich auf den Weg zu jener Stelle, an der er die beiden orangenen Kajaks von Paul zuletzt gesehen hatte. Er ging weniger vorsichtig vor, als beim ersten Anpirschen. Wenn er vorankommen wollte, musste er zwangsläufig mehr Risiko eingehen.

Die beiden Kajaks lagen unberührt an der gleichen Stelle. Allerdings war von den Rucksäcken weit und breit nichts mehr zu sehen, so dass er davon ausgehen musste, dass Paul längst hier gewesen war und den Diebstahl des SSL-Rucksacks entdeckt hatte. Die Frage war nur, wo steckte Paul?

Wayne machte sich auf den Weg in die Richtung, in die Paul mit der Leiche von Chip verschwunden war. Er huschte von Baum zu Baum, immer in der Angst, von Paul entdeckt zu werden. Aber weit und breit war nichts von seinem Ex-Kameraden zu sehen. Die Spuren, die Paul hinterlassen hatte, führten Wayne an die Stelle, an der vermutlich der Begleiter von Paul begraben lag. Zumindest deutete das ringsum plattgedrückte Gras, die braunen Erdstellen sowie die notdürftig getarnte eigentliche Grabstelle darauf hin. Er war sich sicher, dass hier unter ihm eine Leiche vergraben lag.

Seine Nase nahm Rauch wahr. Nicht intensiv, aber dennoch klar als Rauch zu identifizieren. Die Windrichtung und die Rauchschwaden, die er mit dem Fernglas vom gegenüberliegenden Hang aus wahrgenommen hatte, sagten ihm, dass die Quelle des Qualms noch tiefer im Wald liegen musste.

Vorsichtig arbeitete er sich weiter in die vermutete Richtung vor, bis er nach zehn Minuten die Reste eines Lagerfeuers unter einem großen diskusähnlichen Stein fand. Wayne war einigermaßen überrascht und untersuchte das einfache Lager. Er versuchte, sich einen Reim aus den Spuren zu machen. Überall entdeckte er Barfußspuren, doch vereinzelt fielen ihm auch ein paar große Schuhsohlenabdrücke auf. Abdrücke mit starkem Profil. War es das Schuhwerk von Paul? Und von wem waren die Barfußspuren?

Das Lager war armselig, primitiv und leer. Keinerlei Abfälle, keine Dosen, kein Toilettenpapier, keine Werkzeuge oder Kleidung. Er setzte sich auf einen Stein neben der Höhle, um sich einen Reim aus der Situation zu machen. Er fasste die Fakten zusammen, als seine Augen nur knapp zwei Meter neben sich, etwas Messingfarbenes entdeckten, das von der schon recht tief stehenden Sonne zum Leuchten gebracht wurde. Noch bevor er die vier Schritte zurückgelegt hatte, wusste er schon, was er gleich in seinen Händen halten würde. Eine leere Patronenhülse! Er roch daran und konnte den Geruch von Pulver deutlich wahrnehmen. Die Patrone konnte noch nicht allzu lange abgefeuert worden sein. Das Kaliber war 9 Millimeter Para.

Er musste nicht lange suchen, bis er eine zweite Patronenhülse fand. Die weitere Suche blieb erfolglos und somit war ihm klar, dass hier an dieser Stelle mit hoher Wahrscheinlichkeit die beiden Schüsse abgegeben worden sein mussten, die er vom gegenüberliegenden Flussufer aus gehört hatte und die ihn letztlich dazu veranlassten, umzukehren.

Je mehr er über die Situation nachdachte, desto mehr war er davon überzeugt, dass hier Paul gewirkt hatte und den oder die Bewohner dieses Lagers entdeckt haben musste. Vielleicht waren, er oder sie, Paul in die Quere gekommen. Vermutlich hatte Paul, wie er selbst, den Rauch wahrgenommen und die Ursache dafür erkundet.

Er untersuchte den Platz genauer. Es gab keinerlei Anzeichen von Blut oder Kampfspuren. Es gab auch keine Schleifspuren. Nichts was darauf hindeutete, dass Paul hier noch jemanden ermordet haben könnte. Warum aber dann die Schüsse? Wo war Paul? Wo waren der oder die Barfüßigen? Das galt es jetzt herauszufinden.

Er entfernte sich ungefähr fünfundzwanzig Meter von der Mitte des Lagers in Richtung Fluss. Der Weg und die Spuren, die er selbst hinterlassen hatte, konnte er deutlich ausmachen. Barfußspuren gab es viele und auch ein kleiner Pfad Richtung Fluss ließ sich ausmachen. Er fing an, im Uhrzeigersinn einen großen Kreis um das Lager zu laufen und inspizierte dabei intensiv den Boden. Nach nur wenigen Metern entdeckte er Spuren von Schuhwerk, die mit denen aus dem Lager übereinstimmten. Sie verliefen auf dem Damm und auch auf dem Pfad in das Lager hinein und hinaus Richtung Fluss. Er hatte den Kreis zu einem Viertel durchlaufen, als er Spuren des gleichen Schuhwerks in Richtung Norden entdeckte. Er schloss den Kreis bis zu seinem Ausgangspunkt, konnte aber außer vielen Barfußspuren keine weiteren Schuhspuren mehr entdecken.

Wenn er all das richtig deutete, musste die unbekannte Person mit dem Schuhwerk aus Richtung des Flusses in das Lager gelaufen sein, anschließend zurück zum Fluss und dann wieder hierher, bevor sie den Bereich nach Norden verlassen hatte. Die Spuren waren die von Paul – sie stimmten mit denen am Grab überein.

Wie sollte er jetzt weiter vorgehen? Sollte er es dabei bewenden belassen, zurück an den Fluss gehen, in sein Kajak steigen und zu seinem Auto zurückkehren? Oder sollte er der Spur folgen? Die Entscheidung war relativ einfach. Er nahm die Verfolgung auf und bald las er aus den Spuren, dass wohl ein Schuhsohlenpaar zwei Barfüßigen folgte – und er wiederum folgte den Schuhsohlen. Wayne ging schnell und trotzdem möglichst leise. Er musste Zeit und Strecke aufholen. Er war noch keine fünf Minuten unterwegs und gerade um einen dicken Baum gebogen, als plötzlich und unverhofft ein Schatten über ihn kam und er einen heftigen Schlag auf seinem Kopf verspürte. Dann wurde es dunkel.

Altes Eisen

Paul war schnell unterwegs, hatte aber mehrfach die Spur verloren und musste wieder neu ansetzen. Als er am Ufer des Cariboo Rivers angekommen war, konnte er den Spuren der beiden einfacher folgen. Die klaren Fußabdrücke im feuchten Sand und auf den Felsen nutzte er, um schnellen Schrittes mit kleinen Zwischenspurts den Vorsprung der beiden zu verkürzen. Die Tatsache, dass die Fährte schon seit Minuten am östlichen Flussufer entlang verlief, machte es ihm nicht nur einfacher, sondern bestätigte auch seine Theorie, wohin die beiden zu entkommen versuchten. Ohne Boot gab es kaum eine Möglichkeit, den Fluss gefahrlos zu überqueren, und deshalb war sich Paul sicher, dass er die Flüchtenden bald eingeholt haben würde. Nach jeder Biegung und jedem Busch hoffte er, die beiden auf einer offeneren Fläche vor sich zu sehen. Aber so weit war es noch nicht.

Marc und Kenai kamen ihrem Ziel immer näher. Sie nahmen schon die Felsnase am gegenüberliegenden Flussufer wahr, die sie sich vor knapp vier Wochen eingeprägt hatten, als sie ihr Kanu versteckten und ihre komplette Ausrüstung zurückließen. Marcs Wunde blutete nicht mehr so stark. Kenai hatte sie wenige Minuten nach dem Beschuss untersucht. Er war kein Arzt, aber die Wunde sah nicht nach einem Einschuss aus, sondern eher danach, dass die Kugel ein Stück Holz an einem Baumstamm oder Ast hatte absplittern lassen, welches sich in die Seite von Marc bohrte. Ein Teil des Holzsplitters schaute noch aus der blutverschmierten Wunde heraus. Marc und Kenai verständigten sich darauf, es zu entfernen. Mit einem kräftigen Ruck zog Kenai es heraus. Anfänglich blutete die Wunde, aber offensichtlich war sie nicht allzu tief und es waren wohl auch keine wichtigen Blutbahnen verletzt worden. Was Kenai mehr Sorge bereitete, war die Angst, dass vielleicht noch Holzreste in der Wunde steckten. Marc spürte beim Laufen immer ein leichtes Stechen. Zudem hatte das

Splitterstück das Fell, das Marc trug, durchschlagen. Es war nicht auszuschließen, dass sich neben einem Rest Holz auch noch ein Stück Fell in der Wunde befand. Es wäre nur eine Frage der Zeit, bis sich die Wunde entzündete – mit nicht absehbaren Folgen für die Gesundheit und das Leben von Marc.

Mit jedem Schritt, dem sie dem Waldstück näherkamen, wurden ihre Beine schneller. Ohne dass sie sich austauschten, kreisten ihre Gedanken darum, was sie wohl erwartete. War ihr Kanu noch da? Was war mit ihren Rucksäcken, die sie in die Bäume gezogen hatten? Sie waren sich nicht sicher, ob sie verfolgt wurden. Sie waren beschossen worden. Ließ es der Mann, der sie entdeckt hatte, dabei bewenden? Oder würde er sie genauso erschießen wie den Mann, den er getötet und dann begraben hatte?

Die beiden Freunde hatten sich schon während ihrer Flucht ausgetauscht, was wohl die beste Option sei, wenn sie an ihrem Kanu ankämen. Das Gepäck, sofern es noch da war, wäre schnell aufgenommen. Nur das Kanu mussten sie theoretisch erst von dieser Stelle vierhundert Meter zurück in den Bowron Lake Provincial Park tragen und ziehen, sofern sie für den Rückweg den Weg nehmen wollten, den sie gekommen waren. Sofern man sie verfolgte, würden diese vierhundert Meter Schwerstarbeit für sie bedeuten und ihrem Verfolger die Gelegenheit geben, sie zu stellen. Marc war inzwischen deutlich geschwächt. Sie nahmen beide an, dass er nicht nur eine Bronchitis hatte, sondern dass sich diese längst schon zu einer Lungenentzündung entwickelt hatte. Hinzu kam seine Verletzung. Das Kanu vierhundert Meter zu tragen, war unter diesen Umständen kaum zu bewerkstelligen.

Eine Alternative war, die Flucht zu Fuß und mit Gepäck, aber ohne Kanu fortzusetzen. Was sollten sie tun? Sich darauf verlassen, dass sie unentdeckt entkommen waren? Oder davon ausgehen, dass sie weiter verfolgt würden und der Verfolger ihnen dicht auf den

Fersen war? Wie aus dem Nichts durchzog ein grässlicher langgezogener Schrei die Wildnis. Er war in einiger Entfernung und ihm war anzuhören, dass er von Schmerzen ausgelöst worden war. Marc und Kenai durchfuhr es, und beide realisierten gleichzeitig, dass sie nicht alleine waren.

Paul lief der Speichel aus dem Mund. Den Schmerz, den er verspürte, war so stark, dass ihm der Atem wegblieb. Er lag seitlich auf dem Boden und krümmte sich. Erst nach etlichen Sekunden war er in der Lage, sein rechtes Bein anzuschauen, das er wie verkrampft am Oberschenkel hielt. Immer noch liegend, blickte er an ihm entlang und entdeckte das Schlageisen, das sich fünfzehn Zentimeter über dem Rand seiner halbhohen Schnürschuhe mit den spitzen, verrosteten Zacken von zwei Seiten in sein Bein gekrallt hatte. Bei jeder kleinen Bewegung spürte er die metallenen Spitzen auf seinem Knochen reiben und der Schmerz hielt unablässig an. Stoffteile seiner Hose hatte das Schlageisen tief in die Wunden gerissen und durch die Löcher in seinem Hosenbein rann Blut und tropfte auf das halbhohe Gras, in dem er noch vor wenigen Sekunden der Spur gefolgt war.

Es war ihm sofort klar, dass die Bärenfalle kein Unfall war. Sie war auf dem Fluchtweg der beiden getarnt abgelegt worden und konnte nur ihm gegolten haben. Hatte er die beiden Flüchtenden unterschätzt? Der Schmerz in seinem Bein ließ ihn die Frage nicht beantworten. Er konnte nicht mehr klar denken. Zu mächtig war die Pein. Er setzte sich auf und umklammerte mit zitternden Händen die verrosteten Bügel des Schlageisens. Es war uralt und hier und da blätterte bereits der Rost ab. Er befreite sich von seinem Rucksack und bei jeder Bewegung musste er auf die Zähne beißen. Der Schmerz war unerträglich, genauso wie das Quietschen der Spitzen auf seinen Knochen.

Er versuchte das Bein so gut wie möglich anzuwinkeln und war überrascht über das Gewicht der Bärenfalle, die an seinem Fuß hing. Die Kette, mit der normalerweise das Eisen fixiert wird, hing lose an der Falle. Er packte die beiden Bügel und drückte sie mit aller Kraft nach außen. Sie öffnete sich ein Stück, schnappte dann aber wieder zu und veranlasste ihn zu einem weiteren Schrei, der sicherlich kilometerweit zu hören war. Auf diese Weise war es nicht zu schaffen, das Eisen zu öffnen. Die rasenden Schmerzen wandelte er in Wut um, die ihm half, wieder auf die Beine zu kommen. Nun drückte er erneut mit beiden Händen die Bügel des Schlageisens nach unten und schaffte es so mit letzter Kraftanstrengung, sein Bein aus der Falle zu befreien. Er fiel auf den Boden und die schmerzhafte Anstrengung machte ihn kurz benommen.

Wieder bei sich, tastete er nach dem Klappmesser, das in einem Etui an seinem Gürtel befestigt war und schnitt das Hosenbein unter dem Knie ab. Das Fangeisen hatte fast den kompletten Unterschenkel ringsherum aufgeschlitzt. Nur am vorderen Schienbein und an der Wade war das Fleisch durch das Eisen nicht verletzt worden. Die Fangzähne des Eisens hatten acht tiefere Wunden hinterlassen und waren teils bis auf den Knochen durchgeschlagen. Neben den Fleischwunden und dem starken Blutverlust sorgte ihn auch, dass das uralte Eisen in seinen Wunden abgeblätterten verrosteten Stahl hinterlassen hatte. Ihm war bewusst, was das alles bedeutete.

Er schleppte sich zum nahen Fluss und legte sein Bein in das kühlende Wasser. Sobald er es wieder herausnahm, floss sofort frisches Blut nach. Er band sein Halstuch kurz oberhalb der Wunde um das Bein, nahm ein Stück Treibholz und benutzte es als Kurbel, um das verknotete Halstuch festzuziehen und damit sein Bein abzubinden. Es war ihm klar, dass dies nur eine vorübergehende Lösung sein konnte. Maximal drei bis vier Stunden konnte er sein

Bein abbinden, dann bestand die Gefahr, dass das Bein weiter unten aufgrund mangelnder Blut- und Sauerstoffversorgung abstarb. Aber so schaffte er es zumindest, die Blutung weitestgehend zu stoppen. Er trank direkt aus dem Fluss und überlegte, wie er sich retten konnte. Viele Optionen fielen ihm dazu nicht ein.

Sein Handy war hier draußen unbrauchbar, weil es keinen Empfang hatte. Zurück zu den Kajaks würde er es vielleicht noch schaffen, aber um den Wasserfall herum und dann ein bis zwei Tage weiter nach Quesnel, würde er kaum überleben. Die einzige Chance, die er sah, war sich nach Norden in den Bowron Lake Provincial Park durchzuschlagen und zu hoffen, dass ihm Touristen oder Park Ranger halfen. Dazu hatte er allerdings nicht mehr allzu viel Zeit. Die Sonne stand schon tief und er schätzte, dass es noch maximal zwei Stunden hell war. Dann würde es dunkel sein und sein Bein brauchte dringend professionelle ärztliche Versorgung. Ansonsten rechnete er sich so gut wie keine Überlebenschancen aus. Alles andere war unwichtig geworden. Er kämpfte um sein Leben!

Paul ahnte nicht, dass nur siebzig Meter von ihm entfernt ein Mann verdeckt hinter einem Baum stand und mit Genugtuung wahrnahm, dass er in diese Falle getappt war. Der alte Mann zog sich langsam zurück und war sich sicher, dass Paul mit dieser Verletzung nicht mehr in der Lage war, den beiden Jungen zu folgen, geschweige denn sie einzuholen. Er verschwendete keinen Gedanken daran, dem Verletzten zu helfen. Zu offensichtlich war für den alten Indianer, dass der Mensch, der in seine Falle geraten war, kein guter Mensch war. Er hatte die beiden Jungen verfolgt und würde nicht zögern sie umzubringen – nachdem was sie alles gesehen haben mussten. Der Alte war in diesem Spiel der große Unbekannte und hatte Marc und Kenai vermutlich das Leben gerettet.

Alaska Husky

Wayne öffnete langsam die Augen. Sein Schädel brummte und sein Rücken tat ihm weh. Er wollte sich an den Kopf fassen, brachte aber seine Hände nicht nach oben. Eine Bewegung direkt vor ihm ließ ihn erschrecken. Zwei strahlend blaue Augen fixierten ihn aus einer Entfernung von nur zwei Metern. Wayne wollte sich aufrappeln, merkte aber erst jetzt, dass seine Hände auf seinem Rücken gefesselt waren. Seine Bewegung hatte ausgereicht, um das Tier aufrichten zu lassen. Vor ihm stand ein knapp sechzig Zentimeter hoher und geschätzte fünfundvierzig Kilogramm schwerer Husky, den Wayne anfänglich für einen Wolf gehalten hatte. Eine weitere Bewegung von ihm veranlasste den Hund zu knurren und seine weißen Zähne zu zeigen. »Schon gut!«, versuchte Wayne den Hund zu beruhigen. Doch seine Stimme animierte den Alaska Husky, den Wayne in ihm zu erkennen glaubte, noch bösartiger zu knurren. Als der Vierbeiner auch noch einen halben Schritt näher auf ihn zukam, war Wayne klar, dass er hier die schlechteren Karten hatte. Langsam, ganz langsam, schob er sich ein paar Zentimeter nach oben, um sich etwas bequemer an dem Baum lehnen zu können.

Man hatte ihn nicht nur an den Händen gefesselt, sondern gleichzeitig auch noch an einem Holzstamm angebunden. Wayne schaute sich um, entdeckte aber niemanden. Er versuchte, sich zu erinnern. Er nahm den Faden da auf, wo er das Lager gefunden, die Spuren entdeckt und schließlich die Verfolgung aufgenommen hatte. Erneut versuchte er, etwas aufzuschnappen, was ihn weiterbrachte. Er entdeckte lediglich seinen Rucksack, der drei Meter hinter dem Hund lag. An seiner offenen Jackentasche erkannte er, dass man ihn wohl durchsucht hatte. Der oder diejenigen hatte keine Anstrengung unternommen, dies zu verbergen. Alle Taschen, die Reißverschlüsse oder Knöpfe hatten, waren nicht wieder verschlossen worden. Seine Schuhe und

Socken hatte man ihm ausgezogen und waren von seinem Platz aus nicht zu sehen. Man hatte ihm weder den Mund zugeklebt, noch hatte man ihm die Beine gefesselt. Er versuchte seine Handfesseln zu lösen, aber er erkannte recht schnell, dass dies wenig Aussicht auf Erfolg hatte. Die blauen durchdringenden Augen schauten ihn unablässig an. Bei der kleinsten Bewegung fing der Hund an, sich auf alle Viere zu stellen, und präsentierte seine Fangzähne in Verbindung mit einem durchdringenden Knurren. Sobald Wayne sich ruhig verhielt, setzte sich der Hund wieder, nahm aber nie den Blick von Wayne.

Warum lag er hier gefesselt? Wem gehörte dieser Hund? Gehörte der Husky zu den Barfüßigen? Es sollten noch gut zwei Stunden vergehen, bis er den Besitzer des Vierbeiners kennenlernen sollte. Je länger er den Hund betrachtete, desto beeindruckender fand er ihn.

Er war in seinem besten Alter. Wayne schätzte ihn auf sieben oder acht Jahre. Seine Schnauze war bis zu den kräftig entwickelten Kiefern schneeweiß. Das Fell war von Stirn über Nacken und Rücken bis hin zum buschigen Schwanz in einem einheitlichen Grau gefärbt, das an den Beinen bis kurz vor die Knie reichte. Von den Knien abwärts waren die Läufe wiederum schneeweiß, genauso wie sein Bauchfell und die letzten zwei Drittel seines buschigen Schwanzes. Sobald sich der Hund bewegte, drang hinter den beiden Schulterblättern die weiße Unterwolle unter den ansonsten grauen Haaren hervor, was die kräftigen Schulterblätter besonders betonte. Mit seinen stahlblauen eindringlichen Augen war dieser Hund das Idealbild eines Alaska Huskys oder Trapperhundes. Und Wayne war neugierig, wie wohl der Besitzer dazu ausschaute und was er mit ihm anstellen würde, wenn er zurück war.

Gejagt

Als Marc den langgezogenen Schmerzensschrei hörte, blieb er unvermittelt stehen. Er musste grob aus der Richtung kommen, aus der sie selbst gerade geflohen waren. Zumindest hörte es sich für ihn so an. Er konnte die Entfernung nicht einschätzen. Das Gelände war durchzogen von dichten Hecken, die sich mit lichten Wiesen und Hochwald abwechselten. »Hast du das gehört?«, fragte Marc an Kenai gerichtet. »Ja!«, kam die einsilbige Antwort, die Marc dazu aufforderte, nachzufragen. »Wollen wir nachschauen, was passiert ist … oder wollen wir unsere Sachen nehmen und uns aus dem Staub machen?« Kenai schaute ihn an. Sie hatten noch etwa vierhundert Meter bis zu ihrem Kanu und ihren Rucksäcken. Die markante Felsennase, die sie sich vor vier Wochen eingeprägt hatten, war am linken Flussufer bereits deutlich zu erkennen. Und so waren sie sich sicher, dass es bis zu dem Versteck nicht mehr allzu weit sein konnte.

Was hatte es mit dem Schrei auf sich, den Marc und Kenai gehört hatten? »Vielleicht ist das ja eine Falle? Ich würde mal tippen, dass dies der Mann ist, der auf uns geschossen hat. Wer sollte es auch sonst sein? Den anderen hat er umgebracht und Kanuten haben wir entlang des Flusses nicht gesehen!« Die Art und der Ton wie Kenai das zu ihm sagte, machte deutlich, wie wenig er davon hielt, nachzuschauen. Kenai hatte keine Lust, so zu enden, wie der Mann, der in der Nähe ihres Lagers beerdigt worden war. »Du hast Recht!«, kam prompt die Bestätigung.

Sie setzten ihre Flucht fort und waren nach zehn Minuten an dem Platz, an dem sie vor dreieinhalb Wochen mit nur wenigen Utensilien und halbnackt in die Wildnis aufgebrochen waren. Sie mussten schon zweimal hinschauen, um das versteckte Kanu zu finden. Und als sie es schließlich entdeckt hatten, durchfuhr es sie. Das Unwetter, das vor einer Woche wütete und sie zwang, in den

Stollen zu flüchten, hatte auch hier seine Spuren hinterlassen. Die Kombination aus Regen und Wind hatte hier selbst große Äste abreißen lassen. Und ein beindicker Ast war auf das Kanu gefallen.

Hastig räumten sie alle Äste zur Seite, die sie genutzt hatten, um das auffällig rote Kanu zu tarnen. Es war übersät mit Kiefernnadeln und – was sie schon befürchtet hatten – bestätigte sich nun. Der beindicke Ast hatte das Kanu im vorderen Drittel zur Hälfte eingedrückt und das Fiberglas an der Unterseite sogar reißen lassen. Sie schauten sich den Schaden an und es wurde ihnen schnell klar, dass das Befahren eines Gewässers mit diesem Kanu nicht mehr möglich war. Zumindest nicht für zwei Personen mit Gepäck. Und somit hatten sie ein Problem.

»Scheiße!«, entfuhr es Marc. Und auch Kenai machte keinen Hehl daraus, dass ihm die Situation äußerst missfiel. Eine Flucht oder Rückkehr mit dem Kanu war nun ausgeschlossen. Kenai besann sich zuerst und lief auf die beiden Bäume zu, in denen sie ihr Gepäck versteckt hatten. Das hing tatsächlich noch an der Stelle, an der sie es versteckt hatten. Er nahm die kleine Axt und durchtrennte mit einem Hieb das Seil, mit dem sie die Rucksäcke in den Baum gezogen hatten. Der Rucksack fiel zwei Meter vor ihm auf den Waldboden. Er war nicht mehr schwarz, wie er ihn zuletzt gesehen hatte, sondern grün überzogen und ebenfalls voller Kiefernadeln. Marc tat es ihm nach.

Zu guter Letzt fanden sie den Sack mit den Nahrungsmitteln, den sie zwanzig Meter entfernt in einen anderen Baum gezogen hatten. Kenai ließ den Sack über das gekappte Seil auf den Boden ab, während Marc sich ausruhte. Sie entdeckten sofort die Nagespuren. Vermutlich hatte ein Eichhörnchen versucht, an die Essensvorräte zu kommen. Ein Großteil war jedoch in Dosen und in eingeschweißten Tüten verwahrt worden und die Trinkvorräte in entsprechenden Plastikflaschen. Auf den ersten Blick schien alles okay zu sein.

»Und jetzt?«, stellte Marc die entscheidende Frage. »Wir müssen hier schleunigst weg! Und das zu Fuß. Das Kanu ist nicht mehr zu gebrauchen. Wir sollten zurück in den Park. Vielleicht finden wir bei Touristen oder bei einem Park Ranger Hilfe.« Marc nickte zustimmend, wirkt dabei aber recht kraftlos. »Der nächste Campingplatz ist nicht allzu weit von hier entfernt. Soweit ich das gesehen habe, liegt er am Unna Lake. Dort sollten wir es zuerst versuchen. Und falls wir da kein Glück haben, gehen wir weiter an die Stelle, an der der Cariboo River aus den Seen entspringt. Dort gibt es auch eine Rangerstation und auch ein Telefon!« Marc konnte dem nichts hinzufügen. Er nickte, biss sich auf die Zähne und unterstrich seine Zustimmung mit den Worten: »Dann lass uns gehen!«

Kenai warf den Rucksack auf seine Schultern und wollte auch noch den Sack mit den Nahrungsmitteln aufnehmen. Marc zögerte kurz. »Warte! Was hältst du davon, wenn wir uns zumindest Schuhe anziehen?« Kenai schaute ihn verdutzt an. Er hatte sich in den letzten Wochen so an das Barfußlaufen gewöhnt und war nach und nach unempfindlich in Bezug auf Dornen, Stacheln und Steine geworden, so dass er gar nicht daran gedacht hatte, Schuhe anzuziehen. Er musste grinsen. »Ja, du hast Recht! Mit Schuhen kommen wir deutlich schneller voran!«

Beide öffneten sie ihre Rucksäcke. Ihre Schuhe hatten sie jeweils zuletzt in den Rucksack gepackt. Schon beim Öffnen nahmen ihre sensiblen Nasen den Geruch von Moder oder Schimmel war. Als sie die Schuhe herausnahmen, erkannten sie, dass diese feucht und mit Schimmel überzogen waren. Auch die angeblich wasserdichten Tüten, in die sie ihre Kleidung verpackt hatten, waren innen feucht geworden. Offensichtlich war der tagelange Regen nicht spurlos an ihrer Ausrüstung vorbeigegangen. Dennoch zogen sie Socken an und schlüpften in die Schuhe. Die übrigen Kleidungsstücke ließen sie im Rucksack. Sie schnürten die Schuhe und hatten das Gefühl, dass sie kleiner geworden waren. Wahrscheinlich hatten jedoch die vielen Spreißel und Verletzungen ihre Füße anschwellen lassen.

Es war ein eigentümliches Gefühl, plötzlich wieder in Schuhen zu stecken. Sie richteten sich beide auf, schulterten ihr Gepäck, nahmen ihre Waffen auf und liefen nach Norden parallel zum Cariboo River. Die ersten Schritte waren seltsam wackelig. Je länger sie liefen, desto sicherer wurden sie jedoch. Es würde aber noch einig Zeit dauern, bis sie ihr vorsichtiges Erkunden des Untergrundes, das sie sich die letzten Wochen unwillkürlich antrainiert hatten, wieder ablegten. Unzählige Steine, Dornen, Äste hatten sie gepeinigt. Mit Schuhen war das Vorwärtskommen etwas ganz anderes. Aber die Hirnzellen, die aktuell noch auf Vorsicht programmiert waren, mussten erst noch auf den ursprünglichen Zustand zurückgesetzt werden.

Sie hatten in ihren Rucksäcken eine Karte verstaut, die alle größeren Campingplätze und Rangerstationen des Bowron Lake Provincial Parks beinhaltete. Sie berechneten grob, dass sie von hier bis zum ersten Campingplatz am Unna Lake noch zirka dreißig Minuten benötigten.

Kenai kamen erste Zweifel. »Wollen wir wirklich den nächsten Campingplatz ansteuern? Was, wenn wir tatsächlich verfolgt werden? Dann wird auch der Verfolger mit hoher Wahrscheinlichkeit dort nach uns suchen, wo man am ehesten Hilfe bekommt.« Marc hegte ähnliche Gedanken. »Das ist richtig! Vielleicht wäre es besser, die Nacht irgendwo im Wald zu verbringen und morgen den Tag zu nutzen, um einen anderen Anlaufpunkt anzusteuern. Ich schaffe das schon, die Wunde ist nicht so schlimm, wie sie aussieht!« Kenai musste über den Mut und Willen seines Freundes grinsen. »Okay! Dann tun wir das … und essen heute Abend einen leckeren Eintopf aus unserem Dosenvorrat!« Marc lachte erleichtert auf, und bei dem Wort Eintopf lief ihm das Wasser im Mund zusammen. »Und wo wollen wir uns verstecken?«, fragte er nach. »Gute Frage! Wenn wir weiter entlang des Flusses marschieren, kommen wir automatisch zwischen den Fluss und den Unna Lake, die an einer schmalen Stelle miteinander verbunden sind. Das würde bedeuten, wir liefen geradewegs in eine Sackgasse. Wir könnten weiter nach Osten marschieren und den Unna Lake umgehen, stoßen dann aber irgendwann wieder auf den Cariboo River, der nach dem Unna Lake einen Rechtsknick macht.« »Sprich, beides ist nicht optimal!«, verlautete es von Marc. »Das ist richtig!«, stimmte Kenai nickend zu. »Am allerbesten wäre es, wir würden versuchen, den Cariboo River zu überqueren, und orientieren uns dann etwas weiter westlich. Damit würde ein etwaiger Verfolger nicht unbedingt rechnen.« Kenai machte eine kurze Pause und ergänzte dann. »Es hätte noch einen weiteren Vorteil, denn dann könnten wir ein Feuer machen. Im Augenblick kommt der Wind aus Osten. Wenn wir am anderen Flussufer ein Feuer machen, trägt der Wind den Rauch weiter nach Westen und verrät uns nicht schon wieder.« Marc leuchtete das ein.

Allerdings war der Cariboo River aktuell kein Flüsschen, sondern ein Fluss. »Was hältst du davon, wenn wir versuchen, mit dem Kanu den Fluss zu überqueren.« Marc schaute ihn verblüfft an. »Das Kanu trägt uns nicht«, erwiderte er. »Das muss es auch nicht. Wir benutzen das kaputte Kanu, um das Gepäck zu transportieren und wir hängen uns ans Kanu und versuchen schwimmend den Fluss zu überqueren.« Marc schaute ihn ungläubig an. »Du spinnst!«, brach es aus ihm heraus. »Haben wir eine Alternative?«, kam prompt die Gegenfrage von Kenai. Marc überlegte. Sie waren noch nicht allzu weit vom Kanu entfernt und der Fluss war nah. Marc war nicht vollständig überzeugt, aber er willigte schließlich ein, zumal er auch keine bessere Idee hatte.

Sie mussten sich beeilen, denn jederzeit konnte ein Verfolger um die Ecke kommen. Sie hasteten zurück zum Kanu, befreiten es von den restlichen Ästen, nahmen die Schwimmwesten aus dem separaten Versteck heraus und beließen Ruder und Schwämme da, wo sie waren. Für Letzteres hatten sie keine Verwendung mehr, und das wurde ihnen erst so richtig bewusst, als sie das Kanu umdrehten. Ihre Waffen, Schwimmwesten und den Proviant warfen sie in den Rumpf und hasteten damit zum nahen Fluss. Sie achteten darauf, dass sie möglichst wenige Spuren hinterließen, was im kniehohen Gras gar nicht so einfach war. Hätten sie das Kanu durch das Gras geschoben, wäre die Schneise des plattgedrückten Grases sofort aufgefallen. Sie mussten also das Kanu fast die ganze Strecke tragen. Sie setzten es nur ab und an auf einem Ast oder einem großen Stein ab und schafften es so, in weniger als zwei Minuten am Fluss zu sein.

Beim Anblick des Cariboo Rivers wurde es ihnen beiden recht mulmig. Zwar floss der Fluss hier deutlich langsamer als oberhalb der Cariboo Falls, nichtsdestotrotz war ihr Plan gar nicht so einfach umzusetzen. Sie verstauten ihre Bögen und Pfeile sowie die restlichen Utensilien in den Rucksäcken bzw. fixierten sie außen mit den Spanngurten. Ihren Proviant sowie die beiden Speere legten sie in das defekte Kanu und beschwerten diese mit den Rucksäcken. Dann zogen sie ihre Schwimmwesten an und trugen das Kanu an einer flachen Stelle in den Fluss. Durch das gerissene Fiberglas sickerte Wasser ein. »Am besten ist es, wir lassen die defekte Stelle flussabwärts schauen und halten das Kanu am nicht kaputten Ende links und rechts fest. Dadurch hat die Strömung die geringste Angriffsfläche und wir können das Kanu so stabilisieren.« Marc leuchtete der Plan ein, auch wenn er weiterhin gehörig Respekt vor dem Fluss hatte.

Sie richteten den Yukon Clipper so aus, dass seine Spitze flussaufwärts zeigte. Marc klammerte sich auf der einen Seite des Kanus und Kenai auf der anderen Seite fest. Schon nach wenigen Metern erfasste sie die geballte Strömung und trug sie in den Fluss. Die Kälte des Wassers raubte ihnen augenblicklich den Atem. Aber schon nach wenigen Sekunden stellte sich durch den Auftrieb der Schwimmwesten das Gefühl ein, dass ihr Vorhaben gelingen könnte.

Abenddämmerung

Paul hatte die Blutung weitestgehend gestoppt. Sein Erste-Hilfe-Notfall-Set, das er aus seinem Rucksack genommen hatte, gab nicht allzu viel her, um mit solch einer Verletzung mit insgesamt acht offenen Wunden zurechtzukommen. Er legte mit den vorhandenen Mullbinden einen Kompressionsverband an. Um seine Schmerzen zumindest zu reduzieren, schluckte er drei Ibuprofen-Tabletten, auch wenn er sich über die blutverdünnende Wirkung im Klaren war. Etwas anderes hatte er aber nicht. Er schwang sich auf sein gesundes linkes Bein und biss die Zähne zusammen. Er wagte einen ersten Belastungstest seines verletzten Beines. Als er annähernd sein komplettes Gewicht auf das Bein verlagert hatte, trieb es ihm vor Schmerzen die Tränen in die Augen. Aber außer einem leisen Fluchen kam nichts über seine Lippen. Er wagte einen Schritt, verlagerte aber schnell das Gewicht seines verletzten Beines von der Ferse auf die Zehen. So humpelnd schaffte er es ein paar Meter.

Er war sich nicht sicher, ob sein Schienbein oder Wadenbein gebrochen war. Da er aber eher die Zehen belasten konnte als die Ferse, ging er davon aus, dass sein Schienbeinknochen intakt war. Natürlich hatten die Fangzähne der Bärenfalle Muskeln und vielleicht auch Sehnen zerfetzt. Die größte Sorge bereitete ihm aber nach wie vor die verletzten Adern und Venen. Sie hatten zu einem erheblichen Blutverlust geführt und die Blutung konnte er nur durch Abbinden stoppen, was jedoch lediglich eine Übergangslösung sein konnte. Er brauchte Hilfe und zwar dringend!

Er zog die Wanderkarte aus seinem Rucksack. Die nächstmögliche und vielleicht einzige Anlaufstelle war ein Campingplatz, der am Übergang zwischen Unna Lake und Cariboo River lag. Alle anderen Campingplätze sowie die nächste Rangerstation waren doppelt so weit entfernt und lagen letztlich in der gleichen Richtung. Seine einzige Chance war somit der Campingplatz am Unna Lake.

Er griff sich seinen Rucksack, erleichterte diesen um die Dinge, die er in den nächsten 24 Stunden definitiv nicht brauchen würde, und nahm sich einen dicken Haselnussast, den er mit der Säge seines Messers auf die richtige Länge kürzte, um ihn als Geh- und Stützhilfe zu nutzen. Er berechnete grob, dass der Campingplatz Luftlinie knapp einen Kilometer entfernt war. Allerdings konnte er das Gelände, das vor ihm lag, nicht einschätzen. Bisher war das östliche Ufer des Cariboo Rivers immer wieder von lichten Wieseneinschnitten durchzogen und ging dann wieder in dichtes Unterholz und Heckenhaine über, die man am besten umging. Er zog es deshalb vor, sich ein Stück abseits vom Fluss einen Weg durch die Wildnis zu bahnen. Das steinige Flussufer mit teilweise dichten Hecken, angeschwemmten Treibholz sowie auf- und absteigenden Uferböschungen versuchte er, zu meiden.

Die Verletzung ließ ihn nur langsam vorankommen. Es war nur noch eine Frage von Minuten, bis die Sonne im Westen hinter dem Bergrücken verschwinden und sich zwölf Stunden Zeit lassen würde, um im Osten wieder zu erscheinen. Diese Tatsache warf in ihm die Frage auf, ob er sie morgen früh wiedersehen würde. Er hatte darauf keine Antwort. All seine Energie verwendete er darauf, den Campingplatz zu erreichen und zu hoffen, dass er dort Hilfe bekam. Er schätzte, dass er noch etwa anderthalb Stunden Dämmerung hatte, dann wäre es dunkel.

Paul musste alle fünfzig Meter eine Pause machen. Der Druckverband und der Schuh des verletzten Beines waren inzwischen durchnässt von seinem Blut. Sand, Graspartikel und Samen klebten daran. Für ihn selbst nicht wahrnehmbar, zog er durch herabtropfendes Blut eine Duftspur hinter sich her, die für den Geruchssinn vieler Tiere wie eine Autobahn wirken musste.

Natürlich hatte er es längst aufgegeben, der Spur der beiden Wilden zu folgen. Offensichtlich hatte er sie unterschätzt und nicht damit gerechnet, dass sie ihn mit der Bärenfalle ins Verderben stürzen würden. Für ihn ging es nur noch darum, sich selbst zu retten. Die Sonne war vor gut zwanzig Minuten untergegangen. Er ruhte sich für ein paar Sekunden aus, als er instinktiv fühlte, dass sich in seinem Rücken etwas bewegte. Er riss seinen Kopf herum und suchte die vor ihm liegende Wiese ab, die hier und da mit Büschen und Hecken durchsetzt war. Der Hochwald war vielleicht fünfzig Meter entfernt. Im hohen Gras hätte sich so gut wie jeder oder alles verstecken können. Er suchte erneut mit seinen Augen den Bereich ab, als er in seinen Augenwinkeln rechts von sich im Hochwald für einen Bruchteil einer Sekunde etwas huschen sah. Jedoch konnte er nicht genau erkennen, was es war. Das Einzige, was er wahrgenommen hatte, war etwas braungraues und ziemlich großes Etwas. Die Art und Weise, wie sich dieses Etwas bewegte, ließ den Schluss zu, dass es sich um ein Tier handeln musste, welches er erschreckt hatte und das nun die Flucht ergriff.

Die Spuren, die er immer wieder am Fluss oder auch an lichten Stellen entdeckte, deuteten auf eine wildreiche Region hin. Hirsche waren keine Seltenheit und die Größe und Farbe dessen, was er da im Dickicht aufgeschreckt hatte, konnte man vielleicht einem Cerviden zuordnen. Letztlich machte es aber keinen Sinn, sich weiter Gedanken darüber zu machen. Irgendein Tier war wohl vor ihm geflohen. Er war bewaffnet, und wenn ihm etwas zu nahekam, hatte er kein Problem damit, von seiner Schusswaffe Gebrauch zu machen.

Der Alte

Der Hund hob sein Haupt und spitzte die Ohren. Spätestens als er aufstand und seinen Kopf nach rechts drehte, war auch Wayne klar, dass der Husky etwas bemerkt haben musste, dass sich ihnen näherte. Keine zwei Minuten später kam aus dem dichten Unterholz ein alter Mann herausgetreten, der von seinem Hund freudig begrüßt wurde. Der Mann hatte einen Repetierer mit Zielfernrohr geschultert, den er nun hinter dem Hund an einen Baumstamm lehnte.

Der zweite Blick des alten Mannes galt seinem Gefangenen. Er näherte sich Wayne von der Seite und schlug dabei seine braune Lederjacke auf die Seite. An seinem Gürtel hing ein langes feststehendes Jagdmesser in einer braunen ledernen Messerscheide, welche an ihrem unteren Ende mit Lederfransen verziert war. Die linke Hand des Mannes fasste an die linke Schulter von Wayne und drückte seinen Oberkörper nach vorne. Der Blick galt den auf dem Rücken gefesselten Händen sowie dem Seil, mit dem Wayne sitzend angelehnt am Baum zusätzlich fixiert war. Wayne schätzte den Mann mit den wettergegerbten Händen auf mindestens siebzig Jahre. Bei allem was er tat, merkte man ihm sein Alter jedoch überhaupt nicht an. Es war offensichtlich, dass er indianischer Abstammung war.

Er trug eine dunkelblaue Baseballmütze mit einem großen Sonnenschild, der man ansah, dass sie schon öfter mit schmutzigen Händen angefasst worden war. Auf ihr prangte das auffallende Emblem eines gelben Bisons mit dem ebenso markanten gelben Schriftzug »Little Buffalo«. Unter der Baseballmütze schauten die grauen Koteletten hervor. Das Haupthaar war seitlich zu zwei Zöpfen geflochten, die bis auf die Schultern hingen. Links und rechts der großen Nase schauten zwei wache, dunkle Augen hervor, deren Klarheit durch die ausgeprägten Lachfalten noch unterstrichen wurden. Er trug keinen Schmuck um den auffallend langen Hals. Man sah seinem Gesicht an, dass dieser Mensch sein Leben lang in und mit der Natur gelebt hatte. Die wettergegerbte braune Haut hob sich harmonisch von seinem blauen Jeanshemd ab, das er unter einer braunen Lederjacke trug. Unter dem Jeanshemd lugte die Spitze eines weißen Unterhemdes hervor. Er trug eine dunkle Jeans, welche von einem breiten braunen Gürtel gehalten wurde, sowie feste braune Lederschuhe. Das Beeindruckendste an dieser Gestalt war, dass sie keinerlei Unsicherheit oder Angst ausstrahlte. Dieser Indianer wusste, was er tat, und führte seine Handlungen korrekt und verlässlich aus.

Der Knoten, der Wayne schon lange piesackte, hatte bei seinem Lösungsversuch keinen Millimeter nachgegeben. Der Hund, der ihn bewachte, tat dies mit einer Ausdauer und Verlässlichkeit, die davon zeugte, dass er eine besondere Ausbildung absolviert hatte und dem alten Mann aufs Wort gehorchte und ihm vertraute. Der Husky schien das Verhalten seines Herrchens verinnerlicht zu haben. Die beiden waren eins, was Wayne zutiefst imponierte.

»Mein Name ist Wayne!«, versucht er ein Gespräch in Gang zu bringen. »Haben Sie mich ko geschlagen?« Der alte Indianer zuckte nicht einmal mit der Wimper und ging mit keinem Wort, keiner Silbe, keiner Bewegung und keiner Regung auf das Gespräch ein. Er blickte lediglich auf seinen Hund, und ohne ein

Wort zu sagen, lenkte der Husky seine komplette Aufmerksamkeit wieder auf Wayne. Er setzte sich auf seine Hinterbeine und fixierte den Gefangenen mit seinen blauen Augen.

So schnell wie der alte Mann gekommen war, so schnell verschwand er auch wieder. Sein Gewehr lehnte noch an dem Baum, an dem er es bei seiner Ankunft platziert hatte. Er verließ sich zu hundert Prozent darauf, dass die Fesseln hielten, sowie auf seinen Hund. Wayne hörte, wie der Mann etwas suchte. Nach wenigen Minuten kam er mit Feuerholz zurück. Offensichtlich hatte er vor, diese Stelle nicht mehr zu verlassen und hier zu übernachten. Die Sonne war vor über einer Stunde untergegangen.

Überraschend schnell hatte der Indianer mit Moos und Flechten ein Feuer angezündet, das kaum Rauch abgab. Er richtete zwei Nachtlager ein, die jeweils auf gegenüberliegenden Seiten des Feuers lagen. Wayne versuchte immer wieder, ein Gespräch zu beginnen, aber der alte Mann bereitete sich unbeirrt auf die Nacht vor. Zu Waynes großer Überraschung öffnete der Mann zwei Dosen Eintopf. Sie ähnelten den Dosen, die Wayne in seinem Rucksack mitgeführt hatte. Als er auch noch vier Stück Toast auf einen Stein nahe dem Feuer zum Rösten auslegte, war Wayne klar, dass sich der alte Indianer an seinen Vorräten bedient hatte. Er musste grinsen. »Und jetzt auch noch meine Verpflegung klauen!« Dieser salopp daher gesagte Satz war das Erste, was den alten Mann dazu veranlasste, Wayne anzuschauen. Zumindest für eine Sekunde unterbrach er seine Arbeit. Weder aus seiner Reaktion noch aus seinen Augen konnte Wayne ablesen, was der Indianer über diesen Kommentar wohl dachte. Sicher war nur eins – der Indianer schien ihn zu verstehen.

Nord-Nord-West

Kenai und Marc waren erschöpft aber froh, dass sie den Fluss unbeschadet überquert hatten. Vermutlich hätten sie es ohne Schwimmwesten nicht geschafft. Marcs Wunde fing wieder an zu bluten. Sie hatten das westliche Ufer des Cariboo Rivers erreicht und waren während der Überquerung gerade mal einhundert Meter flussabwärts getrieben worden. Ihr defektes Kanu versteckten sie im dichten Ufersaum. Mit ihren Rucksäcken und der Verpflegung machten sie sich auf den Weg nach Nordwesten. Möglichst weit weg vom Fluss, tief in den Wald hinein Richtung der Ausläufer des Mount Tinsdales. Tief genug, damit der Schein ihres Feuers und der Rauch von der östlichen Seite des Cariboo Rivers nicht zu sehen und auch nicht zu riechen war. Der Wind kam nach wie vor aus Osten, so dass sie sich dabei einigermaßen in Sicherheit wiegen konnten.

Sie gingen davon aus, dass sie mit der Flussüberquerung ihren vermeintlichen Verfolger abgeschüttelt hatten. In einer Mulde hinter einem großen Felsen fanden sie ein geeignetes Nachtlager. Die Nacht war überraschend schnell hereingebrochen. Sie sammelten Feuerholz und packten zum ersten Mal seit fast vier Wochen wieder ihre Rucksäcke aus. Sie hatten alles gut in Plastiksäcke und Tüten verpackt. Als sie nun ihre Kleidung in den Händen hielten, mussten sie feststellen, dass die zuletzt getragenen Kleidungsstücke streng rochen und an manchen Stellen Schimmel angesetzt hatten. Vermutlich hatten sie diese leicht feucht eingepackt, was die Schimmelausbildung bei gleichzeitig mangelnder Belüftung gefördert hatte. Ähnlich erging es ihnen auch beim Anblick der Schlafsäcke. Lediglich die noch nicht getragene Kleidung war in einem einwandfreien Zustand.

Es war ein erhabenes Gefühl, nach fast einem Monat wieder eine neue, frisch gewaschene Unterhose zu tragen. Endlich die kurzen Hosen ausziehen zu können, die nur noch zerfetzt und verdreckt an ihnen hingen. Als das Feuer brannte, öffneten sie eine Dose mit Gemüsesuppe und eine Konserve Ravioli, die sie zum Erhitzen in die erste Glut stellten. Der Duft der Gewürze betörte ihre Nasen und ließ ihnen das Wasser im Mund zusammenlaufen. Das Feuer ließen sie ganz bewusst nicht zu hoch werden. Der große Felsbrocken, hinter dem sie ihr Lager aufgeschlagen hatten, schirmte zwar den Schein des Feuers gegen den Fluss ab, sie wollten aber auf keinen Fall entdeckt werden. Deshalb beschlossen sie, das Feuer nur zum Erhitzen des Essens zu nutzen und es dann langsam ausgehen zu lassen. Ihre Schlafsäcke würden ihnen genug Wärme für die Nacht geben.

Sie entdeckten ihre Zahnbürsten und Zahncreme. Der Geschmack der Zahnpasta war so intensiv und scharf, dass sie sie gleich wieder ausspuckten und nur mit der wenigen, noch im Mund verbliebenen Creme ihre Zähne reinigten. Sie fühlten sich nach dem Putzen unnatürlich glatt, fast künstlich an. So gut es ging, versorgten sie die Wunde von Marc. Sie bedienten sich dabei ihrer Reiseapotheke, die sie beide jeweils im Rucksack hatten. Mit Mullbinde und reichlich Pflaster machten sie einen mehr oder weniger gelungenen Druckverband, der die leichte Blutung stoppen und die Wunde vor weiteren Verunreinigungen schützen würde. Um die Schmerzen zu lindern, bediente sich Marc mit Tabletten aus der Notfall-Apotheke. Die frische und trockene Kleidung an ihren Körpern wärmte ihre vom Fluss ausgekühlten Körper. Nach vier Wochen Entbehrungen fühlten sie sich allein dadurch schon beseelt und glücklich. Sie waren wieder Menschen, und die Bogen und Pfeile, die neben ihnen lagen, muteten an wie Reliquien aus einer längst vergangenen, längst verblassten Zeit. Von einer auf die andere Minute waren sie plötzlich wieder in einer anderen Welt.

Nach kurzem Umrühren waren Suppe und Ravioli warm genug. Sie holten ihr Kochgeschirr und Besteck hervor und teilten sich zunächst die Gemüsesuppe. Die Intensität der Suppe, die Schärfe, das Salz, das sie herausschmeckten, der Geruch, der durch die Gewürze aufstieg, die Tatsache endlich wieder etwas Warmes im Bauch zu haben, das nicht nach Fisch oder Fleisch schmeckte, war ein Hochgenuss, auch wenn ihre Geschmacksnerven sich nur langsam an den intensiven Salzgeschmack gewöhnten. Im Schein des kleinen Feuers funkelten ihre Augen und sie grinsten sich gegenseitig zufrieden an.

Im Schatten der Berge war es nun merklich dunkel geworden und in etwa einer halben Stunde würde es Nacht sein. Tag 28 in der Wildnis näherte sich seinem Ende. Sie mussten ihr Abenteuer zwei Tage früher als geplant abbrechen, hatten dafür aber einen guten Grund. Sie hatten ein Verbrechen beobachtet, auf sie war geschossen worden und sie mussten davon ausgehen, dass sie verfolgt wurden. Morgen würden sie versuchen, Kontakt mit der Zivilisation aufzunehmen. Sie würden entweder zu einem der Campingplätze im Park marschieren oder eine Rangerstation aufsuchen. Dann wären sie in spätestens zwei Tagen wieder am Nordufer des Bowron Lakes, würden ihre Familien anrufen und warten, bis sie von Ross und Liz abgeholten würden. Solange würden sie es sich nach den Entbehrungen der letzten Wochen gutgehen lassen und einen Arzt aufsuchen, der Marcs Wunde untersuchen sollte.

Das Feuer knisterte, und sie fingen an, es sich gemütlich zu machen. »Auch wenn wir heute erst den 28. Tag haben. Lass es dir schmecken!«, mit diesen Worten reichte Marc seinem Freund eine Dose Bier. Der schaute ihn verdutzt und zugleich glücklich an. Das war der Höhepunkt! Gerne nahm er ihm die Dose ab. Just in diesem Augenblick hörten sie zwei Schüsse gefolgt von einer kleinen Pause und weiteren vier Schüssen in kurzer Abfolge. Marc und

Kenai schauten sich erschrocken an. Die Schüsse kamen aus Richtung Fluss, waren weit weg, aber dennoch klar zu hören. Sie vermuteten, dass sie vom östlichen Ufer des Cariboo Rivers kamen. Kenai gab Marc die Dose Bier zurück. Sie wurden wieder daran erinnert, dass sie noch nicht in völliger Sicherheit waren.

Kenai kletterte auf den Felsen, der ihr Lager gegen den Fluss abschirmte, in der Hoffnung irgendetwas sehen zu können. Ein Licht oder ein Feuer, aber er konnte nichts erkennen. Aufgrund der Dunkelheit und der Bäume in ihrem Sichtfeld wären Menschen auf diese Entfernung ohnehin kaum auszumachen gewesen.

Sie entschlossen sich, die Nacht in ihrem aktuellen Lager zu verbringen. Vorsichtshalber packten sie rasch ihre Ausrüstung in ihre Rucksäcke, ließen ihre Kleider und Schuhe an und holten sich ihre Schlafsäcke. Sollten sie in der Nacht jemanden kommen hören, konnten sie relativ schnell flüchten. Sie erstickten das Feuer mit viel Erde und vermieden somit eine allzu starke Rauchentwicklung. Sie fühlten sich verfolgt und lauschten in die Nacht hinaus. Wer war da draußen? Warum hatte jemand sechs Mal geschossen? Wem galten die Schüsse? Konnten sie wirklich davon ausgehen, dass sie hier auf der westlichen Flussseite sicher waren? Marc musste wieder husten. Er hustete in den Schlafsack, um das Geräusch zu dämmen, und bei jedem Hustenanfall stach es ihm in die Seite. Marc war ernsthaft krank und verletzt, die Flucht hatte ihn entkräftet. Mittlerweile waren sie beide davon überzeugt, dass er eine Lungenentzündung hatte und dass ihr Abenteuer dadurch zwangsläufig ein Ende gefunden hätte, um keine bleibenden Schäden zu riskieren. Hinzukam die Verletzung am Bauch und die Ungewissheit, ob sich in der Wunde nicht noch Holz oder Fellstücke befanden, die sie entzünden konnten. Marc brauchte einen Arzt. Vor ihnen lag eine unruhige Nacht, und die Angst entdeckt zu werden, ließ sie nicht tief schlafen.

Der Eindringling

Das Abbinden der Wunde führte dazu, dass Paul langsam aber sicher das Gefühl in seinem Fuß verlor. Hinzu kam, dass er das Bein belasten musste, und je länger er sich nach Norden zum vermeintlich rettenden Campingplatz durchkämpfte, desto stärker fing die Wunde wieder an, zu bluten. Er kam langsamer voran, als ihm lieb war, und die Sonne war längst untergegangen. Um ihn herum wurde die Landschaft dunkler und dunkler und der Wald verschwamm nach und nach zu einem einheitlichen, strukturlosen Etwas.

Die Orientierung fiel ihm zunehmend schwerer und langsam kamen Zweifel in ihm auf, ob er den Campingplatz je erreichen würde, auf den er so viel Hoffnung setzte. Er drang wieder in einen mit Brombeeren dicht bewachsenen Waldabschnitt ein. Er schätzte, dass er bereits mehr als die Hälfte der Strecke geschafft hatte. Immer wieder fasste er sich an sein Bein. Und jedes Mal klebte frisches Blut an seinen Händen. Wieder musste er eine kurze Pause einlegen und auch jetzt hatte er den Eindruck, dass etwas um ihn herumschlich. Bis auf jenen braunen Schatten im Wald hatte er kein weiteres Wild wahrgenommen, weder Hirsche, noch Elche. Lag es an ihm? Machte er so viel Lärm, dass ihn jegliches Wild auf Meilen wahrnahm und flüchtete? Oder waren hier noch andere Menschen unterwegs? Irgendetwas schien das Wild vorsichtig gemacht zu haben.

Er stand auf, um seinen Weg fortzusetzen. Die dichte Brombeerhecke vor ihm musste er umgehen, wie viele andere zuvor auch schon. Er beschloss, sich mehr Richtung Fluss zu orientieren. Der Wald wurde langsam zu dunkel, und im offenen Gelände oder am Fluss konnte er sicherlich noch deutlich besser sehen. Doch was er plötzlich auf der nächsten Lichtung zwischen

Hochwald und Flussuferbereich wahrnahm, versetzte ihm einen Schock.

Nur fünfundzwanzig Meter vor ihm labte sich im restlichen Tageslicht ein Bär an den dicht behangenen Brombeerbüschen. Mit seiner langen Zunge schleckte er die Beeren ab. Er hatte Paul noch nicht bemerkt. Pauls Herz pochte, und er hoffte, dass er sich unbemerkt zurückziehen konnte. Der Wind stand gut und vermutlich war dies der einzige Grund, warum ihn der gewaltige Grizzly noch nicht gewittert hatte. Langsam, ganz langsam lief Paul rückwärts. Meter für Meter schaffte er es, sich von dem Bären zu entfernen. Doch irgendetwas veranlasste den Bären, sein Mahl zu unterbrechen. Er streckte seine Nase in die Luft und befeuchtete sie mit seiner langen Zunge. Sein Hals wurde länger und länger und durch das Drehen seines Kopfes versuchte er herauszufinden, woher der Geruch kam, der ihm in die Nase gestiegen war. Der Bär witterte etwas, das interessanter war als die Beeren. Er roch ein Gemisch aus Schweiß und Blut. Eine Kombination, die er so bisher noch nie wahrgenommen hatte. Er drehte sich in die Richtung, aus der der auffällige Geruch kam, und sah in knapp dreißig Metern Entfernung einen Schatten, der sich ganz langsam rückwärts bewegte. Es war kein Hirsch und auch kein Elch. Nein, was hier vor ihm stand, hatte einen aufrechten Gang.

Er kannte diese Art von Lebewesen. Schon oft hatte er am Fluss oder den Seen des Bowron Lake Provincial Parks solche Gestalten wahrgenommen. Häufig hinterließen sie ihre Abfälle und oft genug war auch etwas Nahrhaftes für ihn dabei. Es kam jedoch nur selten vor, dass er diesen Gestalten zu nahe kam. Dafür hatte er instinktiv Respekt vor ihnen. Den Geruch von Schweiß kannte er von ihnen. Ebenso den Geruch von Urin und Kot, der überall in der Nähe von Plätzen zu finden war, an denen die Kreaturen übernachteten. Doch der Geruch, den er jetzt aufnahm, war interessanter. Er wurde versüßt durch etwas, was ihn magisch anzog. Der Geruch von Blut!

Die Brombeeren waren vergessen. Er drehte seinen gewaltigen Körper in Richtung der Gestalt. Aus ihm heraus brach ein gewaltiges Fauchen. Es war die Kombination aus Nervosität und Angst, die ihn dazu animierte, dieser verschwommenen Gestalt vor ihm Respekt einzuflößen. Er war hin- und hergerissen zwischen Flucht oder dem Nachgeben nach dem intensiven verlockenden Geruch von frischem Blut. Er fauchte erneut und schüttelte seinen Kopf. Unbewusst verkürzte er die Distanz zwischen sich und Paul, der es aufgegeben hatte, sich zurückzuziehen und aufrecht vor ihm stand.

Wie konnte diese Gestalt es wagen, ihn zu stören? Wie konnte es sein, dass dieses Etwas vor ihm, dem König der Wälder, stand und nach Blut roch? Wollte er ihn provozieren? Aus dem Unmut wurde langsam Wut und veranlasste Grizz auf die Hinterbeine zu gehen, um seine wahre Größe und Kraft zu zeigen. Immer näher kam er der Gestalt im Schatten des Waldes, bis er plötzlich zwei kleine Blitze und zeitgleich zweimal lautes Knallen wahrnahm. Unter den Geruch von Schweiß und Blut mischte sich etwas Brennendes, das in seiner Nase juckte. Das Knallen, das er vernommen hatte, konnte er einordnen. Schon öfters hatte er außerhalb des Parks ähnliche Gestalten wahrgenommen, die die gleiche Art von Lärm verursachten. Meistens hatten sie damit einen Elch oder einen Hirsch erlegt. Die Knallgeräusche, die er jetzt vernahm, machten ihm deshalb nichts aus. Was ihn wütend machte, war der beißende Geruch in seiner Nase, der mit den beiden Schüssen zusammenhängen musste.

Er ließ seinem Unmut und seiner Wut freien Lauf und brüllte die Gestalt aus mittlerweile nur noch zehn Metern Entfernung an, so dass diese erzitterte. Erneut hörte er einen Knall und noch einen, der nicht nur in seinen Ohren wehtat, sondern ihm auch plötzlich Schmerzen in der rechten Schulter bereitete. Die zehn Meter waren schnell überbrückt. Die Gestalt hatte es geschafft, es noch zwei weitere Male blitzen und knallen zu lassen. Dann war es still und die Gestalt, die durch die Wucht seiner Masse wie ein Streichholz zu Boden ging, lag unter ihm. Der Bär schmeckte den intensiven Geschmack von Blut auf seiner Zunge und auch von seinen Fangzähnen tropfte Blut. Der Eindringling, der es gewagt hatte, ihn zu stören und ihm weh zu tun, lag reglos auf dem Boden. Der Kopf hing nur noch leicht am Körper fest und aus dem offenen Genick, in das er mit seinen gewaltigen Kiefern gebissen hatte, rann Blut.

Der Bär war zufrieden mit dem Ergebnis und beschnupperte, was vor ihm lag. Ja, die Kombination aus Schweiß, Blutgeruch und Pulverdampf kam von dem, was da vor ihm lag! Mit seinen gewaltigen Tatzen stieß er den reglosen Körper an. Dann realisierte er die Schmerzen in seiner Schulter und das aus einer Öffnung tropfende eigene Blut. Mit seiner Zunge leckte er die Wunde. Er war verstört und wandte sich von dem toten Körper ab. Grizz hatte einen Menschen getötet, weil er sich überrascht und bedroht gefühlt hatte. Er hatte keine Jagd auf ihn gemacht und wollte ihn auch nicht fressen. Dieser Mensch war ein Eindringling in seinem Revier. Mit jeder Sekunde nahm der Schmerz in seiner Schulter zu. Grizz zog sich humpelnd zurück.

Nichts mehr zu tun

Wayne fröstelte es leicht. Das Feuer, das ihn, den alten Mann und seinen Hund die Nacht über gewärmt hatte, war erloschen. Sein Rücken tat ihm weh und sein Arm, auf dem er lag, war eingeschlafen. Die Schlafstelle des alten Indianers war leer und sein Gewehr mit ihm verschwunden. Der Husky hatte es sich auf dem Lager des Indianers gemütlich gemacht und schaute ihn genauso wie bereits tags zuvor aufmerksam an.

Wayne hatte am Vorabend versucht, mit dem alten Mann ins Gespräch zu kommen. Doch der Indianer blieb stumm, und so entschied sich Wayne, einen Teil dessen zu erzählen, was ihn veranlasst hatte, in diese Gegend zu kommen. Bei all dem, was er preisgab, zeigte der Alte keinerlei Regung. Wayne schilderte, dass irgendwo in der Nähe eine Leiche versteckt war, die nicht er, sondern ein Mann namens Paul dort vergraben hatte und der vielleicht noch anderen Leuten Schaden zufügen könnte. Er erzählte vom Lager mit den nackten Fußspuren und woher er Paul kannte. Und er versuchte den alten Mann davon zu überzeugen, dass es keinen Grund gab, ihn weiterhin gefangen zu halten. Wayne schien aber gegen eine Wand zu reden. Entweder interessierte es den Alten überhaupt nicht oder er war ein Meister der Verstellung. Er verhielt sich so teilnahmslos, dass Wayne sogar anfangs glaubte, er sei taub. Aber als Wayne am Vorabend weit entfernt sechs Schüsse zu hören glaubte, zeigte auch der Indianer eine Reaktion.

Es beeindruckte Wayne, wie routiniert dieser Indianer das Nachtlager organisiert hatte, das Abendessen am Feuer zubereitete, das Feuer am Brennen hielt, ohne dass dabei allzu viel Rauch entstand. Selbst als er Waynes Fesseln vom Rücken nach vorne verlagerte, damit Wayne besser essen konnte, tat er das mit einer Sorgfalt, die keinen Zweifel aufkommen ließ, dass der Alte hier alles im Griff hatte.

Wayne hatte nicht vor, sich gewaltsam zu befreien, sofern es dazu überhaupt eine Gelegenheit gab. Irgendwie gefiel ihm der alte Indianer und auch wenn er von ihm gefangen und gefesselt worden war, hatte er nie den Eindruck, dass dieser ihm etwas Böses wollte. Er gab ihm zu essen und zu trinken. Für die Nacht legte er die Fesseln an Füßen und Beinen so, dass er einigermaßen bequem schlafen konnte. Wenn er ein dringendes Bedürfnis hatte, ließ ihn der Alte gehen, beaufsichtigte ihn aber. Der Hund fühlte sich bei seinem Herrchen wohl, bekam seine Streicheleinheiten und erhielt

Trockenfleisch statt Doseneintopf. Wayne konnte ihm nicht verübeln, dass er ihm seine Waffe und sein Messer abgenommen hatte. Wo der Alte diese versteckt hatte, blieb ihm verborgen. Als er nun am Morgen aufwachte und die Schlafstelle des Alten verlassen vorfand, nahm er an, dass er Feuerholz sammeln würde. Doch es sollte eine geschlagene Stunde dauern, bis er wieder zurück war.

Wie schon tags zuvor lehnte er sein Repetiergewehr an den Baum an und war während der nächsten Minuten verschwunden, um nun tatsächlich Brennholz zu sammeln. Wenig später brannte das Feuer, das er mit trockenem Moos aus der restlichen Glut entfachte. Kurz darauf roch es nach Kaffee, frisch geröstetem Toast aus Waynes Bestand, sowie Pflaumenmarmelade, die Wayne zum Abschied aus dem Hotel in Quesnel überreicht bekommen hatte.

Knapp eine Stunde später standen Wayne und der alte Mann am Ufer des Cariboo Rivers. Und zu Waynes großer Überraschung an der Stelle, an der er sein Kajak versteckt hatte. Es wäre naheliegender gewesen, dass der Indianer ihn zu den beiden Kajaks von Paul gebracht hätte. Aber da er ihn zielstrebig zu seinem Kajak führte, nahm Wayne an, dass der Alte mehr wusste und mehr von der ganzen Situation verstand, als er das gedacht hatte. Der Indianer legte Waynes Rucksack in der Nähe des Kajaks ab und zog sein Messer. Er umlief ihn und durchschnitt die Fesseln, die Waynes Hände bis zuletzt auf seinem Rücken zusammengebunden hatten. Es war sprichwörtlich wie eine Befreiung für Wayne und seine Handknöchel, die er sogleich massierte. »Du bist frei und kannst nach Hause gehen. Es ist alles gut. Es gibt hier nichts mehr für dich zu tun!« Dies war das erste Mal, dass der alte Indianer etwas zu ihm sagte. Und auch das letzte Mal. Ein Blick zu seinem Hund reichte und die beiden waren im Unterholz verschwunden.

Wayne musste nicht lange überlegen, was er als Nächstes tun würde. Hier war der Punkt, wo es keinen Sinn mehr machte, Paul zu folgen oder ihn wo auch immer zu suchen. Er war sicherlich längst über alle Berge. So entschied er, erneut mit seinem Kajak den Cariboo River zu überqueren, den SSL-Rucksack, den er am anderen Ufer versteckt hatte, an sich zu nehmen und sich wie schon tags zuvor, auf den Weg zu seinem Auto zu machen. Er griff nach seinem Rucksack, den der alte Indianer zurückgelassen hatte und überprüfte seine Ausrüstung.

Bis auf die Verpflegung, die sie gemeinsam verspeist hatten, war noch alles da. Ganz unten in seinem Rucksack fand er sein Messer. Und was er nicht für möglich gehalten hatte, sogar seine Pistole. Sogleich musste er schmunzeln. Der Indianer hatte sie zerlegt und selbst die Patronen aus den Magazinen genommen. Der Alte war ein Fuchs. Allerdings ein ehrlicher. Nach nicht einmal zwei Minuten war die Waffe wieder zusammengesetzt, die Magazine aufgefüllt und wieder in seinem Schulterholster verstaut, welches er immer noch trug.

Dann setzte er über den Fluss, suchte die Stelle auf, an der er den SSL-Rucksack zurückgelassen hatte und war verblüfft. Er war weg! Hastig suchte er die Umgebung ab und war sich ganz sicher, dass dies die Stelle war, an der er den Rucksack zurückgelassen hatte. Er fluchte und überlegte, wer den Rucksack an sich genommen haben könnte. Hatte ihn Paul etwa entdeckt? Oder hatte der alte Indianer ihn genommen? Und wenn ja, wie konnte der Alte oder Paul wissen, wo er ihn versteckt hatte? Was sollte er tun?

Er musste sich setzen, und ihm wurde klar, dass es keine, absolut keine realistische Aussicht gab, Paul oder den Indianer in dieser Wildnis ausfindig zu machen. Er schaute den Hang empor, den er schon am Vortag erklommen hatte. Ihm blieb nur diese Möglichkeit. Er machte sich erneut auf, ihn zu bezwingen und sein

Auto aufzusuchen. Die Niederlage, die er erfahren hatte, tat ihm weh. Und die Art und Weise wie sie ihm zugefügt worden war, wurmte ihn.

Zwischenwelten

Kenai und Marc hatten keine angenehme Nacht verbracht. Ihre Schlafsäcke hatten sie zwar warmgehalten, aber die Angst entdeckt zu werden, hatten sie beide nur mäßig schlafen lassen. Ihre Ohren waren sensibilisiert und lauschten, ob sie wollten oder nicht, in Richtung Cariboo River. Mit den ersten Sonnenstrahlen, die im Osten über den Berghängen auftauchten und ihr Lager am westlichen Ufer des Cariboo Rivers anstrahlten, waren sie auf den Beinen. Sie waren froh, die Nacht ohne unerwünschten Besuch überstanden zu haben. Sie hatten lange gerätselt, was es mit den insgesamt sechs Schüssen auf sich haben könnte, wurden sich aber nicht klar darüber. Vielleicht war es ein Jäger gewesen und die Schüsse hatten überhaupt nichts mit ihnen zu tun.

Marcs Gesundheitszustand hatte sich erheblich verschlechtert. Im Vergleich zum Vortag bewegte er sich deutlich langsamer. Er musste ständig husten und hatte stärkere Schmerzen und ein Stechen in seiner Wunde. Er bediente sicher erneut aus ihrer Notfall-Apotheke mit Ibuprofen-Tabletten, die die Schmerzen linderten. Zudem schien er mittlerweile auch Fieber bekommen zu haben. Man merkte Marc eine deutliche Schwächung an.

Sie entfachten ein kleines Feuer und freuten sich auf ihren ersten Instantkaffee seit fast einem Monat. Sie hatten es unendlich vermisst, am frühen Morgen ein warmes Getränk zu sich nehmen zu können. Sie öffneten eine verschweißte Kekspackung und fühlten sich erneut wie im siebten Himmel. Ihr Toilettenpapier, das sie in den Rucksäcken verstaut hatten, war nach vier Wochen ebenfalls feucht und schimmelig geworden. Sie benutzten stattdessen Papiertaschentücher, die verschweißt so gut wie keine Feuchtigkeit gezogen hatten. Es war eine weitaus angenehmere Art, sich damit den Hintern abzuwischen, anstatt mit trockenem Gras. Oder sich mindestens einmal pro Tag seinen Hintern im kalten Fluss oder Bach säubern zu müssen, um Entzündungen vorzubeugen.

Sie hatten bereits am Vorabend ausprobiert, ob sie mit ihren beiden Handys Empfang hatten, was aber nicht der Fall war. Die Kleidung, die sie trugen, kam ihnen größer vor als noch vor vier Wochen und roch unangenehm. Sie würden sie waschen, sobald sie in sicherer Umgebung waren.

Die anderthalb Stunden, die sie bis zur Rangerstation brauchten, die sich zwischen Babcock Lake und dem Cariboo River befand, war vor allem für Marc eine Tortur. Kenai musste immer wieder auf seinen Freund warten, dem die Entkräftung durch Krankheit und Verletzung an seine Belastungsgrenze gebracht hatte. Mit letzter Kraft erreichte er die Station. Doch sie hatten Pech, denn es war kein Ranger vor Ort, an den sie sich wenden konnten. Dafür gab es ein Telefon, welches sie nun benutzten. Sie überlegten zunächst, wen sie anrufen sollten. Das Naheliegende war, die Parkverwaltung zu kontaktieren, deren Nummer sowohl auf ihrer Karte als auch am Telefon selbst abzulesen war.

Das Telefonat reduzierten sie auf das Wesentliche – dass sie Zeugen einer Beerdigung im Wald waren und man auf sie geschossen hatte und dass Marc ärztliche Hilfe benötigte. Erst nachdem die etwas erstaunte Dame der Parkverwaltung die Namen von Marc und Kenai zusammen mit dem Vermerk, dass sich diese dort länger im oder am Rande des Parks aufhielten, im System fand, nahm sie ihre Angaben ernst. Keine zwei Stunden später wurden Marc und Kenai von einem Park Ranger vor Ort aufgesucht, der allein mit seinem Kanu auf Patrouille war und per Funk von der Parkverwaltung über die Situation aufgeklärt worden war.

Steve war seit acht Jahren Ranger, davon knapp drei Jahre im Bowron Lake Provincial Park. Er hatte den Auftrag, Kontakt zu den beiden herzustellen, aber vorläufig nichts Weiteres zu unternehmen. Man hatte sich über die Parkverwaltung mit der Polizei in Quesnel darauf verständigt, sich am nächsten Tag morgens um neun Uhr oberhalb der Cariboo River Falls zu treffen. Marc und Kenai würden gemeinsam mit Steve mit dem Kanu bis kurz vor die Wasserfälle paddeln. Dort würden sie dann auf die Vertreter der Mountain Police aus Quesnel treffen, die mit dem Auto über die McKeena Creek Road und diverse Rückenschneisen versuchen würden, möglichst nah an den Cariboo River zu kommen, um sich dann die letzten ungefähr anderthalb Kilometer durch den Wald bis zu den Wasserfällen durchzukämpfen. Bis dahin musste Marc noch durchhalten.

Marc und Kenai wollten den restlichen Tag nutzen, um sich gründlich zu waschen, ihre Kleidung zu reinigen und gemeinsam mit Steve etwas abseits zu campen und sich an ihren Vorräten bedienen. Sie schlüpften wieder in die Rolle von Touristen und gaben ihr wildes Dasein auf. Nicht zuletzt auch deswegen, um nicht erkannt zu werden. Sie konnten sich nicht sicher sein, ob sie noch verfolgt wurden.

Marcs Gesundheitszustand verschlechterte sich weiter. Für Steve war klar, dass Marc dringend ärztliche Hilfe benötigte. Er untersuchte Marcs Wunde und erkannte beim Betasten und der schmerzhaften Reaktion darauf recht schnell, dass sich diese entzündet hatte. Sie erhöhten die Gabe von Ibuprofen. Zudem vermutete Steve bei Marc eine schwerwiegende Lungenentzündung. Bis morgen musste er noch durchhalten. Ein Arzt würde Teil der Untersuchungskommission sein, die sie morgen früh treffen würden.

Fast schlüssig

Am späten Nachmittag war Wayne zurück in Quesnel. Während der ganzen Zeit, die er sich den Hang des Cariboo Rivers hinauf bis zu seinem Auto vorgekämpft hatte und auch dem Weg zurück nach Quesnel, wurmte ihn die Sache mit dem Rucksack. Er überlegte, ob er Florina Baxter über die aktuelle Lage aufklären sollte. Nachdem er zwei Tage ohne Handyempfang war, hatte er nun zwei Kurznachrichten von ihr, mit der Bitte um Rückruf. Aber er ignorierte diese Nachrichten vorläufig. Zudem sah er, dass eine ihm unbekannte Nummer mehrfach versucht hatte, ihn zu erreichen.

Er hatte die Hoffnung noch nicht aufgegeben, doch noch auf irgendeine Weise an den Rucksack zu kommen, und vielleicht konnte ihm die Polizei brauchbare Informationen liefern. Er steuerte gezielt das Polizeirevier der Royal Canadian Mounted Police in Quesnel an, welches er schon kannte. Schon beim Betreten des Gebäudes spürte er, dass etwas passiert sein musste. Die Polizistin, die ihn Tage zuvor befragt hatte, nahm ihn sofort wahr, öffnete die Tür ihres mit Glaswänden abgetrennten Büros und kam zielstrebig und offensichtlich wenig gut gelaunt auf ihn zu. »Guten Tag Herr Guzeman. Schön Sie zu sehen! Wir haben Sie schon vermisst!«, kam die bissige Begrüßung. »Wir hatten schon die Befürchtung, dass Sie sich aus dem Staub gemacht haben könnten!«, fügte sie noch hinzu. »Warum sollte ich das tun? Ich habe nichts verbrochen und war mir auch nicht bewusst, dass ich mich hier aufhalten muss!«, kam die ebenso freundlich verpackte, aber in der Sache klare Ansage an die Polizistin. Die verstand sofort, dass sie mit ihrem bissigen Kommentar etwas über das Ziel hinausgeschossen war. Ohne sich direkt zu entschuldigen, nahm sie die Schärfe aus der Unterhaltung.

»Sie haben Recht! Wir haben versucht Sie zu erreichen, weil wir noch ein paar Fragen an Sie haben.« Ihre Stimme klang nun ruhiger. Erst jetzt musterte sie ihn und musste feststellen, dass er etwas verdreckt aussah und heute wohl weder geduscht noch sich rasiert hatte. »Darf ich fragen, wo Sie während der letzten beiden Tage waren?«, und musterte ihn nochmals auffällig von oben nach unten. »Klar!«, kam die knappe Antwort von Wayne, und dann erzählte er im Detail, was er in den letzten achtundvierzig Stunden erlebt hatte, ohne dass er wichtige Einzelheiten wegließ. Von dem Wagen, den er am Bowron Lake entdeckt hatte und den er Paul und seinem Begleiter zuschrieb, der Verfolgung der beiden über den Cariboo River, dem Mord von Paul an seinem Begleiter, der Stelle, an der er die Leiche vermutete, dem Waldlager, das er entdeckt hatte und dem Indianer, der ihn gefangen genommen hatte. Er ließ nur weg, dass er den Rucksack an sich genommen und auf mysteriöse Weise wieder verloren hatte.

Die Polizistin hatte sich bei seinen Aussagen Verstärkung durch zwei weitere Beamte geholt und nachdem er seine Geschichte erzählt und die ersten Nachfragen beantwortet hatte, wurde ihm indirekt ein Teil der Geschichte bestätigt. Die leitende Polizistin fasste es kurz zusammen: »Das Lager, von dem Sie gesprochen haben, gehört mit hoher Wahrscheinlichkeit zwei Studenten, die dort seit vier Wochen in der Wildnis leben. Wir wurden heute Morgen von der Bowron Lake Provincial Parkverwaltung darüber informiert, dass diese beiden Studenten Zeugen waren, wie in der Nähe ihres Lagers am Cariboo Wasserfall eine Leiche vergraben wurde. Diese Person hatte auch auf sie geschossen, sie konnten aber flüchten.«

»Wurden die beiden Studenten verletzt?«, fragte Wayne interessiert nach. »Ja, einer der beiden! Aber wohl nicht lebensbedrohlich. Genaueres wissen wir noch nicht. Aber sie konnten in den Park fliehen und die Parkverwaltung informieren.« Wayne war einigermaßen erleichtert, und das war ihm anzumerken. Er wollte sich gerade entspannt in seinem Stuhl zurücklehnen, als die Polizistin aufstand und ihn von der Seite eine Frage stellte, mit der er in dieser Situation nicht gerechnet hatte. »Herr Guzeman. Erklären Sie uns doch bitte, warum Sie die beiden überhaupt verfolgt haben und uns nicht darüber informierten, dass Sie den Wagen der beiden entdeckt hatten?« Wayne musste schlucken und überlegte, ob er die Wahrheit sagen sollte.

Das Problem war, dass er nicht wusste, was die Polizei mittlerweile schon herausgefunden hatte. Es gab keinen Grund für ihn zu lügen und keinen Grund sich selbst einem wie auch immer gearteten Verdacht auszusetzen. Er versuchte es mit einem Mittelweg.

»Ich wusste nicht hundertprozentig, ob es der Wagen von Paul und seinem Begleiter ist. Ich war mir erst sicher, als ich sie kurz vor dem Cariboo River entdeckte.« »Und warum sind Sie ihnen weiter gefolgt?«, hakte die Polizistin sogleich nach. Genau das war die Frage, auf die er nicht wusste, wie er antworten sollte. Und dies blieb auch den Polizisten nicht verborgen. »Sollen wir Ihnen die Geschichte mit dem alten Indianer wirklich abnehmen? Oder sind sie vielleicht mehr in den Tod von Paul Eskots Begleiter verwickelt, als sie uns weismachen wollen?« Wayne musste aufhorchen. Offensichtlich hatte die Polizei doch noch andere Informationen und Theorien und so entschloss er sich, die komplette Wahrheit preiszugeben. Auch um nicht selbst in Verdacht zu geraten, etwas mit dem Mord zu tun zu haben.

»Ich wollte Paul den Rucksack wieder abnehmen, den ich bereits Tage zuvor Rooney übergeben hatte. Paul hatte ihn bei sich, und als er seinen Kompagnon erschoss und die Leiche begrub, ergab sich für mich die Gelegenheit, den Rucksack an mich zu nehmen. Als ich dann damit bereits auf dem Rückweg zu meinem Auto war, hörte ich zwei Schüsse und kehrte um.«

»Und dann?«, fragte die Polizisten drängend nach. »Dann entdeckte ich – wie schon erwähnt – das Waldlager mit den Spuren von Paul und versuchte diesen zu folgen. Doch ich wurde ko geschlagen. Als ich aufwachte, saß vor mir ein Hund, der mich bewachte, und dann kam der alte Indianer, der mich bis zum nächsten Morgen festhielt.« »Und weiter?«, drängte die Polizistin ungeduldig. »Nachdem er mich freigelassen hatte, beschloss ich, mich mit dem Rucksack auf den Rückweg zu machen. Doch der Rucksack, den ich versteckt hatte, war nicht mehr da.« Die drei Polizisten schauten ihn ungläubig an. »Finden Sie nicht auch, dass die Geschichte mit dem alten Indianer etwas dubios klingt?«, kam die Nachfrage seitens der Polizei. »Ja, aber es ist die Wahrheit!«, antwortete Wayne ruhig und gelassen.

»Dürften wir bitte nochmals Ihre Waffe sehen?« Wayne schaute irritiert. Die beiden Polizisten, die im Raum dabei waren, erhoben sich augenblicklich von ihren Stühlen, traten jeweils einen Schritt zurück und legten ihre Hände an die Dienstwaffen, die in ihren Holstern steckten. »Wenn Sie erlauben, würde ich Ihnen gerne die Waffe abnehmen!«, präzisierte die Polizistin ihren Wunsch, der eigentlich keiner war. Wayne leistete ihrer Anweisung Folge und ließ sich die Waffe samt Ersatzmagazin aus seinem Holster nehmen. Sie überprüfte die Waffe und die Zahl der Patronen in den beiden Magazinen. Zusätzlich roch sie am Lauf, um zu prüfen, ob sie in letzter Zeit abgefeuert und vielleicht noch nicht gereinigt worden war.

»Wir würden gerne Ihre Waffe vorsorglich in Gewahrsam nehmen.« Wayne nickte, wollte aber verstehen warum. Doch die Polizistin richtete schon die nächste Frage an ihn. »Haben Sie an dem Abend, an dem Sie angeblich von dem Indianer festgehalten wurden, weitere Schüsse gehört?« Wayne antwortete wahrheitsgemäß. Er war sich damals schon nicht sicher gewesen, und genau dies teilte er nun auch der Polizistin so mit. Erneut wollte er hinterfragen, warum er seine Waffe abgeben musste. Doch wieder kam ihm die Polizistin zuvor. »Herr Guzeman! Wir starten morgen früh eine Exkursion in das Gebiet rund um den Cariboo Wasserfall. Wir würden gerne die Leiche des Begleiters von Paul Eskot bergen und müssen untersuchen, was da draußen vorgefallen ist. Deshalb möchten wir Sie bitten, uns zu begleiten und uns zu zeigen, wo die Leiche vergraben wurde. Ich möchte Sie zudem bitten, die Stadt bis morgen früh nicht zu verlassen!« Wayne schaute die Polizistin an, die immer noch neben ihm stand. »Ist das eine Bitte?«

Die Antwort der Polizistin hätte eindeutiger nicht ausfallen können. »Nein! Dies ist keine Bitte. Sie waren Zeuge eines Verbrechens. Dort draußen ist vermutlich noch mehr passiert, von dem wir noch nicht viel wissen. Ich hoffe, dass Sie uns die Wahrheit gesagt haben und Sie nicht noch in andere Dinge verstrickt sind. Sie müssen zugeben, die Geschichte mit dem Indianer ist mehr als dubios.« Wayne schaute sie an, ohne ein Wort zu sagen. »Ich denke, wir verstehen uns!«, fügte sie noch hinzu und ihr Ton hatte sich dabei wieder verschärft. »Ich kann nur hoffen, dass Ihre Geschichte wahr ist, was ich aktuell noch nicht glauben kann. Das ist auch der Grund, warum ich Ihnen die Waffe abgenommen habe und Sie die Stadt nicht verlassen sollten.«

Damit brachte sie auf den Punkt, was sie von seiner Geschichte hielt, und damit war auch Waynes Frage beantwortet.

Die Kommission

Es zeichnete sich schon recht früh ab, dass es ein herrlich sonniger Tag werden würde. Wayne hatte sich bereits um sechs Uhr morgens im Polizeirevier eingefunden. Er hatte ganz bewusst in einem anonymen Drive-in Hotel in Quesnel übernachtet.

Die Untersuchungskommission bestand so ziemlich aus allen verfügbaren Einsatzkräften. Insgesamt acht Polizisten, zwei mit Langwaffen ausgestatteten Hundeführern mit zwei nervösen Schweißhunden, einem Arzt, zwei Rangern sowie Wayne. Sie alle standen auf dem Parkplatz vor dem Polizeirevier. Die Polizistin vom Vortag übernahm die Leitung der »Expedition« und teilte die Personen auf die insgesamt vier Fahrzeuge auf.

Zwei Stunden später waren sie nahe der Stelle, an der Wayne den Hang des Cariboo River erklommen hatte. Nach weiteren dreißig Minuten standen sie auf der westlichen Seite des Flusses auf Höhe der Wasserfälle. Die Polizisten trugen schwer an ihrem Gepäck. Auf zwei Rucksäcken war ein Schild »Forensik« angebracht. Der Inhalt der anderen Taschen blieb ihm vorläufig verborgen. Wayne zeigte der Mannschaft, wo er den SSL-Rucksack versteckt und sein Kajak zurückgelassen hatte.

Die Polizisten verschwendeten keine Zeit. Sie untersuchten das Kajak, nahmen Proben von Paddel, Kajak und der Schwimmweste. Sie versuchten Spuren an dem Baum zu sichern, an dem Wayne den Rucksack deponiert hatte. Die Beweisaufnahme war gerade abgeschlossen, als sich flussaufwärts ein Kanu näherte, in dem drei Männer saßen, die gezielt das westliche Flussufer ansteuerten. Eine dieser Personen schien ihrer Bekleidung nach ein Park Ranger zu sein. Die beiden anderen Männer waren, wie sich schnell herausstellte, zwei Studenten namens Marc und Kenai. Es war neun Uhr morgens.

Kenai und Marc wurden sogleich abgeschirmt und von der Polizistin sowie zwei ihrer Kollegen außerhalb der Hör- und Sichtweite von Wayne befragt. Nur einmal bekam er sie zu Gesicht. Vermutlich war dies der Punkt, an dem sie gefragt wurden, ob sie Wayne schon mal irgendwo gesehen hatten. Die restliche Mannschaft machte sich während dessen daran, mit dem Kanu des Park Rangers den Fluss zu überqueren und einen Teil der Ausrüstung überzusetzen. Alle mussten sich strikt an einem Punkt des östlichen Flussufers aufhalten, um etwaige Spuren weder zu verwischen noch zu verunreinigen. Wayne war erstaunt, wie organisiert und routiniert die Polizisten ihre Arbeit erledigten. Offensichtlich waren alle Beteiligten im Vorfeld gut instruiert worden.

Die beiden Studenten wurden von einem Arzt untersucht. Der Husten einer der jungen Männer und seine Körperhaltung verrieten ziemlich deutlich, dass ihm die vier Wochen Wildnis stark zugesetzt hatten. Der Arzt diagnostizierte eine ausgeprägte beidseitige Lungenentzündung, Fieber, körperliche Entkräftung, Wunden an Beinen und Händen und eine entzündete tiefe Fleischwunde am Bauch. Er erhielt sogleich eine Aufbauspritze und bekam im Schatten eines Baumes intravenös Antibiotika verabreicht. Seine Wunde auf der Seite sowie die größeren Verletzungen an Füßen und Beinen wurden ärztlich versorgt. Aufgrund seiner schlechten körperlichen Verfassung sollte er sich bei der nun anstehenden Exkursion so gut wie möglich schonen.

Nachdem die komplette Mannschaft mit Hilfe der Kanus an das östliche Ufer übergesetzt hatte, teilte sie sich in zwei Gruppen auf. Wayne bekam hier erstmalig direkten Kontakt mit Marc und Kenai. Sie informierten die Polizei darüber, wo die beiden orangenen Kajaks von Paul und seinem Begleiter vermutlich zu finden waren, und benannten das Versteck der Leiche.

Die kleinere Gruppe untersuchte die orangenen Kajaks sowie die Stelle, an der es nach der übereinstimmenden Aussage von Wayne und den beiden Studenten zum Kampf zwischen Paul und seinem Begleiter gekommen war.

Die größere Gruppe begab sich zum Leichenort und sicherte dort Spuren. Zwei Beamte begannen gemeinsam mit dem Arzt, die Leiche freizulegen, was sich bis zum Mittag hinzog. Der Rest der Gruppe, angeführt von der leitenden Polizistin, gefolgt von Marc, Kenai, Wayne sowie den beiden Schweißhundeführern gingen in das ehemalige Lager. Wayne zeigte ihnen die Stelle, an der er die Patronenhülsen entdeckt hatte. Für Marc war ab hier Ruhe angesagt. Er war zu erschöpft, um noch größere Strecken laufen zu können. Er würde seine Energie noch benötigen, um zurück zu den Fahrzeugen zu laufen.

Nicht weit von Marcs und Kenais Unterschlupf entfernt, fand Wayne das Lager, in dem er von dem alten Indianer festgehalten worden war.

Es gab so viele Beweise aufzunehmen, dass sich schnell abzeichnete, dass der heutige Tag nicht ausreichen würde. Nach Bergung und intensiver Untersuchung der Leiche wurde diese von drei Polizisten in einem schwarzen Leichensack aus Gummi über den Fluss gebracht und mit viel Mühe bergauf Richtung der parkenden Einsatzfahrzeuge gezogen. Gegen siebzehn Uhr wurden die Recherchen für den heutigen Tag abgeschlossen und es ging für alle zurück nach Quesnel.

Marc wurde noch am Abend in das Krankenhaus von Quesnel gebracht. Dort bestätigte sich der Verdacht auf eine Lungenentzündung. Die Untersuchung der Wunde ergab, dass tatsächlich ein Stück Fell mit dem Holz in die Wunde gedrückt worden war, die sich stark entzündet hatte. Dies hätte über kurz oder lang ohne ärztliche Versorgung und Antibiotika zu einer Blutvergiftung geführt, an der Marc mit hoher Wahrscheinlichkeit qualvoll gestorben wäre. Hier wurden Marc und Kenai die Grenzen aufgezeigt, zwischen ursprünglichem Leben in der Natur und dem Segen der fortschrittlichen Medizin mit ihren Medikamenten.

Am folgenden Morgen war die Mannschaft in fast dergleichen Besetzung wieder vor Ort. Nur Marc gehörte nicht mehr dazu – er blieb unter ärztlicher Betreuung. Der Schwerpunkt des heutigen Tages lag darauf, herauszufinden, wohin Paul geflohen sein könnte, und was es mit den insgesamt sechs Schüssen auf sich hatte. Die beiden Schweißhunde begannen ihre Arbeit dort, wo Kenai und Marc geflüchtet waren und wo Wayne niedergeschlagen worden war – die Hunde voraus, ein Großteil der Mannschaft hinterher. Ein paar wenige Beamte schlossen die Beweisaufnahme an den anderen Orten ab.

Kenai wusste noch grob, welchen Fluchtweg sie eingeschlagen hatten. Die Spur war mittlerweile drei Tage alt und nur durch seine Unterstützung konnte der Suchtrupp dem Verlauf einigermaßen folgen. Zu häufig war die Spur in den letzten Tagen von Wild gekreuzt worden, so dass die Hunde immer wieder irritiert wurden und von der Fährte abkamen. Nach etwa fünfundvierzig Minuten schienen sie jedoch auf etwas gestoßen zu sein, was ihre Geruchsnerven deutlich intensiver anregte. Flussaufwärts hatten sie eine Stelle entdeckt, an der das hohe Gras noch immer platt getreten war. Am nahen Fluss fanden sie schließlich diverse Ausrüstungsgegenstände – unter anderem auch ein blutverschmiertes Stück Hosenbein. Von hier aus verlief die Spur weiter flussaufwärts. Es war nicht mehr der Weg, den Marc und Kenai gegangen waren. Die Hunde arbeiteten jetzt eine Spur heraus, die für sie so klar und deutlich war, dass die Hundeführer sich sicher waren, dass es sich um eine Blutspur handeln musste. Auch wenn für das menschliche Auge und die menschliche Nase nichts darauf hindeutete.

Die Hunde zogen fest an den Schweißriemen, hatten sich mit tiefer Nase regelrecht in der Spur festgesogen und führten die im Abstand folgende Gruppe mal näher und mal weiter entlang des Flusses immer Richtung Park. Nach gut einer halben Stunde entdeckten sie am Rande eines Hochwalds die sterblichen Überreste eines Menschen. Die Leiche lag geschätzte zwei Tage an ihrem Fundort und war bereits mehrfach von Wildtieren angefressen worden. Die spätere DNA-Untersuchung in einem Labor bestätigte, dass es sich um Paul Eskot handelte. Als Todesursache wurde ein Genickbiss – mit hoher Wahrscheinlichkeit durch einen Bären – diagnostiziert. Analysen ergaben zudem eine schwere Beinverletzung, die nicht von einem Bären stammen konnte, sondern vermutlich von einem Schlageisen. Die Fraßspuren ordnete man größtenteils Füchsen und Kojoten zu. Weitere Untersuchungen rund um die Fundstelle von Paul ergaben, dass er wohl insgesamt sechs Schüsse mit einer Pistole im Kaliber 9 Millimeter abgegeben haben musste. Zumindest ließen die ausgeworfenen Patronenhülsen sowie die Pistole, die man in seiner Nähe fand, diesen Schluss zu. Auf was oder wen Paul geschossen hatte, blieb vorläufig Spekulation, aber das Gesamtbild ließ den Schluss zu, dass er auf einen Grizzly gestoßen sein musste.

Trotz intensiver Suche blieb das Schlageisen, das ihn verletzt haben musste, verschwunden. Wer es ausgelegt hatte, blieb genauso im Unklaren wie die Frage, ob es bewusst aufgestellt worden war, um ihn zu verletzen. Nach zwei Tagen wurden die Untersuchungen vor Ort offiziell für beendet erklärt. Die Schilderungen von Kenai und Marc sowie Waynes Aussagen stimmten weitestgehend überein, und es gab keinen Grund für die ermittelnden Beamten und die Staatsanwaltschaft, daran zu zweifeln. Das einzige große Fragezeichen war der alte Indianer, dessen Existenz man zwar nicht leugnete, der aber verschwunden blieb. Wayne gab eine Beschreibung des Mannes und seines Hundes ab. Als man Kenai und Marc, damit konfrontierte, fiel Marc der ungebetene Mann in ihrem Lager ein. Aber weder er noch die Park Ranger konnten mit der Person etwas anfangen. Der alte Indianer blieb ein Mysterium.

Wayne ließ es sich nicht nehmen, Florina Baxter regelmäßig telefonisch über den Entwicklungsstand zu informieren. Der Rucksack mit den SSL-Komponenten blieb verschollen. Wayne hatte sich für zwei weitere Nächte in dem netten kleinen Hotel eingebucht, das er schon vor ein paar Tagen kennengelernt hatte. Marc und Kenai nahmen ein anderes Bed & Breakfast-Hotel und buchten – jeder für sich – jeweils ein Doppelzimmer. Sie genossen die Annehmlichkeiten der Zivilisation – vor allem eine warme Dusche, Toilettenpapier oder den Luxus eines Kopfkissens oder eines simplen Glases. Marcs Wunde und Lungenentzündung mussten ambulant weiterbehandelt werden. Eigentlich hatten die Ärzte ihm zu einer stationären Aufnahme im Krankenhaus geraten, aber er hatte sich auf eigenen Wunsch und eigenes Risiko selbst entlassen. Mit frisch gewaschener Kleidung und rasiert schauten die beiden fast wieder wie normale Menschen aus.

Als sich Marc und Kenai am zweiten Tag nach Ende der offiziellen Untersuchungen auf dem Parkplatz ihres Hotels wieder trafen, fiel ihnen sogleich der PKW mit Vancouver-Kennzeichen auf. Der Wagen war ihnen vertraut und Marc und Kenai mussten grinsen. Keine zwei Minuten später lagen sich zwei Pärchen in den Armen. Marc, Kenai, Ross und Liz hatten für den Abend einen Tisch in einem nahen Restaurant gebucht und es sich nicht nehmen lassen, auch Wayne einzuladen. Der nahm die Einladung gerne an. Es interessierte ihn zu hören, wie es den beiden in der Wildnis ergangen war, welche Erfahrungen sie gesammelt hatten und ob sie es wieder tun würden – mit dem Wissen und den Erfahrungen, die sie jetzt hatten.

Ross und Liz hatten die Grobfassung schon bekommen, hörten aber trotzdem intensiv zu. Und als auch Wayne von sich berichten musste, war klar, dass ihnen an diesem Abend der Gesprächsstoff nicht ausgehen würde. Das große Rätsel war nach wie vor der alte Indianer mit seinem Hund. Wer war er? Kenai und Marc hatten immer wieder das Gefühl gehabt, in der Wildnis beobachtet zu werden. Sie waren sich sicher, dass der Mann, den Marc in ihrem Lager überrascht hatte, der gleiche war, der Wayne gefangen genommen hatte.

Sie saßen bereits zwei Stunden zusammen, als die Tür des Restaurants aufging und die ihnen bekannte Polizistin hereinkam. Sie entdeckte die Runde und ohne ein Wort zu sagen, verschwand sie gleich wieder durch die Tür, durch die sie gekommen war. Die Runde schaute etwas verdutzt drein. Dreißig Sekunden später ging die Tür erneut auf. Die Polizistin steuerte nun direkt auf ihren Tisch zu, gefolgt von einer Person, die Wayne sofort erkannte. Beim Anblick der Person wurde es ihm mulmig. Die Polizistin übergab die Frau in die Runde mit der saloppen Bemerkung »Ich glaube, Sie kennen sich!« Wayne erhob sich, konnte jedoch kein Wort sagen.

Die Frau vor ihm hatte blondes Haar, das sie offen trug. Sie war gekleidet mit Jeans und einer weißen Bluse. Darüber trug sie eine braune Lederjacke, die zu ihren braunen Lederschuhen passte. »Guten Tag Herr Guzeman!« Wayne kam langsam zu sich. »Hallo Frau Baxter!«, stotterte er leicht verlegen. »Darf ich mich zu Ihnen setzen?« Wayne hatte mit vielem gerechnet, aber nicht damit, dass sich Florina Baxter auf den Weg von Seattle nach Quesnel machen würde. Wayne begann damit, Frau Baxter förmlich der Runde vorzustellen. Sie unterbrach ihn aber sogleich. »Ich heiße Florina! Das »Frau Baxter« können wir uns sparen!« Wayne setzte ein Lächeln auf, und von nun an war sie »Florina«. Sie bestellte etwas zu essen und hörte interessiert der Runde zu.

Wayne war überrascht von ihr. Nicht nur aufgrund ihres neuen Outfits. Auch wie sie sich privat verhielt. Sie war nicht mehr die strenge taffe SSL-Managerin. Es gab auch eine andere Seite von ihr. Eine Seite, die ihm gefiel und die er immer an ihr vermutet hatte. Warum sie hierhergekommen war, blieb vorerst ihr Geheimnis. Natürlich musste sie sich aufgrund des Diebstahls und der sich daraus ergebenen Folgetaten der Polizei gegenüber erklären. Ihr vordringliches Interesse bestand sicherlich darin, den Vorfall mit dem Komponentendiebstahl kleinzureden. SSL hatte kein Interesse daran, in die Schlagzeilen zu geraten. Wayne hoffte, dass dies nicht der einzige Grund für ihre Anwesenheit war. Er mochte sie, und er hatte das Gefühl, dass unter der rauen Baxter-Schale etwas war, das auch ihm zugetan war. Er sollte Recht behalten!

Die Spende

Fünf Wochen nach dem gemeinsamen Essen in Quesnel ging in der SSL-Zentrale in Seattle ein anonymes Schreiben ein, das – als privat gekennzeichnet – an Nicholas Swinton, den Geschäftsführer von SSL, adressiert war. Als Swinton das Schreiben auf den Tisch bekam, zuckten seine Augenbrauen. Er griff zum Hörer und bat Florina Baxter sich in zehn Minuten mit ihm im Konferenzraum »Crypto« zu treffen. Als sie das Schreiben von ihrem Chef überreicht bekam und die wenigen Sätze durchgelesen hatte, musste sie sich setzen. Sie wusste nicht, wie sie die Information auffassen sollte, die sie da gerade gelesen hatte. Jemand behauptete, einen Rucksack mit SSL-Komponenten gefunden zu haben und konnte sogar Angaben zu den Seriennummern machen. Dieser jemand würde die Komponenten gerne an SSL zurückgeben. Vielleicht würde SSL im Gegenzug dafür eine Spende an eine gemeinnützige Organisation tätigen. Als Adresse wurde eine indianische Gemeinschaft in Kanada, genauer gesagt 35 Kilometer östlich von Prince George angegeben, am Zusammenfluss von Bowron River und Fraser River. Die gewünschte Summe wurde mit 50.000 Dollar angegeben. Für einen Rucksack, der einen Inhalt von mehr als dem zehnfachen an Wert enthielt, war die Höhe der Forderung geradezu ein Klacks.

Viel wichtiger als der Erhalt der Komponenten war, dass damit auch die Gefahr gebannt wurde, dass diese Komponenten weitere Kreise zogen. Nach Abwägen aller Fakten wurde noch am selben Tag eine Transaktion auf das angegebene Konto vorgenommen und die Buchung als Spende an eine gemeinnützige Organisation verbucht. Sechs Tage später ging bei SSL ein Paket aus Kanada ein, abgestempelt in Prince George. Als Empfänger war der Geschäftsführer von SSL persönlich angegeben. Wenige Stunden später hielt jener den Rucksack mit den gestohlenen Komponenten in seinen Händen.

Nicholas Swinton und Florina Baxter hofften, dass mit der Spende und dem zurückgewonnenen Rucksack nicht nur dieser Fall geschlossen werden konnte, sondern die komplette Sicherheitslücke. Die Falle, die man Shean Targot gestellt hatte, bewies, dass er der Informant sein musste. Man legte ihm unmissverständlich nahe, das Unternehmen mit sofortiger Wirkung auf eigenen Wunsch zu verlassen. Die Beweise, die ihm im Zusammenhang mit der Übergabe des Rucksacks offenbart wurden, sowie die Einzelheiten, die bei den weiterführenden Recherchen zutage kamen, waren so eindeutig, dass es keinen Zweifel daran gab, dass er der Maulwurf bei SSL war. Noch am selben Tag hatte er unter Aufsicht seine gesamten Sachen abgeben müssen und das Unternehmen auf »eigenen Wunsch« verlassen. Im Gegenzug wurde gegen ihn keine Anzeige erhoben, was auch im Interesse von SSL lag, um kein weiteres Aufsehen zu erregen.

Dunkle Wasser

Zwei Wochen waren seit seiner fristlosen Entlassung vergangen. Shean nahm den letzten Schluck Bier aus der Flasche, legte 40 Dollar auf den Tresen seines Stammlokals und machte sich zu Fuß auf den Rückweg zu seinem Apartment. Es war bereits kurz vor Mitternacht, was ihn aber nicht sonderlich störte, denn morgen musste er nicht früh raus. Er hatte ohne Murren die Kündigung von SSL hingenommen. Ja, er hatte Scheiße gebaut, wichtige Informationen verraten und verkauft und war dabei erwischt worden. Er hatte nie gewollt, dass andere Personen zu Schaden kamen. Nach allem was er mitbekommen und was man ihm zurecht vorgeworfen hatte, deutete vieles darauf hin, dass durch seine Unterstützung die Spionage bei SSL aus dem Ruder gelaufen war.

Zu seinem Apartment hatte er nur wenige hundert Meter. Er musste sich überlegen – wieder einmal – wie es weitergehen sollte. Er hatte keinen Job mehr und konnte froh sein, dass SSL sein Vergehen nicht angezeigt hatte. Die Angst von SSL war sicherlich zu groß, dadurch in Misskredit zu geraten, Glaubwürdigkeit bei Kunden und Auftraggebern zu verlieren. Für ihn, Shean, war sein Fehlverhalten noch relativ glimpflich ausgegangen – dennoch musste er sich über seine Zukunft Gedanken machen.

Die Person, die sich ihm im Dunkeln von hinten näherte, hörte er nicht kommen. Den Einstich einer dünnen Nadel in seinen Hals konnte er erst abwehren, als die Injektion schon gesetzt war. Reflexhaft drehte er sich um und sah einen Asiaten von mächtiger Gestalt, der bis unter die Ohren tätowiert war. Er erkannte den Mann, aber es war zu spät, um zu reagieren. Seine Knie wurden weich, er begann zu stolpern und kurz bevor er auf dem harten Asphalt des Gehwegs aufschlug, wurde er von den kräftigen Armen des Asiaten aufgefangen. Er nahm noch wahr, wie sich die Tür eines sich nähernden Autos öffnete und er ins Innere gezerrt wurde – dann aber trat er weg und es wurde dunkel.

Als Shean langsam wieder zu sich kam, verspürte er Übelkeit. Um ihn herum schaukelte alles und er brauchte eine weitere Minute, um zu erkennen, dass er sich auf einem Motorboot befand. Es war immer noch Nacht und die kleinen Lichter, die er nun langsam wahrnahm, entpuppten sich als die Lichter von Häusern und Lampen am weit entfernten Ufer. Wo er sich befand und wie er hierhergekommen war, vermochte er nicht zu sagen.

Er versuchte sich aus seiner unbequemen Haltung zu befreien, musste jedoch feststellen, dass er sich nicht bewegen konnte – er war gefesselt! Er saß auf einem wackeligen Schreibtischstuhl und war an Händen und Füßen mit Klebeband festgebunden. Selbst sein Körper war mitsamt dem Stuhl, auf dem er saß, damit umwickelt.

Eine mächtige Hand riss das Klebeband von seinem Mund. Unter der dunklen Kabinenüberdachung nahm er eine Person wahr, die sich ihm langsam näherte. Der Figur nach musste es eine Frau sein. Als sie direkt vor ihm stand, ratterte sein Hirn. Irgendwoher kannte er diese Person, die in ihrem hautengen schwarzen Lederanzug und ihren zurückgekämmten, zusammengebundenen schwarzen Haaren einen strengen Eindruck vermittelte. Sie beugte sich zu ihm hinunter und fasste energisch sein Kinn. Immer noch überlegte er, woher er sie kannte, und als sie die Stimme an ihn richtete, fiel es ihm wie Schuppen von den Augen. Es war die Stimme, die er vor Monaten in seinem Pub das erste Mal vernommen hatte. Es war die Frau, die ihn damals angesprochen und ihn letztlich zu einem Wirtschaftsspion gemacht hatte.

Ihre Stimme war zunächst auffällig freundlich, aber in der Sache bestimmt. »Was hast du SSL oder der Polizei über uns erzählt?« Shean verstand. Gefasst antwortete er wahrheitsgetreu. Er konnte nichts über seinen Auftraggeber verraten, denn er wusste eigentlich so gut wie nichts über ihn. Das war ihm und sicherlich auch der Asiatin bewusst, die versuchte, ihn auszufragen. Allein die Tatsache, dass er hier gefesselt auf einem Schreibtischstuhl saß und mit einem Motorboot in die Bay verbracht wurde, ließ nichts Gutes verheißen. Er spürte, dass die Frage dieser Frau nicht wirklich ernst gemeint war. Sein Blick löste sich von den anwesenden Personen, die allesamt asiatisch aussahen. Als er den Mann mit den starken Händen und der Tätowierung anvisierte und ihn als die Person identifizierte, der er in der U-Bahn schon einmal begegnet war, und dies auch der Mann war, der unter der Laterne vor seinem Apartment gestanden hatte, war ihm klar, dass es hier um weit mehr ging als nur darum, Informationen von ihm zu bekommen.

Sein Blick wendete sich von den Personen an Bord ab und schweifte über die dunkle Bay. Wohin er auch schaute, in allen

Richtungen erkannte er die kleinen gelben und orangefarbenen Lichter am Ufer. Er vermutete, dass er sich in der Elliott Bay westlich von Seattle befand. War sich aber nicht ganz sicher. Das Motorboot lief immer noch mit mittlerer Geschwindigkeit, und als die Asiatin dem Bootsführer ein Zeichen gab, das Boot auf offener Bay anzuhalten, wurde Shean schlagartig bewusst, was nun passieren würde. Seltsamerweise hatte er keine Angst. Die Luft war kühl und feucht und die Gischt hatte seine Haare nass gemacht. Der Hüne mit den starken Armen ließ die Heckklappe des Motorboots nach unten und suchte den Blickkontakt zu der kleinen Asiatin im schwarzen Lederanzug. Shean registrierte das Nicken. Noch bevor Shean etwas sagen konnte, drückten die kräftigen Hände das Klebeband wieder auf seinen Mund. Erst jetzt fing Shean an, sich zu wehren. Aber es war zu spät und auch aussichtslos. Zwei starke Arme packten den Stuhl, auf dem er gefesselt war und warfen ihn in das dunkle Wasser. Das Gewicht des Stuhles sorgte dafür, dass ein bewegungsunfähiger Shean Targot sofort in die kalte Tiefe gezogen wurde. Shean hatte keine Chance, nach Luft zu schnappen. Wasser drang über die Nase in die Lunge und die wenigen Lichter, die sich an der Wasseroberfläche spiegelten, waren in Windeseile erloschen. Shean war verschwunden – für immer unauffindbar – und vermutlich würde nur seine Mutter sein Fehlen bemerken. Aber auch das erst in ein paar Wochen oder Monaten.

Herbstbesuch

Es war mittlerweile Herbst und der Indian Summer in Kanada zeigte sich von seiner schönsten Seite. Er tauchte die Täler in ein leuchtendes Gelb. Birke und Ahorn standen im völligen Kontrast zu den dunklen Nadeln der Fichten, Kiefern und Lärchen. Auf den Berggipfeln war bereits Mitte September der erste Schnee gefallen, der die höchsten Spitzen leicht überzuckert hatte. Dieses Jahr im Herbst mussten Kenais Eltern ihren Sohn nicht danach fragen, ob er mitgehen wollte, seine Großeltern, Onkeln und Tanten zu besuchen. Er hatte dies lange genug versäumt und war oftmals lieber in Vancouver geblieben.

Das Abenteuer und die in der Wildnis gemachten Erfahrungen hatten ihn verändert. Für wenige Wochen hatte er gelebt und gefühlt wie ein Indianer und merkte nun, wie sehr er dieses Gefühl in seinem Leben davor in Vancouver verdrängt hatte. Seine Erfahrungen in der Wildnis machten ihn stolz, indianischen Ursprungs zu sein. Und er empfand es nun als gerngesehene Pflicht, den Kontakt zu seiner Kultur, zu seiner Familie und zu seinem Blut zu vertiefen. Er war gerne dabei, wenn seine Eltern den Rest der Familie in dem kleinen Dorf, direkt am Zusammenfluss von Bowron River und Fraser River östlich von Prince George, besuchten. Und was ihm besonders gut gefiel, Liz hatte sich darüber gefreut, ihn und seine Eltern zu begleiten. Sie waren inzwischen ein festes Paar, und sie war fasziniert von der indianischen Kultur.

Schon bei der Ankunft in dem kleinen Dorf war ihm und auch seinen Eltern aufgefallen, dass sich seit ihrem letzten gemeinsamen Besuch vor einem Jahr überraschend viel getan hatte. Das Dorf war weitläufig angelegt und die Häuser lagen weit verstreut. Sie bemerkten sofort, dass das zentrale Gemeindeversammlungshaus sowie die angegliederte Schule einen neuen Anstrich und offensichtlich auch neue Fenster bekommen hatten. Direkt daneben gab es einen komplett neu gestalteten Spielplatz und auf dem Dach des Gemeindehauses war eine neue Satellitenschüssel angebracht.

Wenig später saßen sie in dem großen Blockhaus, das Kenais Großvater eigenhändig gebaute hatte und das mit Jagdtrophäen geschmückt war. Er hatte als Jagdbegleiter gearbeitet und war im

Vergleich zu vielen anderen Stammesgenossen zu einem kleinen bescheidenen Blockhaus gekommen. Seine Frau wurde schon seit Jahren von der Gicht geplagt. Er selbst war nach wie vor fit und agil. Man sah ihm an, dass er sein Leben in der Natur verbracht hatte, und das schien ihm gutzutun. An der Wand hingen Bilder von ihm gemeinsam mit reichen Kanadiern und Amerikanern, die er auf der Jagd begleitet hatte. Das Schmuckstück seiner Trophäensammlung war der Pelz und ausgestopfte Kopf eines Grizzlybären, den ihm der eigentliche Erleger geschenkt hatte. Für diesen war wohl das Abenteuer einer Grizzly-Jagd mehr wert gewesen, als die Trophäe selbst.

Direkt daneben hatte Kenais Großvater seine Gewehre an die Wand gehängt. Darüber hingen alte verrostete Biber- und Bärenfallen. Liz war zutiefst beeindruckt. Kenais Vater forderte seinen Sohn auf, davon zu erzählen, was er im Sommer getan und erlebt hatte. Er versäumte es nicht, Großvater dabei einen Blick zuzuwerfen, den dieser wiederum mit einem leichten Lächeln erwiderte. Kenai war zunächst schüchtern. Fing dann aber an, von seinen Erfahrungen zu erzählen. Je mehr er erzählte, desto mehr fingen die Augen seiner Großeltern an zu glänzen. Sie waren stolz auf ihren Enkel, und ohne es auszudrücken, freuten sie sich, ihren verloren geglaubten Enkel wiedergefunden zu haben.

Der Nachmittag ging langsam zu Ende und sie wollten alle hier für ein paar Tage übernachten. Gerade als sie gemeinsam begannen, das Abendessen vorzubereiten, hörten sie ein Kratzen an der Holztür. Kenai erinnerte sich plötzlich wieder daran, dass Großvater einen Hund namens Ben hatte. »Ist das Ben, der da an der Tür kratzt?« Sein Großvater schüttelte den Kopf. »Nein. Ben ist leider letzten Herbst gestorben. Er war schon alt. Das wird vermutlich Sam sein. Ich habe ihn gleich nach dem Tod von Ben geschenkt bekommen. Sein Vorbesitzer kam nicht mit seinem Bewegungsdrang zurecht und da ich eh einen neuen Hund haben wollte, habe ich mich für ihn entschieden. Auch, wenn er damals schon fünf Jahre alt war.« Mit diesen Worten lief er zur Tür und öffnete sie.

Ohne Zögern kam ein prächtiger Husky herein und lief zielstrebig zur Decke neben dem Kamin, auf der er ab und an schlafen durfte. Es war ein Prachtkerl von Hund. Das Fell – von der Stirn, über Nacken und Rücken bis hin zum buschigen Schwanz – war in einem einheitlichen Grau gefärbt, das an den Beinen bis kurz vor die Knie reichte. Seine Schnauze war bis zu den kräftig ausgebauten Kiefern schneeweiß. Sam war ein Gesamtkunstwerk und am meisten beeindruckt waren alle von seinen stahlblauen eindringlichen Augen. Liz war hin und weg von dem wunderschönen Hund. Sie stand auf und näherte sich dem Geschöpf. »Darf man ihn streicheln?«, fragte sie ohne den Blick von ihm abzuwenden. Kenais Großvater willigte ohne Zögern ein. »Er mag es, wenn man ihn am Hals streichelt. Wenn es ihm zu viel wird, steht er auf und verdrückt sich.«

Das Erscheinen des Huskys läutete generell eine neue Phase ein. Kenais Großmutter fing mit der Unterstützung seiner Mutter an, das festliche Abendessen vorzubereiten. Liz streichelte den Hund und Kenai gesellte sich bald zu ihr. Er musterte den Hund und war von seiner Schönheit beeindruckt. Als Großvater die Anweisung seiner Frau erhielt, noch zusätzliches Brennholz für den offenen Kamin zu holen, sprang Kenai auf, um ihm behilflich zu sein. Großvater zog sich seine Lederjacke an. Sam sprang auf, trottete zur Tür und nutzte die Gelegenheit, hinauszuschlüpfen, als sie geöffnet wurde. Großvater nahm die Baseball-Mütze vom Hacken, der neben der Tür angebracht war, warf seine beiden Zöpfe nach hinten auf den Rücken und setzte die Schildkappe auf. Auf der Stirnseite der Mütze prangte das Emblem eines gelben Bisons und der gelbe Schriftzug »Little Buffalo«.

Kenai saß auf einem großen geschliffenen Felsen und blickte auf den Fluss unter sich. Nachdem er mit seinem Großvater Holz geholt hatte, wollte er für ein paar Minuten alleine sein. Die Bilder von seinem Sommerabenteuer waren plötzlich wieder präsent. Und je mehr er sich diese vor Augen führte, desto mehr Parallelen entdeckte er zu seinem Großvater. Die Ermittlungen, die die Polizei bei dem Mord in der Wildnis in alle Richtungen unternommen hatte, waren seinerzeit beendet worden, ohne dass man auch nur ansatzweise eine Idee davon bekommen hatte, wer der große unbekannte Indianer wohl sein könnte. Man hatte zwar die Personenbeschreibung von Wayne, aber zum damaligen Zeitpunkt konnte niemand der Befragten diese Person identifizieren. Jetzt, nachdem Kenai hier bei seinen Großeltern zu Besuch war, konnte er bestimmte Übereinstimmungen zwischen dem Gesuchten und seinem Großvater nicht mehr von der Hand weisen. Sein Opa ähnelte äußerlich dem damals erstellten Profilbild des unbekannten Indianers. Der Hund, das gelbe Bison-Emblem auf der Mütze, die Rettung der beiden Studenten durch den großen Unbekannten. Alles schien plötzlich einen Sinn zu ergeben. Kenai überlegte, wie er mit der Situation umgehen sollte.

Lange hatte er darüber nachgedacht, was ihm selbst der Trip in die Wildnis gebracht hatte – welche Erkenntnisse er für sich und sein weiteres Leben daraus zog. Er hatte gemeinsam mit Marc vier Wochen in der Wildnis gelebt, besser gesagt überlebt – befristet für vier Wochen im Hochsommer. Aber hätten sie das tatsächlich auch länger ausgehalten? Hätten sie tatsächlich wie Indianer leben bzw. überleben können? Wenn er sich vor Augen führte, dass mittlerweile der erste Schnee auf den Bergspitzen zu sehen war, es nur noch eine Frage der Zeit war, bis der Schnee und die eisige Kälte die Täler erreichen würde, war ihm klar, dass er und Marc dieser Herausforderung nicht gewachsen gewesen wären. Minus 25 Grad waren keine Seltenheit und ohne Beeren und Pilze, die es nur im Sommer in ausreichender Menge gab, wäre es vermutlich eine

Frage von Hungertod oder Erfrieren gewesen. Sofern sie es überhaupt bis in den Herbst geschafft hätten. Marc war am Ende der vier Wochen dem Tode näher als dem Leben. Seine Lungenentzündung hätte ihn weiter geschwächt, und ohne die Operation an seinem Bauch und der Gabe von Antibiotika wäre er mit hoher Wahrscheinlichkeit an der Entzündung, die der Holzsplitter und das Fellstück in seinem Bauch verursacht hatten, gestorben. Kenai wurde zunehmend bewusster, dass die beiden Abenteurer viel Glück gehabt hatten. Sofern man von Glück überhaupt reden konnte. Immer mehr drängte sich ihm der Verdacht auf, dass sie in der Wildnis einen Schutzengel bei sich gehabt hatten. Und dieser Engel, der sie heimlich zu beschützen schien, deutete auf seinen Großvater hin – vielleicht beauftragt durch Kenais Eltern? All die Spuren, die sie damals im Sommer entdeckt hatten, ließen vermuten, dass um sie herum jemand war – um sie zu beobachten oder vielleicht auch, um sie zu beschützen. Letzteres schien ihm nun plausibel.

Die Bärenfalle für Paul war gezielt für ihn ausgelegt worden. Offensichtlich hatten Marc und Kenai ihr Abenteuer gelebt oder leben können, weil um sie herum jemand war, der versuchte, Gefahren von ihnen abzuwehren. Sie waren Teil einer großen, einer größeren Geschichte, ohne, dass sie überhaupt ahnten, dass sie das waren. Je länger er darüber nachdachte, desto unsicherer wurde er, wie er damit umgehen sollte. Sollte es tatsächlich so sein, dass sie während ihres Abenteuers einen Aufpasser um sich herumgehabt hatten, dann würde er das als schade erachten und es würde auch die Frage aufwerfen, wer diesen Hüter beauftragt oder organisiert hatte. Die wertvollen Erfahrungen, die er gemacht hatte, konnte man ihm dennoch nicht mehr nehmen: Die Jagd auf die Hirschkuh, der Respekt und die Angst vor dem Bären, die Kameradschaft mit Marc, das Gefühl gejagt zu werden, der Kontrast des Lebens in der Natur zur Zivilisation. All diese

Erfahrungen, all diese Erkenntnisse, waren es dennoch wert diesen Trip gemacht zu haben und würden ihn ein Stück weit prägen.

Er wurde aus seinen Gedanken gerissen, als sich eine Hand auf seine Schulter legte und ihn sanft streichelte. Liz hatte ihn schon gesucht und hier oben auf dem Felsen entdeckt. »Alles okay?«, kam die vorsichtige Frage von ihr. Kenai schaute sie etwas ungläubig an. Etwas zögerlich antwortete er mit einem schlichten »Alles okay!«. Damit erhob er sich. Hand in Hand machten sie sich auf den Rückweg zu Großvaters Hütte. Ein Adler strich über das Tal und gab einen schrillen Schrei von sich, der meilenweit zu hören war. Alles okay, bestätigte Kenai für sich innerlich und beschloss, den »gelben Bison« als Geist weiterleben zu lassen.

Nummer GR364m

Im März des Folgejahres war es im Bowron Lake Provincial Park und den angrenzenden Cariboo Mountains noch Winter. An einem der ersten milderen Tage regte sich in einer der vielen Höhlen der Region das dichte braungraue Fell eines Grizzly-Männchens. Die Parkverwaltung hatte ihm vor Jahren die Nummer GR364m gegeben. Seine Herzfrequenz, die während seines Winterschlafes nur noch 19 Schläge pro Minute betrug, fuhr langsam nach oben. Von draußen drang ein leichter Hauch von Frühling herein, auch wenn der Eingang der Höhle noch zugeschneit war. Er reckte sich und leckte sein Fell.

Ihm kam wieder in Erinnerung, dass er noch vor Monaten starke Schmerzen in der Schulter hatte, und dachte auch wieder an die Begegnung, die er im Sommer gehabt hatte. Der Mensch, der so intensiv nach Schweiß und Blut roch. Der Mensch, den er nur vertreiben wollte, dem er nichts Böses wollte. Der ihm aber wehgetan hatte. Er hatte wochenlang Schmerzen in der Schulter und musste diese ständig kühlen. Mücken hatten ihre Eier in der Wunde abgelegt und das Jucken hatte ihn wahnsinnig gemacht. Vom Tag dieser Begegnung mit dem Menschen an, der auf ihn geschossen und den er in seiner Wut getötet hatte, vermied er jeglichen Kontakt mit Menschen. Er hatte seine Wunde im Wasser der Bäche gekühlt und sie mit Schlamm verschlossen. Anderen Bären ging er aus dem Weg, insbesondere während der Lachswanderung im Herbst, da er sein Vorderbein wochenlang nicht voll belasten konnte. Nun schien der Winter langsam zu Ende zu gehen und er hatte nahezu vier Monate in der Höhle verbracht.

Er stieß seine Nase durch die Schneedecke, die noch vor seinem Höhleneingang lag und schnüffelte neugierig nach draußen. Er hatte fast ein Drittel seines Gewichts verloren und je mehr sein Biorhythmus in Schwung kam, desto mehr verspürte er Hunger. Die Sonne stand hoch am Himmel. Er hörte das Krächzen einer Krähe, durchstieß die Schneedecke nun vollständig und trottete noch etwas wackelig aus seinem Winterquartier. Er inspizierte die Umgebung, und erst als er sich sicher sein konnte, dass ihm keine Gefahr drohte, machte er sich auf die Suche nach etwas Essbarem. Die Schmerzen in seiner Schulter waren verschwunden. Die Wunde, die ihn lange beeinträchtigt hatte, war verheilt. Er würde sein Leben lang ein Projektil mit sich herumtragen, doch das war dem König der Wälder nicht wirklich bewusst!